中国古典文学
读本丛书典藏

李攀龙诗选

李伯齐 李斌 选注

人民文学出版社

图书在版编目(CIP)数据

李攀龙诗选/李伯齐,李斌选注. —北京:人民文学出版社,2021
(中国古典文学读本丛书典藏)
ISBN 978-7-02-016228-4

Ⅰ.①李… Ⅱ.①李… ②李… Ⅲ.①古典诗歌—诗集—中国—明代 Ⅳ.①I222.748

中国版本图书馆 CIP 数据核字(2020)第 071591 号

责任编辑　高宏洲
装帧设计　陶　雷
责任印制　王重艺

出版发行　人民文学出版社
社　　址　北京市朝内大街166号
邮政编码　100705
网　　址　http://www.rw-cn.com

印　　刷　三河市鑫金马印装有限公司
经　　销　全国新华书店等

字　　数　221千字
开　　本　880毫米×1230毫米　1/32
印　　张　10　插页3
印　　数　1—6000
版　　次　2009年1月北京第1版
印　　次　2021年1月第1次印刷

书　　号　978-7-02-016228-4
定　　价　36.00元

如有印装质量问题,请与本社图书销售中心调换。电话:010-65233595

目 录

前言 1

一 居京时期

崔驸马山池燕集得"无"字 1

送新喻李明府伯承 3

秋前一日,同元美、茂秦、吴峻伯、徐汝思集城南楼 5

送张子参募兵真定诸郡 7

同徐、吴二子弘法寺台眺望 10

张驾部宅梅花 11

送申职方还魏县 12

送靳颖州子鲁 13

碧云寺禅房 15

香山寺 16

寄袭勋 17

送谢茂秦 18

初春元美席上赠茂秦得"关"字 22

经华严废寺,为虏火所烧 23

署中有忆江南梅花者,因以为赋 25

得殿卿书,兼寄张简秀才 26

韦氏池亭同元美、子与、子相赋四首(选一) 30

同元美与子相、公实分赋怀太山得"钟"字,柬顺甫 32

送杨给事河南召募 33

送子相归广陵七首(选三) 36

送恽员外按察鄢中 37

席上鼓饮歌送元美五首(选二) 39

雪后忆元美 40

怀子相 41

寄元美 42

即事四首 43

送王侍御 47

送杨子正还济南 49

送郭子坤下第还济南 50

送皇甫别驾往开州 51

送赵户部出守淮阳 53

送殿卿 54

送陆从事赴辽阳 55

送殷正甫并引 56

留别子与、子相、明卿、元美四首(选二) 59

二 出守顺德、提学陕西时期

郡斋 61

登邢台 62

哭公实六首(选二) 63

春兴 66

送张肖甫出计闽广二首(选一) 67

郡城楼送明卿二首 69

登黄榆、马陵诸山,是太行绝顶处四首 71

怀明卿 74

于郡城送明卿之江西四首(选二) 75

郡斋同元美赋得"桥"字 77

郡斋同元美赋得"明"字 77

塞上曲四首送元美(选二) 79

王中丞破胡辽阳凯歌四章 79

于郡楼送茂秦之京 81

南溪老树行 82

即事四首 86

渡滹沱 89

赵州道中忆殿卿 90

真定大悲阁 91

除夕元美宅 92

广阳山道中 93

黄河 94

关门雪望 95

元美望海见寄 96

泾州 97

崆峒二首 98

平凉 100

上郡二首 102

杪秋登太华山绝顶四首 104

宿华顶玉井楼二首 108

出郭 110

三 济南家居时期

拂衣行答元美 112

3

岁杪放歌　116

逼除过右史水村,江山人同赋　117

除夕　119

跳梁行寄慰明卿　120

春日闲居十首(选二)　127

夏日东村卧病十二首(选二)　129

白雪楼　130

简许殿卿　132

答殿卿九日见怀二首　133

元美以家难羁京,作此为唁四首(选二)　134

寄元美七首(选四)　137

重寄元美三首　139

秋日村居八首(选二)　140

冬日村居四首(选二)　142

赠殿卿　144

许殿卿、郭子坤见枉园林二首(选一)　145

哭子相四首(选二)　147

挽王中丞八首(选四)　149

夏日袭生过鲍山楼　152

秋夜白雪楼赠周公瑕　154

九日登楼　155

答殿卿过饮南楼见赠二首　156

同许右史游南山宿天井寺　157

五日和许傅湖亭谦集二首　157

九日同殿卿登南山四首(选二)　159

酬许右史九日小山见赠四首(选二)　161

杪秋同右史南山眺望二首(选一)　162

和答殿卿冬日招饮田间二首(选一)　163

送右史之京十二首(选二)　164

酬李东昌写寄《白雪楼图》并序　165

过吴子玉函山草堂　168

访刘山人不值二首　169

与魏使君宿龙洞山寺同赋四首　170

和魏使君《扶侍游太山》　174

与转运诸公登华不注绝顶　175

神通寺　177

山中简许、郭二首　178

涌泉庵　179

丁香湾　180

锦阳川九塔寺观许右史碑　181

舜祠哭临大雪　182

集开元寺　184

观猎二首　186

酬郭子坤感怀四首(选一)　187

赠吴人梁辰鱼　188

赠梁伯龙二首　189

寄题况吉甫药湖别业,在荷山下　190

冬日四首　191

答王敬美进士　192

寄谢俞仲蔚写《华山图》　194

人日答汝思　195

春日闻明卿之京为寄　196

寄谢茂秦二首 197
送欧文学之江都 198
和聂仪部《明妃曲》四首 200
上朱大司空二首(选一) 202
答许右史二首(选一) 204
送殷正甫内翰之京十首(选二) 206

四 按察浙江、河南时期

答元美《喜于鳞被召》见寄二首 208
宦情二首(选一) 210
过吕梁 211
答元美《吴门邂逅于鳞有赠》四首(选二) 212
和马丈见送巡海之作 215
大阅兵海上四首 216
明溪篇二首赠周都阃 220
答赠沈孟学四首(选二) 222
二山人孤山吟社得"菲"字 223
灵隐寺同吴、马二公作 224
烟霞岭 225
虎跑寺泉 226
九里松图为马侍御作二首 229
留子与署中 231
与子与游保叔塔同赋山有落星石二拳 234
与刘宪使过子与大佛寺 235
青萝馆二首 237
题候涛山观音寺,寺徙自落迦 239

元美起家按察河南,寄促之官 240
过严陵 241
寄怀子与 243
答袭茂才 244
山斋牡丹三首(选二) 245
寄忆殿卿 246
早春元美自大名见枉齐河 247
真定道中遇伯承户曹 248
寄吴明卿十首(选二) 249
和殿卿《春日梁园即事》 250
于黎阳送次楩之金陵谒故陆令 251

五　作期未定

东光 253
紫骝马歌四首(选二) 253
捉搦歌四首(选一) 254
子夜歌十首(选三) 255
懊侬歌四首(选二) 255
黄督 256
枯鱼过河泣 257
惆怅词 258
录别十二首(选一) 258
录别又十一首(选一) 260
古意七首(选一) 260
月 261
别意 262

山中　263
寄登宗秀才茂登池亭二首（选一）　263
过刘簿山斋　264
送刘户部督饷湖广五首（选二）　264

附录一　诗评辑要　266
附录二　行年事迹考略　283

前　言

明代中期,嘉、隆之际,李攀龙主盟文坛,为"后七子"的领袖人物,诗名高于当代,影响及于清初百有余年。自明代以来,对其诗歌的评价即毁誉参半。誉之者说他起衰救弊,功德盖世,毁之者说他拟古剽窃,贻害无穷。评论者或执其一端,不及其余,或拘于门户,故甚其辞,都失之偏颇。随着文学研究的深入,关于李攀龙及其诗歌的研究也逐渐为人们所重视。李攀龙一生创作了一千三百八十余首诗,其中艺术性较高、向为人赞誉的近体诗约占三分之二。为使读者全面了解李攀龙这位诗人,本书编选了李氏各体诗歌二百四十一首,其中近体诗一百九十四首。

李攀龙(1514—1570),字于鳞,历城(今山东济南市)人。因家近东海,自号沧溟,人称沧溟先生。其一生的文学活动,大体与其仕宦生涯相终始。今以其居家为界,分为四个时期。

一

李攀龙出生于日益衰败的富商之家,其青少年时期是在家乡济南度过的。其父李宝通过捐纳成为德王府的膳食主管,"善酒,任侠,不问家人生产"[1],且在攀龙九岁时就死掉了。其父死后,其母张氏不为祖母所容,分家析产,迅即沦落为贫民。在其幼时,"家徒四壁立",依靠母亲张氏纺织艰难度日,"率日一饭,即再飧,必鲜饱"[2]。其母为使其成才,将家迁于学宫附近,令其就近请教塾师,"伏腊行经师脩,脱簪珥取给焉"[3]。攀龙发奋苦读,十八岁入县学为诸生,并取得府学廪生资格。在这一时期,李攀龙与同邑殷士儋(后为内阁大学士,有文名)、许邦才(后为王府长史,济南诗人)结为知交;三人情趣相投,终生为友。当时县学和府学都在今大明湖南偏,殷氏居趵突泉西侧,许氏家大明湖旁水村;大明湖、趵突泉,成为李攀龙等常往聚会、读书和流连之处。湖泉之上,林木苍翠,景致优美,唐、宋以来的诗人李白、杜甫、苏轼、曾巩、苏辙、赵孟頫、元好问、张养浩、边贡等均曾游历并留下优美诗篇。李攀龙徜徉其中,俯仰湖山,领略泉音柳韵,触摸前代诗人的诗心诗境,切磋诗艺,陶冶情性,对其诗歌情趣的形成自然有重要影响。

　　李攀龙自幼疏狂任放,不乐受人约束。入书塾而"耻为时师训诂语,人目为'狂生'"[4]。"唐宋派"的文学家王慎中督学山东,"奇于鳞文,擢诸首",但他更加讨厌时师训诂学,间或吟诵古诗文,同学诸生都说他是"狂生",而他却夷然不屑地说:"吾而不狂,谁当狂者!"[5]明代科举要求科考"专取四子书及《易》、《书》、《诗》、《春秋》、《礼记》五经命题"[6],儒家的《四书》、《五经》便成为士子的必修课,宋代朱熹的《四书章句集注》便成为书塾讲授的主要内容,而八股文则成为士子科考的主要形式。枯燥无味的经训内容,固定、呆滞的八股文形式,将士子引向仕途,也成为钳束其思想的绳索。李攀龙所吟哦的"古文辞",即与"时文"(八股文)相对的古代诗文。自明中期以来,"前七子"李梦阳等标举"古文辞",提倡文学复古,反对宋明理学的钳束,在死寂的文坛掀起狂风巨澜,而追随者却被人目为"迂"为"狂"。李攀龙所"厌"的虽只是塾师对经文枯燥的训释,而非八股取士的制度,但他所爱好的"古文辞"却代表着人们挣脱理学思想钳制、争取人格独立的进步倾向。由此可见,李攀龙诗文主张的形成其来有自,非在一朝一夕之间。

二

　　李攀龙由科举进入仕途,任职刑部、出守顺德、提学陕西,为其人生的第二个时期。

嘉靖十九年(1540),李攀龙中乡试第二名;嘉靖二十三年(1544),赐同进士出身,试政吏部文选司,为其入仕之始。第二年,即嘉靖二十四年,"以疾告归"[7]。李攀龙是否有疾,以及为什么刚刚入仕旋即告归,已不得而知,从有关资料看,可能是因其母而归[8]。归家一年,李攀龙发愤读书,"盖文自西汉以下,诗自天宝以下,若为其毫素污者,辄不忍为也"[9]。这说明李攀龙文学复古的思想酝酿并逐步形成,为其一生文学活动奠定了基础。

嘉靖二十五年(1546),李攀龙返京,充顺天乡试同考官,次年授刑部广东司主事。这一期间,王世贞、吴国伦、徐中行、宗臣、梁有誉等先后进士及第。李攀龙与王世贞先在李先芳诗社相识、定交,后在王世贞等的拥戴下,成为"七子"领袖。王世贞忆述说:"于鳞既以古文辞创起齐鲁间,意不可一世学。而属居曹无事,悉取诸名家言读之,以为:纪述之文厄于东京,班氏姑其狡狡者耳;不以规矩,不能方圆,拟议成变,日新富有;今夫《尚书》、《庄》、《左氏》、《檀弓》、《考工》、《司马》,其成言班如也,法则森如也;吾撷其华而裁其衷,琢字成辞,属辞成篇,以求当于古之作者而已。"这与时风大相径庭。当时士人为求取功名富贵,大都埋头章句,读《四书》、《五经》,练习八股文,而对古代诗文知之甚少。因此,认为"于鳞师心而务求高,以阴操其胜于人耳目之外而骇之;其骇与尊赏者相半",但对其诗歌创作,"则心服靡间言"。正是在这一时期,李攀龙的诗歌主张正式形成,即所谓文主秦汉、诗规盛唐,继"前七子"揭举文学复古的旗帜,并在创作上专事模拟,"句得而为篇,篇得而为句",以"所称古作者其已至之语,出入笔端,而不见迹"[10]为进入妙境;所作拟古乐府,即为这一主张的具体实践。

今存《沧溟集》中之《古乐府》共二百一十余首,约占其全部诗歌的百分之十五。这些诗歌非一时一地之作,哪些为在京作品,已难考订。

3

诗前有序,说明他所主张的模拟,有如西汉初年胡宽在长安营建新丰,"士女老幼,相携路首,各知其室;放犬羊鸡鹜于通涂,亦竞识其家",即不求神似,但求仿佛。其诗或易汉乐府字句而成篇,如易句而为《垓下歌》,易字而为《翁离》,捃摭《陌上桑》、《孔雀东南飞》为《陌上桑》,文词古奥、板滞,内容陈腐支离,令人难以卒读。今天来看,这部分诗歌,应是《沧溟集》中的糟粕,历为人所瑕疵,而当时为"名家胜流"的王世贞高自称引,"羽翼而鼓吹之"[11],并因此而声望鹊起,"名乃籍甚公卿间"[12],岂非咄咄怪事!而如考察一下李攀龙所处的时代及其文学状况,对其赢得士林拥戴就会找到合理的解释。明初以来,以阁臣"三杨"(杨士奇、杨荣、杨溥)为代表的"台阁体"诗歌统治诗坛,其诗大都为应酬、题赠之作,歌功颂德,粉饰太平,啴缓、虚浮,窒息了诗歌的发展。一般仕禄之徒,仕前汲汲于八股文,仕后为逢迎应酬而仿效台阁体,致使流弊湿漫诗坛百有余年,给正宗诗文的发展带来深重危机。正德、弘治间,"前七子"揭举于前,嘉靖、隆庆间,"后七子"倡和于后,其矫正文风、挽救正宗诗文的用心,自然会赢得士林的支持。因此,对这部分诗歌的现实意义与后人评价,应分析对待。从今天看来,李攀龙这一时期所作拟古诗多无可取,而于友朋赠答之作中则时见新意。其中部分近体诗,或抒写诗文抱负,或抒发乡关之思,大都对仗工稳,较有艺术性。

嘉靖三十一年(1552),李攀龙随侍其母归济南,梁有誉以念母告归,谢榛于七月离京,王世贞借出差于是年冬返里。次年,李攀龙出守顺德。从此"七子"星散各地,再未聚会北京,彼此只能借助诗文相联系了。

李攀龙入仕的前一年,即嘉靖二十二年(1543),权奸严嵩入内阁,并从此专擅朝政二十余年。严嵩父子利用嘉靖皇帝的昏庸,专横跋扈,结党营私,排斥异己;朝廷内外官员的黜陟进退,生杀予夺,都由其决定。一般士大夫趋附严嵩，凡不顺从或弹劾其罪恶者，轻者遭贬外放，重者惨遭屠戮，以至朝中大臣人人自危。李攀龙在京八年间，大学士夏言、大将曾铣、兵部尚书丁汝夔、兵部员外郎杨继盛等先后被杀，斥逐外放、削籍归里者，更是难以胜计。"七子"中的王世贞、吴国伦、宗臣，或因同情杨继盛，或因事相忤，也遭贬外放。李攀龙在京自称"傲吏"，"落拓杜门"，"稍类强直"[13]，不结交权贵，不党附严氏，虽因名声籍籍而未曾遭害，却淹滞郎署不得升迁，终于外放为顺德知府，使其跻身廊庙的政治抱负遭到沉重打击。

嘉靖三十二年（1553），李攀龙出守顺德（今河北邢台）。京官外放，情同贬谪，其情绪之低落可知。但是，当其赴任途中看到顺德灾情，"自京畿千里，荼骼蔽野，而御人白日"[14]，又深感责任重大，反倒为自己缺乏治理经验而担忧了。自上任之日起，他为民请命，兴利除弊，官清讼息，其政绩赢得上下交口赞誉。李攀龙在顺德官声大振，其诗文创作也进入旺盛时期。其诗多为近体，内容可分为赠答抒怀、山水纪游、关心时政三类，大都对仗工稳，用典精切，在艺术上多有可取。其中如《春兴》、《登黄榆、马陵诸山，是太行绝顶处》、《于郡城送明卿之江西》等，历为人所称道。

嘉靖三十五年（1556），李攀龙擢为陕西按察司提学副使，在其赴任之后，自夏至秋，风尘仆仆，"历西、延、平、庆等处，往还四千余里，考过府、卫、州、县生童六十余处"[15]，热情洋溢，本想为国家培养和选拔一批人才，在任内做出一番成就。今《沧溟集》中存有测试生童所拟试题，如《问西安三学诸生策》、《问华渭诸生策》，都有现实针对性，与当时一般测试经书不同。但是，事情很快发生了变化。督抚陕西的山东东阿人殷学，挟势倨傲，"以檄致于鳞，使属文"，激怒了秉性孤介的李攀龙，他当即拒绝："副使，而属；视学政，非而属也！且文可檄至耶？"同时送去《乞归公移》，说自己因视学劳苦，忽成泄痢，痔疮也复发了,无法临卷,请求致仕归里。未待批复,即"拂衣东归"[16]。乍一看,李攀龙似一时冲动,发书呆子脾气,而从《拂衣行答元美》、《岁杪放歌》、《春日闲居》等诗看,还有更深一层的原因在。在攀龙入陕的前一年,即嘉靖三十四年,兵部武选司员外郎杨继盛因弹劾严嵩下狱论死,王世贞、吴国伦、宗臣或因为杨敛尸、赙送,或因有忤严嵩,而分别遭贬外放。以才自负、常思跻身廊庙的李攀龙,对此不可能无动于衷。严嵩倒台,隆庆起复,即是明证。他在诗中说"潦倒竟全身"[17]、"风尘且避喧"[18],全身避祸,高自远引,应都是真心话。但是,若非下大决心,在其官运亨通之际,未得复旨,他也不会自行东归的。依例,在朝大臣年老致仕回籍,称为"予告",表示优礼;凡予告者,均可起复任用。而李攀龙一非朝臣,二非年老,不得"予告"。如自行离职,永不录用。而终因李攀龙名声太大,吏部惜其才,为特请予告。嘉靖朝前,只有"前七子"中的何景明享受过这一待遇。李攀龙在陕前后不到二年,视学途中曾作有纪行诗,其中以《杪秋登太华山绝顶四首》最著名。

三

自嘉靖三十七年至隆庆元年(1558—1567)十年间,李攀龙隐居家乡济南,"自时厥后,操海内文章之柄垂二十年"[19],是其诗歌创作最为旺盛的时期,也是其影响不断扩大的时期。其间所写诗文殆占《沧溟集》之大半,而诗歌也以近体为主。

李攀龙在归家的第二年,即嘉靖三十八年(1559),在历城(今济南历城区)东郊其故居附近筑白雪楼,以为隐居之处。楼在鲍山与华不注之间,前瞻泰麓,后倚黄河,山川环抱,景物清幽,实为山水形胜之地,"每一登临,郁为胜观"[20]。楼名取自宋玉《对楚王问》一赋中"阳春白雪"曲高和寡之意,表明其孤高自许、不同流俗的生活态度。《白雪楼》诗云：

> 伏枕空林积雨开，旋因起色一登台。大清河抱孤城转，长白山邀返照回。无那嵇生成懒慢，可知陶令赋归来？何人定解浮云意，片影漂摇落酒杯。

他自比于龙性难驯的嵇康和贞亮高节的陶渊明，浮云富贵，宁折不屈，可见他当时的心态与追求。

白雪楼成，李攀龙杜门谢客，优游于济南湖山之间，达官显贵"绣衣直指，郡国二千石，干旄屏息巷左，纳履错于户"[21]，一概戒绝门外；凡请数四，不幸一见。与其往来者，除诗坛旧友、门生故旧外，只与髫年好友殷士儋、许邦才过从密切。据王世贞称，李攀龙休居后，"乃差次《古乐府》拟之，又为《录别》诸篇及它文益工，不胫而走四裔"[22]。但后之论者对这些兴会索然、神明不属的拟作大都持否定的态度，认为"元美所标榜，颇失之太过"[23]。而这一时期，所写抒情言志、描绘家乡山川秀丽风光的近体诗，则清新可读，不乏名篇佳什。从诗的内容看，大体可分为休居之初、休居中期及晚期三个时期。

休居之初，李攀龙的诗歌主要有两类内容：一是向友人说明辞官归家之由，一是写归休后的生活及心境。因其辞官太突然，出乎人们的意料，就连知己朋友如王世贞者都觉得不可理解，《拂衣行答元美》、《答许右史》、《春日闲居》等诗，反复说明他因不肯折腰事人、全身避祸而学习前代圣贤避世隐居，所谓"闲居堪避事，称病足逶迤"[24]，所谓"五柳嶅湖滨，先生隐是真。文章堪侧目，潦倒竟全身。何必论交地，长须纵酒人。即令东蹈海，断不混风尘"[25]。李攀龙所"避"之事，未能明言，而"称病"则为遁词。从其初归强言欢笑的诗篇中，可体味到他的郁愤不平及难言的酸苦。《岁杪放歌》云：

> 终年著书一字无，中岁学道仍狂夫。劝君高枕且自爱，劝君浊

醵且自沽。何人不说宦游乐,如君弃官复不恶。何处不说有炎凉,如君杜门复不妨。纵然疏拙非时调,便是悠悠亦所长。

初归岁终,心情尚未平静,自慰自叹,自怨自艾,语似旷达,心实酸苦,道出初归时的心境。"身经畏途色不动,心知世事口不论。自顾平生为人浅,羡君逃名我不免;自怜垂老尚凭陵,羡君混俗我不能。有酒便呼桃叶妓,得钱即饭莲花僧"[26],不与世事,逃名世外,坚不苟合,纵酒任放,便是李攀龙初归时的生活态度。"罢来诗惨淡,卧久兴凄清。"[27]家居日久,即觉寂寞难耐。奸臣弄权,朝政昏暗,起复之期渺茫,遂感年华易逝,有志难酬:"每逢河朔饮,辄忆广陵涛。气色含佳句,流光逼浊醪。兴缘知己尽,名岂罢官高!髀肉看如此,何论长二毛!"[28]因此,秋日闻蝉声而心哀,冬日拥褐而感孤独;凄风苦雨之中,独倚楼头,不禁感慨屈、宋难达,巢、由难期,只有清斋抱病,自怜幽独了。

李攀龙的心情渐渐平静下来,转而沉浸在家乡湖泉山川的优美风光之中。大明湖荡舟,千佛山赏菊,趵突泉吟诗,宿开元寺,访神通寺,游龙洞,登华不注,济南随处都有他的游踪诗迹。其纪游诗虽时而也有悲苦之音,而大部分则清新流畅,热情奔放,表现出他对家乡、对生活的热爱之情。"湖上青山绕郭斜,翠微深处半人家"[29]、"二月城头柳半黄,金枝袅袅挂斜阳"[30]的大明湖,"松杉半壁浮云满,砧杵千家落照多"的千佛山[31],"树杪径回千涧合,窗中天尽四峰连"的玉函山[32],"空潭忽散三峰雨,暗穴吹半夜风"、"望去天回双阙迥,坐来云尽一峰高"的龙洞[33],"二水遥分清渚下,一峰深注白云孤"的华不注[34]……在其笔下大明湖的袅袅柳丝,华不注披雪而立的峻洁形象,开元寺的幽深,龙洞的奇绝,三川风光的旖旎,都生动鲜活,令人如临如睹。

在故乡山水中诗酒流连的李攀龙,虽自称"岩穴隐逸",自云不与世事，而实则未忘世情。家居的第二年，即嘉靖三十八年（1559）春，吴国伦由江西按察司知事再贬为南康推官；这年七八月间，王世贞之父为严嵩及其党羽构陷入狱，世贞自劾辞官，赴京侍奉父亲。嘉靖三十九年秋，宗臣死于福建任所；这年十月，王世贞之父王忬被杀。种种件件，都牵动着李攀龙的心。友人的不幸遭遇，更加重了他对朝政的失望。他同情与支持他们，并写诗加以慰勉。宗臣客死异乡，王忬惨遭杀害，都使其悲愤至极，写下《哭子相》、《挽王中丞》等动情的诗篇。

嘉靖末年，严嵩父子渐渐失势，并先后死掉。朝中大臣，特别是督抚山东的大员，极力向朝廷推荐，这点燃了李攀龙复起的希望。"自从移疾后，谁谓主恩疏？每及山林士，天颜满荐书！"[35]是哭笑不得的自嘲，而"此去但承明主问，不妨才子更长沙"[36]，则直接要求友人予以推荐了。乍看李攀龙的这些表现，似与其归休初志相违背，而其实他诗中虽屡称巢、许，自比五柳，却一直以"逐臣""迁客"自视，所谓"憔悴江湖上，行吟雨雪寒。不逢渔父问，谁作楚臣看！"[37]他希望有朝一日，受到天子垂顾，重返京都，再有一番作为："枥下长风万里生，谁怜汗血老无成？若教一奉瑶池御，八骏如云不敢鸣。"[38]隆庆帝即位，不少受严嵩迫害的官员复出，李攀龙也对新朝充满期待。他对别人说："不难于不出，而难于出。"[39]可见他在选择重出的恰当时机。

四

李攀龙辞官家居，杜门谢客，使其名声愈来愈高，一些达官显贵以得其接见为荣，学人士子更以得其品评为高。因此，自其居家的第三年山东巡抚朱某向朝廷推荐始，历任巡抚均有荐书，但在嘉靖朝却一直未有反应，直到隆庆改元（1567），才起复为浙江按察司副使。当邸报送达白雪楼时，他连打发报子的赏钱也拿不出，"乃先太恭人捐簪珥而犒邸走"〔40〕;让老母卖首饰来打发报子,可见李攀龙当时生活何等的困窘。

"十年君所见,已分老蓬蒿"〔41〕,仕宦之心,日渐消磨,而征召命下,又唤起他从政的热情。"十年称病客,击楫在楼船"〔42〕,白发壮游,未尝不使其振奋,而宦途险恶,又使其充满疑虑;"世事弹冠难自料,风尘容易是抽簪"〔43〕,出处进退之间,内心充满矛盾。而"黾勉抵浙,百违初心"〔44〕,悔仕之情溢于言表。但当其就任之后,见到与戚继光合力抗倭的名将刘显即倾盖相交,视同知己;海上阅兵时,见以"戚家军"为主体的抗倭军将"纪律森严,士气距跃,技艺精真,可蹈水火"〔45〕,以为国家振兴有望,便抑制不住激动的情怀,挥笔写下《大阅兵海上四首》。此后与诗友徐中行在杭州诗酒留连,时而流露出悔仕之心情,大概是因为官场黑暗,难以苟合之故。这一期间,李攀龙诗作渐少,而书牍较多。

隆庆三年(1569)春,李攀龙迁官布政司左参政,奉万寿表赴京入贺,途中回家探母;返程"过家觐省,将南,寻升河南按察使"〔46〕,便奉母携家一同赴任。河南士大夫听说之后,"鼓舞相庆",而李攀龙也"摧亢为和,圆方互见,其客稍稍进"〔47〕。令李攀龙高兴的是,髫年好友许邦才任职周王府也在河南。"谁擅梁园作赋才? 只今枚叔在平台。春风好为传消息,恰是相如汉署来。"〔48〕他自比司马相如,把邦才比作枚乘,其以诗文自负之情可见一斑。这时的李攀龙已被公认为文坛宗匠,请其评骘,或请其文墨,或请其为先人撰写墓志铭者纷至沓来,故其间诗少而文多。作为诗人,其诗歌创作进入衰微期。

到任四月,老母病故,李攀龙扶榇归里。本来病弱,加以哀毁过甚,其母周年祭过后不久,便猝然去世。

五

李攀龙以诗歌名世,其诗歌诸体皆备。其中艺术性较高,向为人所称道的是近体诗。近体诗占李氏诗歌的三分之二,评价作为诗人的李攀龙,理应以这部分诗歌为主。

李攀龙近体诗中,五言律数量较多,在艺术上"体虽宏大,而警绝者少"[49],然也不乏自然流畅之作。"古寺马蹄前,荒山断复连。阶危孤石倒,崖响乱泉悬。乔木堪知午,回峰半隐天"[50],写荒山古寺的景象;"五十江湖客,风尘一事违。渔樵供药饵,雨雪偃荆扉。白发诗篇苦,清斋病色微。平生拼纵酒,今日不知非"[51],写其病苦无聊而又负气自傲的心境,都十分真切生动。其七言律绝,一向评价较高,这类诗虽极力规步唐人,而气骨风神自具,自是一代大家手笔。如果说这部分诗歌对明代萎靡诗风"有起衰之功",似不为溢美。如《于郡城送明卿之江西》:

> 青枫飒飒雨凄凄,秋色遥看入楚迷。谁向孤舟怜逐客?白云相送大江西。

明卿即吴国伦,他因倡议赙送为奸相严嵩冤杀的杨继盛而遭贬外放,途经顺德,李攀龙为其送行。在明卿外放时,"七子"已无在京者。当年"七子"聚首京华,怀着改革时政和革新文风抱负,志意昂扬,是何等景象?而今纷纷被贬,星散各地,李攀龙此时又是何等心情?"青枫飒飒"两句,以凄风苦雨把他对挚友救助无力、无以相慰的苍凉心境和无以名状的纷繁离绪婉婉道出,缠绵低回,深沉而含蓄。"谁向"二句振起,倾诉出对明卿高尚品格的肯定及其高尚行为的理解、同情,并以"白云"一语借楚地秋日典型景物,谓寄心白云与之相伴,患难与共。

诗借景抒情，缠绵之中充溢着豪气，风神高迈而情致婉转，朴实无华而又意蕴深厚，确为送行一类诗歌的上乘佳作。其他，如《初春席上赠茂秦》、《塞上曲送元美》、《送子相归广陵》等，在艺术上也都各有千秋。李氏纪游写景诗也有不少名篇，如《登黄榆、马陵诸山，是太行绝顶处》四首、《杪秋登太华山绝顶》四首等。《杪秋登太华山绝顶》一诗，将华山的险峻、神异，绝顶景象的开阔、壮美，生动地展现在人们的眼前。其中第二首云：

缥缈真探白帝宫，三峰此日为谁雄？苍龙半挂秦川雨，石马长嘶汉苑风。地敞中原秋色尽，天开万里夕阳空。平生突兀看人意，容尔深知造化功。

而家居期间对济南大明湖、千佛山、华不注、龙洞、朗公谷等景胜的生动描绘，更令人如临如睹。如《神通寺》：

相传精舍朗公开，千载金牛去不回。初地花间藏洞壑，诸天树杪出楼台。月高清梵西峰落，霜净疏钟下界来。岂谓投簪能避俗，将因卧病白云隈。

神通寺在济南南郊，泰山北麓，玉符河（锦阳川）畔，即山建寺，规模雄伟，风景秀丽，为北朝以来的佛教名刹。诗将美丽传说、神通寺的宗教气氛与现实感受交融在一起，写出它的神奇、雄丽、清幽及对人的感染，真切、生动，表现出此类诗歌典雅高华、意境开阔的特点。家居时期，是李攀龙诗歌艺术日臻成熟的阶段，研究其诗应予特别关注。

明代中期内忧外患，危机深重。李攀龙关心时政，写有不少忧时念乱的诗歌，其中尤以关心边事、颂扬抗敌御边的爱国将领之诗写得最为动人。至于在朝廷内部尖锐的政治斗争中，他也以诗斥奸励忠，表现出鲜明的政治倾向。如《春兴》、《大阅兵海上四首》、《挽王中丞》等。

关于李攀龙的近体诗，王世贞说"五七律自是神境，无容拟议。绝句亦是太白、少伯雁行"[52]，不免有溢美之嫌，胡应麟等人的批评则较为客观。胡应麟属于"后七子"诗派中"末五子"之一，他评价诗歌比较注重诗歌的艺术性，对诗风转变之后的王世贞推崇备至，而对李攀龙则不无微词。他从同时代相比较的角度，认为李氏"七言律绝，高华杰起，一代宗风"，病在"属对多偏枯，属词多重犯"[53]。许学夷从诗体发展的角度，认为"于鳞七言律，冠冕雄壮，诚足凌跨百代，然不能不起后进之疑者，以其不能尽变也"[54]。胡、许二人的评论在明清时期颇有代表性。如执其拟古不及其余者如钱谦益，所转录别人评论说"绝句间入妙境""七言律最称，高华杰起。拔其选，即数篇可当千古"，而病在"格调词意，不胜重复"[55]，与胡、许意见近似。

李攀龙作为嘉、隆之际诗坛盟主，其文学活动及其创作，都应结合那个时代，从文学发展的角度进行考察。以李梦阳、李攀龙、王世贞等前后七子发动的文学复古运动，是明代中期要求变革的社会思潮的一部分。李攀龙、王世贞等提倡文学复古，形成一个诗派，似不仅仅是文学情趣的契合，从其表现来看，有着明显的政治因素。"七子"有共同的政治倾向，也都有改革时政的抱负，并有大致相同的仕宦经历。他们的疏狂任放，及其对人格独立的追求，也分明有张扬个性、冲破思想禁锢的积极因素。李攀龙不止一次说"文辞相矜，不达于政，虽摘藻如春华，何益于殿最"[56]。要求诗文"达于政"的主张并不新鲜，强调"悯时政得失，主文而谲谏"[57]，亦属陈词，而在当时却有十分强烈的现实针对性。在李攀龙关于诗文创作的言论里，非常强调诗歌的"言情"特点和"移情"的感化作用，指出"诗可以怨，一有嗟叹，即有永歌，言危则性情峻洁，语深则意气激烈，能使人有孤臣孽子摈弃而不容之感，遁世绝俗之悲"[58]。李攀龙继"前七子"倡诗歌主情之说，力图恢复诗歌的抒情传统，对诗歌的发展是有积极意义的。同时，李攀龙也十分强调文学自身的艺术特征，反对把文学视同理学的附庸，赞赏"前七子"

领袖李梦阳"视古修辞,宁失诸理"[59]的主张,认为"里巷之谣,非缘经术,《招隐》之篇,无涉玄旨,义各于其所至,是诗之为教也"[60]。显然,他所阐述的"诗教",要求诗歌摆脱经学的束缚,赞赏民歌艺术,给文学以重新定位,都符合文学发展的方向。从李攀龙有关文学艺术的言论看,他所标榜的"复古",实则是为改革当时萎靡文风,挽救正宗诗文的危机,其文学主张受到如此广泛的支持,斯不足怪。只是在封建社会日渐衰微的明代中叶,李攀龙等希图通过"文取西汉,诗规盛唐"的文学复古运动,唤起人们对汉唐盛世期待的愿望,是无法实现的;他无力起封建社会之衰,也无法救腐朽的明王朝之弊,并因其在诗文创作方面盲目尊古和一味拟古,也使正宗诗文日益失去创造性的生机和活力而更趋衰微。这是李攀龙所难以预料、也无法预料的历史发展大势。

总之,李攀龙作为明代"后七子"领袖,主盟文坛数十年,其影响不容忽视。就其诗歌创作的实际情况看,他虽与"前七子"前后倡和,而蹊径已自不同。其诗歌创作在许多方面已突破复古派的见解,在艺术上取得较高成就,对后世有积极影响。至于后起之拟古与形式主义的诗作,拾复古派之余唾,每况愈下,虽为其流弊所致,但不应概由李攀龙负责。其在嘉、隆之际,被尊为宗工巨匠,迄于清初"家有其书,人耳其姓字,传诵其流风遗韵不衰"[61],自为一代诗文大家。约在明末,日本江户时代初期,《沧溟集》与李梦阳《空同集》同时传入日本,后又有李攀龙的诗文选集在日本流传。

六

李攀龙的部分诗歌,在其生前曾由济南知府魏裳于嘉靖四十二年(1563)结集为《白雪楼集》,其全部诗文,在其逝世后,于隆庆六年

(1572),由其好友王世贞整理刊印,共三十卷(诗十四卷,文十六卷,附录志传表诔为一卷),张佳胤作序(简称"隆庆本")。万历三年(1575)重刊隆庆本,有胡来贡序(简称"重刻本")。万历三十四年(1606),陈陞翻刻隆庆本(简称"万历本")。此外,明本尚有张道弘校本(简称"张校本")、佚名残本(简称"佚名本")。清道光二十七年(1847),李攀龙九世孙献方将家藏隆庆旧版献出,交由其师、济南学者周乐,周氏又得济南藏书家李秋屏藏本,约请济南学者花寿山、王德容校勘、付梓,是为清刊本(简称"道光本")。自明清以来,李攀龙诗文选本甚多,如明宋光廷《李沧溟集选》(传入日本,有日本书林向荣堂刻本)、日本近江宇鼎《李沧溟近体诗集》二卷(日本宝历间刻本)。其他,如《明四子诗集》本选录《沧溟诗集》十四卷,《盛明百家诗前编》本《李学宪集》一卷,《盛明百家诗后编》选录《续沧溟集》一卷,清姚佺、孙枝蔚《四杰诗选》本选录《沧溟集选》,清朱彝尊《明诗综》、沈德潜《明诗别裁集》、宋弼《山左明诗钞》等亦选录李攀龙部分诗歌。"道光本"是今见诸本中错讹较少的一个本子,为李伯齐《李攀龙集》(点校本,齐鲁书社1993版)校点李攀龙诗文的底本;本书据《李攀龙集》编选,不出校语。

关于李攀龙的年谱和作品编年,可供参考的资料不多,笔者曾撰有《李攀龙行年考略》(《李攀龙诗文选》附录二,济南出版社1993版),为了方便读者参考,我们尽量在题注中略加推参。对所选作品一般不加评论,而对前人评论则尽量引用,以便读者参考。

李诗用典较多,又因其有意规摩唐诗,注释尽量将原典及有关唐诗注出,力求详尽、准确。为便于中等文化程度的读者,一般先译述句意,再释字词,难字注音。

本书附《诗评辑要》及《行年事迹考略》。《行年事迹考略》,为在笔者《李攀龙行年考略》的基础上修改而成。

在选注过程中,得到人民文学出版社周绚隆先生的大力支持和杜维沫先生的细心审校,谨在此表示衷心的谢意!学力所限,选录和注释都难免错谬,恳望方家和读者批评指正。

李伯齐

2005年7月1日于山东师范大学

〔1〕王世贞《李于鳞先生传》,载李伯齐校点《李攀龙集·附录》,齐鲁书社1993年版。此下凡引李攀龙诗文,均见《李攀龙集》,不再另行说明。

〔2〕李攀龙《为太恭人乞言文》。

〔3〕同注〔2〕。

〔4〕殷士儋《明故嘉议大夫河南按察司按察使李公墓志铭》。

〔5〕同注〔1〕。

〔6〕《明史·选举志》二。

〔7〕同注〔4〕。

〔8〕李攀龙《亡妻徐恭人状》云:"甲辰,第进士,恭人随侍太恭人京邸。明年,予告,随侍太恭人归济南。丙午起家,复随侍太恭人京邸。"

〔9〕同注〔4〕。

〔10〕同注〔1〕。

〔11〕钱谦益《列朝诗集小传》丁集上《李按察攀龙》,上海古籍出版社1983版。

〔12〕同注〔4〕。

〔13〕《答董学士用均书》。

〔14〕同注〔13〕。

〔15〕《乞归公移》。

〔16〕同注〔1〕。

〔17〕《春日闲居》十首之十。
〔18〕《夏日冬村卧病》十二首之五。
〔19〕同注〔11〕。
〔20〕《酬李东昌写寄白雪楼图序》。
〔21〕同注〔1〕。
〔22〕同注〔1〕。
〔23〕施闰章《沧溟先生墓碑》,载《李攀龙集·附录》。
〔24〕《夏日东村卧病》十二首之十。
〔25〕同注〔17〕。
〔26〕《赠殿卿》。
〔27〕《春日闲居》十首之九。
〔28〕《夏日东村卧病》十二首之七。
〔29〕《酬许右史九日小山见赠》二首之一。
〔30〕《答殿卿过饮南楼见赠》二首之一。
〔31〕《杪秋同右史南山眺望》二首之一。
〔32〕《过吴子玉函山草堂》。
〔33〕《与魏使君宿龙洞山寺同赋》四首之一、二。
〔34〕《与转运诸公登华不注绝顶》。
〔35〕《春日自戏》。
〔36〕《送许右史之京》十二首之四。
〔37〕《冬日》四首之一。
〔38〕《寄元美》四首之四。
〔39〕《与张少坤》。
〔40〕《报张肖甫》。
〔41〕《答元美喜于鳞被召见寄》。
〔42〕《过吕梁》。

17

〔43〕《答元美吴门邂逅于鳞有赠》四首之二。

〔44〕《与许殿卿》。

〔45〕《报刘都督》。

〔46〕同注〔4〕。

〔47〕同注〔1〕。

〔48〕《将至梁园寄殿卿》。

〔49〕许学夷《诗源辩体后集纂要》卷二。

〔50〕《同许右史游南山宿天井寺》。

〔51〕《元日》。

〔52〕王世贞《艺苑卮言》卷七。

〔53〕胡应麟《诗薮续编》卷二。

〔54〕同注〔49〕。

〔55〕同注〔11〕。

〔56〕《送汝南太守徐子与序》。

〔57〕《送宗子相序》。

〔58〕同注〔57〕。

〔59〕《送王元美序》。

〔60〕《蒲圻黄生诗集序》。

〔61〕同注〔23〕。

一　居京时期

崔驸马山池燕集得"无"字[1]

主家池馆帝城隅,上客相如汉大夫[2]。十里芙蓉迎剑舄,一樽风雨对江湖[3]。桥边取石鲸飞动,台上吹箫凤有无[4]?向夕不堪车马散,朱门空锁月明孤[5]。

〔1〕作于嘉靖二十八年(1549)前,初至京时。崔驸马,名元(？—1549),代州(治所在今山西代县)人。明孝宗弘治六年(1493)尚(娶)宪宗女永康公主,世宗即位,以迎立功封京山侯。喜好结交文士,以播声誉。生平详见《明史·公主列传》。山池,山与池,指园林。燕集,燕会,即宴会。

〔2〕"主家"两句:谓公主的园林坐落在帝京之旁,与会的都是当今著名的文人。主家,公主之家。帝城,京城。隅,旁。上客,上宾,尊贵的客人。相如,司马相如(？—前118),西汉文学家,以赋著称。其赋受到汉武帝的赏识,任为郎,曾以中郎将通使西南夷,终官孝文园令。此借以誉称参加燕集的文人。

〔3〕"十里"两句:谓盛开的荷花,迎候着好友;醇酒一杯,与各位朋友畅怀对饮。十里芙蓉,极言荷花池之大及其盛开的景象。剑舄,玉匣剑、飞凫舄。玉匣剑,《艺文类聚》六〇引雷次宗《豫章记》载,晋人张华见牛、斗二星之间常有紫气,问雷焕,雷谓乃宝物精气,在豫章丰城。张

1

华即任命雷为丰城令。雷至县,掘得玉匣,长八尺,内有二剑。雷留其一,一送张华。后张华遇害,所收藏之剑飞入襄城水中。雷临死,告诫其子常以剑自随。后其子为建安从事,经浅濑,剑忽从腰际跃出,即见二龙相随游去。舄(xì),泛指鞋。飞舄,见《后汉书·王乔传》。据载,明帝时术士王乔为叶令,每月朔(初一)望(十五)常从县到都城朝见,但却不见他有车骑。明帝命太史暗中窥探,太史说每当他到来,就见有双凫飞来。"于是候凫至,举罗张之,但得一只舄焉"。此以双剑合、飞凫至喻指相知相亲的友谊。南朝梁何逊《别沈助教》:"可怜玉匣剑,复此飞舄凫。未觉爱生憎,忽见双成只。"樽,酒杯。《庄子·逍遥游》"以为大樽"《释文》:"樽,如酒器,缚之于身,浮于江湖,可以自渡。"又,《集韵》释"樽"为"林木盛貌"。风雨,风与雨。《易·系辞上》:"鼓之以雷霆,润之以风雨。"此取"润之"之意。江湖,三江五湖的省语。燕集者来自各地,故云。

〔4〕"桥边"两句:谓桥边钟声飞动,台上箫声悠扬,却不知公主是否驾凤飞去?桥边,桥畔,桥侧。石,大钟。《周礼·春官·典同》"厚声石"注:"钟大厚则如石,叩之无声。"鲸,鲸鱼,指鲸音,梵钟之声。《后汉书·班固传》载《两都赋》"发鲸鱼,铿华钟"薛综注:"海中有大鱼名鲸,又有兽名蒲牢。蒲牢素畏鲸鱼,鲸鱼击蒲牢,蒲牢辄大鸣呼。凡钟欲令其声大者,故作蒲牢于其上,撞击者名为鲸鱼。钟有篆刻之文,故曰华。"台上吹箫,指箫史与弄玉的爱情故事。《文选》二八载鲍明远(照)《升天行》"凤台无还驾"注引《列仙传》载,秦穆公的女儿爱上善吹箫的箫史,穆公就将女儿嫁给了他,"遂教弄玉作凤鸣。居数十年,吹似凤声。凤皇(凰)来止其屋,为作凤台,夫妇止其上。不下数年,一旦皆随凤皇(凰)飞去。"从下两句看,公主已死,所以有"台上吹箫凤有无"之说。

〔5〕"向夕"两句:谓驸马忍受不了人们离去的寂寞,大门一关,只有他孤独地与明月相伴。向夕,接近傍晚。不堪,忍受不了。朱门,贵族

之门。清沈德潜《明诗别裁集》云:"玩末句,应主亡之后。"

送新喻李明府伯承[1]

尔昔红颜客蓟门,献书不报哀王孙[2]。一朝致身青云里,座上还开北海樽[3]。余亦题诗郭隗台,燕山秋色对衔杯[4]。论交共惜黄金尽,此处空悲骏马来[5]。可怜"郢曲"今亡久,《下里》之歌吾何有?文章稍近"五千言",《雅》《颂》以还《十九首》[6]!才子新传"白雪篇",江城忽借使君贤[7]。那堪西署为郎者,多病离居卧日边[8]。

〔1〕作于嘉靖二十七年(1548),李攀龙居京的第五年,时供职刑部。新喻,县名,在今江西省。明府,此指县令。李伯承,名先芳,濮州(今山东鄄城)人,嘉靖二十六年(1547)进士,除新喻知县,官至少卿,终官宁国府同知。伯承未第时,其诗已名噪齐鲁,进士及第后,在京首倡诗社,李攀龙、王世贞先后加入,并经其介绍相识、定交,后被摈斥于"七子"之外。生平详见钱谦益《列朝诗集小传》(丁集上)。此为攀龙早期诗作之一,写与李伯承的交往及友情,赞扬伯承的文学才能,并对其不被重用表示同情。诗从其早年遭遇落笔,次写其好客及才情,文笔浑浩流转,气势恢弘,可见李攀龙歌行体诗的风格及其狂傲不羁、睥睨当世的情态。

〔2〕"尔昔"两句:言你因年少貌美,曾在京城被列入选驸马的名册,可惜未被选中。尔,你,指伯承。红颜,谓少年时。客蓟门,客居京都。蓟门,古地名。在今北京市德胜门西北。此指北京。献书不报,致

3

书皇帝而未得回报。据钱谦益《列朝诗集小传》载,伯承年十六,美如冠玉,皇室招选驸马,他被列入名册,而却未被选中。哀王孙,为王孙而哀。王孙,犹公子。此指伯承。

〔3〕"一朝"两句:言你一登第入仕,就像孔融在北海一样结交天下名流。致身青云,喻指中进士授官。北海樽,喻主人好客。北海,孔北海,孔融曾任北海相,世称"孔北海"。孔融(153—208),字文举,汉末山东曲阜人,孔子二十世孙,官至少府。《后汉书》本传载,融好结交名士,宾客日盈其门,常自叹说:"坐上客恒满,尊中酒不空,吾无忧矣。"

〔4〕"余亦"两句:言我也曾追随您赋诗为文,在京郊美好的秋色中相对痛饮狂歌。郭隗台,也称燕台,即黄金台,故址在今河北易县东南,战国时期燕王为招纳贤士而筑,因又称招贤台。郭隗,战国时燕人。据《战国策·燕策一》载,燕昭王即位后,为强国雪耻,招纳天下贤能之士,郭隗献计说如果燕王招贤先从他开始,那些比他有才能的人就会闻讯而至。于是,燕王为他"筑宫而师之",乐毅、邹衍、剧辛等纷纷前来,终使燕国强大起来。此指李伯承倡诗社,接纳京都文学之士。燕山,山名,起自河北蓟县,经玉田、丰润诸县,蜿蜒东向至海滨。此指京畿地区。对衔杯,相对痛饮。

〔5〕"论交"两句:言好友共惜将别,人们徒然悲叹像您一样的才俊之士未得到重用。论交,结交。黄金尽,谓将别离。唐张谓《题长安主人壁》:"世人结交须黄金,黄金不多交不深。"骏马,喻指才俊之士。此指伯承。

〔6〕"可怜"四句:言可叹高雅的歌曲久已不传,而吾辈对庸劣之作又不屑一顾,您高古典雅的诗歌实在值得赞美。可怜,可惜,可叹。郢曲,高雅的乐曲。宋玉《对楚王问》:"客有歌于郢中者,其始曰《下里》、《巴人》,国中属而和者数千人。其为《阳阿》、《薤露》,国中属而和者数百人。其为《阳春》、《白雪》,国中属而和者不过数十人。引商刻羽,杂

以流徵,国中属而和者不过数人而已。是其曲弥高,其和弥寡。"此喻指高雅的诗文。"五千言",指《老子》。《雅》、《颂》,指《诗经》中的雅诗和颂诗;《十九首》,即《古诗十九首》,汉末文人五言诗,都一向被文人推崇为高雅诗歌的典范。说伯承的诗文追攀《老子》、《诗经》、《十九首》,是赞美之辞。

〔7〕"才子"两句:言你高雅的诗歌刚刚在京都流布,就要为江城新喻增辉去了。才子,指李伯承。白雪篇,誉称伯承高雅的诗篇。江城,指江西新喻,因在袁水之畔,故称。使君,本为汉对刺史、太守的尊称,后也用来尊称州郡等地方长官。

〔8〕"那堪"两句:言怎能忍受像我这样淹滞郎署,病卧京都,离群索居。堪,忍受。西署,指刑部。唐刑部别称西台。李攀龙时任职刑部。卧日边,指在天子身边,即在京城任职。《宋书·符瑞志上》载,伊挚(伊尹)"将应汤命,梦乘舟过日月之傍"。李白《行路难》其一:"闲来垂钓碧溪上,忽复乘舟梦日边。"

秋前一日,同元美、茂秦、吴峻伯、徐汝思集城南楼〔1〕

万里银河接御沟,千门夜色映南楼〔2〕。城头客醉燕山月,笛里寒生蓟北秋〔3〕。胡地帛书鸿雁动,汉宫纨扇婕妤愁〔4〕。西风明日吹双鬓,且逐飞蓬赋远游〔5〕。

〔1〕作于嘉靖二十八年(1549)。据谢榛《四溟诗话》七五条载,谢氏在嘉靖二十八年中秋与李攀龙、王世贞在一起赏月,知该年秋谢榛在

京。秋前一日,指立秋的前一天。元美,即王世贞(1526—1590),字元美,一号凤洲,太仓(今属江苏)人。嘉靖二十六年(1547)进士,试政大理寺,除刑部主事,历官至刑部尚书。入仕之初,入李先芳诗社,并经李介绍,与李攀龙定交。第二年,入吴维岳诗社。后拥戴李攀龙为诗坛盟主,倡导文学复古。攀龙去世后,操海内文柄近二十年。著有《弇州山人四部稿》等。此下凡涉及王世贞行年,均据清钱大昕《弇州山人年谱》(载《潜研堂全书》),不再另行注明。茂秦,即谢榛(1495—1575),字茂秦,号四溟山人,又号脱屣山人,临清(今属山东)人。明代著名诗人,"后七子"之一。《明史》本传载,谢榛眇一目,少有诗才,西游彰德(今河北临漳),为赵康王所宾礼。后为脱河南浚县卢楠冤狱赴京奔走,声誉鹊起。在京与李攀龙、王世贞结识,并因诗歌主张相近而组成诗社,倡导文学复古运动,后因论文不合及布衣身份,受到排挤,而从今存诸家诗文看,他与"七子"之间的联系及诗文往来并未中断。谢榛大部分时间以彰德为中心,周游大河南北,人称"谢榛先生"。著有《四溟山人集》、《四溟诗话》(又名《诗家直说》)。此下凡引谢榛诗,均见朱其铠等点校《谢榛全集》。吴峻伯,即吴维岳,字峻伯,孝丰(今浙江安吉)人。嘉靖十七年(1538)进士,知江阴县,入为刑部主事,历官至贵州巡抚。有诗名。徐汝思,即徐文通,字汝思,永康(今属浙江)人。嘉靖二十三年(1544)进士,历官至山东按察副使。有诗名。城,京城。

〔2〕御沟:流经御苑的河沟,此指禁城护城河。千门:宫门。《资治通鉴·唐纪》:"文宗开成元年,流血千门。"注谓汉武帝起建章宫,度为千门万户,后世遂称宫门为千门。

〔3〕"城头"两句:言我们这些客居京城的人,酣醉于城头月下,从幽怨的笛声里,感到这里秋寒将至。燕山,山名。详前《送新喻李明府伯承》注〔4〕。蓟北,蓟州以北。蓟,蓟州。蓟州镇为明九边之一,分守自居庸关至山海关一带。燕山、蓟北,都指北京一带。笛,乐器名。相传出

于羌中(羌族居住地区,即今甘肃、四川部分地区)。王之涣《出塞》:"羌笛何须怨杨柳,春风不度玉门关。"

〔4〕"胡地"两句:言大雁南飞,传递出大漠秋讯;宫廷纨扇收起,引发出宫女们的哀愁。胡地,胡人所居之地,指大漠以北地区。帛书,以帛为书简。《汉书·苏武传》:"天子射上林中,得雁,足有系帛书。"鸿雁,俗称大雁,当秋南飞。纨扇,齐纨(古齐地出产的丝绸)制作的团扇。婕妤(jié yú),汉宫女官名。乐府诗《怨歌行》传为班婕妤所作,诗云:"新裂齐纨素,鲜洁如冰雪,裁为合欢扇,团团似明月。出入君怀袖,动摇微风发。常恐秋节至,凉飙夺炎热,弃捐箧笥中,恩情中道绝。"

〔5〕"西风"两句:言明天有的就要迎着西风离去,大家各自东西,像飞蓬一样飘泊不定。飞蓬,蓬草当秋根枯,随风飘转,故称。赋,吟咏。

送张子参募兵真定诸郡〔1〕

蓟门昔在胡尘中,匈奴火照西山红〔2〕。毡庐相望赤县隘,腥膻未厌神畿空〔3〕。君王拊髀过郎署,侍臣扼腕谈边功〔4〕。每饭不忘巨鹿战,千金先发华阳宫〔5〕。邯郸少年游侠子,腰间匕首悬秋水。出身愿属羽林儿,横行誓夺单于垒〔6〕。腾装夜别纵博场,贳酒朝辞挟瑟伎。马上风云八阵成,帐前鼓角三军起〔7〕。故人新贵宠轩墀,乱后高名众始知。国士渐看投笔至,主恩况许请缨为〔8〕。天寒恒岳倚长剑,雪满滹沱拥大旗。归来汉苑生春草,见尔论兵散幕迟〔9〕。

〔1〕作于嘉靖二十九至三十年之间(1550—1551)。张子参,生平

未详。募兵，招募兵勇。真定郡，即真定府，治所在今河北正定县。从诗首句看，张子参募兵应在鞑靼入侵京畿地区（嘉靖二十九年）之后不久。诗不落送行俗套，从对张子参募兵御敌使命，写到对战胜强敌的期待，反映出诗人对边事的深切关注。

〔2〕"蓟门"两句：言昔日京城被鞑靼袭掠时，战火把西山都照红了。蓟门，又称蓟丘，故址在今北京德胜门外。此代指北京。胡尘，胡马飞尘。嘉靖二十九年（1550）八月，鞑靼俺答部大举入侵，蓟镇兵溃，遂袭掠京畿地区。详见《明史·世宗纪》。匈奴，秦汉时期，我国北部的游牧民族。此指鞑靼，属蒙古部族。元朝灭亡后，其宗族远徙漠北，去国号，称鞑靼。西山，山名。在今北京西郊。

〔3〕"毡庐"两句：言当时京城挤满了鞑靼人的帐篷，他们把京畿洗劫一空还不满足。毡庐，用毡毯搭起的帐篷。赤县，唐制，县有赤、畿、望、紧、上、中、下等差别，凡县治设在京师以内者称为赤县。此指京畿各县。隘，狭窄。腥膻，牛羊肉散发出的气味。鞑靼以食牛羊肉为主，故以指称。厌，满足。神畿，神京之畿，即京畿。

〔4〕"君王"两句：言君王到各部司激励士气，大臣们也都情绪激动，向君王谈论御边的谋略。拊髀（bì），也作"抚髀"。手拍大腿，悲愤慷慨的样子。《汉书·冯唐传》："上（指汉文帝）既闻廉颇、李牧为人，良悦，乃拊髀曰：'嗟乎！吾独不得廉颇、李牧为将，岂忧匈奴哉！'"郎署，各部司衙署。侍臣，近侍之臣。扼腕，以手握腕，振奋的样子。边功，御边军事。

〔5〕"每饭"两句：言全国上下时刻不忘与鞑靼决一死战，所以朝廷派出使臣，不惜千金召募兵勇。每饭不忘，谓时刻想着。巨鹿战，谓两军决战。巨鹿（今属河北）之战，即秦楚之战。据《史记·项羽本纪》载，秦末，反秦义军已成燎火之势。秦军主力在巨鹿包围了赵王，项羽杀掉坐观成败的卿子冠军宋义，率军渡过黄河，破釜沉舟，怀着必死之心与秦军

决战,一举击溃秦军,为灭秦奠定了基础。华阳宫,唐代华山之阳的宫殿。此指明宫。

〔6〕"邯郸"四句:言应募的少年都重义轻死,全副武装,他们都愿归属羽林军,发誓要夺取鞑靼单于的营垒。邯郸,今属河北,古为赵国都城。真定古为赵地。游侠子,指重义轻死、勇武剽悍的青少年。曹植《白马篇》写"幽并游侠儿"奔赴西北,抗击匈奴,"捐躯赴国难,视死忽如归"。秋水,喻匕首寒光逼人。羽林儿,羽林军,即禁卫军。单于,汉代匈奴的君长称单于。此指鞑靼的君长。垒,营垒。

〔7〕"腾装"四句:言应募少年告别安逸的生活,整装待发,摆开阵势,随时听候号令准备出征。腾装,整理行装。纵博场,纵情博弈的场所。贳(shì)酒,赊酒。挟瑟伎,指艺伎。赌博、挟伎、纵酒,为游侠儿平素生活。风云,军阵名。古有天、地、风、云、龙、虎、鸟、蛇八阵。风、云二阵由旗幡而名。帐,中军帐。鼓角,战鼓、号角。进军时擂鼓、吹号角。三军,犹言全军。古时天子统帅三军。

〔8〕"故人"四句:言老朋友乱后知名,成为受皇帝宠信的新贵,今引导投笔从戎的文士,请缨杀敌。故人新贵,指张子参。宠轩墀,谓受到皇帝的宠信。轩墀,宫殿台阶。国士,国内杰出人物。此指张子参。渐,引进通导。投笔,投笔从戎,指文人从军。语出《后汉书·班超传》。请缨,谓自请杀敌。语出《汉书·终军传》。

〔9〕"天寒"四句:谓你冒着严寒,率领应募将士奔赴抗敌前线,明春凯旋归来,咱们再讨论兵法战策之事。恒岳,即北岳恒山。在今山西北部。倚长剑,挂长剑。李白《发白马》:"倚剑登燕然,边烽列嵯峨。"滹沱,河名。源于今山西繁峙县东泰戏山,流经山西代县、定襄,进入河北,在献县与滏阳河汇合为子牙河,至天津会合北运河入海。此指滹沱发源处。汉苑,汉朝宫苑。此借指明宫苑。论兵,讨论兵法战策。幕,幕府。战时搭建的统帅指挥所,一般为帐幕,故称。

同徐、吴二子弘法寺台眺望[1]

摇落偏惊祇树林,白云鸿雁亦萧森[2]。何知潘鬓淹郎署,但许燕山壮客心[3]。欲雨诸陵来朔气,西风千里动秋阴[4]。悲哉联璧登高赋,徙倚荒台见古今[5]。

〔1〕作于居京前期。徐、吴二子,指徐汝思、吴维岳,详前《秋前一日,同元美、茂秦、吴峻伯、徐汝思集城南楼》题注。弘法寺台,其址未详。

〔2〕"摇落"两句:谓佛寺树木叶枯落下,大雁摩天南飞,景象十分萧索。摇落,草木摇落。语出宋玉《九辩》,谓秋季。祇树林,即祇树园,同祇陀园,祇树给孤独园的省称。给孤独长者在舍卫城为释迦牟尼购置祇陀太子园林作说法处。此指佛寺。唐李颀《题璇公山池》:"远公遁迹庐山岑,开士幽居祇树林。"白云鸿雁,谓鸿雁在天际南飞。白云,天际白云为秋天典型景物。萧森,幽寂衰飒的样子。

〔3〕"何知"两句:谓哪知我淹滞郎署的落寞心情也像这秋天一样,只有远处的燕山令我感到振奋。潘鬓,指晋著名诗人潘岳。据《晋书·潘岳传》载,潘岳美姿容,少时挟弹走在洛阳道上,"妇人遇之者,皆连手萦绕,投之以果,遂满载而归"。而在其辟为司空太尉府后,因其"才名冠世,为众所疾,遂栖迟十年"。此以潘岳自喻。燕山,山名。从今北京至天津蜿蜒至海。客心,客人之心志。客,客居外地之人。诗人自指。

〔4〕诸陵:指明帝诸陵,即十三陵。在今北京市昌平区天寿山下。朔气,北风。秋阴,秋云。

〔5〕联璧:珠联璧合,喻指自己与徐、吴二子的诗作。徙倚:徘徊。

张驾部宅梅花[1]

仙郎雪后建章回,清夜西堂拥上才[2]。笛里春愁燕塞满,梁间月色汉宫来[3]。即看芳树催颜鬓,莫厌寒花对酒杯[4]。共忆故人江北望,因君罢赋倚徘徊[5]。

〔1〕作于居京期间。张驾部,生平未详。驾部,官名。明代指车驾司郎中。

〔2〕"仙郎"两句:言驾部办公归来,家中聚集了观赏梅花的才子们。仙郎,古称尚书省各部郎官为仙郎,驾部原属尚书省,故称。建章,汉宫名。故址在今陕西西安市长安区西。此指明宫。清夜,寂静的夜晚。西堂,西厢的前堂。拥,聚。上才,上才之人。此指聚集在驾部宅中的人。

〔3〕"笛里"两句:写时令,言燕山到处仍响着哀怨的羌笛,梁间照进清冷的月光。笛里春愁,闻笛而望春,谓盼春天到来。梅树腊月开花,在我国南方则标志着春天的到来。笛,笛声。笛出羌中,谓之羌笛。王之涣《出塞》:"羌笛何须怨杨柳,春风不度玉门关。"燕塞,燕山关塞。汉宫,借指明宫。

〔4〕"即看"两句:言近看梅花似催人鬓发变白,请不要因此而生厌,且相对痛饮。芳树,指梅树。催颜鬓,催人鬓发发白,谓花白。寒花,梅花。梅花迎霜傲雪而开,故云。

〔5〕故人:老朋友。未详所指,盖在长江以北。

送申职方还魏县[1]

山中春色慰漂零,泽畔行吟见独醒[2]。纵使冯唐淹省署,还如汲黯在朝廷[3]。漳河雨雪襜帷黑,大漠风尘燧火青[4]。忆尔时危曾抗疏,至今诸将说龙庭[5]。

〔1〕作于居京期间。申职方,生平未详。职方,明代在兵部设职方清吏司,职掌舆图、军制、城隍、镇戍、简练、征讨之事。申某盖为职方清吏司的郎中。魏县,今属河北。申职方因抗疏被解职,还归故里,诗人赞扬其品格,对其遭遇表示深切的同情。

〔2〕"山中"两句:言你因不苟同流俗而遭贬逐,只有这春色尚可抚慰你的不幸。漂零,同飘零。落魄,沦落。喻身世不幸。杜甫《送李勉》:"王孙丈人行,垂老见飘零。"泽畔行吟,谓被贬逐。独醒,喻指与流俗有不同的见解。《楚辞·渔父》:"屈原既放,游于江潭,行吟泽畔。……举世皆浊我独清,众人皆醉我独醒,是以见放。"

〔3〕"纵使"两句:以汉代名臣冯唐、汲黯赞誉申职方,谓即便你像冯唐那样淹滞下僚,也像汲黯在朝廷那样令人敬畏。冯唐,汉文帝时,年近七十,尚为中郎署长。但他顾念国家安危,冒着触怒文帝的风险,推荐被处罚的云中太守魏尚。事详《史记》本传。汲黯,字长孺,濮阳(今属河南)人。仕景帝、武帝两朝,廉正不苟,敢于犯颜直谏,面斥武帝及其宠臣,朝廷上下无不敬惮,但始终不得重用,最后外放为淮阳太守,老死任所。事详《汉书》本传。

〔4〕"漳河"两句:言当你冒着风雪返回魏县时,北方还在告急,大

漠仍处在战乱之中。漳河,水名。上游为清漳河和浊漳河,在河北、河南交界处汇合后称漳河,流经魏县(今河北大名)。襜(chān)帷,车上四旁的帐帷。风尘,战乱。燧火,报警的烽火。

〔5〕"忆尔"两句:言由此想到你在时局危难之际抗颜直谏,至今在边塞将军那里仍传为美谈。抗疏,上疏直言。龙庭,本指匈奴的王庭,此指边塞。

送靳颍州子鲁[1]

华阳馆前桑叶飞,荆轲台上送将归[2]。为言击筑悲歌者,当时酒人今是非[3]。太守搴帷蓟北来,燕山忽断楚天开[4]。郡中晓月雩娄出,雾里秋涛桐柏回[5]。黄金玺书发明光,东走颍州西豫章。君家兄弟二千石,承恩不数尚书郎[6]。朱幡双出领专城,五马踟蹰五马行[7]。汉主承春征计吏,小冯何让大冯名[8]。

〔1〕作于居京期间。靳颍州子鲁,指颍州知府靳学曾。靳学曾,字子鲁,济宁(今属山东)人,历官至山西副使。

〔2〕"华阳"两句:言京城春初,在荆轲台送你赴任。华阳馆,即华阳宫,唐代宫殿名,故址在华山之阳。桑叶飞,谓春天。荆轲台,即荆轲馆,故址在今河北易县西。

〔3〕"为言"两句:言当年高渐离击筑悲歌在这里为荆轲壮行色,而今是我以诗酒为你送行。击筑悲歌者,指高渐离。据《史记·刺客列传》载,卫国人荆轲,祖籍齐国。游历燕国,与狗屠及善击筑者高渐离为

友,"日与狗屠及高渐离饮于燕市,酒酣以往,高渐离击筑,荆轲和而歌于市中相乐也。已而相泣,旁若无人者"。后荆轲赴秦谋刺秦王,"(燕)太子及宾客知其事者,皆白衣冠以送之。至易水上,既祖,取道,高渐离击筑,荆轲和而歌,为变徵之声,士皆垂泪涕泣"。当时酒人,即高渐离。此喻指知己。今是非,今所是者,都是知己朋友,而所非者,今人非昔人也。

〔4〕"太守"两句:言你从北京走马上任,燕山忽然从望中消失,而楚天却将为你而展开。太守,指靳子鲁。褰帷,谓赴任。语出《后汉书·贾琮传》。蓟北,此指北京。燕山,横亘连绵于北京、天津间的山脉。详前《送新喻李明府伯承》注〔4〕。楚天,颍州古属楚国,故云。

〔5〕雩(yú)娄:古地名。在今河南商县东北。桐柏:山名。在今河南桐柏县西南。为淮河发源地。

〔6〕"黄金"四句:言你们靳氏兄弟接受朝廷任命,一个到颍州,一个到豫章,二人都是知府,你们得到的皇恩比尚书郎都大。黄金玺书,即黄金印,官印。明光,汉代宫殿名。此指明代宫殿。东走颍州,指靳子鲁。西豫章,指子鲁兄学颜(字子愚)。在子鲁任颍州知府的同时,其兄子愚也出任吉安知府(见《明史·靳学颜传》)。吉安,今属江西,汉为豫章郡地。二千石(dàn),汉代以官吏所得俸禄的多少分其等级,二千石者一百二十斛。据《汉书·百官公卿表》载,郡守秩二千石。尚书郎,官名。明代中央各部侍郎、郎中,通称尚书郎。

〔7〕朱幡双出:谓子鲁兄弟二人双双出城。朱幡,红色旗幡。专城:谓为一城之主,古代指称州郡地方长官。五马:汉代指称太守。汉乐府《陌上桑》:"使君从南来,五马立踟蹰。"

〔8〕"汉主"两句:谓如果皇帝明春派员考核,你也不会落在乃兄的后面。汉主,此指明朝皇帝。计吏,汉时地方官员派遣入京汇报政绩,以应考核的官吏。小冯,汉代冯立的绰号。据《汉书·冯奉世传》附传,冯奉世的两个儿子冯野王、冯立,都曾任职地方;冯立曾任五原、西河、上郡

太守,其兄野王,字君卿,曾任陇西、左冯翊太守,均以治行著闻。"吏民嘉美野王、立相代为太守,歌之曰:'大冯君,小冯君,兄弟继踵相因循,聪明贤知惠吏民,政如鲁、卫德化钧,周公、康叔犹二君。'"

碧云寺禅房[1]

佛土秋逾净,花台夜复香[2]。一灯醒梦幻,孤磬散清凉[3]。月上梵轮满,湖开天镜光[4]。新诗分妙偈,病客对空王[5]。

[1]作于居京期间。碧云寺禅房,即碧云寺,佛寺名。在今北京西北香山东麓,始建于元宁宗至顺二年(1331)。原名碧云庵,明正德年间(1506—1521)曾扩建,并改名碧云寺。后来,明天启年间(1621—1627)、清乾隆十三年(1748)又曾扩建,形成现在的规模。伟大的革命先行者孙中山先生1925年逝世后,曾一度停灵于此,后建中山纪念堂和衣冠冢。

[2]佛土:此指佛寺。花台:莲花台,指佛座。

[3]一灯:喻指佛法。佛教徒说佛法能破除众生昏暗不明,所以用灯作譬喻,所谓"佛所言,如灯传照"(《大般若经》)。磬:石制打击乐器。佛寺入夜击磬。唐卢纶《宿定陵寺》:"古塔荒台出禁墙,磬声初尽漏声长。"

[4]梵轮:佛教用语。即法轮,谓佛说法。《智度论》八:"佛转法轮,或名法轮,或名梵轮。"湖:指眼镜湖。

[5]妙偈(jì):美妙的偈语。偈,梵语意译,也译作"颂""讽颂"等;音译为"迦陀""偈陀"等。佛经中颂词,三言、四言、五言、七言不等,四句组成一偈。汉译有韵,类似我国诗歌体裁中的绝句。病客:诗人自指。空王:佛教用语。指佛,为诸佛的通称。

香山寺[1]

往时占紫气,马上看香炉[2]。不是寻幽到,其如发兴孤?回标临北极,秀色揽西湖[3]。树杪诸天出,阶前众壑趋[4]。花台骞地起,风铎蔽檐呼[5]。月抱蟾蜍石,星摇舍利珠[6]。玉毫侵瀑水,金相涌浮屠[7]。妙偈传从竺,高僧至自胡[8]。法轮皆帝力,下界复神都[9]。行幸当年事,人王握大符[10]。

〔1〕作于居京期间。香山寺,在今北京市西郊香山公园内。山原有道场曰香山,山因寺而名。

〔2〕"往时"四句:言以往只是远远地瞻望香山的云气,路过时看到香炉峰,如不是为探幽寻胜,怎能引发起游览香山寺的情兴?占,瞻。紫气,祥瑞之气。香炉,香山峰名,又名鬼见愁,在香山西部。寻幽,探寻幽胜之地。其如,犹岂如。

〔3〕"回标"两句:写香山雄伟景象,言其高峰与北极星相接,秀丽的风光远与西湖相连。回标,形容香山山峰的高峻。李白《蜀道难》:"上有六龙回日之高标,下有冲波逆折之回川。"临,近。北极,北极星。揽,挹取。西湖,指昆明湖。在北京颐和园,万寿山南麓。

〔4〕杪:梢。诸天:佛教用语。佛家把众生所在的世界分为三个层次,称为"三界",即欲界、色界、无色界。"三界"又有若干"天",其他有日天、月天、韦驼天等,总称之为"诸天"。此指佛寺。

〔5〕花台:莲花台,指佛座。骞(qiān)地起:从地飞起。骞,飞起。

风铎(duó),风铃,挂于庙宇檐下,风吹作响。

〔6〕"月抱"两句:言月光照在蟾蜍石上,星光与佛光相互辉映。蟾蜍石,像蟾蜍形状的孤石,香山名胜之一。舍利珠,佛骨称舍利子,其形如珠。《魏书·释老志》:"佛既谢世,香木焚尸,灵骨分碎,大小如粒,击之不坏,焚亦不焦,或有光明神验,胡言谓之舍利。弟子收奉,置之宝瓶,竭香花,致敬慕,建宫宇,谓为塔。塔亦胡言,犹宗庙也,故世称塔庙。"

〔7〕"玉毫"两句:言佛光映入飞瀑,金雕玉琢的佛像涌现在寺内。玉毫,佛教用语。指佛光。金相,金玉其相;金谓雕,玉谓琢。此谓雕塑的佛像。浮屠,即浮图,也作"佛图",同"佛陀"。指佛或佛塔。此指佛塔。

〔8〕"妙偈(jì)"两句:言香山寺的佛经从印度传来,这里的高僧也来自域外。妙偈,美妙的偈语。详前《碧云寺禅房》注〔3〕。竺,天竺,古印度的别称。佛教传自印度,从印度传来的佛经就特别珍贵。高僧,道行高的僧人。胡,古代泛指我国西北及西部少数民族。汉以后也泛称中亚及印度诸国之人。

〔9〕"法轮"两句:言香山寺坐落在京畿地区,它的佛法佑护着京畿地区。法轮,即梵轮。详前《碧云寺禅房》注〔4〕。帝,天帝。下界,佛教称众生所居之地,即人间。神都,谓京畿。语出《水经注·河水注》。

〔10〕"行幸"两句:言当年皇帝曾行幸香山,在这里发布诏令。行幸,皇帝出行,曾驻此寺。人王,指皇帝。大符,符节。皇帝发出命令的凭证。所指未详。

寄袭勖〔1〕

白云湖上白云飞,长白山中去不归〔2〕。君在几峰秋色遍,何

17

人共结薜萝衣[3]？

〔1〕作于居京前期。袭勖,字克懋,一字懋卿,阳丘(今山东济南章丘)人。曾官开平卫(治所在今河北独石口)教授。著有《懋卿集》。生平详见《章丘县志》。李攀龙《送袭懋卿序》(下凡引用李攀龙诗文,均出自李伯齐点校《李攀龙集》,齐鲁书社1993版)云,袭勖年三十始为府学生员,五十岁为贡生。做廪膳生员后,即与许殿卿、郭子坤同学。虽府学考试每为诸生高等,而科场却常常失意。长年隐居在今山东邹平与济南章丘交界处的长白山(也名白云山),以善《毛诗》著闻。从做府学生员即与攀龙交往,二人情趣相投；在攀龙隐居期间,为坐上常客,是与其关系密切的济南诗人之一。其诗自然流畅,颇有民歌风味。

〔2〕"白云湖"两句:像白云湖上卷舒自如的白云一样,您一直隐居在家乡的长白山中。白云湖,俗名刘郎中陂,在章丘旧城西北,诸多溪流汇潴而成,"白云英英出其中,湖因以名"(明李开先《闲居集·浚渠私说》)。长白山,山名。由邹平蜿蜒入章丘境,因山中云气长白,故名。

〔3〕共结薜萝衣:意即与谁一起隐居。薜萝:薜荔及女萝。《楚辞·九歌·山鬼》:"若有人兮山之阿,披薜荔兮带女萝。"《南齐书·宗测传》载,南朝齐隐士宗测在拒绝别人馈赠时曾说自己"量腹而进松术,度形而衣薜萝"。

送谢茂秦[1]

孝宗以来多大雅,布衣往往称作者[2]。谢家玉树操郢音,其曲弥高和弥寡[3]。寓梁曾曳王门裾,游燕欲荐中涓马[4]。

岂无冠盖映当时？满眼悠悠世上儿[5]！文章千载一知己，交结何须锺子期[6]。此物有神兼有分，富贵浮云不与之[7]。卢柟坐衔越石恩，醉后感激肝胆言[8]。苍鹰睚眦《鹦鹉赋》，身挂罗网何由翻[9]！殷忧楚奏秦庭哭，遂雪黎阳国士冤[10]。归去东将钓沧海，安能贫贱常丘樊[11]！早借江鸿报消息，或卧春云且故园[12]。

〔1〕作于嘉靖二十八年（1548），谢榛离京之时。茂秦，即谢榛。谢榛早有诗名，其为卢柟冤狱赴京奔走，又赢得士人的赞许，因此受到李攀龙、王世贞等的推重。此诗称赞其诗才、品格，感情激扬，沛然而下，为李攀龙七言古体诗歌的佳作。

〔2〕"孝宗"两句：言自弘治以来诗风渐趋雅正，出现了许多布衣诗人。孝宗，明弘治帝朱祐樘（1488—1505年在位）的庙号。弘治、嘉靖间，前后七子倡导文学复古，力图恢复古代诗歌联系现实的优良传统。大雅，本为《诗经》的一部分，后指联系现实、对政事有所补益的诗歌，即所谓"正声"。布衣，平民百姓。作者，创作诗文的人。此指诗人。

〔3〕"谢家"两句：言您（茂秦）诗歌格调高雅，能与之唱和的人很少。玉树，仙树，喻指人风采高洁。《晋书·谢玄传》载，玄与从兄朗为叔父谢安所器重。安曾经戒约子侄，为了更好地成长，不要过早地介入政事。"诸人莫有言者。玄答曰：'譬如芝兰玉树，欲使其生于庭阶耳。'安悦。"因谢榛姓谢，故联及用作赞语。郢音，即郢曲。"其曲弥高和弥寡"，均出自宋玉《对楚王问》，详前《送新喻李明府伯承》注〔6〕。这里用来赞美谢榛诗歌格调高雅。

〔4〕"寓梁"两句：言寓居梁地时，您曾为王门贵客；来京游历，您又想要荐拔像我们这样的新进人士。寓，寓居，寄居外地。梁，战国时魏国

所辖地域,大致指今河南北部、河北南部。谢榛游彰德(今河北临彰),为赵康王朱厚煜所宾礼,故云。曳裾王门,谓为王府门客。《汉书·邹阳传》:"饰固陋之心,则何王门不可曳长裾乎?"曳裾,长裾拖地。裾,衣袖。燕,燕京,指北京。中涓马,侍从皇帝的官员。《汉书·高惠后文功臣表》颜师古注:"中涓,亲近之臣,若谒者、舍人之类也。"李攀龙、王世贞等当时任职刑部,故用以自指。谢榛与李、王等初结社时,已是名闻遐迩的老诗人,而李、王则初出茅庐,因曾被推为盟主。

〔5〕"岂无"两句:言并不是当时没有达官显贵可以攀附,而在您眼中他们不过是些世俗之徒罢了。冠盖,官吏的服饰和车乘。此指达官显贵。悠悠,众多。

〔6〕"文章"两句:言诗心文心相通的人千载难求,以诗文相交,何必非求锺子期那样的知音,有您这样的知己也就够了。文章千载一知己,谓知音难求。刘勰《文心雕龙·知音》:"知音其难哉!音实难知,知实难逢,逢其知音,千载其一乎!"锺子期,即锺期,春秋时期楚国人。《列子·汤问》载,俞伯牙善鼓琴,锺子期善听。"伯牙鼓琴,志在高山。锺子期曰:'善哉!峨峨兮若泰山!'志在流水。锺子期曰:'善哉!洋洋兮若江河!'……曲每奏,锺子期辄穷其趣。"后遂以子期、伯牙喻指知音、知己。

〔7〕"此物"两句:言结交之事为精神相通,也在机缘与情分,与贫富贵贱的社会地位无关。物,事。神,精神。此谓彼此心领神会。分,缘分。富贵浮云,如浮云之富贵。《论语·述而》:"不义而富且贵,于我如浮云。"

〔8〕"卢楠"两句:言卢楠因受到救命大恩,醉后倾吐无限感激之言。卢楠,字少楩,一字子木,浚县(今属河南)人。据《明史·谢榛传》附《卢楠传》载,卢楠家富有,捐纳为太学生,博闻强记,"落笔数千言。为人跅弛,好使酒骂座",因得罪县令而被诬枉入狱,判死刑,谢榛赴京奔

走公卿间为其鸣冤,得免罪。此事在当时士人中影响颇大。越石,指春秋时期的齐国贤人越石父。越石父系狱,齐相晏婴解其左骖将其赎出,并荐为上客。事详《史记·管晏列传》。坐,因。衔恩,受其恩惠。肝胆言,犹肺腑之言。

〔9〕"苍鹰"两句:卢楠像当年祢衡一样,因睚眦之怨而身陷牢狱。苍鹰,喻酷吏。《汉书·酷吏传》:中尉郅都"独先严酷,致行法不避贵戚,列侯宗室见都侧目而视,号曰'苍鹰'"。睚眦(yá zì),嗔目怒视。此指小的怨愤。《鹦鹉赋》,祢衡的代表作。祢衡(173—198),字正平,东汉末年平原般(今山东临邑)人。少有才辩,而恃才傲物,惟与孔融友善。孔融荐于曹操,因其狂傲,曹操令其使于刘表,复因侮慢送至江夏太守黄祖处。衡与黄祖之子射游处,射大会宾客,有献鹦鹉者,令衡为赋,衡挥笔而就,文不加点,颇富辞采。后终因忤慢,为黄祖所杀。此以祢衡喻指卢楠。翻,飞,自由飞翔。

〔10〕"殷忧"两句:言您怀着极深的忧虑,赴京为卢楠奔走鸣冤,使其终得昭雪。殷忧,深忧。也作隐忧。楚奏,弹奏楚国乐曲。王粲《登楼赋》:"钟仪幽而楚奏兮,庄舄显而越吟。"钟仪,春秋时楚人,幽因于晋国,受命操琴,而为南音,事详《左传·成公九年》。后以钟仪楚奏喻不忘旧。秦庭哭,春秋时吴国攻破楚都郢,申包胥赴秦求救,秦不许,包胥"立,依于秦庭而哭,日夜不绝声,勺饮不入口七日,……秦师乃出"(《左传·定公四年》)。此处借指谢榛赴京哀求公卿为卢楠申冤事。黎阳国士,指卢楠。浚县为古黎阳县治,国士,全国推重景仰之士。

〔11〕"归去"两句:言您将东归,回到家乡继续隐居;像您这样有才华的诗人,怎能常处于贫困之中而不得重用呢。谢榛家在东方,归家即东归。钓沧海,钓于沧海之上,谓隐居渔猎。丘樊,山林,多指隐居之地。语出《南史·隐逸传论》。白居易《中隐》:"大隐住朝市,小隐入丘樊。"

〔12〕"早借"两句:言希望尽早地得到您的消息,无论是隐居还是

家居。江鸿,江燕。鸿雁传书,因代指书信。唐·刘禹锡《望夫山》:"江燕不能传远信,野花空解妒愁颜。"卧春云,喻指隐居不仕。

初春元美席上赠茂秦得"关"字[1]

凤城杨柳又堪攀,谢朓西园未拟还[2]。客久高吟生白发,春来归梦满青山[3]。明时抱病风尘下,短褐论交天地间[4]。闻道鹿门妻子在,只今词赋且燕关[5]。

〔1〕作于嘉靖二十八年(1549)春,与《送谢茂秦》同时。得"关"字,即以"关"字为韵赋诗。沈德潜评云:"诵五、六语,如见茂秦意气之高,应求之广。"(《明诗别裁集》)

〔2〕"凤城"两句:言京城今天又要送别友人,而他因留恋我们却还不打算回到邺城去。凤城,京城。此指北京。堪,可。杨柳堪攀,谓送别。古人有折杨柳送行的习俗。谢朓(464—499),字玄晖,陈郡阳夏(今河南太康)人。南朝齐著名诗人。竟陵王萧子良开西邸,招文学,谢朓为"竟陵八友"(王融、萧衍、沈约、范云、任昉、萧琛、陆倕)之一。此以谢朓喻指谢榛。西园,竟陵王西邸,也称西园。三国时期,曹操所建西园在今河北临漳县古邺镇,为三国时期曹操父子与邺下文人聚会之所。时在赵康王封地彰德(今临漳)。此以谢朓与竟陵王的关系喻指谢榛与赵康王。

〔3〕"客久"两句:言您长久客居外地,岁月在吟咏中流逝,春天的到来,更使您思念家乡。客久,长久客居于外。高吟,高雅的诗歌。归梦,思归之梦。

〔4〕"明时"两句：言在这圣明之时，我为官，您为民，咱们结交是不计较身份地位的。明时，圣明之时。风尘，喻宦途。李攀龙病弱，经常言病。短褐，平民穿着的粗布衣服。谢榛布衣终生，从未入仕。论交，结交。

〔5〕"闻道"两句：言听说您的妻小尚在故家，您自然要回到那里去，而今天且在这京城吟诗作赋，暂为欢乐吧。鹿门，山名。在今湖北襄樊市东南。唐代著名诗人孟浩然曾隐居此山。此借指谢榛故家临清。燕关，燕山关塞。此指北京。

经华严废寺，为虏火所烧[1]

丑虏殊猖獗，诸僧坐播迁[2]。无方超寂灭，有地入烽烟[3]。境坏秋原上，门空暮雨边；虚闻金作粟，真见火生莲[4]。星影疑缨缀，云光学盖悬；焚身香象泣，照钵烛龙然[5]。莫辨沉灰劫，犹传噀酒天[6]。至今余净土，不复一灯传[7]。

〔1〕作于嘉靖二十九年（1550），王世贞《早春同于鳞、公实访谢茂秦华严庵》（见《弇州四部稿》，下凡引王世贞诗文，同此）、谢榛《元夕同李员外于鳞登西北城楼望郭外人家，时经虏后，慨然有赋》（见朱其铠等点校《谢榛全集》，齐鲁书社 2000 年版，下凡引谢榛诗文，同此）二诗可证。据《明史·世宗纪》载，嘉靖二十九年八月，俺答大举入寇，攻入古北口，袭掠通州，分兵掳掠京畿州县后自行撤退。李攀龙等对朝廷暗弱，奸臣弄权，致使京畿残破，都极为愤慨。华严寺，又名华严庵，在北京西山，谢榛居京期间宿此。

〔2〕"丑虏"两句：言鞑靼袭掠寺庙，致使众僧流离失所。丑虏，对鞑靼入侵者的蔑称。殊，极，很。坐，因。播迁，颠沛流离。

〔3〕"无方"两句：言京畿烽烟遍地，人们无处逃避死亡的威胁。方，地。超，越。寂灭，佛教用语，义同梵语"涅槃"，指死亡。《无量寿经》："超出世间，深乐寂灭。"烽烟，战火。

〔4〕"境坏"四句：言寺庙毁坏，门前冷清；早曾听说关于金作粟的传说，而今却真见到历战火而不毁的佛像。境，与心意相对的境界。此指华严寺。秋原，深秋高原。虚闻，空闻，徒然听说。金作粟，金粟为佛名。《文选》卷五九载王中《头陀寺碑文》："金粟来仪，文殊戾止。"《唐诗纪事》载，佛家有金粟影如来，王摩诘援笔写之，放大毫光，观者皆倍施其财。火生莲，《维摩诘经·佛道品》："火中生莲华（花），是可谓稀有；在欲而行禅，希有亦如是。"佛家谓弥陀之净土，以莲花为所居，故寺庙中常以莲花为佛座。此处以火中生莲，指寺庙经兵燹之灾而佛像犹存。

〔5〕"星影"四句：言星光闪烁，像是被彩绳连接着；飘忽的云影，仿佛片片车盖悬在空中。遭战火焚烧的菩萨似在哭泣，烛光下的钵盂忽明忽暗。缨，彩绳。缀，连缀。盖，车盖。香象，佛教菩萨名。《华严经·菩萨住处品》："北方有菩萨住处，名香聚山，过去诸菩萨常于中住。彼现有菩萨，名香象。"钵，钵盂。僧人饭具，常托以化缘。烛龙，神名。《山海经·大荒北经》："西北海之外，赤水之北，有章尾山。有神，人面蛇身而赤，直目正乘，其瞑乃晦，其视乃明，不食不寝不息，风雨是谒。是烛九阴，是谓烛龙。"此指蜡烛。然，燃。

〔6〕"莫辨"两句：言劫火之后虽已无法分辨，神人喷酒灭火的传说却在流传。沉灰劫，兵燹之余曰劫灰；佛家谓天地大劫，洞烧之余为劫灰。噀(xùn)，喷。《后汉书·栾巴传》引《神仙传》载，尚书栾巴崇信道教，传说他在正朝大会时迟到，喝酒时又朝西南喷去，问其原因，说是成都失火，他是用酒灭火，皇帝令人查看，果如栾巴所说。

〔7〕"至今"两句:言至今只剩下这空空荡荡的寺庙,传法的僧人却不知哪里去了。净土,佛教用语,佛居住的世界相对世俗众生居住的人世间所谓"秽土"而言为"净土"。一般指阿弥陀佛西方净土,也称极乐世界。此指寺庙。佛教把传法称传灯,谓佛法像灯一样能照破"冥暗"。

署中有忆江南梅花者,因以为赋[1]

欲问梅花上苑迟,座中南客重相思[2]。开帘署有青山色,对酒人如白雪枝[3]。驿使书来春不见,仙郎梦断月应知[4]。偏惊直北多烽火,昨夜关山笛里吹[5]。

〔1〕此为李攀龙任职刑部郎中时的作品,应作于嘉靖二十九年(1550)。署,衙署。此指刑部。正当人们盼望冬梅带来春的消息,而传来的却是边境警讯;战乱在即,哪还有心思欣赏梅花呢!诗中隐约可见诗人对边患的忧虑。诗借忆梅、思梅而不见的失望心情,暗示对朝政的失望与对国家前途的忧虑,构思颇为巧妙。

〔2〕"欲问"两句:言想要问讯梅花,而上苑的梅花还没有开,反倒引得座中南方的客人更加思念家乡。问,问讯。上苑,供天子游猎的园林。迟,晚。指上苑梅花开得晚。南客,南方客居京城者,或指江南在京为官者。重,更加。

〔3〕"开帘"两句:言打开衙署的窗帘,远处青山入目而来;相对饮酒者,醉颜如同白雪中梅花。白雪枝,与青山色相对,是窗外实景,又隐喻彼此为品德高洁之人。白雪,本指高雅的乐曲,详前《送新喻李明府伯承》注〔6〕。

〔4〕"驿使"两句：言只见南方驿使北来，却不见有梅花寄来，我魂牵梦绕的思念，月亮也应知晓。驿使，古时传达官方文书的人，也为梅花的别名。《荆州记》载，南朝宋陆凯与范晔交好，自江南寄一枝梅花与晔，并赠诗云："折梅逢驿使，寄与陇头人。江南无所有，聊赠一枝春。"详见逯钦立《先秦汉魏晋南北朝诗》。仙郎，诗人自指。古时称尚书各部郎官为"仙郎"，攀龙时任刑部郎中。

〔5〕"偏惊"两句：言偏逢直北举烽报警，直到昨夜也无好消息传来。直北，直隶北部。明以京畿地区为直隶省，辖境大致与今河北省相当。据《明史·世宗纪》载，嘉靖二十九年八月，鞑靼俺答部进犯古北口。烽火，古时边境设置烽火台，在敌人入侵时举火报警。关山，边塞。笛，吹奏乐器。王之涣《出塞》："羌笛何须怨杨柳，春风不度玉门关。"昨夜关山笛里吹，语意双关：表面说直到昨夜还无春天的消息，实际是说关山没有胜利消息传来。

得殿卿书，兼寄张简秀才[1]

久客疏归计，吾徒足醉眠[2]。风尘犹逆旅，服食岂神仙[3]？老母须微禄，郎官亦冗员[4]。时名非我意，诗句众人传[5]。鸡肋堪谁弃，蛾眉幸自全[6]。羁情惊岁晚，法署向秋悬[7]。窃笑吹竽滥，深惭抱瓮贤[8]。青云浮世外，白眼贵游前[9]。流俗终违性，佯狂始入玄[10]。所甘才太拙，敢望病相怜[11]！寄字存加饭，兴言问着鞭[12]。支离如昨日，飞动异当年[13]。直觊亡胡虏，殷忧切御筵[14]。逐臣收佩玦，大将与兵权[15]。报主谋安出，和戎议已偏[16]。乘舆空汗血，锦绣被腥膻[17]。帷幄今何事？京师未晏然[18]。乾坤多垒后,仕宦畏途边[19]。海岱生瑶草,朋从拾紫烟[20]。伊余方物役,回首蓟门天[21]。

〔1〕作于嘉靖二十九年(1550)。殿卿,即许邦才,历城(今山东济南)水村人,诗人。攀龙好友。嘉靖二十二年(1543)解元。曾官永宁知州,德、周王府长史,隆庆初为周相。著有《瞻泰楼集》、《海右倡和集》等。张简,生平未详。鞑靼俺答部袭掠京畿,朝廷无退敌良策,只能求助于神仙方士。目睹朝政腐败,欲有为而不得;京师危急,欲献策而不能;全身避害、碌碌无为,心有不甘,赋此以向挚友倾诉内心的苦闷、彷徨。

〔2〕疏:少。吾徒:我辈,我们这类人。足:止。《老子》二十八:"常德乃足。"河上公注:"足,止也。"

〔3〕"风尘"两句:言做官就像旅途中的过客,服食丹药哪能真的成为神仙! 言外是说人生苦短,怎能如此虚度。风尘,指宦途。逆旅,客舍,旅馆。服食,服食丹药。道家说服食可以长生,所服用的药物,主要由紫石英、白石英、赤石脂、钟乳、石硫磺等石头炼制而成。嘉靖皇帝信奉道教,重用方士,迷信服食。

〔4〕"老母"两句:言我这个郎官不过是个闲散差使,只是为赡养老母不得不做下去。微禄,微薄的薪俸。郎官,中央各部属官。攀龙时任刑部郎中。冗员,闲散人员。

〔5〕时名:时下的名声。时,当时。

〔6〕"鸡肋"两句:谓自己目前处境如同口含鸡肋,只是还能保持自己高洁的品德而已。鸡肋,喻指食之无味、弃之可惜之物。《后汉书·杨修传》:"夫鸡肋,食之则无所得,弃之则可惜。"诗人以此喻指自己淹滞郎署,进不能、退不甘的尴尬处境。蛾眉,蚕蛾的触须细长而曲似美人之眉,因喻指美人。此借以自喻。

〔7〕"羁情"两句：谓羁留外地每到岁末便生思乡之情，而今高悬的秋月照着廨署更增愁烦。羁情，羁旅之情。岁晚，岁末。自古有春节亲人团聚的习俗，入秋思乡为人之常情。法署，廨署。此指刑部。向秋悬，谓明月高悬已是秋天。

〔8〕"窃笑"两句：谓自己在刑部滥竽充数，还不如归隐种田。吹竽滥，即滥竽充数。语出《韩非子·内储说上》。抱瓮，指隐居者。《庄子·天地》："子贡南游于楚，反于晋，过汉阴，见一丈人方将为圃畦，凿隧而入井，抱瓮而出灌，搰搰然用力甚多而见功寡。"

〔9〕"青云"两句：谓隐者处于尘世之外，可以任意鄙视达官显贵。青云，喻隐逸。语出《南史·孔珪传》。浮世，尘世。语出晋·阮籍《大人先生传》。白眼，用眼白看人，表示鄙视。《晋书·阮籍传》："籍又能为青白眼，见礼俗之士，以白眼对之。……喜弟康闻之，乃赍酒挟琴造焉，籍大悦，乃见青眼。"贵游，上流社会之人。

〔10〕"流俗"两句：谓随同流俗终究违背本性，只有佯狂才能保全自己。流俗，谓为世人所崇尚的颓靡之俗。性，本性。佯狂，假装疯狂。始，才。入玄，谓领悟道家全真养性之旨。玄，道。

〔11〕"所甘"两句：言所甘心者自己愚笨无能，哪里敢奢望你们同病相怜呢。敢望，岂敢指望。病相怜，同病相怜的省语。当时殿卿辗转藩邸，张简尚未入仕，故如是说。

〔12〕"寄字"两句：谓殿卿信中劝慰保重身体，一开头就问什么时候升迁。寄字，寄信。存，存问。加饭，多吃饭。兴言，信开头就说。着鞭，着先鞭的省语，本谓先人一步，见《世说新语·赏誉》下"刘琨称祖车骑"注引晋孙盛《晋阳秋》。此以殿卿语气，说比他们先得意、升官。

〔13〕"支离"两句：谓我身体还像从前一样病弱，而精神却大不如当年了。支离，语出《庄子·人间世》，本谓形体不全、衰弱，后指病弱、体瘦。南朝齐谢朓《游山》："托养因支离，乘闲遂疲蹇。"飞动，飞翔飘

动,指神采。《宋史·孙子秀传》："抵掌极谈,神采飞动。"

〔14〕"直觊"两句:谓如今只希望尽快消灭入侵的胡人,天子已为此而忧虑了。直觊(jì),只希望。殷忧,深切的忧虑。切,近。御筵,谓天子之筵。

〔15〕"逐臣"两句:言皇帝决定重新起用贬谪的大臣,并把反击侵略的兵权交给他。逐臣,放逐、贬谪的大臣。收佩玦(jué),重新起用。佩玦,玉制佩饰。玦,半环形的佩玉。古时常用为与人断绝关系的象征物品。《荀子·大略》:"绝人以玦,反绝以环。"王先谦《集解》:"古者臣有罪待命于境,三年不敢去,与之环则还,与之玦则绝,皆所以见意也。"据《明史·世宗纪》载,嘉靖二十七年释放在押的大将仇鸾,二十九年八月,任命仇鸾为平虏大将军,节制诸路兵马,巡抚保定。

〔16〕"报主"两句:谓他们为报答主上出了许多主意,但是要与俺答议和却是错的。报主,报答主上。主,指皇帝。和戎,与戎议和。戎,古指西方少数民族。此指西北的鞑靼俺答部。

〔17〕"乘舆"两句:谓皇帝驾前徒然有精兵强将,大好河山还是被鞑靼所蹂躏。乘舆,皇帝车驾。借指皇帝。汗血,传说出自大宛(今乌兹别克斯坦一带)的一种名马,叫天马,也称千里马。见《史记·大宛列传》。此喻指贤才、良将。锦绣,锦绣河山。被,遭受。腥膻,牛羊的腥膻味。此指入侵的鞑靼俺答部。鞑靼为游牧部族。

〔18〕帷幄:军帐,军事统帅议事的临时处所。晏然:安然,谓太平。

〔19〕"乾坤"两句:谓刚刚经历战事,仕宦前途令人畏惧。乾坤,天地。垒,营垒。畏途,令人畏惧的险阻之途。

〔20〕"海岱"两句:谓海岱地区生有仙草,朋友们游历其间,观赏美景,赛似神仙。海岱,东海、泰山之间,即今山东一带。瑶草,仙草,传说食之可以成仙。东方朔《与友人书》:"不可使尘网名缰拘锁,……脱去十洲三岛,相期拾瑶草,吞日月之光华,共轻举耳。"朋从,语出

《易·咸》。同类相从。紫烟,紫气,山气映日成紫。李白《望庐山瀑布》:"日照香炉生紫烟,遥看瀑布挂前川。"

〔21〕"伊余"两句:承上说,而我却正在为官,时刻想着京师的安危。伊余,犹言我。伊,发语词,无义。物役,为外物所役使,谦言为生计而为官。回首,转头,引申为回念、回想。此取"仰望京师"之意。《后汉书·伏湛传》:"四方回首,仰望京师。"蓟门,代指北京。

韦氏池亭同元美、子与、子相赋四首(选一)〔1〕

华发文章愧不工,独怜诸子调相同〔2〕。西京矫矫多奇气,东海泱泱自大风〔3〕。三署仙郎携酒后,一时词客此亭中〔4〕。白云寥廓迷幽蓟,驺衍谈天碣石宫〔5〕。

〔1〕作于嘉靖二十九年(1550)夏。元美,即王世贞,详前《秋前一日,同元美、茂秦、吴峻伯、徐汝思集城南楼》题注。子与,即徐中行。徐中行,字子与,号龙湾,又号天目山人,长兴(今属浙江)人。"后七子"之一。嘉靖二十九年(1550)进士,授刑部主事,历汀州、海宁知府、瑞州判,累官江西布政使。著有《天目山堂集》等。子相,即宗臣(1525—1560),字子相,号方城山人,扬州兴化(今属江苏)人。"后七子"之一。嘉靖二十九年(1550)进士,授刑部主事,改吏部考功,历稽勋员外郎,出为福建参议,迁提学副使。著有《宗子相集》。攀龙居京期间有大量酬答唱和之作,此诗对仗工稳,气势宏放,表现出深厚的艺术功力,为此类诗作的上乘作品。七子初结社,攀龙意气风发,傲视一切,颇有当今之世舍我其谁的气概。

〔2〕"华发"两句:谓惭愧的是虽生白发而文章仍不精工,但喜各位文学主张与我相同。华发,头发花白。工,精工。善其事者曰工。独,但。怜,喜。诸子,此指元美等。调,曲调。此喻诗歌主张。

〔3〕"西京"两句:谓西汉文章注重气势,不同凡常,而自我发起的诗歌运动,气魄也同样弘大。西京,指西汉。矫矫,出众的样子。《汉书·叙传》:"贾生(谊)矫矫,弱冠登朝。"奇气,不同凡常的气势。西京奇气,指西汉文章注重气势。东海,指古齐地。攀龙家乡济南为先秦齐地。泱泱大风,《左传·襄公二十九年》载,吴公子季札访问鲁国观乐,当乐工"为之歌《齐》"时,他说:"美哉,泱泱乎!大风也哉!表东海者,其大(太)公乎?国未可量也。"本为赞美齐国为东海诸国的表率,此借指自己和元美等的诗文。泱泱,宏大的样子。

〔4〕"三署"两句:谓三署郎官携酒相聚,当代的著名诗人就都集中在这座亭子里了。三署,指刑部、吏部和中书省。当时攀龙、世贞任职刑部,宗臣任职吏部,吴国伦任职中书省。尚书省各部郎官称"仙郎"。一时词客,犹言当代著名诗人。

〔5〕"白云"两句:谓"七子"在京,就像当年驺衍一样受到欢迎和尊崇。白云寥廓,寥廓天空的白云。寥廓,空阔广大。幽蓟,指北京一带。北京古属幽州,蓟(今北京大兴)为幽州治所。驺(zōu)衍(约前305—前240),齐国人,战国末哲学家,阴阳家的代表人物。据《史记·孟子荀卿列传》载,驺衍"深观阴阳消息而作怪迂之变,《终始》、《大圣》之篇十余万言。"其说称引天地,闳大不经,人称"谈天衍"。曾提出"九州说",中国为其一,称赤县神州。他在齐受到重视,并受到梁、赵、燕等国的欢迎。"如燕,昭王拥彗先驱,请列弟子之座而受业,筑碣石宫,身亲往师之。"据张守节《史记正义》说,碣石宫"在幽州蓟县西三十里宁台之东"。

31

同元美与子相、公实分赋怀太山得"钟"字,柬顺甫[1]

域内名山有岱宗,侧身东望一相从[2]。河流晓挂天门树,海色秋高日观峰[3]。金箧何人探汉策,白云千载护秦封[4]。向来信宿藤萝外,杖底西风万壑钟[5]。

[1] 作于嘉靖三十年(1551)。子相,即宗臣,见前诗。公实,即梁有誉(1519—1554),字公实,号兰汀,番禺(今属广东)人。"后七子"之一。嘉靖二十九年(1550)进士,授刑部主事。三年后,以念母移病告归。著有《比部集》。怀,怀念。太山,即泰山,在今山东省泰安市境内,为"五岳"之首。得"钟"字,即以"钟"字为韵。柬,柬寄。顺甫,即魏裳,字顺甫,蒲圻(今属湖北)人。嘉靖二十九年(1550)进士,以刑部郎出守济南,历山西副使罢归。性质直,博学工诗文,王世贞称其为"后五子"之一,与李攀龙等诗酒往还,关系密切。

[2] 域内:国内。岱宗:泰山别称岱,又为四岳所宗,故称。《诗经·大雅·崧高》疏引作"泰山,山之尊。一曰岱宗;岱,始也,宗,长也"。

[3] "河流"两句:写泰山雄伟、磅礴的气势和奇丽景观:秋日清晨北望,黄河如同挂在南天门边树上的飘带;纵目西眺,太阳从大海中浮出的景象奇丽壮观。河,指黄河。登岱顶北望,黄河如带。天门,指泰山南天门,又称三天门,建于元中统五年(1264)。进南天门即登岱顶,岱顶西侧为日观峰。秋高气爽的凌晨,可观看东海日出的奇丽景象。

〔4〕"金箧"两句:写泰山的神奇及其悠久的历史:谓有谁曾像汉武帝那样探测过金箧玉册？悠悠白云几千年以来仍然笼绕在五大夫松的周围。金箧(qiè),金制之箧。箧,收藏物品的箱子。汉应劭《风俗通义·正失》:"俗说,岱宗上有金箧玉册,能知人年寿修短。武帝探得十八,因到(倒)读曰八十,其后果用耆长(别本作'果寿八十')。"秦封,指五大夫松。据《史记·秦始皇本纪》载,始皇东巡郡县,登泰山时风雨暴至,避在松树下,遂封此松为五大夫。原树今已不存,清雍正八年(1730)补植五株,现存二株。五大夫,为秦二十等爵制中的第九级,赏有功者。

〔5〕"向来"两句:谓登岱常流连忘返,宿歇在山野,听着从千万峡谷中传来悦耳的风声。信宿,连宿两夜。藤萝,葛藤与女萝。杖,手杖。杖底,犹言脚下。壑,山中沟涧、峡谷。钟,古打击乐器。

送杨给事河南召募〔1〕

丑虏休南牧,朝廷议北征〔2〕。幄中新授律,天下大征兵〔3〕。使者持符出,君推抗疏名〔4〕。黄金秋突兀,白羽日纵横〔5〕。岳雪三花秀,河冰万马行〔6〕。将军邀剧孟,公子得侯嬴。屠贩多豪杰,风尘郁战争〔7〕。有呼皆左袒,无役不先鸣〔8〕。宁久燕山戍,终期瀚海清〔9〕。过梁投赋笔,更为请长缨〔10〕。

〔1〕作于嘉靖三十年(1551)前后。杨给事,指杨允绳(？—1560),字翼少,号抑斋,松江华亭(今上海市)人。嘉靖二十三年(1544)进士,授行人,擢兵科给事中。曾奏免英国公张溶、抚宁侯朱岳等,劾罢兵部尚

书赵廷瑞,"居谏垣未几,疏屡上,……皆从之,著为令。已,又陈御边四事,报可。再迁户科给事中。谢病归,久之,起故官。三十九年九月上疏言倭患,……其冬,巡视光禄,光禄丞胡膏伪增物直,允绳与同事御史张巽言劾之"。不料反被胡膏所谮毁,下狱,嘉靖三十九年处斩。隆庆初,诏赠光禄少卿。详《明史·杨允绳传》。此次召募,应在鞑靼俺答入侵京畿之后。据《明史·兵志》载,嘉靖二十二年(1543)制定从各州县召募兵丁的制度,"二十九年,京师新被寇,议募民兵,以二万为率,岁四月终赴近京防御"。河南,泛指黄河以南。据此,此诗应作于嘉靖二十九年(1550)或三十年秋末。

〔2〕"丑虏"两句:言乘鞑靼当秋休牧的时候,朝廷议北征之事。丑虏,对鞑靼俺答部的蔑称。虏,胡虏。休南牧,停止南侵。南牧,南向牧马,谓南侵。秋末冬初,草枯天寒,对游牧部族不利。据《明史·世宗纪》载,嘉靖二十九年九月,罢团营,恢复三大营旧制,设戎政府,以大将仇鸾为总督。十一月,分遣御史选边军入卫。

〔3〕幄中:帷幄之中。此指朝廷。新授律:刚刚颁布征兵法。

〔4〕"使者"两句:言人们早就推许您抗言直谏的品格,如今您又奉命出京召募兵丁来了。使者,指杨允绳。符,符节。此指朝廷征兵的凭证。《史记·孝文本纪》"铜虎符、竹使符"《集解》引应劭云:"铜虎符第一至第五,国家当发兵,遣使者至郡合符,符合乃听受之。"抗疏,谓上书言事,敢于抗争。

〔5〕"黄金"两句:谓您来时恰值秋天,朝廷召募兵丁的消息已传遍各地。黄金,地名。明属洋州,在今陕西洋县东北。突兀,猝然而至。白羽,语兼二义:一,古地名,即析邑,在今河南内乡县境;二,谓白旄,天子令旗。纵横,言其多。

〔6〕岳:指中岳嵩山。三花:三花树。唐李顾《寄焦炼师》:"悠悠孤峰顶,日见三花春。"河:指黄河。

〔7〕"将军"四句:谓杨给事为了抵御外患,来河南召募,一定会像当年周亚夫为平乱而来河南、魏公子为救赵求贤那样,得到剧孟、侯嬴、朱亥那样的豪杰。将军,指周亚夫。亚夫,西汉开国元勋、绛侯周勃之子,沛(今江苏沛县)人。初为河内守,承继其父,封条侯,以将军驻扎细柳防御匈奴。文帝死,拜车骑将军。吴、楚七国反时,以中尉为太尉,破之,迁丞相,因常忤帝意而未得善终。事详《史记·绛侯周勃世家》。剧孟,汉洛阳(今属河南)人,以任侠名显于诸侯。吴、楚七国反时,条侯周亚夫为太尉,"乘传车将至河南,得剧孟,喜曰:'吴、楚举大事而不求孟,吾知其无能为已矣。'天下骚动,宰相得之若得一敌国云"(《史记·游侠列传》)。公子,指信陵君魏公子无忌,魏昭王少子,封信陵君,以礼贤下士著闻于时,为"战国四公子"(信陵君、平原君、春申君、孟尝君)之一。侯嬴,魏国隐士,时在魏都大梁守城门,信陵君慕其名亲自往请,态度十分谦恭,并尊侯嬴为上客。后为救赵,侯嬴设计窃得魏王兵符,并推荐隐于屠徒中的朱亥为将。屠贩,即指朱亥。事详《史记·魏公子列传》。风尘,喻指战乱。郁,积。

〔8〕"有呼"两句:谓抗击外侵定会得到应召将士的拥护,他们在战斗中也会奋勇争先。左袒(tǎn),袒露左臂,以示拥护。汉高祖刘邦死后,吕后专政,立诸吕为王,引起群臣的不满。吕后死,诸吕欲为乱,太尉周勃取得兵权,"行令军中曰:'为吕氏右袒,为刘氏左袒。'军中皆左袒为刘氏"(《史记·吕太后本纪》)。先鸣,谓先登而大呼。

〔9〕"宁久"两句:谓您召募不是为了长久地戍守北方,而是为了彻底消灭侵略者,永享太平。燕山戍,戍守燕山。燕山,山名。明时为蓟辽总督辖地。瀚海清,谓使大漠获得太平。瀚海,古称沙漠为瀚海。此泛指大漠。

〔10〕"过梁"两句:谓今以诗送您赴梁召募,并希望能为我请求去戍边破敌。梁,古国名。此指河南。投赋笔,指写此诗。请长缨,请求破

敌报国。长缨,系敌之绳。语出《汉书·终军传》。

送子相归广陵七首(选三)[1]

蓟北青山照别卮,请君听我秋风辞[2]。扬州十月梅花发,江上春光好赠谁[3]?

白云无尽楚天寒,鸿雁萧萧枫树丹[4]。杨子月明愁里度,芜城雨色梦中看[5]。

广陵秋色雨中开,系马青枫江上台[6]。落日千帆低不度,惊涛一片雪山来[7]。

〔1〕据《明史·文苑·宗臣传》载,宗臣由刑部主事调任吏部考功郎时,曾谢病归广陵故家,其时约在嘉靖三十年(1551)秋。宗臣初入仕在刑部,与攀龙为同僚,并赞同其诗歌主张,彼此气味相投,乍聚相别,自别有一番滋味。广陵故城在今扬州东北,此代指扬州。第一首想象着宗臣有孤洁脱俗的梅花相伴,而在春光明媚之时却独自欣赏,不免孤单寂寞;第二首说秋尽冬来,凉风冷月,朋友们会彼此思念;第三首写广陵涛的雄奇壮观,得"落日千帆低不度,惊涛一片雪山来"名句。

〔2〕"蓟北"两句:言饯别的酒杯里映照着青山的影子,请您听我为您作歌送行。蓟北,指北京。卮,酒杯。秋风辞,时值秋季,即景为诗,亦有借用古诗《秋风辞》"怀佳人兮不能忘"之意。相传汉武帝行幸河东,祠后土,经汾河中流即兴所作,感时伤怀,委婉有致。见《文选》卷四五。

辞云:"秋风起兮白云飞,草木黄落兮雁南归。兰有秀兮菊有芳,怀佳人兮不能忘。泛楼船兮济汾河,横中流兮扬素波。箫鼓鸣兮发棹歌,欢乐极兮哀情多。少壮几时兮奈老何!"

〔3〕"扬州"两句:谓为您到了扬州以后,正是梅花绽放时节,您会将代表江南春光的梅花赠给谁呢?化用陆凯《赠范晔诗》典,详见前《署中有忆江南梅花者,因以为赋》注〔4〕。发,开放。

〔4〕"白云"两句:谓秋尽冬来,白云长随,楚地渐寒,当枫树叶红之时就会收到您的来信了。白云无尽楚天寒,取意于李白"楚山秦山多白云"。李白《白云歌送友人》云:"楚山秦山多白云,白云处处长随君。君今还入楚山里,云亦随君渡湘水。水上女萝衣白云,早卧早行君早起。"鸿雁,语意双关,既指深秋大雁南飞,也寓含鸿雁传书之意。萧萧,树摇动的声音。《楚辞·九歌·山鬼》:"风飒飒兮木萧萧。"丹,红。

〔5〕"杨子"两句:谓江上月下,您在愁烦中度过;睡梦之中,我们也想象着您伫立江边风雨中的情景。杨子,杨子江,即长江。杨,通"扬"。芜城,指广陵。南朝梁鲍照有《芜城赋》,写其登广陵故城所见广陵经兵燹荒芜的景象及其感受。

〔6〕"广陵"两句:谓广陵秋色在细雨蒙蒙中展现出来,而系马江边静待观涛则更令人向往。开,始。系,拴。细雨、青枫、江涛,是广陵秋季最为引人入胜的景观,而江涛尤为著名,号"广陵涛"。据枚乘《七发》,农历八月十五是观涛最好的时候。

〔7〕"落日"两句:写傍晚江涛来临时的奇特景象:千帆落下,停靠岸边,浪花排空,犹如雪崩,迎面扑来。低不度,谓降下船帆,舣靠岸边。

送恽员外按察郢中[1]

醉拥骊驹不可留,送君花发凤凰楼[2]。青春开府西陵色,到

37

日登台北雁愁[3]。寒雨远分荆楚望,白云无尽汉江流[4]。共知人世悲难合,傥得隋珠莫暗投[5]。

〔1〕作于嘉靖三十一年(1552)之前。恽员外,指恽绍芳,字光世,武进(今江苏常州)人。嘉靖二十六年(1547)进士,授刑部主事,历官至福建参议。郢中,此指湖广。王世贞有《恽比部光世擢湖广按察司佥事序》(见《弇州山人四部稿》卷五五),知恽绍芳曾出任湖广按察司佥事。世贞在嘉靖三十一年七月即离京外出,此诗应作于其外出之前的春季。

〔2〕骊驹:青骢马,青黑色小马。此语意双关。既为即景也寓含送别之意。《骊驹》为逸诗篇名,为送别之歌。《汉书·王式传》注引服虔说:"逸诗篇名也,见《大戴礼》。客欲去歌之。"文颖说:"其辞云:'骊驹在门,仆夫具存;骊驹在路,仆夫整驾。'"

〔3〕"青春"两句:谓在明媚的春日你任职湖广,到任之日登台北望一定会思念在京友人。青春,春日。开府,开建府署,自置僚属。汉实行三公(丞相、御史大夫、太尉)、大将军、将军开府制度,魏晋以后逐渐增多,明代始废。明习称外任的督抚为开府,湖广为督抚治所。西陵,长江三峡之一,在今湖北宜昌西北。到日,到任之日。北雁愁,见北飞之雁而增离愁。

〔4〕荆楚:楚地。古代楚国别称荆。指今两湖地区。汉江:长江支流,由汉口(今湖北武汉)入江。

〔5〕"共知"两句:谓都知人世所悲的是知音难寻,倘有意外的机遇也请慎重从事。傥,倘若,假如。隋珠,即隋侯之珠,古人认为即明月珠。见《淮南子·览冥训》注。隋国在汉江之东,正是荆楚之地,所以说在那里你得到明珠千万不要随意扔掉。明珠暗投,本喻怀才不遇。《史记·邹阳列传》:"臣闻明月之珠,夜光之璧,以暗投人于道路,人无不按剑相眄者。何则？无因而至前也。……故无因至前,虽出隋侯之珠,夜光之

璧,犹结怨而不见德。"傥得,就是"无因而至";莫暗投,就是不要投错了地方。

席上鼓饮歌送元美五首(选二)[1]

落日衔杯蓟北秋,片心堪赠有吴钩[2]。青山明月长相忆,白草寒云迥自愁[3]。

碧天无尽白云孤,到日扁舟落五湖[4]。不见蓟门秋草色,愁心明月满姑苏[5]。

〔1〕作于嘉靖三十一年(1552)秋。元美,即王世贞。元美于该年七月出使案决庐州、扬州、凤阳等地,并便道归里。这是王、李定交后的第一次离别,惜别之情溢于言表。鼓,奏。饮歌,饮酒时所歌。

〔2〕"落日"两句:谓秋日黄昏在京城为您饯行,只有赠送吴钩以壮行色,并表达此时惜别的心境。衔杯,饮酒。蓟北,泛指京城一带。吴钩,吴地铸造的一种刀剑,头少曲,故名。此泛指刀剑。元美故乡太仓古属吴地,故云。

〔3〕"青山"两句:谓您回到南方,我们留在北方,彼此会经常相互思念。青山明月,代指元美所去的南方;白草寒云,代指诗人所在的北方。青山,树木青翠之山,为南方的象征性景物;明月,两地仰望以寄相思之情。谢庄《月赋》:"美人迈兮音尘阙,隔千里兮共明月。"白草,生长我国北方,据《汉书·西域传》颜师古注,草"似莠而细,无芒,其干熟时正白色,牛马所嗜也"。王先谦补注说白草"冬枯而不萎,性至坚韧"。

迥,远。

〔4〕"碧天"两句:谓在这令人怀思的秋季,听说您办完公事要回家探亲。碧天、白云,指秋日。碧天无尽,谓秋日天高;白云孤,白云漂浮天际实景,而白云孤飞,则喻客中思亲。《旧唐书·狄仁杰传》》载,仁杰"荐授并州都督府法曹,其亲在河阳别业。仁杰赴并州,登太行山南望,见白云孤飞,谓左右曰:'吾亲所居在此云下。'瞻望伫立久之,云移乃行"。扁舟,小船。五湖,古时所指不一,《说文通释》谓"太湖一名具区,其派有五,故曰五湖"。太仓在太湖东北。元美公事完后,要回家探亲,所以说"到日扁舟落五湖"。

〔5〕"不见"两句:谓想您看不到京城的秋色,在家乡也会思念在京的友人。蓟门,指北京。姑苏,即今江苏苏州市。

雪后忆元美[1]

雪后千门月色开,故人遥忆子猷回[2]。饶他已尽山阴兴,半夜还须载酒来[3]。

〔1〕此诗当作于嘉靖三十一年(1552)冬。

〔2〕"雪后"两句:谓京城雪后月色明朗异常,此时特别忆念老友,希望您能不期而至。千门,宫门。见前《秋前一日,同元美、茂秦、吴峻伯、徐汝思集城南楼》注〔2〕。开,开朗,清朗。子猷,指晋王羲之之子王徽之。徽之字子猷。据《晋书》本传载,徽之性卓落不羁,在居住在山阴时,"夜雪初霁,月色清朗,四望皓然,……忽忆戴逵。逵时在剡,便夜乘小船谒之,经宿方至,造门不前而反。人问其故,徽之曰:'本乘兴而行,兴尽而反,何必见安道(戴逵字安道)邪!'"此以子猷喻指元美,谓希望

其不期而至。

〔3〕"饶他"两句：承上句，任他游览风景已没有兴致，此时也该载酒归来了。饶，任，尽，假设之词。山阴兴，流连风景的兴致。山阴，即今浙江绍兴，以风景秀丽著闻。

怀子相[1]

蓟门秋气动鸣珂，萧瑟东南海贼过[2]。乱后人才抡欲尽，留中启事草如何[3]？裁诗汉署青天色，伏枕燕山落日多[4]。岂亦念余经术浅，明年投劾罢京河[5]！

〔1〕子相，即宗臣。宗臣于嘉靖三十年（1551）病休，起复故官，移文选司，进稽勋员外郎，受严嵩排挤，出为福建参议。此诗应作于其出为福建参议之时，约在嘉靖三十二年（1553）。据《明史·文苑·宗臣传》载，宗臣到任后，倭寇曾逼近福州城，他守西门，让避难的一万多乡民进城，有人告诉他倭寇已逼近，他充满豪气地说："我在不忧贼也！"并与主帅一起击退了倭寇。自嘉靖二十九年以后，京城遭鞑靼俺答部的袭扰，倭寇又大掠舟山、象山，登陆温、台、宁、绍一带，王朝危机深重。而此时，元美离京，有誉病归，宗臣又被排挤外任，七子星散，"海内交游且尽"（《送宗子相序》），所倡文学复古遂告中歇。诗人怀念友人，忧念时局，深感无力回天，不免怅然生归欤之想。清汪端谓此诗"秀色在骨"（《明三十家诗选》），即指此诗忧时念乱，不仅在怀念友人也。

〔2〕"蓟门"两句：谓在秋天你离开京城赴任，而此时倭寇在东南沿海正十分猖獗，令人担忧。蓟门，指北京，已见前注。动鸣珂，谓骑马出

行,此指赴任。鸣珂,马勒饰。萧瑟,秋风声。海贼,指倭寇。日本海盗勾结中国东南沿海海盗、奸商进行走私、劫掠,嘉靖三十一年后的三四年间,江、浙、闽遭其侵害最烈,形成明代严重的边患。

〔3〕"乱后"两句:谓您所参与选拔的人才,在乱后已经散尽,就是您草拟的那些奏章怕也无人过问了。乱后,指嘉靖二十九年至三十年俺答部袭扰京城的战乱。抡,遴选。宗臣赴福建前任吏部考功、稽勋员外郎,负责官吏考核、稽察等事。攀龙谓"以子相之才,在吏部何爱不即至卿相,而委蛇若是"(《送宗子相序》),深为不平。留中,搁置禁中未批复发还的奏章。语出《史记·三王世家》。此指宗臣向朝廷提出的建议。启事,犹言陈事。《晋书·山涛传》载,山涛任吏部尚书时,凡用人行政"则启拟数人,诏旨有所向,然后显奏,随帝意所欲为先。……涛所奏甄拔人物,各为题目,时称《山公启事》"。草,草稿,指所拟奏章。

〔4〕"裁诗"两句:谓我在京或作诗,或卧病,整日无所事事。裁诗,作诗。裁,制作。汉署,此借指刑部。伏枕,谓卧病。"青天色"对"落日多",为互文,谓一天到晚,除了作诗就是卧病,无所事事。

〔5〕"岂亦"两句:谓滞官郎署,哪里是因为我缺乏经世之术,想到诸位的遭遇,我准备明年就投书自劾辞官归里了。余,我。经术浅,经世之术少。投劾,投书自劾。劾,揭发官吏之罪。此指自责其罪。京河,即京都。《独断》上:"天子所都曰京师。京,水也。地下之众者莫过于水,地上之众者莫过于人。京,大;师,众也,故曰京师也。"罢,罢官。此谓辞官。这是牢骚话。

寄元美〔1〕

寥落文章事,相逢白首新〔2〕。微吾竟长夜,念尔和阳春〔3〕。

把酒千门雪,论交四海人[4]。即今燕市里,击筑好谁亲[5]?

〔1〕元美,即王世贞。据李攀龙《总督蓟辽右都御史兼兵部左侍郎王公传》,嘉靖三十一年(1552)七月,元美父王忬由山东巡抚改提督军务,巡视浙江、福建。元美借出差之机,在苏州与父亲相会,是年冬返故家太仓,第二年秋末返京。据此,此诗应作于嘉靖三十一年至三十二年之间。

〔2〕"寥落"两句:谓在寂寞的文坛,我们相逢即一见如故。寥落,犹言寂寞。白首新,此谓初交即相知。《史记·邹阳列传》:"谚曰:'有白头如新,倾盖如故。'何则?知与不知也。"

〔3〕"微吾"两句:谓并非别的什么原因,使我彻夜难眠,而是怀恋你我彼此唱和的时光。微,非。竟,终。尔,你。阳春,古代楚国乐曲名。见战国·宋玉《对楚王问》。泛指高雅的乐曲诗歌,此自指其诗歌。

〔4〕"把酒"两句:谓你我曾在京城冬日醉酒狂歌,定交成为兄弟。把酒,持酒,举着酒杯。千门,宫门。见前《秋前一日,同元美、茂秦、吴峻伯、徐汝思集城南楼》注〔2〕。论交,结交朋友。四海人,犹兄弟。《论语·颜渊》:"四海之内,皆兄弟也。"

〔5〕"即今"两句:谓如今在京都,到哪里找像你一样的好朋友呢。燕市,古代燕国京城。此指北京。筑,古代弹奏乐器,形如琴,其弦数说法不一。《史记·刺客列传》载,荆轲在燕国,与当地的狗屠及击筑的高渐离交往,"荆轲嗜酒,日与狗屠及高渐离饮于燕市,酒酣以往,高渐离击筑,荆轲和而歌于市中,相乐也"。

即事四首[1]

羽书秋色外,飞挽海陵回[2]。日上犁庭议,时难度漠才[3]。

43

物情奇士过,天造异人来[4]。侧席劳明主,黄金正满台[5]。

即今难授钺,谁可静胡尘[6]。谈笑存能事,艰虞失众人[7]。大军归掌握,王者自经纶[8]。不复忧骄悍,如林护北辰[9]。

使者晨驰壁,夺归平房章[10]。自天悬斧钺,择日设坛场[11]。万马中原集,诸军上苑旁。主恩无可报,一战取名王[12]。

天子何神武,乘秋欲破胡。儒臣擐甲胄,大将解兵符[13]。叱咤风云合,艰危日月扶[14]。北瞻陵寝色,葱郁近皇都[15]。

〔1〕约作于嘉靖三十二年(1553)。即事,古代诗歌题材之一种,为有感于某事而作,故也叫即事诗。明代中期,内忧外患加深,北有鞑靼俺答部的入侵,南有倭寇在沿海一带的骚扰,奸臣弄权,朝政黑暗,危机深重。诗人忧愤,感而赋此。第一首写南北军情告急,而朝廷上却无人御敌,皇帝只有临时重金招聘。第二首写平时大臣们夸夸其谈,而当国家安危存亡之际却畏缩不前,逼着皇帝御驾出征。第三首写皇帝亲征,三军踊跃,纷纷要以活捉敌首报答君王。第四首写皇帝要在秋季击退胡人,朝廷上下同仇敌忾,而今情势却令人忧虑。

〔2〕"羽书"两句:写边情紧急,言西北告急文书刚到,运送军粮的人也从南方回京来了。羽书,插有羽毛的信,指军中的告急文书。秋色外,指西北边疆。据《明史·世宗纪》载,自嘉靖三十二年二月,俺答侵扰宣府、延绥;倭寇袭扰温州,三月海寇直纠合倭寇骚扰濒海各州县。六

月倭寇刚退,七月俺答又大举入寇,九月侵犯广武,守边将官或战死或战败,形势十分紧急。飞挽,谓紧急运送军粮。海陵,汉置县,治所在今江苏泰州。

〔3〕"日上"两句:谓朝廷上天天有消灭俺答的议论,却难选出率兵胜敌的将才。日,日日,天天。犁庭议,犹言平定入侵之敌的策略、办法。犁庭,谓犁平其庭以为田,喻灭亡其国。《汉书·匈奴传》:"固已犁其庭,扫其间,郡县而置之,云彻席卷,后无余灾。"度漠才,度过大漠、平定北部边境的人才。

〔4〕"物情"两句:谓人们都盼望着具有非凡才能的人出现,以退敌解危。物情,人心所望。奇士,与下文"异人"义同,指具有非凡才能的人。天造,上天造就的。

〔5〕"侧席"两句:是说为解京城之危,只有烦劳皇帝亲自招聘贤才。侧席,坐在偏位,所以待贤。明主,称扬当今皇帝。黄金满台,谓招聘贤能。详见《送新喻李明府伯承》注〔4〕。

〔6〕"即今"两句:是说眼下很难任命御敌的将帅,又有谁去消灭入侵的胡人? 即今,眼下。授钺(yuè),即授予将帅军权。钺,古代兵器,状如大斧。《尚书·牧誓》:"王左杖黄钺,右秉白旄以麾。"静胡尘,扫清胡马激扬起的尘土,即消灭入侵的胡人。

〔7〕"谈笑"两句:谓朝廷上的大臣们平日夸夸其谈,而当国家危难之时却不见谁挺身而出了。谈笑,说说笑笑,谓夸夸其谈。艰虞,艰难忧虑,慌乱。

〔8〕"大军"两句:错综为文,"王者"为两句主语。是说皇帝亲自掌握兵权,并亲自处理军务。经纶,整理丝缕时理出丝的头绪谓经,将丝编织成绳索谓纶,因喻指经营、处理国家大事。

〔9〕"不复"两句:承上句说这样就不必担心将帅不听从号令,军士们一定会维护皇帝的威权。不复,不再。骄悍,骄兵悍将。北辰,北极

45

星。喻指皇帝。

〔10〕"使者"两句：谓皇帝命人直接驰入军营，收回平房将帅的兵权。使者，受命出使的人。此指传达皇帝诏命的使臣。驰壁，直接驰入军营。《史记·绛侯周勃列传》载，汉文帝后元六年（前158），匈奴入侵，周亚夫驻扎在细柳，"上自劳军，至霸上及棘门，直驰入，将以下骑送迎"。壁，壁垒，军营。平房章，平房将军的印信。房，胡房，蔑称胡族入侵者。章，印章。《汉官仪》："吏秩二千石以上，银印龟纽，其文曰章。"

〔11〕"自天"两句：谓皇帝御驾亲征，选择吉日在校兵场点将出兵。自天，自上。天，上，指皇帝。斧钺，古代兵器。此指皇帝仪仗。择日，选择良辰吉日。坛场，皇帝点将出征的校兵场。

〔12〕"万马"四句：谓诸路军马从各地汇集到京都，决心擒取敌首以报答君主。中原，原野。上苑，上林苑，泛指宫苑。主恩，君主之恩。无可报，无可回报。名王，指俺答部的首领。

〔13〕"天子"四句：谓神武的天子决定乘胡人难筹草料之时进军，屡战屡败的武将们纷纷被解职，而文臣们成为御边破敌的主帅。何，多么。乘秋，乘秋季草衰之际。俺答部为游牧民族，逐水草而居，秋季草衰，军马缺食，因为进攻良机。儒臣，指文臣。擐（huàn）甲胄，穿戴甲胄，擐，穿。大将，或指仇鸾，他为平房将军，总督诸军，嘉靖三十一年八月，收其兵权。解（xiè）兵符，免除兵权。据《明史·世宗纪》载，嘉靖二十九年至嘉靖三十二年（1550—1553），礼部尚书徐阶兼东阁大学士参与机务，山东巡抚都御史王忬巡视浙江防务。

〔14〕"叱咤"两句：谓明军一出，势如风云会集，在艰危时刻，各方贤圣都群集支持。叱咤，发怒声。梁简文帝《长沙宣武王碑》："指挥则有破勍敌，叱咤而静边塞。"风云合，势力强盛如风云会集。日月扶，贤圣之人扶持。日月，喻贤圣。《论语·子张》："仲尼，日月也，无得而逾焉。"

〔15〕"北瞻"两句：谓北望京郊陵寝，尚受胡人袭掠，作为臣子，情何以堪！北瞻，向北瞻望。陵寝，皇帝陵墓。明帝陵在北京东北近郊，今称十三陵。宗庙、陵墓都为王朝重地。当时也受到俺答部的袭掠。

送王侍御[1]

看君绣斧秣陵回，乌府遥应接凤台[2]。寒雨钟山千水下，白云秋色大江来[3]。时危揽辔中原出，日近封章北极开[4]。当道狐狸何足问，边城今有郅都才[5]！

〔1〕作于居京期间。王侍御，名忬（1507—1560），字民应，太仓（今属江苏）人，为琅邪王氏后裔。据《明史》本传载，王忬为嘉靖二十年（1541）进士，授行人，迁御史，曾劾罢东厂太监宋兴，出视河东盐政。病归复起后，先后按湖广、顺天。二十九年，俺答入侵，破格提拔为右佥都御史，主持通州防务。三十一年，巡抚山东，同年三月，浙江倭寇猖獗，急命忬提督军务，巡视浙江及福、兴、漳、泉四府，重用抗倭名将戚继光、俞大猷等，平倭有功。大同军事失利，乃进忬右副都御史，巡抚大同，因功加兵部右侍郎、蓟辽总督，不久，进右都御史。后遭严嵩父子忌害，构陷致死。穆宗时，其子世贞、世懋讼冤，得以昭雪，追复原官。据《明史》本传载，王忬巡抚大同的时间应为嘉靖三十二年，与钱大昕《弇州山人年谱》不合。诗赞扬王忬辗转南北，屡立军功，不畏权奸，品格刚正。

〔2〕"看君"两句：谓王忬巡视浙、闽道经南京归来，接着就以右副都御史的职衔巡抚大同。绣斧，衣绣衣，杖斧钺，执法官员的衣饰、仪仗。汉置侍御史有绣衣直指，出讨奸猾，处理大案，见《汉书·百官公卿表》。

据《汉书·武帝纪》载,暴胜之任直指使,"衣绣衣,杖斧,分部逐捕"。后遂以指特派执法官员。秣陵,古县名。治所在今江苏南京市江宁南秣陵关。乌府,御史府。《汉书·朱博传》:"是时御史府吏舍百余区井水皆竭;又其府中列柏树,常有野乌数千栖宿其上,晨去暮来,号曰朝夕乌。"后遂称御史府为乌府或乌台。凤台,凤凰台,在今江苏南京市江宁南秣陵关附近的凤凰山上。见《太平寰宇记》。李白有《登金陵凤凰台》诗。"乌府遥应接凤台",是说秣陵凤凰台与御史府遥相呼应,像是冥冥之中注定的一样。

〔3〕"寒雨"两句:承上首句,说王忬在深秋从南京归来。钟山,即紫金山,在今南京市。大江,即长江。

〔4〕"时危"两句:承"乌府"句,说王忬在国家危难之际受命出行,有关边防的奏章都被皇帝采纳。揽辔,谓怀着灭敌的决心出行。《后汉书·范滂传》:"时冀州饥荒,盗贼群起,乃以滂为清诏使,按察之。滂登车揽辔,慨然有澄清天下之志。"后遂以"揽辔"喻指官吏怀有远大抱负。封章,也称封事,指密封的奏章。北极,也称北辰,即北极星。喻指皇帝。杜甫《登楼》:"北极朝廷终不改,西山寇盗莫相侵。"

〔5〕"当道"两句:谓皇帝亲自任命,当道权奸又能奈何;军情危急,如今边城又有郅都那样的将才了!当道狐狸,指权奸严嵩、严世藩父子。边城,指大同。郅都,河东大阳(今山西平陆)人。据《汉书·酷吏传》载,郅都在汉文帝时为郎,景帝时为中郎将,直言敢谏;迁中尉后,"行法不避贵戚,列侯宗室见都侧目而视,号曰'苍鹰'"。后拜雁门太守,"匈奴素闻郅都节,举边为引兵去,竟都死不近雁门"。此以郅都的刚直誉称王忬。据李攀龙《总督蓟辽右都御史兼兵部左侍郎王公传》(此下简称《王公传》)载,鞑靼侵犯大同,嘉靖帝问谁可派遣,严嵩"惶恐不知所对",他遂亲自任命王忬,并手敕吏部。按例只有任命丞相皇帝才手敕吏部,王受到这一待遇被认为是"异数"。

送杨子正还济南[1]

我家白云渚,落日掩孤城[2]。读书草堂上,濯缨湖水清[3]。古来失意事,不独名未成[4]。北风敝裘雪,谁见弃繻情[5]?

〔1〕作于居京期间。杨子正,即杨宗气,字子正,号活水,浙江归安(今浙江吴兴)人。嘉靖二十年(1541)进士,授工科给事中,后出任山东参政。时杨子正由山东赴京述职求迁未得,怏怏返回济南,诗人为其作诗送行并加安慰。

〔2〕"我家"两句:说我的家乡在白云湖畔,西边就是您要去的省城。白云渚,白云湖畔。白云湖,在今山东济南章丘境,详前《寄龚勋》注〔2〕。李攀龙的家乡韩仓,在历城东境。历城为县、府及省衙署所在地。落日,语意双关:落日在西,言历城的方位,又寓有送别故人之意。李白《送友人》:"浮云游子意,落日故人情。"孤城,孤立之城,指历城。杜甫《送远》:"亲朋尽一哭,鞍马去孤城。"

〔3〕"读书"两句:谓我也曾在家乡刻苦攻读,等待出仕有所作为。草堂,指退隐自娱之所,见南朝齐孔稚珪《北山移文》。此借指家乡居处。攀龙入仕的第二年,即以病为由归家,"归则益发愤励志,陈百家言,附而读之"(殷士儋《明故嘉议大夫河南按察司按察使李公墓志铭》)。高适《人日寄杜二拾遗》:"人日题诗寄草堂,遥怜故人思故乡。"濯缨湖,湖名,本名灰泉,一名百花池。明时在德王府内,即今山东济南市珍珠泉北、大明湖南偏。周广数亩,诸泉汇流于此,北流入大明湖。"濯缨"在此处语意双关。《孟子·离娄上》:"沧浪之水清兮,可以濯我缨。"谓等待明时可以出而有为。

〔4〕失意:不得志。

〔5〕"北风"两句:谓您仕宦多年居官未调,如今冒着冰雪怏怏而返,朝廷上又有谁了解您渴望报国的心情呢。敝裘,破裘,破皮衣。喻指不得意。岑参《武威春暮,闻宇文判官西使还,已到晋昌》:"白发悲明镜,青春换敝裘。"弃繻(rú)情,忠心报国之情。繻,帛裂而分之,持其一半以为关门符信。《汉书·终军传》载,终军怀着报国之志,从家乡济南出发,前往长安。进函谷关时,关吏给他繻符,以便回程出关时用。终军说:"大丈夫西游,终不复传还。"弃繻而去。

送郭子坤下第还济南〔1〕

华省栖迟白发新,因怜失意转怜春〔2〕。樽前病起逢寒食,客里花开别故人〔3〕。赋就自堪生顾䀹,才高岂合老风尘〔4〕?燕台郭隗君家事,不拟骅骝不致身〔5〕。

〔1〕作于居京期间。郭子坤,济南人,攀龙幼年好友,袭勖、许邦才及殷士儋为诸生时的同学。详见李攀龙《送袭懋卿序》、《殷母太孺人序》。据《沧溟集》中《送郭子坤别驾之庐州》,知其后来曾任庐州别驾。下第,也称"落第",此指未考取进士。

〔2〕"华省"两句:谓自己栖迟郎署,白发频增而无所作为,因为同情您而更加珍惜这无边春光了。华省,指职务亲贵的官署。此指刑部。栖迟,游息。《诗经·陈风·衡门》:"衡门之下,可以栖迟。"白发新,谓新增白发。怜,惜。转,反而。

〔3〕"樽前"两句:谓为您饯别恰逢病后,又恰逢寒食节春暖花开之

时,在客居中多想与朋友相聚而如今又要离别了。樽前,谓喝着酒。此指饯行酒。樽,酒杯。寒食,禁火之节。农历清明前一天(一说前两天)。相传春秋时期介之推曾从晋文公重耳周游列国,"晋侯赏从亡者,介之推不言禄,禄亦弗及。……遂隐而死。晋侯求之不获。以绵上为之田,曰:'以志吾过,且旌善人'"(《左传·僖公二十四年》)。而刘向《新序》则说文公(重耳)"求之不能得,以谓焚山宜出。及焚其山,遂不出而焚死"。晋人为悼念介之推而在其被焚之日禁火寒食,后在全中国相沿成俗。客里,在客居之时。

〔4〕"赋就"两句:说郭子坤诗文可顾盼自雄,如此高才哪能长期被埋没。赋就,写出诗来。堪,可。顾盼,犹顾盼,自得的样子。《后汉书·吕布传》:"抚剑顾眄,亦足以为人豪。"合,应。风尘,风与尘。

〔5〕"燕台"两句:谓如同当年郭隗一样,遇不到像燕昭王那样求贤若渴,又把您当作俊才的君王,是不能轻易出仕为官的。燕台,即黄金台。详前《送新喻李明府伯承》注〔4〕。郭隗与子坤为同姓,故云"君家事"。拟,比。骅骝,赤色骏马。传为周穆王八骏之一,日行千里。喻指俊才。致身,委身。本《论语·学而》"事君能致其身"。

送皇甫别驾往开州[1]

衔杯昨日夏云过,愁向燕山送玉珂[2]。吴下诗名诸弟少,天涯宦迹左迁多[3]。人家夜雨黎阳树,客渡秋风瓠子河[4]。自有吕虔刀可赠,开州别驾岂蹉跎[5]!

〔1〕作于居京期间。皇甫别驾,指皇甫汸,字子循,与其兄冲、涍、弟

濂并好学工诗,而以涍最为知名,时称"皇甫四杰"。长洲(今江苏苏州)人。嘉靖八年(1529)进士。《明史·文苑·皇甫涍传》附传载,皇甫汸"七岁能诗。官工部主事,名动公卿,沾沾自喜,用是贬秩为黄州推官,屡迁南京稽勋郎中,再贬开州同知,量移处州府同知。擢云南佥事,以计典论黜"。卒年八十。开州,即今河南濮阳。别驾,即别驾从事史,汉置官,为州郡佐吏。因随从刺史出巡而另乘驿车而名。唐宋以后为诸州通判的敬称。明时府置通判,分掌粮运、督捕、水利等事务,与其所任职务不合,此处或因汉别驾为刺史之佐,而用以敬称同知。诗对皇甫汸贬官表示同情,为攀龙近体名篇。沈德潜认为此诗取法唐诗名家,谓"济南(指李攀龙)论七律云:王维、李颀颇臻其妙。读此数篇,知得力有由。"

〔2〕"衔杯"两句:谓昨日雨中为您饯行,今日怀着离愁为您送行。衔杯,饮酒,指饯行酒。夏云过,谓雨中。夏云,夏日之云。唐张九龄《饯王尚书出边》:"夏云登陇首,秋露泫辽阳。"燕山,山名。见前《秋前一日,同元美、茂秦、吴峻伯、徐汝思集城南楼》注〔3〕。此借指京城。送玉珂,谓送行。玉珂,玉制马勒饰,代指马。

〔3〕吴下:指今江苏苏州市。诸弟:犹言诸兄弟,指其兄冲、涍及弟濂。左迁:降职、贬官。

〔4〕"人家"两句:谓皇甫汸赴任要渡过黄河,道经黎阳、瓠子口。黎阳,古津渡名。故址在今河南浚县东南,位于古黄河北岸,与白马津相对。魏文帝曹丕曾雨中率军过黎阳,作有《黎阳作》三首。其一云:"朝发邺城,夕宿韩陵。霖雨载涂,舆人困穷。载驰载驱,沐雨栉风。"瓠子,黄河堤名。也称瓠子口。故址在今河南濮阳南。《汉书·武帝纪》:"(元封)夏四月,还祠泰山。至瓠子,临决河,命从臣将军以下皆负薪塞河堤,作《瓠子之歌》。"

〔5〕"自有"两句:谓您到任以后,一定会受到知府的倚重,虽开州别驾官小,但也不算失意。吕虔,三国魏时期任城(今山东济宁)人,魏

文帝初年任徐州刺史，辟举琅邪王祥为别驾。相士说他的佩刀不同凡常，只有能登三公之位的人才可佩带它，他认为王祥有公辅的器量，就把这把刀赠给了王祥。后来，王祥果然位至国公。于是王祥就把这把刀看作吉祥物、传家宝，在其临终时，把它交付给了他的弟弟王览，希望他能振兴家族。后来，王览的孙子王导辅助司马睿称帝，成为东晋开国元勋。事详《晋书·王览传》。此谓皇甫汸会受到开州知府的倚重，像当年吕虔倚重王祥一样。蹉跎，失意。

送赵户部出守淮阳[1]

仙郎起草汉明光，几载军储事朔方[2]。五马新为淮海郡，三台旧署度支章[3]。行车麦秀随春雨，卧阁花深对夕阳[4]。时忆上林词赋客，鸿书遥下楚云长[5]。

〔1〕作于居京期间。赵户部，指赵贞吉。赵贞吉（1508—1576），字孟静，号大洲，内江（今属四川）人。嘉靖十四年（1535）进士，授编修，迁中允，掌司业事。俺答逼近京城，贞吉反对订城下之盟，主张力战，擢左谕德，兼监察御史，奉旨宣谕诸军。因轻慢严嵩，廷杖谪官。嘉靖四十年（1561）迁户部右侍郎，复忤严嵩，夺官。隆庆初，起官礼部左侍郎，掌詹事府，充日讲官，官至文渊阁大学士。休归，卒于家。谥文肃。生平详《明史》本传。淮阳，郡、国名。明为陈州，治所在淮阳（今属河南）。

〔2〕"仙郎"两句：言您曾作为郎官起草章奏，也曾为边防督运粮饷。仙郎，指赵户部。唐代称尚书省各部郎官为"仙郎"。起草，指草拟章奏。汉明光，汉代明光宫有三座，一为尚书奏事之所。见《雍录》。此

借指明朝宫殿。军储,督运粮饷。朔方,北方。

〔3〕"五马"两句:言您今为淮阳太守,仍令人忆念您在户部时优美的诗文。五马,代指太守。汉乐府《陌上桑》:"使君从南来,五马立踟蹰。"淮海郡,淮(淮水)、海之间的郡。三台,汉代以尚书为中台,御史为宪台,谒者为外台,合称"三台"。度支,即度支尚书,户部尚书的别称。章,文章。

〔4〕"行车"两句:言您在春雨蒙蒙中走马上任,到郡衙您仍可欣赏美好的晚景。行车,动身出发。麦秀,小麦吐花秀穗。卧阁,卧阁而治,赞誉其治理能力,谓不用费力,就可治理好。

〔5〕"时忆"两句:言希望您经常想到我,经常来信。上林词赋客,指汉代著名赋家司马相如,所作《上林赋》最为著名。上林,上林苑,汉代皇帝游猎的园林。此为诗人借以自指。鸿书,书信。旧时以鸿雁喻指书信。楚云,楚地之云。淮阳古属楚地。

送殿卿〔1〕

莫辞杯酒蓟门春,匹马明朝客路新〔2〕。陌上少年君自见,相逢谁是眼中人〔3〕?

〔1〕作于居京期间。殿卿,即许邦才,详前《得殿卿书,兼寄张简秀才》题注。

〔2〕"莫辞"两句:言在这明媚春天的京城,请不要推辞为您饯行的这杯酒;明天您单骑登程,途中作客所遇可都是陌生的人。蓟门,见前《送新喻李明府伯承》注〔2〕。此指京城。明朝,明晨。客路新,谓途中作客没有朋友相伴。

〔3〕"陌上"两句:是说京城中那些浮浪子弟您都看到了,哪个您能瞧得上眼？或谓官场新进多尚浮华者。陌上,道上。陌,田中道路。此谓市井。少年,谓游荡街头的浮浪子弟。乐府古辞《长安有狭斜行》:"长安有狭斜,狭斜不容车。适逢两少年,挟毂问君家。君家新市傍,易知复难忘。大子二千石,中子孝廉郎。小子无官职,衣冠仕洛阳。"此暗指官场中人。眼中人,看得上眼,看得起。

送陆从事赴辽阳〔1〕

御苑东风吹客过,共看芳草有离珂〔2〕。西山晴雪鸿边尽,北海春云马上多〔3〕。地险时窥玄菟郡,天骄夜遁白狼河〔4〕。知君幕下参高画,诸将何时议止戈〔5〕？

〔1〕作于居京期间。陆从事,生平未详。从事,官名。汉州刺史佐吏、别驾、治中都称从事史,历代相沿,至宋废除。陆某大概是辽东都司的佐吏,敬称其为从事。辽阳,汉置县,治所在今辽宁辽阳市西北,明为辽东都司治所。

〔2〕"御苑"两句:言东风吹拂,您这位贵客从京城经过;在茵茵芳草的路边,您要骑马离去。御苑,宫苑。离珂,骑马离去。珂,玉制马勒饰,代指马。

〔3〕"西山"两句:言大雁归来,西山的积雪渐渐融化,当您骑马离去之时,北海上空的飘忽的云朵却多起来。西山,山名。在今北京西郊。晴雪,晴天之后的积雪。鸿,大雁。北海,北京故宫西北角的小湖,今辟为北海公园。

〔4〕"地险"两句：言所去之地十分险要，胡人经常窥伺，他们有时偷袭，连夜逃遁到白狼河以北。时，时时。窥，窥伺。玄菟郡，汉武帝元封三年（前108）置，治所在沃沮城（今朝鲜咸镜南道咸兴），辖有今辽东东部东至朝鲜咸镜道一带。后移至辽河流域，辖境缩小。明在该地设辽东都司。天骄，天之骄子，汉指匈奴，此指鞑靼。《汉书·匈奴传》："南有大汉，北有强胡。胡者，天之骄子也。"白狼河，《水经注》称白狼水，即大凌河。《辽史》称土河。源于今辽宁凌源市南，由凌海市入海。

〔5〕"知君"两句：谓知您前往幕府参谋边防战事，一定会为将军出战胜强敌的主意，可不知那些御敌的将军们，什么时候能够议论双方停止战争的办法。幕，古时将帅的营舍，也称幕府，其佐吏称幕僚或幕下。参，参谋。高画，出色的谋划。止戈，止息干戈。中国古人认为止戈为"武"，即战争的目的是消灭战争。

送殷正甫并引〔1〕

正甫检讨有河洛之役〔2〕，盖济南诸君子出饯焉〔3〕。是行也，问谁治祖〔4〕？则廷尉史张岚氏〔5〕；问谁相礼〔6〕？则大司农官属洪遇伯时〔7〕；问谁赞事〔8〕？则许殿卿邦才。将试于大宗伯至也〔9〕，正甫则称使臣哉〔10〕。齐鲁于文学其天性，即今日里党可谓多贤〔11〕。司马长卿自汉庭游梁邹阳、枚叔间〔12〕，相得欢甚也。乃比部李生以赠言〔13〕。

中州一望气雄哉，北极风尘使节开〔14〕。卜洛自存宗子计，游梁更见长卿才〔15〕。春晴嵩少云边出，雪尽黄河天上来[16]。在昔孝王夸授简,何当置酒向平台[17]!

〔1〕作于居京期间。殷正甫,即殷士儋,字正甫,学者称棠川先生。历城(今山东济南)人。嘉靖二十六年(1547)进士,选庶吉士,授检讨,久之,充裕王讲官,迁右赞善,进洗马。隆庆元年(1567),擢侍讲学士,掌翰林院事,历礼部尚书、掌詹事府事,拜武英殿大学士;入阁年余,即称疾恳辞,时年五十,家居十二年卒。赠太保,谥文庄。著有《金舆山房稿》。与李攀龙、许邦才自幼年交好,终生不渝。曾为攀龙父李宝及攀龙本人撰写墓志,攀龙之子李驹曾从受学。

〔2〕河洛:黄河与洛水。此指河洛之间,即今河南洛阳。役:因公出差。

〔3〕君子:此指当地官员。出饯:出来为其饯行。

〔4〕治祖:治办饯行酒宴。祖,古人出行时祭祀路神,引申为送行。

〔5〕廷尉史:廷尉属官。廷尉,秦置官,掌刑狱,为九卿之一。明代称大理寺卿。张岚:生平未详。

〔6〕相礼:襄助人行礼的人。

〔7〕大司农:汉武帝改秦治粟内史为大司农,掌租税钱谷盐铁和国家财政的收支,为九卿之一。明代用作户部尚书的别称。洪遇伯时:洪伯时,字遇。生平未详。

〔8〕赞事:赞助其事。

〔9〕大宗伯:周官名。掌国家祭祀、典礼。此指礼部尚书。

〔10〕称使臣:即为使臣。

〔11〕文学:谓文献经典,学术。里党:里中乡党。今谓同乡。周制,五家为邻,五邻为里。万二千五百家为乡,五百家为党。

〔12〕司马长卿:即司马相如,西汉著名赋家。据《汉书·司马相如传》载,司马相如,字长卿,蜀郡成都(今属四川)人。早年为郎,事汉景

57

帝,为武骑常侍。景帝不好辞赋,而相如又不好武事,恰在京都遇到追随梁孝王的文人邹阳、枚乘、严忌等,因以病为由辞官,客游梁国,与枚乘等游处。几年之后著《子虚赋》,因同乡、狗监杨得意的推荐,受到汉武帝的赏识,任为郎,曾奉使通西南夷,终官孝文园令。邹阳:西汉散文家。齐(今山东临淄一带)人。初游吴,发觉吴王濞欲谋反,劝说无效,遂离去。游梁,受到礼遇。因其有智谋,慷慨不苟合,受梁王宠信的羊胜等人对其谗害,一度下狱论死。在狱中上梁王书,情词俱胜,为传诵名文。生平详《汉书》本传。枚叔,名乘,字叔,淮阴(今属江苏)人。著名赋家。由吴入梁,所著《七发》为汉大赋之始。生平详《汉书》本传。

〔13〕比部:即刑部。时李攀龙为刑部郎中。

〔14〕"中州"两句:言望中中州气势是何等的雄伟,朝廷委派的使节风尘仆仆正要出发。中州,河南居天下(全国)之中,故称中州。此指洛阳。北极,喻指朝廷。详前《送王侍御》注〔4〕。风尘,喻旅途辛苦。开,发,出发。

〔15〕"卜洛"两句:言朝廷卜洛是为立嫡之事,而派您前去,则更能表现出您杰出的文才。卜洛,本指周公卜都洛阳,见《尚书·洛诰》。此指奉帝命到洛阳祭祀。宗子,嫡长子。《礼记·曲礼》:"支子不祭,祭必告于宗子。"据《明史·诸王传·世宗诸子》载,庄敬太子载壑于嘉靖二十八年(1549)三月行冠礼,两天后就死了。载壑死后,以序裕王(即隆庆帝)当立,而嘉靖帝迷信方士的话,没有再立太子。殷士儋此行,可能与立太子之事有关。梁,古国名。汉代梁国封地在今河南一带。长卿,即司马相如。详前注〔12〕。

〔16〕"春晴"两句:写中州形胜,言春晴之日,即可看到高耸入云的嵩山;冬日积雪化尽,即可观赏从极远处奔腾而至的黄河。嵩少,即嵩山,在今河南登封市境,为五岳之中岳,古称太室、外方、嵩岳,也作嵩高。山有三峰,中为峻极,东名太室,西名少室。

〔17〕"在昔"两句：孝王，指汉梁孝王刘武，文帝子，受其母窦太后宠爱。初封代王，文帝十二年（前168）徙封梁王。景帝未立太子时，曾说死后传位于他，后骄横失宠，郁郁而终，谥"孝"。夸授简，事未详。平台，梁孝王所筑台，为其与文人宴游之所，在今河南商丘东北。

留别子与、子相、明卿、元美四首（选二）[1]

青云如旧满燕关，病客风尘且自还[2]。到日小斋春酒熟，城头何限太行山[3]！

使君千骑自东方，回首春云五凤凰[4]。此日主恩曾不浅，还容长孺卧淮阳[5]！

〔1〕作于嘉靖三十二年（1553），赴顺德知府任前夕。子与即徐中行，子相即宗臣，元美即王世贞，均见前。明卿，即吴国伦，字明卿，兴国（今属江西）人。嘉靖二十九年（1550）进士，由中书舍人擢兵科给事中，累官河南左参政，大计罢归。"国伦才气横放，好客轻财，归田后声名籍甚，求名之士不东走太仓则西走兴国。万历时世贞既没，国伦犹无恙，在七子中最为老寿"（《明史·文苑·李攀龙传》附传）。著有《甔甀洞稿》。

〔2〕"青云"两句：言今虽离去，而昔日声誉如旧；我到任如不耐俗务，将称病辞官。青云，喻美德令誉。李白《赠从兄襄阳少府皓》："吾兄青云士，然诺闻诸公。"满燕关，传遍京城。燕关，指北京。病客，诗人自指。风尘，俗事、俗累。此指府衙事务。且，将。自还，自己辞官归家。

〔3〕"到日"两句:言到任之日,或在书斋煮酒自酌,或在城头眺望,美好景致就不止太行山了。小斋,指顺德府衙内的书房。春酒,春造冬熟的酒。语出《诗经·豳风·七月》。陶渊明《读山海经》:"欢言酌春酒,摘我园中蔬。"太行山,太行山脉,绵延横亘于今河南、山西、河北境内。

〔4〕"使君"两句:谓如今我要去顺德赴任,十分留恋与诸位相处的日子。使君,汉代指称州郡长官,后世沿用。攀龙将赴顺德知府任,用以自称。东方千骑,指州郡长官的扈从。《陌上桑》:"东方千余骑,夫婿在上头。"春云,春日之云。五凤凰,谓五俊才。指"七子"之在京者。

〔5〕"此日"两句:为牢骚话,谓君上对我的恩惠不算少,还能让我出任顺德府。主恩,皇帝赐予的恩惠。曾,竟。长孺,即汲黯,字长孺,汉濮阳(今属河南)人。以直言敢谏著称。汉武帝时,官至主爵都尉(九卿之一),因常犯颜直谏,武帝对其十分敬惮。后借故免官,起为淮阳(今属河南)太守。黯不接受,说自己老病力不能治事,武帝让他"卧而治之"。临行他对人说:"黯弃逐居郡,不得与朝廷议矣。"事详《汉书·汲黯传》。攀龙认为外放为知府,情同贬谪,就像当年汲黯出任淮阳太守一样。"不浅"是反话。

二　出守顺德、提学陕西时期

郡斋[1]

金虎署中谁大名？我今出守邢州城[2]。折腰差自强人意，白眼那堪无宦情[3]。世路悠悠几知己？风尘落落一狂生[4]。春来病起少吏事，拟草《玄经》还未成[5]。

〔1〕作于初至顺德之时。郡斋，指顺德府衙内的书房。攀龙认为京官外放，情同贬谪；离开京中诗社诸友，又感到分外孤独，诗即反映了他这时略带哀怨而强自慰勉的心情。

〔2〕"金虎"两句：言我大名鼎鼎的李攀龙，如今出守顺德来了。金虎署，即顺德府署。汉代发州郡兵时所用符信叫金虎符，故称。邢州城，指邢台。邢州，隋置，治所在龙冈（北宋末改名邢台，今属河北），蒙古中统三年（1262）升为顺德府，明代因之。

〔3〕"折腰"两句：谓如今屈身顺德虽还差强人意，怎奈我鄙视那些钻营之徒而无求官之心呢。折腰，谓屈身事人。《晋书·陶潜传》载，陶渊明为彭泽令时，郡遣督邮至，县吏告知当束带迎接。渊明慨叹说："吾不能为五斗米折腰，拳拳事乡里小人邪！"差，仅，略。白眼，用白眼看人，表示鄙视。详前《得殿卿书，兼寄张简秀才》注〔9〕。那堪，何堪。堪，当。宦情，谋求升迁之心。

〔4〕"世路"两句：谓漫漫人生，能有几个知己，在这孤苦的宦途中，

我不过是落落寡合的一个狂生而已。世路,人生途中。悠悠,遥远的样子。风尘,谓宦途。落落,落落难合。落落,犹疏阔。《后汉书·耿弇传》:"将军前在南阳建此大策,常以为落落难合,有志者事竟成也!"狂生,诗人自指。王世贞《李于鳞先生传》:"然于鳞益厌时师训诂学,间侧弁而哦若古文辞者。诸弟子不晓何语,咸相指于鳞:'狂生!狂生!'"

〔5〕"春来"两句:谓今春以来卧病,衙中公务很少;在众人钻营谋求时,只有在此淡泊自守。吏事,公务。《玄经》,《太玄经》,扬雄著,也称《扬子太玄经》。据《汉书》扬雄本传载,哀帝时,"丁、傅、董贤用事,诸附离之者或起家至二千石。时雄方草《太玄》,有以自守,泊如也"。此盖用此意。

登邢台[1]

郡斋西北有邢台,落日登临醉眼开。春树万家漳水上,白云千载太行来[2]。孤城自老风尘色,傲吏终惭岳牧才[3]。便觉旧游非浪迹,至今鸿雁蓟门回[4]。

〔1〕作于出任顺德之初。邢台,台名,在今河北邢台市。

〔2〕漳水:即漳河,发源于今山西西南部,上游有清漳、浊漳之分,在河北南部汇合后称漳河,在今河北、山东交界处流入卫河。太行:太行山。详前《留别子与、子相、明卿、元美四首(选二)》注〔3〕。

〔3〕"孤城"两句:谓从京城到这里做知府,惭愧的是我缺乏治理地方的才干。孤城,指邢台。风尘,京官对地方官而言,指地方官。杜甫《赠别何邕》:"悲君随燕雀,薄宦走风尘。"傲吏,诗人自称。语本郭璞《游仙诗》"漆园有傲吏"。谓不随同流俗,孤洁自守。王世贞《李于鳞先

生传》:"然于鳞竟无所造请干赘,不为名计,出曹一羸马蹩趿归,杜门手一编矣。"岳牧才,治理地方的才能。岳牧,相传舜、禹时期,有四岳及十二州牧分管政务及方国诸侯,后因指州郡长官。

〔4〕"便觉"两句:谓来到这里我才感觉到,与在京的老朋友交往是何等的可贵,因此至今彼此书信往来不断。旧游,往日交游的友人。李白《谢公亭》:"今古一相接,长歌怀旧游。"浪迹,不拘形迹。《文选》卷三一载南朝江文通(淹)《孙廷尉绰》:"浪迹无蚩妍,然后君子道。"鸿雁,书信。蓟门,指北京。

哭公实六首(选二)〔1〕

逝矣梁公实,清时隐汉关〔2〕。扁舟浮大海,健笔志名山〔3〕。岂悟风流尽,犹言洗沐还〔4〕。文章憎白发,服食误红颜〔5〕。禅草来天上,玄经出世间〔6〕。纵为华表鹤,羽翮已难攀〔7〕!

从此微言绝,何当大梦醒〔8〕!人间矜意气,地下斗精灵〔9〕。虚室还生白,遗编竟杀青〔10〕!浮名流景过,夫子望秋零〔11〕。同舍悲离索,投诗哭杳冥〔12〕。山阳风雨夜,邻笛未堪听〔13〕!

〔1〕作于嘉靖三十四年(1554)春。公实,即梁有誉。王世贞《哀梁有誉》云:"嘉靖甲寅孟冬,友人梁有誉以疾卒于南海。明年乙卯春,讣至自南海,故善有誉者武昌吴国伦、广陵宗臣、吴郡王世贞,相与为位哭泣燕邸中。又走书西南,报李攀龙、徐中行,哭如三人。"

〔2〕清时隐汉关:在政治清明之时,你却隐居在家乡。清时,清明之时。汉关,指番禺。秦署番禺县,秦末南越尉佗及五代南汉都于此。隋改置南海县,唐复兼置番禺县,明时相沿,并为广州府治所。《史记·南越尉佗列传》:"番禺负山险,阻南海,东西数千里。"据《明史·李攀龙传》附传载,梁有誉"除刑部主事,居三年,以念母告归,杜门读书,大吏至,辞不见"。

〔3〕"扁舟"两句:谓你乘舟浮海,优游于家乡,用你那高超的文笔,描绘家乡的名山。扁舟,小船。此谓乘扁舟。《史记·货殖列传》:"范蠡既雪会稽之耻,乃乘扁舟,浮于江湖。"健笔,劲笔,谓文笔练达。杜甫《戏为六绝句》:"庾信文章老更成,凌云健笔意纵横。"志,记。名山,指罗浮山。在广东番禺县境内,滨海,相传东晋葛洪在这里获得仙术。据钱谦益《列朝诗人小传·梁主事有誉》载,在其归家后,"与黎民表约游罗浮,观沧海日出。海飓大作,宿田舍者三夕,意尽赋诗而归,中寒病作,遂不起"。

〔4〕"岂悟"两句:谓正等着你假满归来,哪里想到你竟溘然死去。风流,风雅。谓公实为风流儒雅之士。洗沐,洗发沐浴,指休假。汉官五日一假,叫"洗沐"。《史记·日者列传》"俱出洗沐"《正义》:"汉官五日一假,洗沐也。"

〔5〕"文章"两句:谓如果说文章憎厌像我这样年纪的人还有可说,而你如此年少,却为服食求仙所误,实在太可惜了。文章,指诗文。憎白发,憎厌年老。此为诗人自指。服食,道家养生术,说服食五石散(也叫寒食散)可以长生。红颜,谓少年。骆宾王《帝京篇》:"红颜宿昔白头新,脱粟布衣轻故人。"有誉因访仙迹而卒,时年三十六,故云。

〔6〕"禅草"两句:谓成佛为上天所召,成道也已离开人世。禅草,未详。禅,泛指与佛教有关的事物。玄经,指道家经典。

〔7〕"纵为"两句:谓有誉已经仙逝,即便像丁令威那样变为鹤,也

难追攀上他了。华表鹤,相传汉代辽东人丁令威,到灵虚山学道,后化鹤归辽,飞止城门华表柱上。时有少年举弓要射他,鹤就飞起,唱道:"有鸟有鸟丁令威,去家千年今始归,城郭如故人民非,何不学仙冢累累。"遂高上冲天飞走了。见干宝《搜神记》。华表,古时城郭、衙署门等入口处所立木柱。白居易《望江州》:"江迥望见双华表,知是浔阳西郭门。"羽翮(hé),鸟的羽毛。翮,羽茎。

〔8〕"从此"两句:谓有誉一死,再也听不到他的精到论议了;活着的人应当悟透人生的真谛,不要服药求仙了。微言,精微要妙之言。《汉书·艺文志》:"昔仲尼没而微言绝,七十子丧而大义乖。"此谓有誉一死就听不到他精妙的言论了。何当,合当。大梦醒,谓悟透自然之道的精神。大梦,道家谓对道不明了者就像常在梦中一样。《庄子·齐物论》:"方其梦也,不知其梦也。梦之中又占其梦焉,觉而后知其梦也。且有大觉而后知此其大梦也。"

〔9〕"人间"两句:谓有誉活着时,以意气自矜,在其死后,只能与鬼物相斗了。意气,意志与勇气。精灵,谓鬼神、鬼物。

〔10〕"虚室"两句:谓有誉正期望达到高人境界之时,其诗文创作就终止了。虚室生白,本谓心室空虚才生出纯白状态(空明的心境)。《庄子·人间世》:"瞻彼阕者,虚室生白,吉祥止止。"还,正在。此谓有誉正摆脱俗累、心境清净之时。杜甫《归》:"虚白高人静,喧卑俗累牵。"遗编,指有誉生前所作诗文。杀青,古时用竹简缮写,用火烤简去除水分,取其青易于书写,后泛指书籍定稿。

〔11〕"浮名"两句:谓人的名声像流光一样一闪而过,所以夫子望零落的秋景而悲伤。浮名,虚名。流景,流影。景,影的本字。夫子,孔夫子,即孔子。秋零,当秋零落肃杀之景。

〔12〕"同舍"两句:谓朋友们都为其离去而悲伤,大家以诗相吊,表示祭悼之意。同舍,有誉进士及第后,授刑部主事,与攀龙为同僚,攀龙

65

常称同僚为"同舍郎"。此指"七子"中的友人。离索,离群索居。投诗,赠诗。杳冥,渺远的阴间。

〔13〕"山阳"两句:谓每当到有誉往日居处,都不免悲恻难忍。山阳,汉置县,故址在今河南焦作市境。向秀《思旧赋序》说,在嵇康被杀后,他路过其山阳旧居,"于时日薄虞渊,寒冰凄然。邻人有吹笛者,发声寥亮。追思曩昔游宴之好,感音而叹",故作《思旧赋》,凭吊亡友。

春 兴[1]

东南杀气日相缠,重忆先朝海晏年[2]。使者自归沉璧马,将军谁起护楼船[3]?旌旗愁动昆明色,大钺高悬蓟北天[4]。坐使越裳来白雉,更追骄虏过燕然[5]。

〔1〕作于嘉靖三十四年(1554)春。据《明史·世宗纪》载,嘉靖三十四年春正月,倭寇攻陷崇德(今浙江嘉兴),侵犯德清(今属浙江),同时,俺答侵犯蓟镇。严嵩任用私人,派其私党赵文华前往祭海,兼防倭寇;参将赵倾葵在蓟镇战死。诗人忧虑时局,切望朝廷安边除患。

〔2〕"东南"两句:是说东南沿海倭患频仍,不禁令人忆念先前海疆太平的年代。相缠,缠绵不断。先朝,嘉靖朝以前。海晏年,海疆太平的年代。晏,太平。

〔3〕"使者"两句:谓派往东南的使者祭海归来,倭患仍旧,朝中又有哪位将军能训练强大的水师挥军破敌呢。使者,盖指赵文华。《明史·世宗纪》记载赵文华祭海事。《明史·严嵩传》附《赵文华传》:"东南倭患,赵文华献七事,首以祭海神为言,请遣官望祭于江阴、常熟。"沉

璧马，指沉璧马于海。璧马，玉璧与马，祭物。《史记·河渠书》记载，汉武帝于黄河瓠子决口时"沉白马玉璧于河"。楼船，层叠有楼的大船。《史记·平准书》："是时，越欲与汉用船战逐，乃大修昆明池，列观环之。治楼船，高十余丈，旗帜加其上，甚壮。"

〔4〕"旌旗"两句：谓朝廷忧虑边事，昼夜练兵，今正在命将抵御俺答的入侵。旌旗，军旗。《孙子·军争》："故夜战多火鼓，昼战多旌旗，所以变民之耳目也。"昆明，昆明池，汉代都城长安（今陕西西安）的人工湖。据《汉书·武帝纪》载，昆明池开凿于元狩三年（前120）。武帝派遣使节通西南夷，探询通往西域的捷径，为滇国（今云南晋宁一带）所阻，而与滇国相邻的昆明国内的滇池尤难通过。武帝"以昆明有滇池方三百里，乃作昆明池以习水战"。此谓朝廷练兵。钺（yuè），大斧。本为刑具。《尚书·牧誓》"王左仗黄钺，右秉白旄。"后谓征伐。蓟北，北京以北。

〔5〕"坐使"两句：谓希望朝廷政治清明，使南方安定，也希望在北方打败俺答，像当年汉将军窦宪那样勒石燕然。坐，安坐。越裳，古国名。在今越南南部。《后汉书·南蛮传》："交阯之南有越裳国。周公居摄六年，制礼作乐，天下和平，越裳以三象重译而献白雉。"白雉，晋郭璞注《尔雅》认为就是"翰雉"，古人认为的一种瑞鸟。骄虏，指鞑靼俺答部的入侵者。燕然，山名。即今蒙古国境内的杭爱山。东汉大将窦宪于永元元年（89），大败北单于，登燕然山，"刻石勒功，纪汉威德"（《后汉书·窦融传》附传）。

送张肖甫出计闽广二首（选一）〔1〕

闻道天书出汉宫，君才博望远相同〔2〕。少年章奏郎官里，大海楼船使者中〔3〕。度岭春阴生白瘴，及闽秋色暗青枫〔4〕。

悬知诸将平胡日,圣主先论转饷功[5]。

〔1〕作于嘉靖三十四年(1555)十月。张肖甫,即张佳胤(胤,一作允),字肖甫,铜梁(今属四川)人。嘉靖二十九年(1550)进士。据《明史》本传载,初知滑县(今属河南),有治绩,擢户部主事,嘉靖年间历官至按察使,万历年间官至兵部尚书,以功进太子太保,暮年谢病归。卒谥"襄宪"。著有《居来山房集》。与攀龙为诗友,王世贞列为"吾党三甫"和"后五子"之一。王世贞《哀梁有誉》说:"又十月,而友人户部郎张佳胤奉辖粤中。"知其出计闽广为嘉靖三十四年十月。计,大计,明代考核官吏的制度,按规定每三年举行一次,并以考核成绩决定官员升降调迁。闽广,指今福建、广东。张肖甫出计闽广途经顺德,攀龙为其送行,并表示对东南抗倭形势的关注。

〔2〕"闻道"两句:言听说您奉旨出京,知您具有汉代的张骞那样的外交才能。天书,圣旨。汉宫,借指明朝廷。博望,博望侯,指张骞。张骞(?—前114),成固(今陕西城固)人,官大行(后更名大鸿胪),封博望侯,曾奉武帝命出使西域诸国,以有外交才能著称。此以张骞之才称誉肖甫。

〔3〕"少年"两句:谓在各部郎官里,您的章奏充溢着青年人的豪气,而此次又被委派出计沿海,直接看到我军抗倭军将的声威。少年,青年。章奏,朝臣向皇帝所上书启,或叫章,或叫奏,合起来叫章奏。郎官,汉代为帝王侍从官的通称,肖甫时为户部主事,从地方官看来也是侍从皇帝左右的人。大海楼船,指沿海抗倭的水军。

〔4〕"度岭"两句:写肖甫要去的地方:言你度过瘴气弥漫的南岭,到福建时就该是青枫灰暗的秋季了。度岭,度过五岭。岭,指绵延于江西、湖广地区的五岭山脉。白瘴,白色瘴气。我国南方深山老林里,因湿热蒸发出一种能致人疾病的烟气。闽,今福建的简称。青枫,青色的枫

树。杜甫《寄韩谏议》:"鸿飞冥冥日月白,青枫叶赤天雨霜。"

〔5〕"悬知"两句:言可以想见在平定倭寇之时,皇帝必定首先论定你的大功。悬知,凭想象得知,料知。胡,此指倭寇。转饷,运输军粮。饷,军饷,军粮。肖甫为户部主事,转运军粮属户部。

郡城楼送明卿二首〔1〕

西来山色满城头,东望漳河入槛流〔2〕。傲吏岁时频卧阁,故人风雨一登楼〔3〕。乱离王粲逢多病,著作虞卿老自愁〔4〕。君到长安相问讯,谁怜五月有披裘〔5〕?

徙倚高楼问索居,故人湖海意何如〔6〕?樽中十日平原酒,袖里三年蓟北书〔7〕。大麓夏云当槛出,石门寒雨过城疏〔8〕。明朝远道空相忆,那得仍停使者车〔9〕!

〔1〕由第二首"袖里三年蓟北书",知作于攀龙知顺德的第三年,即嘉靖三十四年(1555)夏。沈德潜《明诗别裁集》题作《郡城送友人》。明卿来顺德的缘由未详,从第二首"明朝远道空相忆,那得仍停使者车"看,可能是明卿出差便道往访。

〔2〕槛:栏杆。

〔3〕傲吏:诗人自谓。卧阁:睡卧官衙之内。阁,官署。

〔4〕"乱离"两句:谓你来顺德恰逢我有病,像当年虞卿一样,处境如此,也只有以赋诗作文来解愁了。王粲(177—217),字仲宣,山阳高平(今山东邹城)人。东汉末诗人,"建安七子"之一,被刘勰誉为"七子之

冠冕"(《文心雕龙·才略》)。汉献帝初平元年(190),董卓挟持献帝迁都长安,粲亦随父西迁。董卓专擅朝政,为吕布所杀,其部将李傕、郭汜为乱,年仅十七岁的王粲遂离开长安往投荆州刘表,途中作《七哀》诗。此以王粲喻明卿。虞卿,一作虞庆、吴庆,战国时期的游说之士。初游说赵孝成王,任为上卿,故称虞卿。在列国争雄的外交斗争中,他为赵出谋划策。后离赵去魏,"不得意,乃著书,上采《春秋》,下观近世,曰《节义》《称号》《揣摩》《政谋》凡八篇。以刺讥国家得失,世传之曰《虞氏春秋》"(《史记·平原君虞卿列传》)。此诗人以虞卿自喻。

〔5〕"君到"两句:谓您到了都城向各位朋友问好,不知他们是否还记挂着我这个贬谪在外的病夫。长安,借指北京。五月披裘,五月还穿皮袍,谓病弱。

〔6〕"徙倚"两句:谓在郡城楼上,你问我是否孤单,是否还像当年一样以天下为己任?徙倚,行止不定的样子。言在楼上行步优游,徘徊倚立。王粲《登楼赋》:"步栖迟以徙倚兮,白日忽其将匿。"索居,离群索居的省语。故人,老朋友。此以明卿语气,指诗人自己。湖海意,即湖海志,澄清天下之志。湖海,谓天下之地。

〔7〕"樽中"两句:为自答。谓在这里除了连日喝酒,就是思念老朋友。樽,酒杯。平原酒,喻指劣酒。《世说新语·术解》:"桓公有主簿善别酒,有酒辄令先尝。好者谓'青州从事',恶者谓'平原督邮'。青州有齐郡,平原有鬲县。'从事'言'到脐','督邮'言在'鬲上住'。"袖里,放在衣袖里。言整日翻看。蓟北书,指在京朋友的来信。

〔8〕大麓:泽名,又称大陆、巨鹿、泰陆、沃川、广阿,俗称张家泊,在今河北任县东北,当时属顺德府。当槛出:对着栏杆冒出。槛,楼上的栏杆。石门:山名。在今邢台西南。

〔9〕空:徒然。使者:指明卿。

登黄榆、马陵诸山,是太行绝顶处四首[1]

太行山色倚巉岏,绝顶清秋万里看[2]。地坼黄河趋碣石,天回紫塞抱长安[3]。悲风大壑飞流折,白日千崖落木寒[4]。向夕振衣来朔雨,关门萧瑟罢凭栏[5]。

西岭秋高大陆前,马陵寒影踏遥天[6]。群峰不断浮云色,绝巘长留落日悬[7]。地险关门衔急峡,山奇削壁挂飞泉[8]。何人更遇青泥饭,有客空歌白石篇[9]。

西来山色照邢襄,北走并州拥大荒[10]。巨麓秋阴沙渺渺,石门寒气雨苍苍[11]。天边睥睨悬句注,树杪飞流挂浊漳[12]。摇落故人堪极目,朔风千里白云翔[13]。

千峰郡阁望嵯峨,此日襄帷按塞过[14]。落木悲风鸿雁下,白云秋色太行多[15]。山连大陆蟠三晋,水划中原散九河[16]。回首蓟门高杀气,羽林诸将在横戈[17]。

〔1〕从诗末句"回首蓟门高杀气,羽林诸将在横戈",知此诗作于嘉靖三十四年(1555)秋。据《明史·世宗纪》载,嘉靖三十四年鞑靼俺答部经常袭扰北部边境,春二月犯蓟镇,参将赵倾葵战死,四月犯大同,参将李光同被俘不屈死,九月犯大同、宣府,京师戒严。黄榆、马陵均为太

行山的主峰,位于今河北邢台市西北。黄榆岭上有关,明正统年间(1436—1449)始据险筑堡,设兵驻守。攀龙知顺德期间曾登临黄榆等山,写有多首纪游诗,其中以这四首写得较好。诗人秋日登临太行绝顶,纵目眺望,太行壮阔苍茫的气势,落木悲风、白云飞瀑以及鸿雁南飞的景象,都使其激动不已。但他并没有沉溺其中,当时与鞑靼的战事使他难以释怀。诗气势奔放,意境开阔,情景交融,为李攀龙写景名篇之一。

〔2〕"太行"两句:言太行山就是凭恃高峻险要而有无限风光,当清秋时节登上太行山的绝顶,你可以纵目游眺,尽情观赏。巑岏(cuán wán),山高大险峻的样子。绝顶,最高处。

〔3〕"地坼(chè)"两句:谓南望黄河蜿蜒入海,北眺长城环绕京城。地坼,地裂。地裂而出黄河,出自神话传说。碣石,山名。在今山东无棣,原在海中,黄河入海口附近。迴,迥,远。紫塞,指长城。崔豹《古今注》:"秦筑长城,土色皆紫,汉塞亦然,故称紫塞焉。"抱,环抱。长安,借指北京。

〔4〕"悲风"两句:言秋风吹过山涧,瀑布曲折而下;落日映照山崖的萧萧落叶,令人感到一丝寒意。悲风,秋风。大壑,大山沟。飞流,瀑布。白日,犹言秋落日。秋日太阳夕下,光显白色。曹植《赠白马王彪》:"原野何萧条,白日忽西匿。"落木,落叶。

〔5〕"向夕"两句:谓傍晚登高,雨却迎面扑来,山前更加寂静,不能再凭栏远眺了。向夕,傍晚。振衣,抖去衣尘。此谓登高。左思《咏史》:"振衣千仞冈,濯足万里流。"朔雨,从北方来的雨。关门,犹山门。萧瑟,寂静。凭栏,凭栏远眺。栏,栏杆。

〔6〕"西岭"两句:言黄榆山临近大泽更显高峻,崔巍的马陵山影落天际。西岭,指黄榆山。大陆,即大麓,泽名。详前《郡城楼送明卿二首》注〔8〕。影踏遥天,影子落到遥远的天际,谓山高。

〔7〕"群峰"两句:谓连绵的山峰在云中若隐若现,落日好像长时间

挂在高高的山峰上。绝嶂,极高的山峰。

〔8〕"地险"两句:言山门紧接峡谷急流,地势就更加险要;峭壁悬挂飞瀑,山就更加显得雄奇非凡。衔,接。急峡,峡谷急流。削壁,刀削一样的峭壁。飞泉,泉水飞流,即瀑布。

〔9〕"何人"两句:言不知什么人还能再遇到神奇的青泥饭,只是有人的诗写到白石而未能亲见。青泥饭,《神仙传》载,王烈入太行山,见山石裂开数百丈,山崖两边都是青石。石中有一洞穴,从中流出像骨髓一样的青泥。王烈取泥试着搓成丸,随手坚固凝结,气味像粳米,嚼一嚼,也是米味。空歌,徒然有诗而未到此处。白石篇,指北周庾信《奉和赵王游仙》:"白石香新芋,青泥美熟芝。"

〔10〕邢襄:指顺德,即今邢台。走:趋。并州:汉置,辖境约当今山西大部、河北与内蒙古之一部。大荒:指极远处。

〔11〕巨麓:即大麓泽。见前《郡城楼送明卿二首》注〔8〕。在邢台东北。秋阴,秋日阴霾。阴,阴霾,天气阴晦。渺渺,邈远的样子。石门:山名。在邢台西南。苍苍,苍茫无际的样子。

〔12〕"天边"两句:言在太行山顶可看到远在天边的句注山,流经山西东南的浊漳河就像挂在树梢一样。睥睨(pì nì),斜视。《后汉书·仲长统传》:"逍遥一世之上,睥睨天地之间。"句注,即雁门山。在今山西代县西北。树杪,树梢。浊漳,也称潞水,为漳河上游,在今山西东南部。详前《登邢台》注〔2〕。

〔13〕摇落:草木摇落,谓秋季。宋玉《九辩》:"悲哉,秋之为气也!草木摇落而变衰。"故人:老朋友。朔风:北风。

〔14〕"千峰"两句:言从府衙就可看到峰峦起伏、高峻雄伟的太行山,我今天是因巡察关塞顺便从这里经过。郡阁,府衙官署。嵯峨,山高峻的样子。搴(qiān)帷,揭开帷帐,谓知府出巡。详前《即事》注〔7〕。按塞,巡察关塞。

73

〔15〕"落木"两句：言眼见秋风过后草木凋零，鸿雁南飞，在这里只剩下如絮的白云点缀着太行秋景。

〔16〕"山连"两句：言太行山与大麓泽相连接，盘踞在三晋地区；黄河从中原拆分，在这一地区散为九条河流。大陆，即大麓泽。蟠，蟠踞，即盘踞。三晋，春秋末年，赵、魏、韩三家瓜分晋国，史称"三晋"。其地大致包括今山西全境及河北、河南之一部。划，分。九河，黄河的九个支流。《尔雅·释水》谓九河指徒骇、太史、马颊、覆釜、胡苏、简、絜、钩盘、鬲津。《尚书·禹贡》："九河既道。"

〔17〕"回首"两句：言想到京都羽林军将士正与入侵者厮杀，令人游兴全无。蓟门，代指北京。高杀气，谓战争气氛正浓。羽林，即禁卫军。横戈，谓正进行战斗。

怀明卿[1]

清秋羽檄蓟门城，楚客登临短发生[2]。已厌风尘多病色，何妨侍从有诗名[3]！怜才欲荐云中守，抗疏先论海上兵[4]。此日主恩深顾问，还如方朔在西京[5]。

〔1〕作于嘉靖三十四年（1555）秋。诗赞吴国伦在朝廷忧心国事，直言敢谏，并希望其在皇帝面前婉言推荐自己。诗在正面赞扬明卿品格的同时，也隐含着诗人对朝政的关心及无奈。

〔2〕"清秋"两句：言八月俺答侵犯大同的告急文书传到京城，知您每当登临都会为国家安危忧念不已。清秋，农历八月的别称。羽檄，插有羽毛的信件，此指军中告急文书。据《明史·世宗纪》载，嘉靖三十四

年八、九月间,俺答侵扰大同、怀来,京师戒严。蓟门城,即北京城。楚客,吴国伦籍属湖北(古为楚地),故称。短发,白发。生白发,谓忧虑之深。杜甫《春望》:"白发搔更短,浑欲不胜簪。"

〔3〕"已厌"两句:言知您因厌倦仕宦而愁苦,但这并不防碍您的优美的诗篇传扬四方。厌,厌倦。风尘,喻指宦途。病色,愁苦的脸色。侍从,明卿时任中书舍人,侍从皇帝左右,故云。

〔4〕"怜才"两句:言也知您想要学习冯唐使被埋没的人才重新得到重用,在朝廷上为抗倭将帅的任用而抗颜直谏。怜才,惜才、爱才。欲荐云中守,是说明卿欲学习汉代的冯唐,为国家推荐贤才。云中守,云中郡的太守,指汉将魏尚。据《史记·张释之冯唐列传》载,守边名将魏尚因上交敌人首级没有达到规定的数量而被撤职,罚去劳作。在文帝身边任职的冯唐忧念国事,在匈奴大举入侵、边事告急的情况下,推荐魏尚,使其官复原职。抗疏,臣下对皇帝已决定的事情进行抗争,即所谓犯颜直谏。海上兵,指东南沿海的抗倭军事。

〔5〕"此日"两句:言如果有幸承蒙主上问及我的情况,还希望您像当年东方朔那样婉言上奏。主恩,君主赐给恩惠。深顾问,谓问到我的情况。顾问,咨询。此指咨询官员状况。方朔,东方朔,字曼倩,平原厌次(今山东德州市陵城区)人,西汉著名文学家。武帝时任太中大夫、给事中,性滑稽诙谐,常婉言讽谏,而能切中时弊。详见《汉书》本传。

于郡城送明卿之江西四首(选二)〔1〕

青枫飒飒雨凄凄,秋色遥看入楚迷〔2〕。谁向孤舟怜逐客,白云相送大江西〔3〕。

75

长安二月绾垂杨，为尔踟蹰五骕骦[4]。今日故人投辖地，况逢山色满邢襄[5]。

〔1〕作于嘉靖三十五年(1556)三月。明卿，即吴国伦。详前《留别子与、子相、明卿、元美四首(选二)》注〔1〕。嘉靖三十四年九月，兵部员外郎杨继盛因弹劾权奸严嵩论死，十月处斩。明卿与王世贞、宗臣等出于义愤，出宣武门酾酒祭奠，并倡议赙送而忤严嵩，第二年即由兵科给事中贬江西按察司知事。赴江西任时，路经顺德，攀龙写了若干首诗为其送行。第一首为攀龙送行诗的名篇，向为人们所激赏。前两句用凄风苦雨、肃杀苍茫的秋色抒写离绪别情及苍凉的心境，后两句将自己愤激、同情，以及对明卿恋恋难舍的情谊，婉婉道出，低回缠绵，深沉含蓄。

〔2〕"青枫"两句：写风雨凄凄，遥看楚地秋色一片低迷。青枫，青色的枫树。飒飒，风吹树叶的声音。楚，泛指长江中下游一带。江西古属楚。迷，迷茫。

〔3〕"谁向"两句：谓你遭贬放逐，此时只有我深知你的痛苦，但却不能相伴，只有寄心于白云，让它陪伴你到达遥远的江西了。怜，同情。逐客，被放逐的人，指吴国伦。白云，取李白"楚山秦山多白云"(《白云歌送友人》)之意，详前《送子相归广陵七首(选三)》注〔4〕。

〔4〕"长安"两句：谓北京二月杨柳吐丝的季节，朋友们为你送行。长安，借指北京。绾垂杨，垂杨系丝。古人有折杨柳送行的习惯。为尔踟蹰五骕骦(sù shuāng)，即为你送行。尔，你。踟蹰五骕骦，化用"使君从南来，五马立踟蹰"(《陌上桑》)。明卿去江西做地方官，故以誉称。骕骦，古代良马名。

〔5〕"今日"两句：言今天你又来到热情挽留你的老朋友这里，更何况邢襄的山色那么美好，你更应多住几日。故人，老朋友。投辖地，殷勤留客之地。指顺德。据《汉书·陈遵传》载，陈遵好客，每当宴请友人

时，他为挽留客人就把来人的车辖投到井中。辖，车辖，即车楔，用以止车。邢襄，即邢台，周为邢国，秦置信都县，项羽改为襄国。

郡斋同元美赋得"桥"字[1]

山色秋停使者䩦，孤城何处不萧条[2]？谁看襄子宫前水，依旧东流豫让桥[3]。

〔1〕作于嘉靖三十五年（1556）八月。王世贞在这年八月察狱顺德，与攀龙盘桓数日，《弇州山人四部稿》中也有几首二人同赋的诗作。赋得某字，即几人共同赋诗时以某字为韵。与和韵不同的是，在各自的诗中须出现所赋的那个字。

〔2〕䩦（yáo）：䩦传，使者所乘之车。

〔3〕襄子：指赵无恤（？—前425），春秋末年晋国大夫，一作赵毋恤。与韩、魏合谋，攻灭智伯（荀瑶）并三分其地，为赵国的建立者。邢台在战国时期为赵邑。豫让：春秋战国之际晋国人。曾事范、中行氏，后为智氏（荀瑶）家臣而受到尊崇。智氏被灭后，改名换姓，漆身（改变形体）吞炭（变哑），利用各种机会刺杀赵襄子，最后伏于襄子所过桥下，欲刺襄子而被捕。他请求剑击赵襄子的衣服以完成报仇之愿，襄子使人将衣服给他，豫让拔剑击衣而后自杀。事详《史记·刺客列传》。

郡斋同元美赋得"明"字[1]

落日千山短发明，萧条转见故人情[2]。时危小郡征求少，秋到高斋卧理[3]。岂谓文章妨遇合,深知偃蹇负平生[4]。论心对我杯中物,握手看他世上名[5]。遂使浮云愁大陆,何来二子在孤城[6]？风尘如此仍为守,愧尔新诗满帝京[7]！

〔1〕作于嘉靖三十五年(1556)八月。

〔2〕短发:白发。明:显著。萧条:寂寥。

〔3〕"时危"两句:言在朝廷危难之时,我这个小郡征收的赋税却减少了;您当秋来到府衙,已经看到我治理顺德是十分清明的。时危,时局危机深重。指明朝廷为内忧外患所困扰。小郡,指顺德。征求,朝廷征收的赋税。据殷士儋《墓志》及王世贞《李于鳞先生传》载,于鳞守顺德,曾请求蠲免马牧地税,将输送京师的永济仓粮食留在府内等。高斋,府衙。卧理,卧而治理,谓不费气力就将境内治理得很好。元美奉使察狱,视察民情,境内治安状况是其考察的主项。

〔4〕"岂谓"两句:承上,谓哪能说是文章妨碍了君主的赏识,深知是我狂傲的个性难以实现自己的抱负。遇合,谓遇贤明的君主而被重用。《史记·佞幸列传》:"谚曰:力田不如逢年,善仕不如遇合,固无虚言。"偃蹇,骄傲。《后汉书·赵壹传》:"偃蹇反俗,立致咎殃。"负平生,有负平生致身报国的愿望。

〔5〕"论心"两句:谓在这种情况下,我们只管对酒谈心,共同冷眼看待世俗所追求的名利。论心,谈心。杯中物,指酒。握手,朋友相见,握手以示亲爱之意。

〔6〕"遂使"两句:谓因此使我们在这里相聚,不然您怎会来到顺德？遂,固。浮云,喻指宦游在外者。此指诗人与元美。即下文"二子"。愁,同"楢"。《集韵》:"楢,愁。《说文》:'聚也。或作'愁'。"大陆,即大麓。见前《郡城楼送明卿二首》注〔8〕。孤城,指顺德。

〔7〕"风尘"两句:谓虽然对世俗如此看待,却仍然在这里做知府,

读到你传遍京都的新诗,我非常惭愧。风尘,世俗。唐·高适《封丘作》:"乍可狂歌草泽中,宁堪作吏风尘下!"

塞上曲四首送元美(选二)[1]

燕山寒影落高秋,北折榆关大海流[2]。马上白云随汉使,不知何处不堪愁[3]!

白羽如霜出塞寒,胡烽不断接长安[4]。城头一片西山月,多少征人马上看[5]?

〔1〕作于嘉靖三十五年(1556)八月。塞上曲,谓写塞上之事的诗歌。元美,即王世贞。元美离开顺德,又到广平、大名等处巡察。此为李攀龙送行时所作。
〔2〕燕山:山名。详前《送新喻李明府伯承》注〔4〕。此指京畿地区。榆关:即山海关,在今河北秦皇岛市,滨海。
〔3〕汉使:指元美。
〔4〕白羽:白色旌旗。胡烽:胡人入侵时告急的烽火。
〔5〕西山:山名。在今北京西郊。

王中丞破胡辽阳凯歌四章[1]

匈奴十万寇辽阳,汉将飞来入战场[2]。直取单于归阙下,论功那更数名王[3]！

万里横行大破胡，沙场西北汉军孤[4]。不因骠骑能深入，知有阴山翰海无[5]！

再领楼船护海滨，三持节钺扫胡尘[6]。怪来长得君王宠，自是麒麟阁上人[7]！

中丞万马下榆关，拂海旌旗破虏还[8]。幕府秋阴连杀气，散为风雨暗燕山[9]。

〔1〕作于嘉靖三十五年（1556）十一月。王中丞，即王忬，详前《送王侍御》题注。中丞，官名。明代指都察院副都御史。据《明史》本传载，王忬在嘉靖三十四年（1555）三月以副都御史和兵部左侍郎衔总督蓟辽，第二年，即嘉靖三十五年十一月鞑靼侵犯辽东，王忬率军抵御，奏凯，获赏赐。辽阳，县名。治所在今辽宁辽阳市西北。诗赞王忬军功，风格雄健，得唐边塞诗神韵，为绝句佳作。

〔2〕匈奴：指鞑靼。寇：侵犯。汉将飞来：此以汉飞将军李广喻指王忬。李广，汉武帝时任右北平太守，为抗击匈奴的名将，匈奴称其为"飞将军"。王昌龄《出塞》："但使龙城飞将在，不教胡马度阴山。"

〔3〕"直取"两句：言活捉匈奴单于押送到君王面前，论定功劳时，活捉匈奴名王的人就不算什么了。直取，直接擒取，谓活捉。单于，鞑靼部落的君长。阙下，天子宫阙之下。名王，匈奴中有大名受封土地多的称名王。《汉书·宣帝纪》："匈奴单于遣名王奉献。"

〔4〕汉军孤：谓明军孤军深入。汉军，指明军。

〔5〕骠骑：古将军名号，汉时秩禄同大将军，位在三公下。隋唐后为武散官，明因之。此以汉骠骑将军誉称王忬。阴山：山名。今河套以北、大漠以南诸山的统称。匈奴曾作为凭借袭略汉朝边境，汉武帝时夺得此山，派兵镇守。翰海：今蒙古国境内的大沙漠，言其浩瀚如海。

〔6〕"再领"两句：谓在镇守大同之后，又率领水兵抗击倭寇；自主持通州防务至今三次奉旨抵御鞑靼入侵。再，第二次。楼船，层叠有楼的大船，古时军用船舰。护海滨，保护东南沿海疆域，指抗倭。三持节钺，据《明史·王忬传》载，王忬曾任御史，巡按顺天，主持通州防务。嘉靖三十一年（1552）七月，由以右金都御史衔巡抚山东改提督军务，巡抚浙江、福建，平倭有功，于三十三年（1554）移镇大同，三十四年三月，以都察院副都御史衔总督蓟辽，抗击鞑靼入侵。节钺，节旄、大钺，皇帝的符节。

〔7〕怪：奇异非常。麒麟阁：汉代阁名，在长安（今陕西西安）未央宫内，武帝时建。一说为汉初萧何所建。汉宣帝甘露三年（前51）画功臣霍光、苏武等十一人图像于其上。见《汉书·苏建传》附《苏武传》。

〔8〕榆关：即山海关。拂海：犹蔽海。拂，蔽。海，翰海，大漠。

〔9〕幕府：古时将军临时搭建的营帐。军旅无固定住所，以帐幕为府署，故称。燕山：横亘连绵京津一带的山脉。

于郡楼送茂秦之京〔1〕

把酒高楼眺暮春，孤城落照浊漳滨〔2〕。自怜白发常为客，谁道青山不负人〔3〕？西署诗名干气象，中原宦迹任风尘〔4〕。元龙未下当时傲，湖海看君意转亲〔5〕。

81

〔1〕作于嘉靖三十五年(1556)秋。王世贞察狱顺德之后,又察狱广平、大名二府,并与卢楠、谢榛等相聚。此诗应是谢榛与世贞相会后,路经顺德,攀龙为其送行所作。同时所作诗,还有五言《阁夜示茂秦》。

〔2〕浊漳:河名。详前《登邢台》注〔2〕。

〔3〕"自怜"两句:写朋友相对,充满年华易逝的感慨,谓我自叹在客居之中头发已白,谁说青山不违背人的意愿?常为客,常年客居外地。诗人自谓。青山,草木青翠的山。人也常用"青山不老"表示祝福之意。白居易《重到江州感旧游题郡楼十一韵》:"青山满眼在,白发半头生。"

〔4〕"西署"两句:谓当年在刑部,与您及诸子相聚赋诗是何等景象,而今身在宦途也只有听任别人摆布了。西署,指刑部。隋唐时期刑部别称西台。干气象,与天空相接,言诗名之高。中原,黄河下游,即今河南、山东的西部、河北、山西南部、陕西的东部等地,相对边地而言称中原。此指顺德。宦迹,仕宦之迹,谓职务的升迁降调。任风尘,听任宦海浮沉。任,听任。风尘,指宦途。

〔5〕"元龙"两句:谓如今我仍像当年那样孤傲,若以湖海之士看待您反觉更加亲切。元龙,即陈登。陈登,字元龙,东汉末年名重天下。在其死后,荆州牧刘表与刘备评论天下人物,许汜在旁说:"陈元龙湖海之士,豪气不除。"刘备问为什么说他有豪气,许汜说:"昔遭乱下邳,见元龙。元龙无客主之意,久不相与语,自上大床卧,使客卧下床。"详见《三国志·魏书·陈登传》。此以元龙自喻。诗人与谢榛之间早生嫌隙,关系不甚融洽,以元龙自喻或掩失礼之处。湖海,天下之地。此谓湖海之士,即天下之士,名重天下之人。"湖海看君",以湖海之士看待您,意即把你看作我的同道。

南溪老树行〔1〕

老树横溪十亩阴,下有跳波三百顷;酒罢扪萝坐其上,白眼青天何不逞[2]！斗牛之间见浮槎,苍茫宇宙成漂梗;念我平生湖海客,衣裳泠泠风驭冷[3]。文章八代俱望洋,心事几人同《哀郢》？醉里谁堪此陆沉,侠来气与千涛猛[4]！洛浦明珠旧寂寥,渥洼神骏空驰骋;翻然大叫观者摧,那知世路沧洲永[5]！投足还探河伯宫,俯身欲拾中流影;骊龙蜿蜒垂雾雨,虹霓缭缜含光景[6]。须臾力疲神亦眩,乾坤低昂发深省[7]。最奇披发泗吕梁,愿言洗耳临箕颍[8]。初看长驾出鼍鼋,岂云吾道终蛙黾[9]！王郎驱石到渤澥,徐子招招回舮艋[10]。此时共济失狂澜,却悲胥溺情难整[11]。泥涂讵可困豪俊？男儿相逢夸项领[12]。遂忆鸣鞭昨夜归,湘娥汉女犹延颈[13]。群灵至今未敢散,寒江飒飒开尘境[14]。

〔1〕作于嘉靖三十五年(1556)。诗有"王郎驱石到渤澥,徐子招招回舮艋"之说。据王世贞《赠子与》诗序"丙辰春,余北驻渔阳,则闻子与戒辖而南",知这一年初春徐中行以治狱使者的身份出使江南;三月,吴国伦由兵科给事中遭贬出任江西按察司知事;十月,王世贞升任山东按察司副使,兵备青州。"七子"一时"蓬飘而散"(宗臣《报于鳞》),攀龙此时身在顺德,眼见改革文风的诗文革新运动难乎为继,其心情之痛苦可知。此诗盖为当时心境的真实写照,慷慨淋漓,笔意纵横,为李攀龙古诗中较好的一篇。行,歌行,古代诗歌的一体,其音节、格律一般比较自由,唐以后一般用五、七言古诗体裁。此为七言歌行。
〔2〕"老树"四句:言酒后游南溪,手牵藤萝,坐于横卧的树干之上,白眼向天,是何等的快意！跳波,跳动的波浪。扪,握持。萝,藤萝。白眼青天,傲视苍茫太空。白眼,傲视的样子。逞,快意。
〔3〕"斗牛"四句:承"白眼青天",谓传说中那个能游天河的浮槎,

在苍茫宇宙中也不过如同漂梗而已,像我这样不以做官为意的人,并不求显达富贵,有件衣裳御寒也就够了。斗牛,二十八宿中斗宿和牛宿。浮槎,浮游于天河中的木筏。传说天河与海相通,有个居住在海边的人每年八月乘槎来往于河海之间,一次见到了牛星。见张华《博物志·杂说下》。漂梗,漂浮在水流中的草木棒。梗,草木的茎秆。湖海客,怀有湖海之志的人。湖海,湖海之志,隐逸之志,谓心在湖海不以做官为意。泠泠,风声。驭冷,防御寒冷。驭,通"御"。

〔4〕"文章"四句:谓对自己与朋友起衰救敝的事业只能望洋兴叹,此时又有谁能理解我倡导文学复古的苦心呢;醉中谁能忍受这人为的灾难,为不平而激愤的情绪一来就像掀天巨浪一样难以平静。文章八代,为"文起八代之衰"的略语。八代,指东汉、魏、晋、宋、齐、梁、陈、隋。苏轼《潮州韩文公庙碑》赞誉韩愈"文起八代之衰,道济天下之溺"。望洋,望洋兴叹的省语。《哀郢》,《楚辞·九章》中的篇名。屈原虽遭放逐,而心系楚国,本篇以《哀郢》名篇,既是对危亡中的祖国的忧念,也交织着个人沉沦迁谪的伤感。攀龙视朝廷让其出任顺德为"情同于弃"(《与宗子相书》),其心事在于通过改革文风而振兴国运,自认为与屈原作品中表达的思想有相通之处。陆沉,喻指世事混乱,谓大陆沉沦,不是洪水淹没,而是人为所致。《世说新语·轻诋》:"桓公入洛,过淮泗,践北境,与僚属登平乘楼,眺属中原,慨然曰:'遂使神州陆沉,百年丘墟。王夷甫诸人不得不任其责!'"侠,侠气,勇敢无畏的气魄。

〔5〕"洛浦"四句:以洛浦明珠、渥洼神骏为喻,谓世无知己,有才而不得施展,你稍一表露就被认为惊世骇俗,他们哪里知道我们为实现自己的理想是不惜辞官隐居呢。洛浦明珠,指洛水女神宓妃。洛浦,洛水之滨。明珠,此喻可宝贵的人,指宓妃。曹植《洛神赋》:"于是洛灵感焉,徙倚彷徨。……或采明珠,或拾翠羽。从南湘之二妃,携汉滨之游女。叹匏瓜之无匹,咏牵牛之独处。"旧,昔,从前。寂寥,寂寞。渥洼神

骏,汉武帝时渥洼(渥洼川,在今甘肃境内)所产神马,见《史记·乐书》。空,徒然。观者,旁观者。摧,散。沧洲,水滨,指隐者所居之地。永,长。

〔6〕"投足"四句:以探河取珠为喻,谓为实现自己的抱负,不惜舍身一试。河伯,黄河神。拾中流影,捡起自己在急流中的影子,谓将不可求之事求之。中流,河中心的流水,谓急流。骊龙,黑色的龙,居于深水之下。《庄子·列御寇》:"千金之珠,必在九重之渊,而骊龙颔下。"虹霓,雨后现于天际的彩虹,内环曰虹,外环曰霓。缭縩(h),环边泛绿。缭,缭绕。縩,苍艾色,绿色。光景,日光的影子。景,"影"本字。

〔7〕"须臾"两句:承上言顷刻之间,力眩神疲,俯仰天地,反省自己的所做所为。须臾,顷刻,一小会。乾坤低昂,谓俯仰天地。乾坤,天地。低昂,高下升降。

〔8〕"最奇"两句:言最奇怪的是,像披发泗吕梁、颍水洗耳那样,安习成性,只求逃避。披发泗吕梁,谓安习成性。《庄子·达生》:"孔子观于吕梁,县(悬)水三十仞,流沫四十里,鼋鼍鱼鳖之所不能胜游也。见一丈夫游之,以为有苦而欲死也,使弟子并流而拯之。数百步而出,被(披)发行歌而游于塘下。"洗耳临箕颍,指许由逃名隐居以任情适性事。晋·皇甫谧《高士传》载,尧时隐士许由,听说尧要把天下让给他,就逃到箕山之下、颍水之北;又召为九州长,他听到这样的消息认为是对自己的侮辱,便跑到颍水去洗耳。

〔9〕"初看"两句:言我们的文学事业,初创时看起来像是鼋鼍出行,难道说最后竟落到像蛙鸣聒噪而已!长驾,远行。鼋(yuán),龟类。鼍(tuó),鳄鱼的一种,俗称猪婆龙。《竹书纪年》:"周穆王大起九师,东至九江,架鼋鼍以为梁。"吾道,我们的主张。指倡导诗文复古。蛙黾,即蛙,雨蛙。高适《东平路中遇大水》:"室居相枕藉,蛙黾声啾啾。"

〔10〕王郎:指王世贞。驱石到渤澥:谓出为青州兵备副使。石,矢石,箭镞。渤澥,即渤海。《尚书·禹贡》:"海、岱惟青州。"海指渤海。

85

明青州兵备负责海防。徐子：指徐中行。招招：以手示意使来的样子。《诗经·邶风·匏有苦叶》："招招舟子，人涉卬否。"回舴艋(zé měng)：转回船。舴艋，小船。王世贞出任青州之时，徐中行则从江南返回。

〔11〕"此时"两句：谓此时风浪来势太猛，诸子难以相互协助，更可悲的是，大家或贬谪或外放，官低位卑，尽皆沉沦。共济，同舟共济的省语。失狂澜，失之狂澜。胥溺，尽皆沉没。

〔12〕"泥涂"两句：谓官低位卑岂能困住我们，再相见时一定会相互夸赞不向恶势力低头的精神。泥涂，泥泞的道路。涂，通"途"。喻地位卑下。《左传·襄公三十年》："使吾子辱在泥涂久矣，武之罪也。"讵，岂。豪俊，谓才智出众的人。男儿，犹言大丈夫。夸项领，称赞硬骨头，不向恶势力低头。项领，语出《诗经·小雅·节南山》。此谓颈项。取"强项"意。《后汉书·董宣传》载，东汉董宣为洛阳令，以法杀湖阳公主的苍头(仆人)，光武帝大怒，命小黄门挟持着让其向公主叩头谢罪，他两手据地，终不肯俯首。光武帝"因敕强项令出"。

〔13〕"遂忆"两句：第二天酒醒之后，忽然想起昨夜从南溪归来，美丽的女神们都翘首企盼着再去游历。鸣鞭，古代仪仗中用的器物，振动发声，以使人静肃，又名静鞭。湘娥，湘水女神。相传尧将娥皇、女英两个女儿嫁给舜。舜南巡，死于苍梧。二女追至洞庭闻舜已死，遂投湘水而为神。汉女，传说中的汉水女神。湘娥、汉女俱以美丽多情著闻。此借指南溪女神。延颈，伸长脖颈，企盼的样子。

〔14〕群灵：众水神。

即事四首[1]

浮云如浪迹，春色且邢州。磬折人堪老，萧条客自愁[2]。孤城山下出,大陆日西流。请郡终何意,风尘复倦游[3]。

天涯看薄宦,何以异漂逢?才岂分符后,名非荐疏中[4]。黄尘霾落日,白羽插春风。闻道渔阳战,方论卫霍功[5]。

懒嫚终疑傲,和光意远哉。元龙无客礼,方朔有仙才[6]。疾苦褰帷过,风尘领郡来。那须论往事,作赋柏梁台[7]。

使者殊旁午,吾生自不辰。文章看长物,道路竟何人[8]!寒食孤城外,襜帷大泽滨。那堪杨柳色,风雨傍行春[9]。

〔1〕从诗中"闻道渔阳战,方论卫霍功",知此诗作于嘉靖三十六年(1556)春。王忬总督蓟辽,于嘉靖三十五年十一月奏凯(详前《王中丞破胡辽阳凯歌四章》注〔1〕)。攀龙曾将王忬比作霍去病、卫青。第一首写自己出知顺德,奉迎官长,孤独无聊,心中无限愁苦。第二首写自己遭贬外放,虽有微名而无益国事,安边定国的大事只能得知耳闻。第三首说自己懒散被人看作傲慢,古人如此各有所成,今政事追踪古人,希望自己的诗作得到赏识。第四首说自己整日拜迎监察官员,文章而外没有知己,春色烂漫之时更感寂寞。

〔2〕"浮云"四句:言我从京城来知邢州,如今春天将至,在这里整日拜迎上级长官,孤独无聊,其中的愁苦只有自己知道。浮云,喻富贵。语本"不义而富且贵,于我如浮云"(《论语·述而》)。此指做官。如,同。浪迹,行踪不定。诗人认为京官外放,如同沦落天涯。且,近。邢州,即顺德。磬折,屈体如磬,谓拜迎官长。磬,石或玉制弯形乐器,与今寺庙中钵盂形制不同。萧条,寂寥。客,诗人自指。

87

〔3〕"孤城"四句：言整日坐在太行山下的顺德城，看着太阳东升西落，做这样的官有什么意思，我已经厌倦这种生活了。孤城，指顺德。山，指太行山。大陆，即大麓，泽名。详前《郡城楼送明卿二首》注〔8〕。请郡，请求任为郡守，是对朝廷委派的委婉说法。风尘，喻仕宦。

〔4〕"天涯"四句：言在偏远的顺德为官，与四处飘泊有什么不同？我的才能不是来顺德才表现出来的，名气也不是由别人推荐才有的。天涯，对做京官而言，顺德虽为京畿而与朝廷则咫尺天涯。薄宦，卑微的官职。漂蓬，即飘蓬。蓬草当秋而枯，随风飘散，因喻漂泊不定。分符，谓朝廷任命。符，符信。荐疏，向皇帝推荐的奏疏。

〔5〕"黄尘"四句：谓只因为朝廷昏暗，任人不辨贤愚，才使我沦落如此，以致到现在我才听说奖赏抗击鞑靼取胜的将军的事。霾，风吹起尘土，俗谓落黄沙。白羽，白色羽毛。喻极轻微之物。黄尘蔽日而无光，羽借春风而飞扬，喻指朝廷不辨贤愚，所任非人。渔阳战，盖指朝廷任命王忬总督蓟辽大败鞑靼之战。渔阳，战国燕置郡，明初省入蓟州，治所在今天津市蓟州区。方，才。论，评定。卫霍功，抗敌将军的功绩。卫、霍，指汉武帝时抗击匈奴的名将大将军卫青、霍去病。此喻指明抗击鞑靼的将军。

〔6〕"懒嫚"四句：谓元龙简慢而为人称道，方朔随俗而本为仙人，我等懒慢却被看作傲慢，老子和光同尘的话意味深远哪。懒嫚，即懒慢。慵懒、轻慢。疑，似。和光，和光同尘的省语，本《老子》"和其光，同其尘"，谓与时俯仰，随波逐流。元龙，即陈登。元龙高卧，待客简慢。详前《于郡楼送茂秦之京》注〔5〕。方朔，即东方朔。详前《怀明卿》注〔5〕。方朔诙谐滑稽、婉言讽谏，而终生失意，死后传说他是岁星下凡。见《东方朔别传》和《世说新语·箴规》注引《列仙传》。

〔7〕"疾苦"四句：谓自知顺德以来，我也曾追踪古人，问民疾苦，又有谁加以称道？往事不必再说，如今只希望自己的诗作能受到重视罢

了。疾苦,问民疾苦。搴帷,揭起车帷。据《后汉书·贾琮传》载,汉末黄巾起义被镇压后,郡县赋敛加重。朝廷选派能吏,贾琮被委任为冀州刺史。按照旧例,刺史到任"停车骖驾,垂赤帷裳,迎于州界",而贾琮赴任却让驾车人把车帷揭起,说:"刺史当远视广听,纠察美恶,何有反垂裳以自掩塞乎?"冀州各地官员闻风竦震,那些贪污聚敛的官员则"望风解印绶去","于是州界翕然"。风尘,喻仕宦。柏梁台,汉宫中台名。建于武帝元鼎二年(前115)春,因以香柏为之,故名。据《三辅旧事·台榭》载,武帝曾经"置酒其上,诏群臣和诗,能七言者乃得上"。

〔8〕"使者"四句:谓我真是生不逢时,整日拜迎纷至沓来的巡视官员,在这里除了诗文没有知己,实在太寂寞了。使者,奉皇帝差遣巡视地方的官员。旁午,语出《汉书·霍光传》,谓纵横交互。吾生不辰,我出生的不是时候,谓生不逢时。长物,犹余物。

〔9〕"寒食"四句:是说寒食节我停车城外泽畔,看到杨柳吐翠更感孤独,只有微风细雨陪伴我巡视各县农事。寒食,寒食节,在清明前一日或二日。襜(chān)帷,车上的帷幕。大泽,指大麓。行春,汉制,春天太守巡视各县奖劝农桑。

渡滹沱[1]

滹沱来不极,晓色荡孤城[2]。击楫中流过,搴帷下吏情[3]。天衔纤岸转,日上大波行[4]。独在知津后,风尘见濯缨[5]。

〔1〕作于顺德居官期间。滹沱,河名。源于山西,流经河北,详前《送张子参募兵真定诸郡》注〔9〕。攀龙赴京须经滹沱。

〔2〕不极:谓不穷极。《孔子家语·儒行解》:"过言不再,流言不

89

极。"此谓从远处流来。晓色:拂晓景色。荡:激漾。

〔3〕"击楫(jí)"两句:谓击楫中流,仰慕古人的壮志豪情,作为地方官,保持清廉、问民疾苦,是自己的本分。击楫,击打船桨。楫,船桨。《晋书·祖逖传》载,西晋末年,司马睿移镇江南,以逖为奋威将军、豫州刺史,率师北伐渡江时,"中流击楫而誓曰:'祖逖不能清中原而复济者,有如大江!'"后以"中流击楫"指志在兴复的节概。此取心怀壮志的意思。搴(qiān)帷,撩起车帷。谓下车即纠贪励廉,问民疾苦。语出《后汉书·贾琮传》。详前《即事四首》注〔7〕。下吏,地位低下的官吏。此谓任职地方。

〔4〕"天衔"两句:写漳沱晨景:船行河上,远望曲岸与长天相接;旭日映照着浪花,渐渐从东方升起。衔,含。纡岸,弯曲的河岸。纡,曲。日上大波行,船由西向东行驶,浪花迎着朝阳,像是阳光沿波而上。

〔5〕"独在"两句:承上谓只是在经历宦途风险之后,才知道保持高洁情操的重要。知津,谓识途。语出《论语·微子》。此谓历经宦途艰险之后。风尘,谓宦途。濯缨,洗涤冠缨。语出《孟子·离娄上》。喻超然世俗之外。

赵州道中忆殿卿[1]

忆尔褰帷出牧年,风尘谁识使君贤[2]?政成神雀犹堪下,兴尽冥鸿遂杳然[3]。树色远浮疏雨外,人家忽断夕阳前[4]。重来此地逢寒食,何处看春不可怜[5]。

〔1〕作于顺德居官期间。赵州,今河北赵县。为攀龙赴京必经之

地。殿卿,即许邦才。

〔2〕"忆尔"两句:言想你当年出为知州的时候,官场中有谁真正了解你的才能?襜帷,车帷。出牧,出为州府长官。牧,州牧,明指知府、知州一类地方官。殿卿曾官永宁知州。风尘,喻宦途。

〔3〕"政成"两句:言如今我虽政事有成,值得凤鸟来临,而却因倦于宦途,缺乏高远的志向。神雀,谓凤。古时认为凤鸟至为政事有成的祥瑞。冥鸿,高空的大雁。此喻指鸿鹄之志,高远的志向。

〔4〕"树色"两句:写道中景色,言透过零星小雨可看到远处新绿的林木,村落也在夕阳中渐渐消失。疏雨,零星小雨。人家,村落。

〔5〕寒食:即寒食节。在清明前一日或二日。可怜:可爱。

真定大悲阁〔1〕

高阁崚嶒倚素秋,西山寒影挂城头〔2〕。坐来大陆当窗尽,不断滹沱入槛流〔3〕。下界苍茫元气合,诸天缥缈白云愁〔4〕。使君趋省无多暇,暂尔登临作壮游〔5〕。

〔1〕作于顺德居官期间。从诗中"使君趋省无多暇"看,为攀龙赴省途中所作。攀龙曾于嘉靖三十六年(1557)春,赴京述职(所谓"上计"),其所赴之省(公卿所居官署),应是吏部。真定,府名。治所在今河北正定。大悲阁,在龙兴寺后,内有千手观音像,"高七十三尺,其阁高一百三十尺,拓梁九间,而为五层"(明王士性《广志绎·两都》)。

〔2〕崚嶒(léng chéng):高峻重叠的样子。素秋:即秋天。古代五行说,以金、木、水、火、土配四时,金配秋,其色白,故称素秋。西山,真定西

91

面之山,指太行山。

〔3〕大陆:也作大麓,泽名。详前《郡城楼送明卿二首》注〔8〕。滹沱,河名。流经真定北。详前《送张子参募兵真定诸郡》注〔9〕。

〔4〕"下界"两句:言阁下烟雾弥漫,天上白云密布。下界,对天界而言,谓人间。元气,天地未分前的混沌之气。此指烟雾弥漫的天气。诸天,佛教用语,指天。白云愁,谓白云密布,天色惨淡。

〔5〕使君:诗人自称。作壮游:当作壮游。壮游,心怀壮志而远游。

除夕元美宅〔1〕

蓬莱佳气旧霏微,把酒千门朔雪飞〔2〕。缱绻绨袍回夜色,纵横彩笔动春晖〔3〕。何来天地愁相向,自信风尘意不违〔4〕。汉主明朝还受计,君看五马赐金归〔5〕。

〔1〕作于嘉靖三十四年(1555)除夕。李攀龙在顺德任职三年,依例返京述职,即上计。至京即与"七子"之在京者元美、明卿、子与等欢聚,写有《初至京与元美明卿子与分韵》等诗。他满以为以自己的政绩,朝廷马上会有新的任命,而吏部却未明确表态,"黄金愧我无经术,归去冥鸿未可求"(《留别元美辈诸子》)使他十分失望。

〔2〕蓬莱:唐宫名。本名大明宫,在今陕西西安市长安区。杜甫《莫相疑行》:"忆献三赋蓬莱宫,自怪一日声辉赫。"此借指明宫。佳气:祥瑞之气。霏微:雪细密的样子。千门:宫门。

〔3〕"缱绻(qiǎn quǎn)"两句:言老友相见,至夜深也不愿离去,大家以诗歌唱和迎来了晨曦。缱绻,情意殷切。绨(tì)袍,用粗缯(丝织

品)制作的袍子。《史记·范雎列传》载,范雎初为魏中大夫须贾的门客,因受到毁谤而遭笞辱,装死逃脱,改名张禄,游说秦王得拜为相。后须贾出使秦国,范雎故意穿着破衣烂衫求见,须贾看他可怜,取一绨袍相赠。待须贾拜见秦相时,才知张禄就是范雎,惊惧请罪。范雎历数其罪,然后说"公之所以得无死者,以绨袍恋恋有故人之意,故释公"。后遂以绨袍喻故旧之情。彩笔,五彩之笔。喻指诗笔。春晖,春日晨曦。

〔4〕"何来"两句:言诸位不用相对愁苦,我自信顺德一任没有违背仕宦初衷。天地,天地之间。风尘,喻指宦途。

〔5〕"汉主"两句:言当皇帝听过对我的审核报告,你们会看到我这个知府带着赏赐的黄金回去了。汉主,借指明朝皇帝。受计,接受郡国所上考核官员的记录。《汉书·武帝纪》:"春还,受计于甘泉。"五马,太守。明指知府。此为诗人自指。

广阳山道中〔1〕

出峡还何地?杉松郁不开。雷声千嶂落,雨色万峰来〔2〕。地胜纡王事,年饥损吏才。难将忧旱意,涕泣向蒿莱〔3〕。

〔1〕作于嘉靖三十五年(1556)初,赴京述职归途中。广阳,秦、汉郡名。治所在蓟县(今北京市西南),辖有今北京大兴区和河北固安县地。途中遇雨,本寻常事,而顺德"大旱之后,水蝗荐至"(《与宗子相书》),李攀龙作为地方官却无力救灾,他深深为自己"奉职无状"而自责。从《与宗子相书》"不佞近奏绩书""仕宦四十""三年不调"来看,知为李攀龙在顺德任职三年时所作。

〔2〕"出峡"四句:写山中风雨欲来的情景:山峡之中,杉松遮天蔽

日,雷雨从重峦叠嶂漫天撒来。郁不开,郁结而不见光亮,谓林木茂密。千嶂、万峰,重峦叠嶂。

〔3〕"地胜"四句:由雨兴感,谓雨景虽好,而因心系辖地旱情也无心观赏;面对灾荒年,我无能为力,且也无法将忧旱的心情,向这茫茫荒野哭诉。地胜,当地胜景。此指山中雨景。纡,系结。王事,国家之事。此指顺德知府应尽的责任。年饥,年成荒歉,即荒年。损吏才,谓无力改变天灾所造成的景况,有损自己的官声,即所谓"奉职无状"。损,损害。蒿莱,指旷野。

黄河[1]

复就三秦役,还为《四牡》歌[2]。北风扬片席,大雪渡黄河[3]。才岂诸郎少,名非一郡多[4]。儒官明主意,吾道好蹉跎[5]。

〔1〕作于嘉靖三十五年(1556)冬。李攀龙知顺德府第三年的春天赴京述职,《初至京与元美、明卿、子与分韵》有"邢州计吏入长安,春色西山雪里看"的诗句。经过考核,获得优等,"有十数最书,擢陕西按察司提学副使"(殷士儋《墓志铭》),遂于是年秋后赴陕就职,途经黄河,赋诗以纪。虽是提拔,李攀龙并不愉快。一是攀龙以才自傲,复为地方官,心中觉得委屈,二是任职偏远,无法对寡母尽孝。

〔2〕"复就"两句:谓刚刚从顺德卸任,又要赴陕西任所;为勤于王事,而却难于赡养老母,只有歌《四牡》以解忧苦。复,又。三秦,指关中地区。秦亡后,项羽三分关中(今陕西秦岭以北),封秦降将章邯为雍

王、司马欣为塞王、董翳为翟王,号曰"三秦"。此指陕西。役,行役。因公务跋涉在外。《四牡》歌,《诗经·小雅》篇名,朱熹《诗集传》谓"劳使臣之诗"。诗的第四章云:"翩翩者鵻(zhuī),载飞载止,集于苞杞。王事靡盬(gǔ),不遑将母。"攀龙幼孤,母子相依,性至孝,而远赴陕西,无法让其母随任,心中自是不安。所谓"为《四牡》歌"者,即"不遑将母"也。

〔3〕片席:喻指雪花。李白《北风行》:"燕山雪花大如席,片片吹落轩辕台。"

〔4〕"才岂"两句:谓哪里是因为我这郎官的才能低而外放地方,也不是因为治理好一郡政事我才有名,为什么还要委派我到偏远的陕西为官?诸郎,指中央六部的郎官。一郡,此指顺德。

〔5〕"儒官"两句:谓据说做学官是出自圣明君主的旨意,而到偏远的陕西任职,振兴文运的理想却难以实现。儒官,即学官。提学使主持一省学政。道,思想,学说。此指倡导文学复古运动。蹉跎,失志。

关门雪望[1]

西来千里雪,斜日满函关。秋水何当落,浮云自不还[2]。积阴高紫气,寒色壮秦山[3]。似欲欺双鬓,苍茫到客颜[4]。

〔1〕作于嘉靖三十五年(1556)冬,赴陕就职途中。关门,指函谷关。东起崤山,西至潼津,通名函谷,也称函关。因关在谷中,深险如函而得名。其故址在今河南灵宝东北,为进陕必经之地。雪望,雪中眺望山景。

〔2〕"秋水"两句:谓黄河东流有日,而自己宦游西来却渐行渐远。秋水,指黄河水。黄河东流,由高到低,故云"落"。何当,犹言何日,何

时。浮云,语意双关。夕阳西下,晚霞渐渐消失;游子西行,渐行渐远。李白《送友人》:"浮云游子意,落日故人情。"

〔3〕"积阴"两句:谓函关久阴使其弥漫着紫气,积雪泛着日光令秦山更加壮观。积阴,久阴。紫气,古人所说的一种祥瑞的云气。《史记·老子韩非列传》司马贞《索引》引《列仙传》:"老子西游,关令尹喜望见有紫气浮关,而老子果乘牛而过也。"杜甫《秋兴》之五:"西望瑶池降王母,东来紫气满函关。"秦山,秦地之山。秦,今陕西的简称。

〔4〕"似欲"两句:谓雪光映照,像是要染白我的双鬓;紫气迎面扑来,眼前迷茫一片。欺,谓逼近。苍茫,旷远迷茫的样子。颜,额。

元美望海见寄[1]

白云东望十洲开,苦忆玄虚作赋才[2]。大壑秋阴生蜃气,扶桑日色照楼台[3]。波涛汉使乘槎过,风雨秦王策石来[4]。纵有三山何可到,不如相见且衔杯[5]!

〔1〕作于嘉靖三十六年(1557)秋。元美,即王世贞。元美于嘉靖三十五年十二月出任青州兵备副使,第二年正月抵任所。

〔2〕"白云"两句:言东望大海,白云深处有神仙居住的十洲,不禁令人联想到木华那篇为人称道的《海赋》。十洲,传说大海中神仙所居住的祖洲、瀛洲、玄洲、炎洲、长洲、元洲、流洲、生洲、凤麟洲、聚窟洲。见题名东方朔撰的《十洲记》。玄虚,指晋代辞赋家木华。木华,字玄虚,所作《海赋》(载《文选》),为历代所称赏。

〔3〕"大壑"两句:言每天太阳都从大海中升起,照着您居住的楼

台,在云气苍茫的海上,您一定会看到海市蜃(shèn)楼的奇景。大壑,海水涌出之处。《山海经·大荒东经》:"东海之外大壑,少昊之国。"秋阴,秋日阴霾。蜃气,即海市蜃楼,海上由折光所形成的城郭楼宇等幻象,古人认为是大蛤(蜃)所吐之气,故称。见《尔雅翼·释蜃》。扶桑,传说东海中的神木,为日出之处。《山海经·海外东经》:"汤谷之上有扶桑,十日所浴。"

〔4〕"波涛"两句:言您作为使者,乘船行驶在波涛汹涌的大海上,一定会亲眼看到秦王当年在风雨中策石入海的地方。汉使,此指元美。青州兵备辖有东部海疆,元美有巡海的使命。乘槎(chá),乘船泛海。槎,木筏。此代指船。秦王,指秦始皇。传说秦始皇曾在东海畔策石(鞭策石头)入海筑桥以求仙,今山东荣成成山头有其遗迹。

〔5〕"纵有"两句:言即使有传说中的仙境,我们凡人怎能到达?与其追求虚幻的长生不老,还不如咱们相见痛饮。三山,即传说中海中方丈、蓬莱、瀛洲三神山。《史记·封禅书》:"自威、宣、燕昭使人入海求蓬莱、方丈、瀛洲。此三神山者,其傅在渤海中,去人不远;患且至,则船风引而去。盖尝有至者,诸仙人及不死之药皆在焉。……始皇自以为至海上而恐不及矣,使人乃赍童男女入海求之。"衔杯,饮酒。

泾州[1]

回磴层云上,孤城返照间[2]。人烟趋白阪,睥睨走青山[3]。刍粟浮泾下,旌旗度陇还[4]。时看乘障吏,车马出萧关[5]。

〔1〕作于居陕期间。泾州,北魏置州,治所在今甘肃泾川县。
〔2〕"回磴"两句:写泾州城地势之高:曲折的石磴似在云上,泾州

97

笼罩在落日余辉之中。回磴,曲折沿磴而上的山路。层云,层生的云气。杜甫《望岳》:"荡胸生曾(层)云,决眦入归鸟。"孤城,指泾州。

〔3〕"人烟"两句:言这里的人家都住在山坡上,城池依山势而建。人烟,住户炊烟,泛指人家。趋,向。白阪,荒凉的山坡。睥睨,城垣。

〔4〕"刍粟"两句:写泾州的地理位置之重要:国家征收的粮草从泾河运输出去,御边的军队度过陇山回到这里休整。刍粟,粮草。此指国家征收的农产品。泾,泾河。发源于崆峒山,在今陕西泾阳入渭河。泾州在泾河南岸。旌旗,军旗,代指军队。陇,陇山,六盘山南段的别称。在今甘肃平凉至陕西陇县一带,为陕甘要隘。泾州在陇山东麓。

〔5〕"时看"两句:言在这里经常看到戍边的官吏,或乘车或骑马向萧关而去。时,时时。乘障吏,戍守边境的官吏。萧关,关塞名。一名鄩关。在今宁夏回族自治区固原市东南。

崆峒二首〔1〕

风尘问道欲如何?二月崆峒览胜过〔2〕。返照自悬疏陇树,浮云忽断出泾河〔3〕。长城雪色当峰尽,大漠春阴入塞多〔4〕。已负清尊寻窈窕,还将孤剑倚嵯峨〔5〕。

谁道崆峒不壮游?香炉春雪照凉州〔6〕。浮云半插孤峰色,落日长窥大壑愁〔7〕。万乘东还灵气歇,诸天西尽浊泾流〔8〕。萧关祗在藤萝外,客子风尘自白头〔9〕。

〔1〕作于居陕期间。崆峒,山名。亦名空同、空桐、鸡头、笄头、汧

头、薄洛等。泾河发源于此。在今甘肃平凉市西北,海拔2100米。相传黄帝曾登此山,秦汉以后成为道教名山。

〔2〕"风尘"两句:言我风尘仆仆地来到崆峒,并不想问道求仙,在这早春二月,正好去观赏优美的山景。风尘,风尘仆仆,谓行旅辛苦。问道,讯问道术。览胜,观览胜景。

〔3〕"返照"两句:与下两句写崆峒山景;此言落日悬挂在天边,把稀疏的光线撒在山间树头;风儿吹走浮云,就看到泾河从这里淙淙流出。返照,落日余辉。疏,稀疏。指照到树间的光线。陇,陇山。

〔4〕"长城"两句:言远处长城的荧荧雪光,在翠屏峰前忽然消失;北风阵阵,在这里仍让人感受得到大漠料峭的春寒。长城、大漠,都是在崆峒山上远眺中的景物。当峰尽,在山峰前消失。峰,盖指崆峒最高峰翠屏峰。大漠,崆峒以北、长城外即为腾格里沙漠。春阴,谓春寒。塞,边塞。

〔5〕"已负"两句:谓顾不得饮酒赴宴,急忙到山中寻访胜景,而在高峻的山峰下,我却倍感孤独。负,辜负。尊,酒杯。寻窈窕,沿山路观赏。窈窕,曲折的山路。陶渊明《归去来兮辞》:"既窈窕以寻壑,亦崎岖而经丘。"孤剑,一剑。喻孤独无助。陈子昂《东征答朝臣相送》:"孤剑将何托,长谣塞上风。"嵯峨,高峻的样子。

〔6〕"谁道"两句:谓崆峒山如此高峻,谁说到这里来不是壮游?香炉峰是何等的峻峭,夕阳下峰顶积雪映照着凉州。不,不是。壮游,怀抱壮志而远游。香炉,即崆峒山香炉峰,亦名香炉台,与翠屏峰相对,两峰间以横亘其间的巨石相通,谓之石桥。山下有撒宝寨,秦始皇、汉武帝游崆峒,都曾至此。凉州,州名。西汉武帝时置。明洪武初年改为凉州卫,治所在武威(今属甘肃)。崆峒山属古代凉州。

〔7〕"浮云"两句:言香炉峰高高耸立在漂浮的云雾之上,静静的山涧在昏黄落日中被云雾吞没。首句意即孤峰半插浮云色。孤峰,指香炉

99

峰。浮云半插,谓云萦绕山半。山峰峭立,半出云上,所以云"插"。次句意即大壑长窥落日愁。大壑,山涧。窥,窥视。

〔8〕"万乘"两句:言自从黄帝离去之后,山的灵气就消失了,只有那浑浊的泾河,不分昼夜地从天际流来。万乘,周制,天子地方千里,出兵车万乘,诸侯地方百里,出兵车千乘,因以万乘称天子。此指黄帝。传说黄帝曾来崆峒问道,后建都于汾水之阳,死葬桥山(今陕西黄陵)。灵气,灵妙神异之气。歇,消失。诸天,佛教用语。佛教把众生所在的世界分为三个层次,称为"三界",即欲界、色界、无色界。欲界有三天,其上色界有十八天,再上无色界有四天。其他尚有日天、月天、韦驮天等诸天神,总称之为"诸天"。此泛指天。浊泾,浑浊的泾河。

〔9〕"萧关"两句:言边关就在崆峒山的那一边,虽有心御边报国,但我如今不过是头发半白的学官而已。祗,只。萧关,关塞名。详前《泾州》注〔4〕。藤萝,藤与女萝。客子风尘自白头,即《平凉》诗中"欲投万里封侯笔,愧我谈经鬓有华"之意。客子,诗人自指。风尘,喻宦途。

平凉[1]

春色萧条白日斜,平凉西北见天涯[2]。惟余青草王孙路,不属朱门帝子家[3]。宛马如云开汉苑,秦兵二月走胡沙[4]。欲投万里封侯笔,愧我谈经鬓有华[5]。

〔1〕作于居陕期间。平凉,即今甘肃平凉市。明时靠近边塞,常有边衅发生。诗人由明王朝边无宁日而思及秦汉不受外敌欺辱的历史,深以不能投笔从戎为憾;忧心国事,而又无力报效,其惆怅之情溢于言表。

"惟余"二句,则直刺明王朝上层腐败。《明诗纪事》云:"陈继儒《眉公笔记》莫中江云:'中州地平入藩府',李于鳞送客河南云:'惟余青草王孙路,不入朱门帝子家',可谓诗史,而语意含蓄有味。"

〔2〕平凉西北见天涯:平凉西北,即玉门关,为边塞要地。天涯,犹言天边,谓遥远之地。

〔3〕"惟余"两句:言平凉是朱氏子孙的封地,其西北边地就不属于其管辖了。惟余,只剩下。青草王孙路,化用"王孙游兮不归,青草生兮萋萋"(《楚辞·招隐士》)之意,暗指韩王朱冲烒。据《明史·诸王传三》载,明太祖朱元璋的孙子(第二十子松之子)冲烒封于平凉。朱松始封开原(今辽宁开原北),留京未到封地。子冲烒嗣位时,朝廷已弃大宁(治所在今内蒙古宁城西)三卫地,因开原近塞不可居,于洪武二十二年(1389)改封平凉,子孙世袭。诗人不敢直斥明边防官员的腐败无能,而婉言平凉西北不属韩王。

〔4〕"宛马"两句:言想那秦汉帝国,当年是何等的强大,大宛进贡骏马,匈奴逃归沙漠。宛马,汉代大宛国进贡的骏马,即汗血马。汉苑,汉朝宫苑。据《史记·大宛列传》载,汉武帝为得宛马,命贰师将军李广利攻大宛,大宛请和,"乃出其善马,令汉自择之"。秦兵,指秦始皇所派之兵。据《史记·秦始皇本纪》载,始皇三十二年(前215),派大将蒙恬发兵三十万,北击匈奴,略取黄河以南之地。走,逃。胡沙,胡人居住的沙漠地区。秦、汉强大,周边或进贡,或败走,而明自嘉靖二十四年(1545)后,鞑靼骑兵却不断袭扰陕西西安一带,以至逼近京畿,河套一带非复明有。见《明史纪事本末》卷五八《议复河套》。诗人言秦汉,委婉讽刺时政。

〔5〕"欲投"两句:言我想投笔从戎卫国靖边,惭愧的是我不过是个半老的学官,难以实现。投万里封侯笔,用汉代班超投笔从戎事。《后汉书·班超传》载,班超"家贫,常为官佣书(受雇为人抄写)以供养。久劳

苦,尝辍业投笔叹曰:'大丈夫无他志略,犹当效傅介子、张骞立功异域,以取封侯,安能久事笔砚间乎?'"谈经,谈论儒家经典,谓做学官。鬓有华,鬓发半白。

上郡二首[1]

高城窈窕四山开,西北浮云睥睨回[2]。鼓角疑从天上落,轺车真自日边来[3]。防胡尚借秦人策,射石犹传汉吏才[4]。闻道朝廷思猛士,羽书飞过赫连台[5]。

叱驭何来绝塞游?独看山色向新秋[6]。人家渐出层崖树,客路高盘断壑流[7]。朔气忽随风雨至,孤城长傍夕阳愁[8]。五原子弟轻烽火,马上谈经半白头[9]。

〔1〕作于居陕期间。上郡,战国时期魏文侯所置郡,秦汉相沿,治所在肤施(今陕西延安),汉时辖境约当今陕西北部及内蒙古自治区乌审旗一带。秦时大将蒙恬率大军北伐匈奴,驻扎于此。隋大业及唐天宝、至德时又曾分别改鄜城郡(治所在今陕西洛川东南)、绥州(治所在今陕西绥德)为上郡。此盖指秦汉时期的上郡。攀龙视学顺便登临观景,而因朝廷腐败,边地战事连连失利,但身为学官,安边非其职守,忧叹、惆怅之情溢于言表。

〔2〕"高城"两句:言上郡坐落在群山之中,西来云气缭绕、笼罩在城垣四周。窈窕,形容山境深远。睥睨,城垣。《释名·释宫室》:"城上垣曰睥睨,言于其孔中睥睨非常也。"

〔3〕"鼓角"两句：言城头传来的鼓角声,恍如自天而落；城外军车奔驰,简直就像从日边而来。鼓角,战鼓、号角。疑,似,恍如。辎车,古代军车。见《晋书·舆服志》。

〔4〕"防胡"两句：言至今防御胡人入侵仍然凭借秦人修筑的长城,而人们传扬的也还是武勇超群的汉将李广。防胡,防御胡人入侵。尚,还。秦人策,指修筑长城。秦人修筑长城是为了防御匈奴。明代为了防御鞑靼、瓦剌部族的入侵,自明初至万历二百余年间,在秦长城的基础上,前后多次修筑长城。射石汉吏,指飞将军李广。《史记·李将军列传》："广出猎,见草中石,以为虎而射之,中石没镞,视之石也。"

〔5〕"闻道"两句：言听说羽书飞速传递,边事紧急；朝廷思得猛士,正在征召安边定危的大将。闻道,听说。思猛士,思得安边的大将。语本汉高祖刘邦《大风歌》"安得猛士兮守四方"。羽书,军中告急文书,封口处插有羽毛。赫连台,当指今延安市延长县的髑髅台,为东晋末夏国赫连勃勃所筑,故名。

〔6〕"叱驭"两句：言我之所以冒险来到绝塞,是为了观赏这里初秋的山色。叱驭,叱其所骑的马。此谓因公忘险。《汉书·王尊传》载,汉琅邪王阳为益州刺史,行至邛崃九折阪,因道险而返。等到王尊为刺史,行至其处,叱其驭曰："驱之！王阳为孝子,王尊为忠臣。"绝塞,极远的边塞。新秋,初秋。

〔7〕"人家"两句：是说在重叠的山崖间,渐次出现树木和民居；山路盘旋而上,看去山涧溪流时断时续。人家,山中民居。渐,渐次。层崖,重叠的山崖。客路,行旅所走的山路。盘,盘旋。断壑流,谓路高盘旋,人的视线有时被隔断,看不到山涧溪流。

〔8〕"朔气"两句：言此处气候变化无常,有时风雨随着北风忽然袭来；郡城耸立在群山峻岭之中,在昏黄夕阳映照下令人感到惨淡、凄寂。朔气,北风。孤城,指上郡郡城。愁,惨淡。

〔9〕"五原"两句:言生活在边境的青年人已习惯了报警的烽火,对战事不以为意;如今我视学谈经,人已半老,对边事还能说些什么呢。五原,地名。此指汉置五原郡之榆柳塞,在今内蒙古自治区巴彦淖尔盟五原县。烽火,古代边疆以烽火报警,因以指边警。马上谈经,谓视学途中谈论经学教育。

杪秋登太华山绝顶四首[1]

华顶岩峣四望开,正逢萧瑟气悲哉[2]!黄河忽堕三峰下,秋色遥从万里来[3]。北极风尘还郡国,中原日月自楼台[4]。君王倘问仙人掌,愿上芙蓉露一杯[5]。

缥缈真探白帝宫,三峰此日为谁雄[6]?苍龙半挂秦川树,石马长嘶汉苑风[7]。地敞中原秋色尽,天开万里夕阳空[8]。平生突兀看人意,容尔深知造化功[9]。

太华高临万里看,中原秋色更漫漫[10]。振衣瀑布青云湿,倚剑明星白日寒[11]。东走峰阴摇砥柱,西来紫气属长安[12]。自怜彩笔惊人在,咫尺天门谒帝难[13]。

徙倚三峰峰上头,萧条万里见高秋[14]。莲花直扑青天色,玉女常含白雪愁[15]。树杪云霾沙漠气,岩前日晕汉江流[16]。停杯一啸千年事,不拟人间说壮游[17]。

〔1〕作于嘉靖三十六年(1557),即李攀龙入陕的第二年秋末。太华山,即西岳华山,因与其西少华山相对而称太华。在今陕西华阴县南,在"五岳"中以奇险著称。李攀龙有《登太华山记》一文,详细描述了他登山的具体过程及所见华山的雄奇景象。华山以南峰(落雁峰)为最高,即诗所谓"绝顶"。诗文笔飞动,气势奔放,被人誉为"千古绝唱"(胡应麟《诗薮·续编》卷二)。王世贞说:"登华诸篇","一再读之,觉玉女峰窈窕在目,莲花芬芳袭人也。毋论足下诗,即记自应劭《汉官仪》叙封禅而上,无似者,千古第一记耳。"(《弇州山人四部稿·书牍·李于鳞》)胡、王推尊李攀龙,不免有溢美之词,但在有关华山的诗篇中确属上品,尤其第二首,为历来传唱名篇。沈德潜评第二首云:"沧溟诗,有虚响,有沉著;此沉著一路。"(《明诗别裁集》)

〔2〕"华顶"两句:言正当秋风萧瑟、空气凉爽之际,我登上华山峰顶,放眼四望,景象是何等的壮阔!华顶,华山峰顶。岧峣(tiáo yáo),山高峻的样子。萧瑟气悲哉,谓秋季。宋玉《九辩》:"悲哉!秋之为气也,萧瑟兮草木摇落而变衰。"

〔3〕"黄河"两句:言登上华山峰顶,远处流来的黄河像是飘落峰下,澄明清爽的秋日景象,望无涯际。堕,落。三峰,指莲花(西峰)、落雁(南峰)和朝阳峰(东峰)。清齐周华《西岳华山游记》云:"华岳惟三峰最高,三峰又惟南峰最高。南峰望秦岭如灰线,终南积翠无边。……东望中条隐与太行相接。西望骊山,武功、太白俱在杳霭间。……其北则黄河蜿蜒,平沙漠漠,自龙门绕雷首、壶口,与泾、渭合流而东。山川脉络,宛然如画。"在华山绝顶俯瞰,黄河如落峰下。

〔4〕"北极"两句:谓我从做郎官到郡守,今又从郡守调任陕西;这里虽没有京城风光,在君王的关照下,也自有一番况味。北极,北极星,喻指朝廷。杜甫《登楼》:"北极朝廷终不改,西山寇盗莫相侵。"风尘,宦

途。郡国,郡与国。顺德知府相当于古代的郡守,陕西省相当于古代的诸侯国。中原,相对于边疆地区而言,泛指我国中部地区。广义的中原指黄河中下游地区,或整个黄河流域。此指陕西。日月,喻指君王。见《诗经·邶风·日月》"日居月诸"《传》、《笺》。"儒官明主意"(《黄河》),李攀龙认为出任陕西提学副使是嘉靖皇帝的意思。自楼台,自有一番风光。楼台,楼阁、台榭。杜甫《咏怀古迹》:"三峡楼台淹日月,五溪衣服共云山。"

〔5〕"君王"两句:借用汉宫仙人掌承露盘的故事,谓如果君王问起华山仙人掌是什么样子,我愿敬上一杯芙蓉峰的甘露。言外在这自然美景中徜徉,比拜求神仙以祈长生强多了。倘,倘若,假如。仙人掌,华山有仙人掌崖,在东峰。芙蓉,华山峰名。即莲花峰。《汉书·郊祀志》"承露仙人掌之属"注引苏林说:"仙人以手掌擎盘承甘露。"颜师古说:"《三辅故事》云建章宫承露盘,高二十丈,大七围,以铜为之,上有仙人掌承露,和玉屑饮之。"嘉靖帝迷信道教,服食求仙。

〔6〕"缥缈"两句:言在这云雾飘忽之中,探访西岳华山,三峰壁立,谁更峭拔雄壮?缥缈,高远隐约的样子。探,探访。白帝,神话传说中五天帝之一,名叫白招拒,守护西方。见《周礼·天官·冢宰》。相传秦襄公自以为居住在西戎,建坛祠白帝。见《史记·高祖本纪》"吾子白帝子"《集解》。华山为西岳,自然是白帝的宫室。雄,雄长。

〔7〕"苍龙"两句:言苍龙岭悬崖壁立,山半瀑布飞下洒向秦川;玉女祠旁石马栩栩如生,像在汉苑伸颈长鸣。苍龙,苍龙岭,在北冈转折处,奇险无比,而又为登上华山顶峰的必由之路。李攀龙《太华山记》云苍龙岭"岭广尺有咫,长五百丈,崖东西深数千仞,人莫敢睨视"。秦川,指泾渭平原,所谓八百里秦川。石马,石刻之马,秦汉时多列墓前。据李攀龙《太华山记》载,明星玉女祠建在一块大石上,而在祠前大石裂开,有一洞穴,洞穴中有石如马。明星玉女祠在玉女峰(中峰)。汉苑,汉代

宫苑。

〔8〕"地敞"两句:是说在华山峰顶纵目四望,中原大地秀丽秋光尽入眼底;晴空万里,夕阳落照,眼前一片澄澈。地敞,大地敞开。天开,天空晴朗。

〔9〕"平生"两句:言我平生傲视凡俗,看到一些人为所欲为,而在华山这雄奇的自然景观面前,才真正知道自然力量是如此神奇莫测。突兀,高耸特立的样子。《世说新语·品藻》:"刘尹目庾中郎:'虽言不愔愔似道,突兀差可拟道。'"人意,人的意志。容,当。造化,创造化育,即大自然。

〔10〕漫漫:望无涯际的样子。

〔11〕"振衣"两句:言登到华山顶峰,瀑布飞洒到山半云上;在明星玉女祠前,即使是白日也感到寒冷。振衣,抖掉衣服上的灰尘。此谓登到高处。语本"振衣千仞冈"(左思《咏史》)。瀑布,盖指峰顶流下的水。华山山顶有池,即仰天池。李攀龙《太华山记》云登上峰顶,"削成上四方,顾其中污也。上宫在污中西北,玉井在上宫前五尺许,水出于其上,潜于其下,东北淫大坎中,凡二十八所,北注壁下,壁下注道中。一穴北出,水从上幂之也"。污即水池。倚剑,挂剑。李白《发白马》:"倚剑登燕然,边烽列嵯峨。"明星,指明星玉女祠。详前注〔7〕。祠在顶峰附近。

〔12〕"东走"两句:言峰阴遥与砥柱相应,云霞远与长安相接。峰阴,山峰的背面。摇,通"遥"。砥柱,山名。亦名三门山。原在今河南三门峡市东北黄河中,河水至此分流。今因修三门峡水库,山已不见。紫气,紫色云气。此指云霞。属,连接。

〔13〕"自怜"两句:言我遗憾的是,虽有一支令人感动的诗笔,而近在咫尺,要谒见白帝却十分困难。怜,惜。彩笔,五彩之笔。谓诗笔。惊人,令人震动。咫尺,谓距离非常近。周尺八寸曰咫。天门,南峰东侧有南天门。李攀龙《太华山记》:"南望三公山,三峰如食前之豆,是白帝之

107

所觞百神也。"帝,指白帝。

〔14〕徙倚三峰:谓在华山三峰游历。徙倚,辗转游移。

〔15〕"莲花"两句:写山之高峻。言莲花峰高入云霄,与青天一色;玉女常年积雪,云雾缭绕。莲花,指莲花峰。玉女,指玉女峰。

〔16〕"树杪"两句:写峰顶景象的雄浑、阔大,言峰顶云气,远与大漠相接;日晕映照在岩壁上,影落汉江之中。云霾,云气。日晕,日被彩色云气环绕,谓之日晕。

〔17〕"停杯"两句:言游罢痛饮高歌,真是千古盛事;我所写的是亲历奇景,与一般人描述自己所谓壮游的情形不同。一啸,犹一歌。指写这四首诗。千年,千秋、千岁。拟,似。

宿华顶玉井楼二首[1]

玉井通溟海,朱楼冠削成[2]。波传潮汐到,槛接斗牛平[3]。
虎魄侵灯出,莲花傍枕生[4]。拂盆云发暗,映掌月珠明[5]。
犯座人间象,浮槎世上情[6]。不愁更漏绝,石鼓自能鸣[7]。

不寐芙蓉冷,幽栖薜荔惊[8]。灵胡秋赑屃,毛女夜妖精[9]。
暗穴龙蛇走,深林虎豹耕[10]。星连棋石布,雨共洗盆倾[11]。霜绝千寻锁,风邀五舌笙[12]。岂因临帝座,呼吸变阴晴[13]。

〔1〕作于居陕期间,盖与《杪秋登太华山绝顶》同时。华顶,华山峰顶。玉井,李攀龙《太华山记》云:"削成上四方,顾其中污也。上宫在污

中西北,玉井在上宫前五尺许,水出于其上,潜于其下,东北淫大坎中。"玉井在上宫(镇岳宫)前,东南三里许为明星玉女祠,西南上三里为天门峡,东北有莲花坪,下为苍龙岭。玉井一带的奇异景象,诗人历历写来,令人目不暇接。诗文笔恣肆,联想奇幻,亦为华山纪游的名篇。

〔2〕"玉井"两句:言传说华顶的玉井与大海相通,井上的朱楼在华山最高处。溟海,沧海,大海。冠削成,为削成之冠,即在华山峰顶。《山海经·西山经》:"又西六十里,曰太华之山,削成而四方,其高五千仞,其广十里,鸟兽莫居。"李攀龙说这是指"华中削成而四方尔,四方之外尽华山也"(《太华山记》)。

〔3〕"波传"两句:言玉井的波浪传来海潮之声,朱楼的栏杆与天上星宿相接。潮汐,指海潮。槛,栏杆。斗牛,二十八宿中的斗宿和牛宿。此泛指星宿。

〔4〕"虎魄"两句:言夜间住在五株松下,莲花坪旁。虎魄,即琥珀,松柏树脂的化石。此指松树。玉井附近有五株松,称"五将军"。莲花,上宫旁有莲花洞,洞上有莲花池,下有莲花坪。玉井在莲花坪西南。

〔5〕"拂盆"两句:写玉井夜间的云景和月景:言笼罩在峰顶的云,飘过洗头盆飞向暗处;月光映照着巨灵掌(今名巨灵足),闪现在削成壁上。拂,拭。盆,指明星玉女祠前的玉女洗头盆。齐周华《西岳华山游记》说:"祠前有玉女洗头盆,盖岩坎也。"在祠西南侧,有五云峰。掌,指巨灵掌。"在削成东北方壁上。……掌二丈许,掌形覆其拇,北引如三寻之戟。从县中望见掌,即五指参差出壁上也。"(李攀龙《太华山记》)

〔6〕"犯座"两句:写峰顶之高,谓在这里可手扪星宿,浮槎天河。犯,冒犯。座,星座。峰顶有摘星台。此指牛郎星和织女星。浮槎,浮海的木筏。传说天河与大海相通,有一个住在海边的人,年年八月浮槎来往于天河与大海之间。一次,走到一处,见有城郭、屋舍,远远望见屋舍中有织女,并与牛郎相遇。问是何处,牛郎让他去问蜀郡严君平。后至

109

蜀郡,问君平。君平说:"某年月日,有客犯牵牛宿。"详见张华《博物志·杂说下》。

〔7〕"不愁"两句:谓在这里不用更漏计时,风吹大石自然发出声响。更漏,古代计时器。壶形,夜间以水漏下露出的刻度计时。石鼓,未详。据李攀龙《太华山记》载,五株松西一里,有一大石,像盛百斛粮食的圆仓。

〔8〕芙蓉:指莲花峰。幽栖:隐居。

〔9〕"灵胡"两句:写峰顶两处景观,龟介岩和毛女洞。灵胡,灵寿。龟别名灵寿子。赑屃(bì xì),蠵(xī)龟的别称。蠵龟,也称灵龟。此指龟介岩。在南峰下,"如龟介状,高可千尺"(齐周华《西岳华山游记》)。毛女,传说中的仙女,字玉姜。自言为秦始皇宫人,逃至华山,食松柏,遍体生毛,故谓之毛女。见《列仙传》。华山有毛女洞、四毛女礼斗处。唐钱起《赋得归云送李山人归华山》:"欲依毛女岫,初卷少姨峰。"

〔10〕暗穴:指峰顶的龙井,在混元殿西,传说能兴云致雨。虎豹耕:疑指老君犁沟。

〔11〕星:盖指莲花峰顶的二十八宿潭。棋石:指东峰顶附近的卫叔卿下棋台。洗盆:即玉女洗头盆,在中峰。

〔12〕千寻锁:指金锁关,为登华山峰顶的咽喉。

〔13〕"岂因"两句:难道说是因为临近天帝,呼吸之间阴晴就发生变化。帝座,指峰顶玉皇庙。帝,玉帝,玉皇大帝。道教神,即上帝。呼吸,呼吸之间,谓时间短暂。

出 郭〔1〕

出郭随吾适,人家杜曲边〔2〕。溪流萦去马,山路入鸣蝉〔3〕。

禾黍殷秋作,茅茨足昼眠[4]。可能祛物役,归买汶阳田[5]?

〔1〕作于居陕期间。出郭,出城。郭,外城。

〔2〕随吾适:谓想到哪里去就到哪里去。适,之。杜曲:地名。唐代杜氏世居于此,故名。在今陕西西安市长安区南。宋程大昌《雍录》:"樊川韦曲东十里有南杜、北杜,杜固谓之南杜,杜曲谓之北杜。"

〔3〕萦去马:环绕离去的马,谓溪流纵横交错。入鸣蝉:进入山路即听到聒耳的蝉鸣。

〔4〕"禾黍"两句:谓深秋禾黍成熟,是农民收获的季节,他们住在茅草屋里,也十分安闲。殷秋,深秋。茅茨,茅草搭盖的房屋。

〔5〕"可能"两句:谓看到野外这种情景,即思辞官归隐。祛,除。物役,为物所役使,谓为利禄而为官。汶阳,春秋时期为鲁地,汉置县。故址在今山东宁阳东北。《左传·成公二年》:"齐人归我汶阳之田。"

三　济南家居时期

拂衣行答元美[1]

五原驱车兴殊浅，三秦卧病秋云高[2]。束带那能见长吏，谈经何以随儿曹[3]！上书一日报明主，愿乞骸骨归蓬蒿[4]。小臣采薪业不佞，闻道巢由亦已逃[5]。拂衣中原风雨来，群公祖帐青门开[6]。二疏一去三千载，大夫未老宁贤哉[7]！新乡城西重回首，当时叱驭其人走[8]。路傍伏谒莫敢动，囊里俸钱君但取[9]。此辈交情虽可见，吾徒大名终在口[10]。于今偃息南山陲，闭户不令二仲知[11]。负海少年大跋扈，遣使问我抽簪期[12]。百尔不分一狂客，余发种种何能为[13]！《玄经》半卷常自诵，浊酒千钟醉不疑[14]。五子江湖正漂泊，黄鹄摩天慕者谁[15]？

〔1〕作于归隐之初，约为嘉靖三十七年（1558）末。拂衣，拂袖。《后汉书·杨震传》附《杨彪传》："孔融鲁国男子，明日便当拂衣而去。不复朝矣。"孔融为"不复朝"而拂衣，以示决绝之意。诗人辞官未经吏部批准，即愤而挂印东归。李攀龙辞官，王世贞作有《李于鳞罢官歌》（见《弇州山人四部稿》卷一八），此为答诗。王诗云："人间奇事竟何限，李生掉头西出关。金鱼紫衫掷中道，曳来长耕历下山。……凤凰池头失傲吏，余子散作中原别。已许肮脏骄青云，复将飘零斗白雪。虽其远游

足畅意,五斗往往摧余舌。呜呼李生太奇绝,赠生两丸弄千秋,骑一黄鹄览九州。君不见古来豪杰多自量,屈宋焉敢兼巢由!"对其骤然辞官归隐表示不太理解。诗人说明自己归隐有由,辞意激扬,气势酣畅,为其七言歌行中佳什。

〔2〕"五原"两句:言在陕西奔走四境,兴致本来不高,而今秋又卧病在床,更增忧烦。五原,地名。详前《上郡二首》注〔9〕。兴,兴致。殊,甚。三秦,地名。指关中地区。详《黄河》注〔2〕。卧病,患病不起。李攀龙《乞归公移》云:"到任以来,所历西、延、平、庆等处,往还四千余里,考过府卫州县生童六十余处。自夏徂秋,忽成泄痢,以致瘘疮顿发,肛门突肿,坐卧俱防;下血既多,元气日损。"

〔3〕"束带"两句:言我素来高傲,那能整日逢迎应酬;作为学官谈经论道,怎可随同庸俗之辈。束带,本谓穿着整齐的礼服。《论语·公冶长》:"子曰:'赤也,束带立于朝,可使与宾客言也,不知其仁也。'"此谓冠带整齐。长吏,上级官长。《晋书·陶潜传》:"郡遣督邮至县,吏白应束带见之。潜叹曰:'吾不能为五斗米折腰,拳拳事乡里小人邪!'义熙二年,解印去县,乃赋《归去来》。"谈经,谈论儒家经典。此指做学官。儿曹,儿辈。蔑称世俗之徒。据《明史·文苑传》三《李攀龙传》载,攀龙到任后,"乡人殷学为巡抚,檄令属文。攀龙怫然曰:'文可檄致邪?'拒不应。会其地数震,攀龙心悸,念母思归,遂谢病"。上疏乞骸骨,拂衣东归。

〔4〕"上书"两句:言因此我上书皇帝,请求让我辞官家居。上书,指其所写《乞归公移》一文,载《沧溟集》第二五卷。明主,圣明君主。指嘉靖皇帝。乞骸骨,请求老死故里,为古代官吏老病请求退职的委婉说法。蓬蒿,草野。指乡间隐居处。

〔5〕"小臣"两句:言我因有病已不称职,不得不辞官;听说古时名士巢父、许由也曾逃禄归耕,岂不可以效法。小臣,诗人自指。采薪,采

择柴草。古人自谦有病为采薪之忧,谓病不能采薪。业,已。不佞,自谦不才。巢、由,巢父、许由。传说是尧时的两位隐士。巢父隐居山中,年老以树为巢而睡卧其上,故号巢父。尧要把天下让给他,他坚决拒绝。尧又要让给许由。许由听说后,逃到箕山之下、颖水之北。事详皇甫谧《高士传》。逃,逃禄,即逃官不受。

〔6〕"拂衣"两句:言在风雨中,我拂衣东归,按察司诸公在青门设帐,为我送行。中原,泛指黄河中下游地区,包括诗人的家乡济南。群公,指陕西按察司官员。祖帐,为出行者设帐饯行。青门,即汉长安城东南门。本名霸城门,"民见门色青,名曰青城门,或曰青门"(《三辅黄图》卷一)。

〔7〕"二疏"两句:是说汉代二疏未老致仕,三千年来传为美谈,我今未老辞官,难道就不算贤达么? 二疏,指西汉大臣疏广、疏受。《汉书·疏广传》载,疏广为太傅,其侄疏受为少傅,共同辅助太子,深得皇帝宠信。而疏广认为宦成名立,应及时退隐,于是叔侄二人同时辞官,"公卿大夫故人邑子设祖道,供张东都门外,送者车数百两(辆),辞决而去。及道路观者皆曰:'贤哉二大夫!'或叹息为之下泣"。大夫,诗人自称。宁,岂。

〔8〕"新乡"两句:言辞官东归,又经过新乡城西,当时叱驭西行,还想学习王尊赴任忘险的精神。新乡,县名。明时属开封府。即今河南新乡市。重回首,诗人赴陕任职时曾路经此地,友人谢榛等曾在此送行,谢榛《新乡城西,昔送李学宪于鳞至此,感怀六首》可证。叱驭,汉代王尊赴益州刺史任,行至险恶的蜀道,叱驭向前,因谓因公忘险,奋不顾身。详前《上郡二首》注〔6〕。

〔9〕"路旁"两句:承上,说当时道路两旁伏地请求谒见的人,是那么毕恭毕敬,他们把所得俸钱拿出,让我任意取用。伏谒,伏地请求接见。俸钱,做官所得俸禄。但,只,只管。

〔10〕"此辈"两句：言他们这种表现，虽然可见彼此之间的交情，但终究还是因为我们的名气四处传扬，他们表示仰慕而已。此辈，指路旁伏谒者。吾徒，犹我辈。

〔11〕"于今"两句：言如今我隐居在南山脚下，闭门谢客，不与所有人来往。偃息，安卧。谓隐居。南山，泛指济南南部的千佛山、佛慧山及卧虎山等。陲，边。李攀龙故家在鲍山附近，而鲍山为南山余脉，故云。二仲，指汉代隐士羊仲、裘仲。《初学记》卷一八《交友》引赵歧《三辅决录》："蒋诩字元卿，舍中三径，惟羊仲、裘仲从之游。二仲皆推廉逃名。"

〔12〕"负海"两句：言你这个年轻人太自以为是了，竟然派人来问我归隐多长时间再出仕。负海少年，指王世贞，他比李攀龙小十二岁。负海，负海之地，指今山东半岛。《史记·平津侯主父列传》："又使天下蜚刍挽粟，起于黄、腄（zhuì）琅邪负海之郡。"世贞时任青州兵备副使，负责海防。跋扈，骄横恣肆。遣，派遣。抽簪，谓弃官归隐。簪用以连冠于发，仕宦者所用，故弃官隐退称投簪、抽簪。张协《咏史诗》："抽簪解朝衣，散发归海隅。"说世贞跋扈，是游戏之词。世贞《李于鳞罢官歌》中有"古来豪杰皆自量，屈宋焉敢兼巢由"的话，认为他作为著名诗人，难以逃名归隐，故答诗说他"大跋扈"，意即太自以为是。

〔13〕"百尔"两句：言你这样说，说明你是不辨是非的狂妄之人；像我这头发都变短的人，还能有什么作为？百尔不分，谓不分青红皂白。百尔，凡百，所有。种种，短的样子。《左传·昭公三年》："余发如此种种，余奚能为？"

〔14〕"玄经"两句：言在隐居之后，常读《玄经》以悟自然人伦之理，以酒自娱。玄经，指《太玄经》。详前《郡斋》注〔5〕。桓谭《新论》说扬雄著《太玄》是谈天论道，"《玄经》三篇，以纪天地人之道"。

〔15〕"五子"两句：但目前友人分散在全国各地，大都拘于官守，像我这样获得自由，岂不令人羡慕吗？五子，指"后七子"除李、王之外的

五子,即徐中行、梁有誉、吴国伦、宗臣、谢榛。此盖为约略言之,其时梁有誉已病逝于广东,谢榛与李攀龙也较少来往。江湖,五湖四海,犹言全国各地。当时徐中行官汝南,吴国伦在江西,宗臣贬福建,谢榛四处游走。黄鹄摩天,喻自由翱翔。黄鹄,即天鹅。摩,迫近的意思。

岁杪放歌[1]

终年著书一字无,中岁学道仍狂夫[2]。劝君高枕且自爱,劝君浊醪且自沽[3]。何人不说宦游乐,如君弃官复不恶[4];何处不说有炎凉,如君杜门复不妨[5]!纵然疏拙非时调,便是悠悠亦所长[6]。

[1] 作于嘉靖三十七年(1558)岁末。岁杪,岁末。李攀龙此时心情尚未平静下来,自怨自艾,自慰自叹;语似旷达,心实酸苦。这是他归家之初心境的真实写照。

[2] 中岁:中年。学道:学习道家学说。由《郡斋》"春来病起少吏事,拟草玄经还未成"的诗句看,诗人在顺德任上曾研习道家学说。

[3] 高枕:本谓安闲无忧。《战国策·齐策四》:"三窟已就,君姑高枕为乐矣。"此谓隐居。浊醪:劣质酒,薄酒。

[4] 宦游:游宦,语出《韩非子·和氏》。本指离开本地谋求官职,后泛指离家在外做官。

[5] "何处"两句:言哪里不说人情势利,像我这样杜门谢客,不与达官贵人来往,也没有什么妨害。言外之意是,世人怎样对待我,我不在乎。炎凉,世态炎凉。喻指世俗之人趋炎附势,而对贫贱者冷淡疏远;同

是一人,也随着他地位的变化而改变态度。杜门,闭门谢客。

〔6〕"纵然"两句:谓纵然我这疏拙的性情不合时宜,却乐得闲暇适意。疏拙,疏狂、朴拙。时调,时尚流行的曲调。喻指社会风气。悠悠,安闲适意的样子。

逼除过右史水村,江山人同赋[1]

夜来北渚北风急,打头雪花大如笠[2]。片纸东飞右史书,诘朝小作湖中集[3]。到门白鸟出高巢,系马南山迸人入[4]。使君亭午未解醒,肃客登筵一长揖[5]。地僻兼无俗子妨,樽空况有邻家给[6]。意气还须我辈看,功名但任儿曹立[7]。瞥眼旋惊青岁徂,沾唇莫放金杯涩[8]。世上悠悠已自谙,即今不饮嗟何及[9]。醉听楚调起寒云,彩笔凭陵朱丝湿[10]。平生多少伯牙心,此日因之寄篇什[11]。

〔1〕作于嘉靖三十七年(1558)冬末。逼除,临近除夕。右史,指许邦才。邦才家水村,在济南大明湖附近,疑即今北园水屯。江山人,未详。邦才有《于鳞宅送江山人》一诗,应作于同时。关于此诗,王世贞《艺苑卮言》曾有云:"于鳞归,杜门,自两台监司以下,请见不得;去,亦无所报谢。以是得简倨声。又尝为诗,有云'意气还从我辈生,功名且付儿曹立',诸公闻之,有欲甘心者矣。"据年谱,王世贞的《艺苑卮言》初稿完成于嘉靖三十七年六月,而此时攀龙尚未辞官。二人相聚,谈诗论文,是在嘉靖三十八年初。由此可知,王氏这段话是在修订时加入,以追叙往事。

〔2〕北渚:指大明湖北岸。笠:笠帽,竹编,八角形,遮雨雪、避光晒用。

〔3〕"片纸"两句:言一大早许邦才就派人送来书信,要我马上到大明湖与江山人宴集。片纸,指许邦才招饮的书帖。东飞,向东面飞来。许邦才家在攀龙的西面,故云。诘朝,凌晨,一大早。湖,大明湖。

〔4〕"到门"两句:言我到许家门前时,白鸟已出巢高飞;山人系马南山,也独自来到。白鸟,白羽之鸟,鹤、鹭之类。系马南山,应指江山人。迸人,屏退从人。迸,通"屏"(bǐng)。

〔5〕"使君"两句:言许邦才的晨酒直到中午尚未醒过来,看到我们仍恭请我们入席畅饮。使君,汉称刺史为使君,后为对州郡长官的尊称。许邦才在官周王府长史前曾任永宁知州,故称。亭午,正午,中午。详诗意,许邦才请他们一早来聚,而他们中午才到。未解酲,未解酒,谓还醉着。酲,病酒。肃客,迸客,恭敬地引导客人进门。肃,迸。

〔6〕"地僻"两句:言此处偏僻雅静,加上没有俗人干扰,大家解怀畅饮,不要顾虑没有酒喝。地僻,地方偏僻。兼,加。俗子,对混迹官场的那些世俗小人的卑称。樽,酒杯。给,供给。

〔7〕"意气"两句:言我们只看重淳真的友谊,任凭那些世俗小人去争名夺利吧。意气,志趣。杜甫《赠王二十四侍御契四十韵》:"由来意气合,直取性情真。"功名,功业名声。儿曹,儿辈。

〔8〕"瞥眼"两句:言令人惊惧的是,少壮时期转眼之间就过去了,现在只有痛饮求醉,不要嫌这酒味苦涩。瞥眼,转眼之间。瞥,一瞥眼,极言时间的短暂。旋,旋即。青岁,青春,谓少壮时期。徂,往。涩,苦涩,指酒。

〔9〕"世上"两句:言况且如今已熟知人情世态,庸俗可恶之事比比皆是,即今不饮又能怎样? 悠悠,庸俗。《晋书·王导传》:"悠悠之谈,宜绝智者之口。"谙,熟悉。嗟,慨叹。

〔10〕"醉听"两句:言醉后听人弹起哀怨的楚调,心中骤感悲凉;挥笔写诗,眼泪伴随着琴声飞溅。楚调,失志不平的曲调。乐府相和歌辞中有楚调曲。《古今乐录》引南朝齐王僧虔《技录》:"楚调曲有《白头吟行》、《泰山吟行》、《梁甫吟行》、《东武琵琶吟行》、《怨歌行》。"起寒云,谓心情为悲凉的情绪所笼罩。彩笔,谓诗笔。凭陵,侵陵,进逼。朱丝,琴弦。

〔11〕"平生"两句:言我平时是多么期盼着得到知音啊,今日总算让我遇到了,因此就把这种心情写在诗里。伯牙心,谓期盼知音之心。伯牙,指俞伯牙。详前《送谢茂秦》注〔6〕。

除夕〔1〕

夜色萧条雪满庭,唯应浊酒见漂零〔2〕。关门忽散真人气,沧海还高处士星〔3〕。一自倦游拚谢客,遂因移疾罢传经〔4〕。春风明日长安道,依旧王孙草又青〔5〕。

〔1〕作于嘉靖三十七年(1558)除夕。夜深人静,孤独寂寞,只有以酒浇愁,想到自陕归来的感受,不免对重出充满期待。

〔2〕"夜色"两句:谓夜深人静,大雪满院,只有浊酒相对,怎不令人产生漂零之感。萧条,寂寥,深静。浊酒,劣酒。漂零,飘摇零落。

〔3〕"关门"两句:谓我自陕西辞官东归,沧海之滨又多了一个隐士。关,指函谷关。详前《关门雪望》注〔1〕。真人,谓有才德之人。《世说新语·德行》:"于时太史奏:'真人东行。'"注引檀道鸾《续晋阳秋》曰:"陈仲弓(寔)从诸子侄造荀(淑)父子,于时德星聚,太史奏:'五百里

119

贤人聚。'"此为诗人自指。沧海,大海。此指滨海的济南。处士星,星名。即少微。《晋书·天文志》上:"少微四星在太微西,士大夫之位也。一名处士。"

〔4〕"一自"两句:为错综句,谓因倦游而以病辞官,自从归家断绝了与官场的一切来往。倦游,倦于游宦,指辞官。拚(pàn),拚弃,抛舍。谢客,谢绝客人,拒绝见客。移疾,移文称病。为居官者求退的婉辞。移,移文。古时指发往平行机关的公文。此指诗人所上《乞归公移》。罢传经,谓辞去提学副使。提学为学官(儒官),故云"传经"。经,指儒家经典。

〔5〕"春风"两句:谓如果能再度出仕为官,依然像往常一样狂傲不羁。长安,即今陕西西安市。此借指都城。王孙,皇室贵族后裔。《楚辞·招隐士》:"王孙游兮不归,春草生兮萋萋。"又为草名,也名牡蒙、黄孙、黄昏、旱藕。此处语意双关,说明诗人对朝廷招回充满期待。《元曲选》载乔孟符《金线记》:"他见我春风得意长安道,因此上迎头儿将女婿招。"

跳梁行寄慰明卿〔1〕

武昌季子吴国伦,左迁三载匡庐春〔2〕。红颜便着风云色,白眼岂是功名人〔3〕!邠州太守昔入计,犹自金闺侍从臣〔4〕。顾问片言摇日月,弹章一字动星辰〔5〕。虽然旧属平津吏,常苦跳梁不可致。调笑纵横倒四筵,交欢往往非其意〔6〕。世间那得郢中歌,君但论诗吾且睡。何须更比谢生肩,但应独把王郎臂〔7〕。萧条颇似东方生,南康郡里忆承明。文彩纵然倾汉主,恢谐难以取公卿[8]。画眉石镜二女倮,擢足长江九派清[9]。此儿寻常未易识,偷桃卖药行妖精[10]。近来犹尚凭陵否？俯仰浮沉无不有。朝读司空城旦书,夜沽茂宰柴桑酒[11]。成败宁关达士心,卷舒终在朝廷手[12]。随他肉食作雄飞,饶我褐衣称下走[13]。党禁重开祝网年,一时逐客宠光偏[14]。晚收已抱泥涂恨,更谪如何不可怜[15]！事急谁能驰叩阙,家贫未拟罢归田[16]。再来地僻逾高枕,就使荒凉给俸钱[17]。壮游万里君须见,青琐凤池元不贱[18]。使气能令魑魅藏,出身曾厌欃枪变[19]。楚狂岂止接舆贤,秦孽犹堪背城战[20]。回首畏途真自如,一官不绝才如线[21]。难将此物斗翱翔,妒口含沙未可当[22]。四海弟兄堪并起,中原我辈正相望[23]。总看弃置风尘里,不作踟蹰道路傍[24]。鼓枻更逢渔父笑,岂应憔悴老沧浪[25]！

〔1〕从诗"左迁三载匡庐春"句中,知此诗作于明卿即吴国伦谪江西、量移南康推官之后,为其离京后的第三年春天,即嘉靖三十八年(1559)春。据《明史·李攀龙传》附传,吴国伦"由中书舍人擢兵科给事中。杨继盛死,倡众赙送,忤严嵩,假他事谪江西按察司知事,量移南康推官"。此时李攀龙已从陕西辞官家居,对吴国伦再度调任地方偏远的南康寄予深切同情。跳梁行,为李攀龙自拟歌行诗题。跳梁,跳跃。《庄子·逍遥游》："子独不见狸狌乎？卑身而伏,以候敖者；东西跳梁,不辟高下；中于机辟,死于网罟。"

〔2〕武昌季子吴国伦：吴国伦为武昌（今湖北武汉市）人,兄弟中排行老二。左迁：谓贬职位、降俸禄。匡庐：庐山的别名。在今江西北部。

〔3〕"红颜"两句:谓你这么年轻就遇到这样险恶的世情,又不能随同流俗,在官场中岂能得意!红颜,谓年少。风云,喻世事混乱、险恶。白眼,白眼看人,谓傲视世俗。详前《得殿卿书,兼寄张简秀才》注〔9〕。功名,求取事功名位。

〔4〕"邢州"两句:言在我任顺德知府赴京述职时,你还是皇帝亲近的侍臣。邢州太守,即顺德知府,诗人自指。入计,述职,接受考核。李攀龙上计在嘉靖三十五年(1556)冬,时吴国伦为中书舍人,任职内阁中书科,官职不高,而能接近皇帝。金闺,犹言皇宫内。

〔5〕"顾问"两句:谓皇帝下问时,你的只言片语,或是弹劾官吏的奏章,都受到皇帝重视。顾问,谓皇帝咨询、询问。弹章,弹劾官吏的奏章。摇日月、动星辰,谓能说动皇帝。日月,喻指皇帝。

〔6〕"虽然"四句:言你虽曾为内阁属吏,却为不得提拔而苦恼,为此你也曾违背自己的心志逢场作戏,与当权者交欢。平津吏,谓为内阁官吏。平津,古地名。汉为平津邑,在今河北盐山境内。汉公孙弘为丞相,封平津侯。见《汉书·公孙弘传》。明内阁首辅,位阶相当于丞相。中书舍人属内阁中书科,也就是为内阁属吏。调笑,调弄取笑。纵横,随意、恣意。倒四筵,使人绝倒。交欢,交相欢乐。

〔7〕"世间"四句:谓世间没有郢曲那样高雅的曲调,我根本不听你对诗的议论,就创作而言,你不必追求与谢榛比肩,只要与王世贞携手并进就可以了。郢中歌,即郢曲,阳春白雪之类高雅的乐曲。详前《送新喻李明府伯承》注〔6〕。谢生,指谢榛。王郎,指王世贞。

〔8〕"萧条"四句:言你在京任职时的景况,颇似汉代的东方朔,如今只有在南康府回忆当年近侍皇帝的荣耀,由此可见即便你的文采能让皇帝赏识,用诙谐调笑的方式也是难以取得公卿之位的。萧条,谓景况冷落。东方生,指汉代东方朔。据《汉书》本传载,东方朔为汉武帝近侍,诙谐调笑,对朝廷政事多所谏正,但终生不得重用。南康,府名。治

所在今江西星子县。吴国伦从江西按察司主事再贬为南康府推官。承明,承明庐,据《文选》载应璩《百一诗》李善注引陆机《洛阳记》载,三国魏文帝起建始殿,朝会皆由承明门入。曹植《赠白马王彪》:"谒帝承明庐,逝将归旧疆。"倾,令其倾倒。汉主,此指明朝皇帝。

〔9〕"画眉"二句:吴国伦的家乡武昌及所在的江西以长江相连,写那里奇特物产及神话传说,说明其不同凡常的性格其来有自。画眉,画眉石,石墨的别名。明尹直《琐缀录》:"画眉石,武昌有之,生于樊湖,可代七香圆。"石镜,郦道元《水经注·庐水注》:"(庐)山东有石镜,照水之所出,有一圆石,悬崖明净,照见人形,晨光初曜,则延曜入石,豪细必察,故名石镜焉。"二女,盖指鲤鱼精。据晋干宝《搜神记》卷四载,宫亭湖(即彭泽湖)孤石庙,"尝有估客至都,经其庙下,见二女子,云:'可为买两量丝履,自相厚报。'估客至都,市好丝履,并箱盛之。自市书刀亦内箱中。既还,以箱及香,置庙中而去。忘取书刀。至河中流,忽有鲤鱼跳入船内。破鱼腹,得书刀焉"。九派,长江的九条支流。《汉书·地理志》注引应劭说,长江至九江分为九。

〔10〕"此儿"两句:言人们不容易辨识吴国伦的真正面目,他既像有些仙气的东方朔,也像落拓处贫的贤士,让人捉摸不透。此儿,这个少年。指吴国伦。偷桃,《汉武故事》载,东都(洛阳)献短人,指着东方朔说:"王母种桃,三千岁一结子,此儿不良,已三偷之矣。"卖药,谓穷苦至卖药为生。《后汉书·张霸传》:"家贫,卖药给食。"妖精,精灵妖怪。柳宗元《摘樱桃赠元居士,时在望仙亭南楼,与朱道士同处》:"海上朱樱赠所思,楼居况是望仙时。蓬莱羽客如相访,不是偷桃一小儿。"

〔11〕"近来"四句:言不知近来是否还盛气凌人?官职升降及人事变迁,什么情况都可能发生;就像你早晨刚刚下达处罚的文书,晚上又到了江西上任。凭陵,进逼。李白《大鹏赋》:"焯赫乎宇宙,凭陵乎昆仑。"俯仰浮沉,犹言上下升降。司空,古代官名。明时为工部尚书的别称。

城旦书,刑书。城旦,秦、汉时的刑名。《史记·秦始皇本纪》"黥为城旦"《集解》引如淳说:"律说'论决为髡钳,输边筑长城,昼日伺寇虏,夜暮筑长城'。城旦,四岁刑。"茂宰,春秋时期县邑之长称宰,汉卓茂为密令,有治绩,后遂称县令为茂宰。见《事物异名录》。李白《赠从孙义兴宰铭》:"天子思茂宰,天枝得英才。"此指陶渊明,退隐时为彭泽令,其一处田园在江西星子县。柴桑,古县名。故址在今江西九江市。

〔12〕"成败"两句:谓有见识的人,哪里会计较个人成败,况且你的命运如何,最终还是由朝廷来决定。宁,岂。达士,谓见识高超、不同凡俗的人。卷舒,犹屈伸。

〔13〕"随他"两句:言在眼下,只有任随他人飞黄腾达,我们屈居下位。肉食,肉食者,谓在上位的人。雄飞,对雌伏而言,喻指志意飞扬。饶,任凭。褐衣,平民所穿粗布衣。下走,走卒,仆人。《汉书·萧望之传》"下走"注:"下走者,自谦言趋走之役也。"

〔14〕"党禁"两句:谓你逢重开党禁而有网开一面的时候,虽被贬逐而却受到照顾。党禁,禁锢党人。东汉末年,桓帝、灵帝之间,宦官专权,"士子羞与为伍,故匹夫抗愤,处士横议,遂乃激扬名声,互相题拂,品核公卿,裁量执政",形成抨击朝政的一个群体,被称为"党人";朝廷以"诽谤朝廷"的罪名,拘系于狱,后"赦归田里,禁锢终身"(引见《后汉书·党锢列传》),史称"党锢之祸"。此喻指严嵩专权,排斥异己,贬逐、杀戮正直大臣。祝网,对罗网而祈祷。《史记·殷本纪》:"汤出,见野张网四面,祝曰:'自天下四方皆入吾网。'汤曰:'嘻,尽之矣。'乃去其三面,祝曰:'欲左,左。欲右,右。不用命,乃入吾网。'诸侯闻之,曰:'汤德至矣,及禽兽。'"此谓朝廷网开一面。逐客,被贬逐的官吏。宠光偏,谓朝廷有所偏爱。祝网、宠光偏,都意含讥刺。

〔15〕"晚收"两句:言大器晚成已使你因地位低下而不满,再次贬谪怎能不令人同情!晚收,犹言晚成,大器晚成。语出《后汉书·马援

传》。泥涂,即泥途。涂,通"途"。泥泞的道路,喻指地位低下。见《左传·襄公三十年》。更谪,再次被贬谪。指国伦从江西按察司主事再贬南康府推官。

〔16〕"事急"两句:言在事情紧急的情况下,有谁能奔赴京城叩见皇帝?而你因家贫,也不打算辞官归里。事急,指贬谪南康之事。叩阙,叩见皇帝,请求宽免。拟,打算。

〔17〕"再来"两句:言再次到偏僻之地任职,你应更加安闲自得,就在那少有人来往的官府,到时领取俸禄。地僻,地方偏僻。高枕,高枕而卧,谓安闲。荒凉,谓荒凉之地。韩愈《与卫中行书》:"穷居荒凉,草树茂密,出无驴马,因与人绝,一室之内,有以自娱;足下喜吾复脱祸乱,不当安安而居、迟迟而来也!"

〔18〕"壮游"两句:言你当年怀壮志而游宦,不论任职内阁,还是兵部,本来都不低贱。青琐,青琐门,门镂为连琐亮隔,裹以青画。汉制,给事黄门者,日暮入对青琐门。凤池,禁中池名,即凤凰池,转谓中书省或宰相。《文选》二六载南朝梁范彦龙(云)《古意赠王中书》:"摄官青琐闼,遥望凤皇池。"元,本来。吴国伦曾任中书舍人,古属中书省,明属内阁。

〔19〕"使气"两句:谓志意宏放,魑魅鬼怪也要畏避;你入仕之时,曾讨厌多变的彗星瞬间即逝。使气,任心使气。刘勰《文心雕龙·才略》:"嵇康师心以遣论,阮籍使气以命诗。"魑魅,物精木怪。出身,明代指经科举考试选录的人。欃枪,彗星。见《尔雅·释天》。

〔20〕"楚狂"两句:言楚地的狂士岂止古代的接舆,就是秦地的赘婿也能与敌人决一死战。楚狂接舆,楚国隐士。《论语·微子》:"楚狂接舆歌而过孔子曰:'凤兮凤兮!何德之衰?往者不可谏,来者犹可追。已而,已而!今之从政者殆而!'"秦孽,指秦赘。秦国俗尚男子入赘妇家,故入赘称秦赘。《汉书·贾谊传》:"秦人家富子壮则出分,家贫子壮

125

则出赘。"古人认为入赘妇家为低贱。

〔21〕"回首"两句:言回首走过的艰难历程,你并未改变自己,如今谪降此官,不过使宦途延续不断而已。畏途,艰难可畏的道路。自如,犹云如旧。

〔22〕"难将"两句:言你目前的处境,很难与当权者比斗,嫉妒你的谗言从阴暗角落放出,使人无法防备。此物,此职,这一官职。物,职。《左传·哀公元年》:"祀夏配天,不失旧物。"贾逵注:"物,职也。"翱翔,鸟高飞的样子。此喻在高位者。妒口含沙,谓妒忌之口含沙射影,如同鬼蜮。妒口,谓因妒忌而进谗言。含沙,含沙射影。

〔23〕"四海"两句:言我与中原诸子正在殷切期望,四海之内都有与我们志趣相同的人一起进行抗争。四海弟兄,四海之内皆兄弟,谓怀有共同志趣的人。语本《论语·颜渊》"四海之内,皆兄弟也"。中原我辈,指"后七子"中人。

〔24〕"总看"两句:言看来虽然不被重用,也不能徘徊逡巡,无所作为。总,纵,虽。弃置,不被任用。王维《老将行》:"自从弃置便衰朽,世事蹉跎成白首。"风尘,喻宦途。踯躅道路,谓逡巡不进。

〔25〕"鼓枻(yì)"两句:谓不随同流俗,保持独立品格,尽管受到渔父一类人的嘲笑,可你也不能像屈原那样老死沧浪水边!鼓枻,划船。渔父,打鱼人。沧浪,汉水支流。《孟子·离娄上》:"有孺子歌曰:'沧浪之水清兮,可以濯我缨;沧浪之水浊兮,可以濯我足。'孔子曰:'小子听之!清斯濯缨,浊斯濯足矣,自取之也。'"清焦循《正义》谓"沧浪之水"指汉水支流,即《楚辞·渔父》中屈原"行吟泽畔,颜色憔悴"之泽。渔父劝屈原随同流俗,不为采纳,"莞尔而笑,鼓枻而去",只唱《沧浪之水歌》,不再说什么。

春日闲居十首(选二)[1]

即令关请谒,何用乞江湖[2]? 僻性终难狎,浮名本易污[3]。
杜门人事过,欹枕岁华徂[4]。薄俗还堪畏,崎岖比宦途[5]。

五柳嵁湖滨,先生隐是真[6]。文章堪侧目,潦倒竟全身[7]。
何必论交地,长须纵酒人[8]。即令东蹈海,断不混风尘[9]!

〔1〕作于归隐之初,盖为嘉靖三十八年(1559)春。《春日闲居》共十首,有的写初归的感受,有的向友人剖明心迹。

〔2〕"即令"两句:谓假如我为了求官,又何必自求隐退家居?此或与当时李攀龙隐以邀名的传言有关。《夏日东村卧病》有"兴缘知己尽,名岂罢官高"的话。关请谒,与请谒有关。请谒,谓干求,求取官职。乞,求。江湖,相对朝廷而言,指隐居处所。

〔3〕"僻性"两句:谓我个性孤傲,难以忍受人的轻慢,而名气大了,本来就更容易受到伤害。僻性,孤僻的个性。狎,轻侮。此盖指陕西巡抚殷学檄令属文事。浮名,虚名。污,玷污,受到损害。《后汉书·黄琼传》:"常闻语曰:'峣峣者易缺,皎皎者易污。'阳春之曲,和者必寡,盛名之下,其实难副。"

〔4〕"杜门"两句:谓我自隐居以来杜门谢客,断绝了世俗的人情来往,一天到晚斜倚枕上,让年华虚度。杜门,闭门谢客。人事,人情来往。欹(qī)枕,斜倚枕上。岁华,年华。徂,往。

〔5〕"薄俗"两句:谓自从归隐,深感炎凉世态的可怕,其险恶的情

形,可与宦途相比。薄俗,浇薄的习俗。盖指趋炎附势的世态。堪畏,可怕。崎岖,曲折不平。

〔6〕"五柳"两句:谓我隐居的地方,就在峆湖岸边,像先贤陶渊明一样,我归隐是出自真心。五柳,五柳先生。晋朝的陶渊明被人称作"隐逸之宗",所作《五柳先生传》,被视为自叙传,因称其为"五柳先生",后遂以"五柳"指隐居之处。此为诗人借以自况。峆湖,峆山湖,原在今山东济南市北、峆山与华不注山之间,由泺水北流汇潴而成。见晏谟《三齐记》(原书已佚)。唐代段成式称为莲子湖(见所著《酉阳杂俎》),北宋时已干涸。先生,诗人自称。

〔7〕"文章"两句:谓平时赋诗作文,可令人尊敬,虽是碌碌无为,但可避祸全身。堪,可。侧目,敬畏的样子。《战国策·秦策一》:"(苏秦)将说楚王,路过洛阳……妻侧目而视,倾耳而听。"漻(liáo)倒,谓碌碌无为。嵇康《与山巨源绝交书》:"足下旧知吾漻倒粗疏,不切事情,自惟亦皆不如今日之贤能也。"竟,终。全身,保全性命,得以寿终。

〔8〕"何必"两句:谓既然如此,何必计较朋友社会地位的高低,在我这里只希望与任诞狂放者常来常往。论,选择。交地,交往者的地位。长,常。纵酒人,纵酒任放之人。《世说新语·任诞》:"刘伶恒纵酒放达,或脱衣裸形在屋中。"

〔9〕"即令"两句:谓即使像鲁仲连那样逃隐海上,也决不混迹于官场之中。东蹈海,谓逃隐海上。《史记·鲁仲连列传》载,齐人鲁仲连"好奇伟俶(tì)傥之画策,而不肯仕宦任职。"齐国围困聊城,燕国的士卒死了很多。为此,他向守城的燕将写信,陈说利害;燕将自杀,聊城之围遂解。齐将田单"归而言鲁连,欲爵之。鲁连逃隐海上,曰:'吾与富贵而屈于人,宁贫贱而轻世肆志焉'"。断,决。风尘,仕宦。

夏日东村卧病十二首(选二)[1]

未同疏雨至,勿剪夏云繁[2]。片华樽前出,双流树杪翻[3]。
红颜辞上国,白眼入中原[4]。慢世吾何敢,风尘且避喧[5]。

拂衣先达怪,高枕故人疑[6]。世路衡门左,轩车负郭迟[7]。
少年夸解事,薄俗讳言诗[8]。何处堪遥集,悠悠未有期[9]。

〔1〕作于嘉靖三十八年(1559)夏。这两首诗,既说明归隐出于本心,并非以此邀名,也流露出寂寞难耐、悲观失望的消极情绪。

〔2〕疏雨:雨点稀疏的小雨。剪:剪除。繁:多。

〔3〕"片华"两句:上句是说酒杯里显现出华不注山的倒影。言华不注山就在眼前。华不注青翠秀丽,如芙蓉花花萼之注于水,故名。李白《古风》之二十:"兹山何峻秀,绿翠如芙蓉。"片华,华不注山影落杯中,如花片浮出。下句是说远眺黄河、小清河,就像在树梢上翻动一样。双流,指其故居北面的小清河和黄河。杪,梢。

〔4〕"红颜"两句:谓在我还年轻的时候,离京外任,出守顺德;因我厌恶世俗之徒,而辞官归里。红颜,谓年少。鲍照《拟行路难》之一:"红颜零落岁将暮,寒光宛转时欲沉。"上国,京师。辞上国,指出守顺德。时李攀龙四十岁。白眼,以白眼看人,表示鄙薄厌恶。见《晋书·阮籍传》。此指不屑与乡人殷学为伍。入中原,指辞官归隐。

〔5〕"慢世"两句:谓我归隐并非慢世,只不过是为躲避官场的喧闹而已。慢世,玩世不恭。风尘,宦途。喧,喧闹。

〔6〕"拂衣"两句：谓我以这样的方式辞官归隐，不论前辈，还是朋友，都表示疑怪。拂衣，拂袖。见前《拂衣行答元美》题注。先达，前辈。所指未详。怪，怪罪。高枕，谓隐居高卧。故人，老朋友。譬如王世贞就曾作《李于鳞罢官歌》，对其突然归隐不太理解。

〔7〕"世路"两句：谓人处世之道不同，而以隐居躬耕为高尚，现在看来，我归隐太迟了。世路，人世间的道路。此谓处世之道。衡门，横木为门，喻指简陋的居处。《诗经·陈风·衡门》："衡门之下，可以栖迟。"此指隐者所居。左，古代以左为尊。轩车，大夫所乘之车。见《庄子·让王》。负郭，谓近郭之地。此指故家。《史记·陈丞相世家》："至其家，家乃负郭穷巷。"

〔8〕"少年"两句：谓年轻朋友对我归隐不理解，却强加解释，而居住乡间，这里的人们又对诗歌不感兴趣。少年，盖指表示疑怪的故人。李攀龙曾称王世贞为"负海少年"，见《拂衣行答元美》。夸解事，大言通达事理。夸，大。薄俗，轻薄的风俗。讳言诗，避而不谈诗，谓对诗不感兴趣。讳，避讳。

〔9〕遥集：远集。《文选》四六载扬子云（雄）《剧秦美新》："遥集乎文雅之囿，翱翔乎礼乐之场。"此指诗友相聚。

白雪楼[1]

伏枕空林积雨开，旋因起色一登台[2]。大清河抱孤城转，长白山邀返照回[3]。无那嵇生成懒慢，可知陶令赋归来[4]？何人定解浮云意，片影漂摇落酒杯[5]。

〔1〕作于归隐之初,具体作时未详。殷士儋《墓志铭》说李攀龙"归构一楼于华不注、鲍山之间,曰'白雪楼'"。从有关诗文看,楼应建于归隐之初,即嘉靖三十七年至三十八年之间。白雪楼,也名鲍山楼。李攀龙云:"楼在郡(指济南府城)东三十里许鲍山,前瞻太麓,西北眺华不注诸山,大小清河交络其下,左瞰长白、平陵之野,海气所际。每一登临,郁为胜观。"(《酬李东昌写寄白雪楼图并序》)楼名取宋玉《对楚王问》一赋中"阳春白雪"曲高和寡之意,以表明自己孤高自许、不同流俗的生活态度。后来,李攀龙又在大明湖南侧百花洲上建有一楼,称"白雪第二楼",或"南楼"。鲍山白雪楼,在李攀龙去世不及百年即以废圮。明神宗万历年间(1573—1619),山东按察使叶梦熊补建于趵突泉上,至清初亦废圮。顺治十一年(1654),山东布政使张缙彦重建于趵突泉历山书院,后屡经重修,并令李攀龙后人以奉祀生加以守护,地方官春秋致祭。原楼在解放初拆除,今在原址南偏重建。白雪楼高卧,俯仰河山,学嵇康之倨傲慢世,效渊明之自然放达,睥睨世俗、闲逸任放之情溢于言表。

〔2〕"伏枕"两句:言我卧病的山林久雨初晴,病情稍有好转即登台观看楼外的景色。伏枕,谓卧病。空林,树叶落尽的树林。谢灵运《登池上楼》:"卧疴对空林,衾枕昧节候。"积雨,久雨。旋,旋即、随即。起色,语出枚乘《七发》,久卧思起的样子。此谓病情稍好转。

〔3〕"大清"两句:写登高远眺,言西面大清河绕过济南而蜿蜒入海,东边长白山回映落日,烟霭苍茫。大清河,本汶河下游的支流,源于山东莱芜原山(又名岳阳山),注入东平湖。后入济水,又为黄河所夺,今东平湖下黄河即其故道。黄河流经济南城北,蜿蜒入海。孤城,指济南。长白山,在今邹平与章丘交界处,山中云气长白,故名。

〔4〕"无那"两句:诗人以嵇康、陶渊明自况,言无奈我已懒慢成性,有谁知我这辞官家居的乐趣?无那,无奈。嵇生,即嵇康(223—262),字叔夜,谯郡铚(今安徽宿县)人。三国魏著名文学家、哲学家。因曾任中

散大夫,世称嵇中散。著有《嵇康集》。他在专擅朝政的司马氏提倡礼教时,崇尚老庄,宣扬"越礼教而任自然",拒绝与司马氏合作,终被构陷杀害。懒慢,懒散慢世。慢,慢世,指不遵循礼教教条。嵇康《司马相如赞》:"长卿慢世,越礼自放。"陶令,指陶渊明(365—427),一名潜,字渊明,浔阳柴桑(今江西九江)人。怀有济世抱负,因不满黑暗现实愤而辞官归隐。因归隐时任彭泽令,人或称"陶令"。所作《归去来兮辞》,叙写自己辞官归来的心情和乐趣,为历来传诵名篇。

〔5〕"何人"两句:言又有谁确实了解我辞官归隐的本意,如今也只有独自饮酒来消解这被人误会的愁苦了。浮云意,视富贵如浮云的心意。《论语·述而》:"不义而富且贵,于我如浮云。"片影,云影。李攀龙名气大,他突然归隐引起社会上的广泛议论,其中也有说他隐以邀名的人,王世贞为他辩解,他曾写信表示感谢。

简许殿卿〔1〕

玉函山色倚嵯峨,北渚清秋已自波〔2〕。我欲与君携酒去,不知何处白云多〔3〕?

〔1〕作于归隐之初,或为嘉靖三十八年(1559)秋。简,简寄。
〔2〕玉函山:山名。在济南旧城南二十里。传说汉武帝登此山得一玉函,长五寸,"帝下山,玉函忽化为白鸟飞去。世传山上有王母药函,常令鸟守之"(段成式《酉阳杂俎》),故名。又名卧佛山,俗名兴隆山。山上原有碧霞宫、卧佛寺(兴隆寺)等佛教建筑和隋唐佛造像、题记若干。山高五百米,远眺"皎然若几案",近观则"隐然万山中",谷涧回复,山势雄秀。登至峰顶,南望泰山,北瞰明湖,"崿华二山如列眉上"(引见乾隆

《历城县志》载清施闰章《玉函山记》)。倚嵯峨:谓南倚泰山。嵯峨,高峻的样子。北渚:指济南城内大明湖历下亭以北水中高地。杜甫《陪李北海宴历下亭》有"北渚凌清河"的句子。

〔3〕白云多:谓秋色浓。白云是秋天的典型景物。

答殿卿九日见怀二首[1]

黄花独傍酒边开,过雁秋风绕吹台[2]。直置沾裳听不得,何须更自故乡来[3]!

白发萧萧映酒垂,他乡秋色更堪悲[4]。不知此日登高处,折得茱萸插向谁[5]?

〔1〕作于归隐之初,或为嘉靖三十八年(1559)秋。九日,农历九月九日,重阳节。旧时有九日友人相聚登高赏菊的习惯。攀龙归家时,许殿卿官周王府长史,任职河南开封。其间,殿卿曾寄诗《九日于鳞招登四里山》云:"岁序惊心水急流,年来又白几人头?那知绿酒青山外,惟有黄花似故秋!"此为答诗。

〔2〕"黄花"两句:言黄花开了,菊花酒也酿熟了,南飞的大雁伴随着秋风,一定把我思念你的心情带去了。黄花,即菊花。菊花所酿之酒,叫菊花酒。葛洪《西京杂记》三:"菊花酒令人长寿。菊花舒时,并采茎叶,杂黍米酿之,至来年九月九日始熟,就饮焉,故谓之菊花酒。"过雁,南飞经过之雁。吹台,俗称禹王台。在今河南开封东南禹王台公园内。相传为春秋时期师旷吹乐之处,汉代梁王增修以为吹台。《水经注·渠水

133

注》引《陈留风俗传》:"县有仓颉、师旷城,上有列仙之吹台。北有牧泽,泽中出兰蒲,俗谓之蒲关泽,梁王增筑以为吹台。城隍夷灭,略存故迹,今层台孤立于牧泽之右矣。其台方百许步,世又谓之繁城台。"

〔3〕"直置"两句:言知你听到大雁的叫声就忍不住眼泪,更何况是故乡来的问讯!直置,简直。六朝人的语辞。《宋书·谢方明传》:"(刘穆之)白高祖曰:'谢方明可谓名家驹。直置便自是台鼎人,无论复有才用。"沾裳,谓眼泪。郦道元《水经注·江水》:"巴东三峡巫峡长,猿鸣三声泪沾裳。"听不得,指大雁叫声。

〔4〕"白发"两句:言稀疏的白发映在酒中,不觉有迁逝之感,你客居异乡,当秋岂不更加悲伤。萧萧,稀疏的样子。他乡秋色更堪悲,取杜甫"万里悲秋常作客"(《登高》)之意,谓作客他乡,当秋思乡而悲伤。

〔5〕"不知"两句:王维《九月九日忆山东兄弟》:"独在异乡为异客,每逢佳节倍思亲。遥知兄弟登高处,遍插茱萸少一人。"此化用王维诗意,言你我不在一起,不知此日登高与谁为伴?茱萸,一名越椒,有吴茱萸、食茱萸、山茱萸三种,有浓郁的香味,古人有九月九佩插茱萸以避邪祟的习惯,所以九月九日或称茱萸节,此日登高或谓之"茱萸会"。

元美以家难羁京,作此为唁四首(选二)[1]

驰骋淄渑日,功名与宦情[2]。高堂一为坐,世路遂相轻[3]。
行乞还燕市,悲歌复蓟城[4]。佩刀风雨夜,堪作匣中鸣[5]!

闻道周旋地,偏承老父颜[6]。橐饘时在侧,宾客稍居间[7]。
函谷更封出,夷门执辔还[8]。莫将公子泪,乱漫洒燕山[9]。

〔1〕作于嘉靖三十八年(1559)七八月间。王世贞之父王忬因滦河战事失利,受到严嵩及其党羽的诬陷,于嘉靖三十八年五月被逮系狱。七月,王世贞自劾辞官,从青州任所赶赴京师,希望伏阙上章为父亲洗雪冤枉,并拟与弟世懋一起代父受刑。其父不同意,他"与弟日蒲伏嵩门,涕泣求贷。嵩阴持忬狱,而时为谩语以宽之。两人又日囚服跽道旁,遮诸贵人舆,搏颡乞救"(《明史》本传)。但面对严嵩的威势,他们或无动于衷,或有意避而远之,没有理会的。不少昔日的朋友也因害怕受到牵连而与世贞断绝了来往,而李攀龙等这时却以寄诗的方式对世贞表示同情和慰问。

〔2〕"驰骋"两句:言你正当驰骋青州,求取功名之时,却因家难而辞官。淄渑(miǎn),淄水、渑水。淄水,即今淄河。主流发源于山东莱芜山区,在广饶入小清河。渑水,古水名。发源于山东临朐西北,注入时水。今已淤塞。二水流贯青州境,因世贞任军职,所以说"驰骋淄渑"。功名,功绩与名声。宦情,仕宦求进之志。

〔3〕"高堂"两句:言你一听说老父获罪系狱,遂把仕途看得很轻,随即自劾赴京。高堂,谓父母。坐,获罪。世路,人世间的道路。此指仕途。

〔4〕"行乞"两句:言你为救父脱难,在京行乞、悲歌,其怨愤之情可以想见。行乞,指世贞兄弟乞求严嵩等当朝权贵向皇帝求情,为其父减刑免死。悲歌,指世贞这一时期以歌当哭,以及向友人倾诉其父冤情及答谢的诗作,后编定为《幽忧集》二卷。蓟城,指北京。

〔5〕"佩刀"两句:言环境黑暗险恶,你无法自卫,只能把锋芒藏起,忍气吞声。佩刀,随身佩带用以自卫的刀。风雨夜,此喻指黑暗险恶的处境。堪,任。箾(qiào)中鸣,在刀套中鸣叫,谓敢怒而不敢言。箾,刀套。

〔6〕"闻道"两句：言听说你在北京为父奔走，处处承顺老父的意愿行事。闻道，听说。周旋地，指北京。周旋，应酬，与各种人打交道。此指周旋于朝廷权贵之间。偏，特。承老父颜，谓顺从父亲的意愿。承颜，承接颜色。世贞与弟本来准备上书请求代父受刑，其父怕再落严嵩陷阱，坚决不同意，兄弟二人不得不放弃。见《弇州山人四部稿·先考思质府君行状》。

〔7〕"橐饘(tuó zhān)"两句：言你侍奉老父衣食，不离左右，听说也有友人间或前去探望。橐饘，指衣食。橐，衣服。饘，饭食。宾客，指友人。当时，在京友人只有吏部验封郎张九一(字助甫)常去看望。《艺苑卮言》卷七："余自遘家难时，橐饘之暇，杜门块处，独新蔡张助甫为验封郎旬一再至。"

〔8〕"函谷"两句：言你不要害怕孤单，我如今已从陕西归来，仍然会相知如初。函谷，关名。详前《关门雪望》注〔1〕。更封，更换过关凭证。夷门，山名。在河南开封城东北隅。战国魏大梁(即今河南开封)有夷门，亦因山而名。夷门执辔，盖指魏公子交往侯嬴事。据《史记·魏公子列传》载，魏有隐士侯嬴，家贫，为夷门看守。魏公子无忌闻其名，派人馈送很多财物；侯嬴不受。于是，魏公子大会宾客，亲自驾车去迎接夷门侯嬴。侯生穿着破衣服，直接上车坐，想观察公子的态度，而公子执辔愈恭，并引市人来观看公子执辔。后来，侯嬴成为魏公子的上客，并为其推荐友人朱亥，夺取魏的兵权，取得救赵的胜利。而侯嬴为报答魏公子，在其出兵之后即自杀。此语意双关：从陕西返济途经河南，又隐寓魏公子与侯嬴相知事。

〔9〕"莫将"两句：为劝慰之词，谓深知你很难过，但不要对哭求免刑抱有幻想。乱漫，随随便便。世贞在京，"时时从相嵩门蒲伏，泣请解"(《弇州山人四部稿·先考思质府君行状》)。此或劝世贞不要对严嵩抱有幻想。燕山，山名。此指北京地区。

寄元美七首(选四)[1]

蓟门城上月婆娑,玉笛谁为出塞歌[2]?君自客中听不得,秋风吹落小黄河[3]。

白云何处不漫漫,欲寄绨袍蓟北寒[4]。依旧西山秋色里,知君此日转愁看[5]。

匣里龙泉北斗文,携来燕赵客如云。自言此剑千金买,不是穷交不借君[6]。

闻道红颜镜里新,还堪客子斗青春[7]。秋来纵带风尘色,犹似行吟泽畔人[8]。

〔1〕作于嘉靖三十八年(1559)秋。在王世贞因父难羁留北京期间,李攀龙曾寄赠多首诗歌,以相慰存。李、王之交,生死不渝,"七子"之中,两人尤为深厚。在世贞遭家难期间,攀龙寄赠之诗都写得感情真挚,亲切自然。

〔2〕"蓟门"两句:言你徘徊在蓟门月下,有谁为你吹奏哀怨的笛声,以纾解心中的烦闷?蓟门,即蓟丘。故址在北京德胜门外。见明蒋一葵《长安客话》。此指北京。婆娑,月影摇曳的样子。出塞歌,指王之涣《出塞》,诗中有"羌笛何须怨杨柳,春风不度玉门关"的句子。

〔3〕"君自"两句：言知你在客中听不得哀怨之音，其实你的忧愁也通过秋风传到我这里；人虽相隔，而心情则一。小黄河，指小清河。黄河自山东东平而下，入大清河，相对而言，小清河即为小黄河。小清河流经李攀龙故居北面、白雪楼附近，所以"小黄河"也可代指攀龙居处。

〔4〕"白云"两句：言白云高悬，到处是一片肃杀的秋景，你作客蓟北应已感到寒意，此时我只是想将故友的深情寄给你。白云，白云高悬为秋季典型的景物之一。绨（tí）袍，用粗缯（丝织品）制作的袍子。《史记·范雎列传》载，秦相范雎曾为魏中大夫须贾门客，因受到毁谤而遭笞辱，装死逃脱，改名张禄，至秦拜相。后须贾出使秦国，范雎故意穿着破烂衣服求见。须贾可怜他，取一绨袍相赠。须贾拜见时，才知道范雎已为秦相，惊惧请罪。范雎历数其罪，说"然公之所以得无死者，以绨袍恋恋有故人之意，故释公"。后遂以绨袍喻故旧之情。

〔5〕"依旧"两句：言西山秋色依旧，而人事已非，知你此时再到西山，反增愁烦。西山，山名。在今北京西郊。西山红叶，为观赏胜景。"七子"居京期间，为常往吟咏之所。

〔6〕"匣里"四句：以龙泉剑为喻，言像龙泉剑终将遇合一样，你在北京必将遇到主持正义的人；燕赵自古多慷慨豪侠之士，他们把情义看得很重，但自非穷交，他们是不肯轻易相助的。龙泉，宝剑名。北斗，星宿名。即北斗星。详前《崔驸马山池燕集得"无"字》注〔3〕。此取龙泉、太阿双剑相合之意。燕赵客，谓慷慨任侠的人。燕赵，一般指古代的燕国和赵国。燕国在今河北北部，建都于蓟（在今北京西南）；赵国在今山西中部，建都于晋阳（今山西太原市西南）。此指狭义的燕赵。燕指北京，赵指真定（今河北正定），俱为河北地。韩愈《送董邵南序》："燕赵古称多感慨悲歌之士。……夫子之不遇时，苟慕义强仁者皆爱惜焉。"穷交，穷困之交，患难之交。

〔7〕"闻道"两句：谓听说你身体尚好，还能在客居中保持少年意

气。红颜镜里新,谓容颜(气色)尚好。红颜,喻少年。客子,客居之人。指元美。斗,争。青春,年少。

〔8〕"秋来"两句:言秋来艰辛,纵然使你变得憔悴,那也像当年屈原一样,持志不移。风尘色,客旅艰辛的样子。行吟泽畔人,指屈原。《楚辞·渔父》:"屈原既放,游于江潭,行吟泽畔,颜色憔悴,形容枯槁。"当渔父劝其随波逐流时,屈原表示宁死不屈。

重寄元美三首〔1〕

十载交游满帝都,五陵少年避呼卢。只今惟有张公子,匹马时时过酒徒〔2〕。

南冠君子系京华,秋色伤心广柳车〔3〕。此地由来多侠客,不知谁是鲁朱家〔4〕?

北斗阑干南斗低,啼乌三匝凤城栖〔5〕。万年枝上秋风起,飞入中丞署里啼〔6〕。

〔1〕与《寄元美》同时,即嘉靖三十八年(1559)秋。
〔2〕"十载"四句:言在十年间交往的朋友,京城里到处都是,而那些所谓豪侠少年,如今都躲避起来,只有张九一不避风险,一人单独前往探问。十载交游,从嘉靖二十七年(1548)李、王定交,至嘉靖三十八年(1559)为十一年。五陵年少,谓豪侠少年。五陵,汉代五个皇帝的陵墓,即长陵(高帝)、安陵(惠帝)、阳陵(景帝)、茂陵(武帝)、平陵(昭帝)。

139

五陵附近,汉时为豪侠少年聚集之地。李白《少年行》:"五陵年少金市东,银鞍白马度春风。"避,隐避。呼卢,作摴蒱(chū pú)游戏。以掷骰决胜负,后泛指掷骰赌博。张公子,指张九一。详前《元美以家难羁京,作此为唁四首(选二)》注〔7〕。张九一,字助甫,河南新蔡人。嘉靖三十二年(1553)进士,授黄梅知县,擢吏部验封郎。在京由宗臣介绍,与王世贞相识。在世贞遭家难期间,他不顾被牵连的危险,经常亲往探问。自此张九一加入"后七子"的行列,被世贞列入"后五子"之一,成为所谓"吾党'三甫'"之一。酒徒,狂傲者的自称。《史记·郦生陆贾列传》:"郦生瞋目案剑,叱使者曰:'走!复入言沛公,吾高阳酒徒也。'"此指王世贞。

〔3〕"南冠"两句:言你的老父拘系京师,在这满目萧索的秋天,想到老人被押解的情景就更加伤心。南冠君子,指王世贞之父王忬。南冠,南方楚人之冠。《左传·成公九年》:"晋侯观于军府,见锺仪问之曰:'南冠而系者谁也?'有司对曰:'郑人所献楚囚也。'"广柳车,大牛车。《史记·季布列传》:"乃髡钳季布,衣褐衣,置广柳车中。"

〔4〕鲁朱家:鲁人朱家。朱家,秦末汉初鲁人,因其以任侠闻名,后遂成为侠士的通称。生平详见《史记·游侠列传》。

〔5〕北斗:北斗七星,即今大熊星座中较亮的七颗星。北斗在天空排列成斗形。阑干:纵横。南斗:即斗宿。二十八宿之一,玄武七宿的首宿,即今人马座中的六颗星。南斗低,谓斗转,言天将明。啼乌:啼叫的乌鹊。三匝:三周。匝,周围。曹操《短歌行》:"月明星稀,乌鹊南飞。绕树三匝,何枝可依?"凤城:都城。

〔6〕万年枝:即冬青树。中丞:明代称都察院副都御史为中丞,此指王忬。

秋日村居八首(选二)[1]

隐几怜清晓,开轩命浊醪[2]。西风行薜荔,白露缀蒲桃[3]。

气逼蝉声苦,天含雁影高[4]。壮心堪自见,秋色正滔滔[5]。

高斋清自掩,遥夕病相看[6]。片月花间净,明河树杪干[7]。
流萤含火著,宿露抱霜寒[8]。何限同袍意,江湖坐渺漫[9]。

〔1〕组诗,应作于嘉靖三十八年(1559)秋。八首诗大都写其寂寞无聊,及对友人的思念。

〔2〕"隐几"两句:言秋晨凭靠几案,懒得起床;打开窗户,先喝上几杯酒再起身。隐几,倚靠几案。隐,倚。怜清晓,谓懒得起床。怜,惜。清晓,犹拂晓,天刚亮时。韩愈《秋怀》:"清晓卷书坐,南山见高棱。"轩,窗。浊醪,薄酒,劣质酒。

〔3〕"西风"两句:言西风吹过薜荔,葡萄缀着露珠。行,拂过。薜荔,常绿灌木,也名木莲。缀,连。蒲桃,即葡萄。

〔4〕"气逼"两句:言酷暑难耐,使鸣蝉的叫声特别急切;南飞的大雁消失空际,使秋日的天空显得特别高朗。气,暑气。苦,急。见《集韵》。

〔5〕"壮心"两句:言寂寞之中,壮烈的心志只有通过诗歌表露出来,而眼前秋气渐深,却是一片衰飒景象。壮心,壮烈的心志。杜甫《岁暮》:"济时敢爱死,寂寞壮心惊。"自见,自表其意。《史记·虞卿列传赞》:"然虞卿非不穷愁,亦不能著书以自见于后世。"滔滔,广大无边的样子。

〔6〕"高斋"两句:言白天无人来,书斋的门静静地掩着;长夜难眠,只有病魔纠缠。高斋,杜甫晚年居夔州,因爱其山川不忍离去,三次迁居,都名其室曰高斋。见陆游《东屯高斋记》。此为诗人借以名其书斋。清,静。掩,关而不锁。遥夕,长夜。

〔7〕"片月"两句：写秋夜景色，言月光洒向花间，夜色显得更加明净澄澈；银河高高地悬在树梢上，一动不动。片月，弦月。徐陵《走笔戏书应令》："片月窥花簟，轻寒入锦巾。"明河，即银河。干，干涸，不流动。

〔8〕"流萤"两句：言在这清冷的秋夜，只有萤火虫飞来飞去；前天残留的露珠凝结成霜，散发着寒气。流萤，飞动的萤火虫。宿露，前天残留的露珠。

〔9〕"何限"两句：言在这寂静的秋夜，想到朋友们分散各地，大家的前程不知如何，岂止只是思念而已。同袍，泛称朋友。唐许浑《晓发天井关寄李师晦》："逢秋正多感，万里别同袍。"江湖，三江五湖，谓全国各地。坐，自。渺漫，犹渺渺、渺茫，渺远的样子。

冬日村居四首(选二)〔1〕

高卧堪人事，幽栖岂世情〔2〕。老松寒更拙，片竹冷逾清〔3〕。
拥褐江湖色，鸣琴雨雪声〔4〕。懒心常近傲，不是学庄生〔5〕。

遥夜怜幽独，南山傍户庭〔6〕。泉流霜下白，野色海边青〔7〕。
风乱将残烧，寒疏欲晓星〔8〕。偶因樵唱起，延眺及林垌〔9〕。

〔1〕详诗意，盖作于归隐之初，与《秋日村居》为同一年，即嘉靖三十八年(1559)冬日。

〔2〕"高卧"两句：说隐居之后与世隔绝，只有听任人事变化；居处僻远，哪里还有人过问。高卧，谓隐居。堪，任。人事，人世间各种事情。幽栖，幽僻栖止之地。杜甫《有客》："幽栖地僻经过少，老病人扶再拜

难。"世情,世态人情。

〔3〕"老松"两句:以松、竹为喻,言自己像老松一样,愈是寒冷愈显得拙朴;像旷野的竹子一样,愈冷愈是清朗。拙,拙薄,谓才能笨拙,命运恶劣。李白《答从弟幼成过西园见赠》:"拙薄谢明时,栖闲归故园。"片竹,旷野里的竹子。清,疏朗。

〔4〕"拥褐"两句:言我穿着粗布衣服,完全是隐居者的模样;自己弹奏的琴声,只与雨雪声相和。拥褐,穿着平民的衣服。拥,持。褐,粗布衣服,指贫贱者的衣服。江湖,此指隐居处所。

〔5〕"懒心"两句:言我懒慢的性情,常常接近傲慢,但却不是学习庄子,追求自由放恣。懒心,懒慢的心志。庄生,即庄子。庄子(约前369—前286),名周,宋国蒙(今山东曹县)人。战国时期哲学家。与春秋时期的道家创始人老子,并称"老庄"。为人恬退倨傲,蔑视世俗礼法,追求自由放恣。著有《庄子》。

〔6〕"遥夜"两句:言独自度过这漫漫长夜,哀愁就笼上心头,在居处附近,只有华不注和鲍山相伴。遥夜,犹长夜。宋玉《九辩》:"靓杪秋之遥夜兮,心缭悇而有哀。"怜,哀。幽独,默然独居。南山,指济南南部诸山。攀龙白雪楼在华不注与鲍山之间,华、鲍二山为南山余脉,故云"傍户庭"。

〔7〕野色海边青:拂晓,太阳未出之前,海天之际泛起碧青的光色。

〔8〕"风乱"两句:谓北风将快要烧完的残火吹起,因为天寒,黎明时刻的星星都变得稀疏了。寒疏欲晓星,意即寒冷使晓星稀疏。欲晓,天欲晓,天快亮时。疏,稀疏。

〔9〕"偶因"两句:言在寒冷的清晨,有时听到打柴人的歌唱也能早早起来,漫步庭院,远眺野外风光。樵唱,樵夫所唱之歌,也称樵讴。樵,樵夫,打柴人。孟浩然《涧南即事贻皎上人》:"钓竿垂北涧,樵唱入南轩。"延眺,引颈远眺。林垧(jiōng),野外。《尔雅·释地》:"邑外谓之

143

郊,郊外谓之野,野外谓之林,林外谓之垧。"

赠殿卿[1]

前年赐环承主恩,去年解裾辞王门[2]。身经畏途色不动,心知世事口不论[3]。自顾平生为人浅,羡君逃名我不免[4]。自怜垂老尚凭陵,羡君混俗我不能[5]。有酒便呼桃叶妓,得钱即饭莲花僧[6]。

〔1〕作于嘉靖三十八年(1559)岁末。许邦才《岁暮赠于鳞》一诗云:"长卿慕人千载前,何以与君俱少年?子云期人千载后,何以与君共白首?君有仙才自不知,顾我逃禅众所嗤。拥褐闭关恣偃蹇,买山百里犹嫌浅。终年药裹清羸疾,深夜高吟独把膝。兴来摄客登华颠,醉去寻客谈剑术。"此盖为和诗。

〔2〕"前年"两句:言前年承蒙主上恩顾,召回京城;去年辞官,回到家乡。赐环,谓遭放逐之后被召回。《荀子·大略》"绝人以玦,反绝以环"杨倞注:"玦如环而缺,肉好若一谓之环。古者臣有罪,待放于境,三年不敢去,与之环则还,与之玦则绝,皆所以见意也。"诗人在顺德任上,经大计(考核)之后,于嘉靖三十六年(1557)返京述职。诗人出守顺德,为京官外放,自认为情同贬谪,故常以逐臣自居。去年,即嘉靖三十七年(1558)。解裾,脱去官服。

〔3〕"身经"两句:言历经宦海风波,我从无所畏惧;如今对当世发生的事,虽心知肚明却不敢加以评论。畏途,语出《庄子·达生》,本谓艰险难行的道路,此指仕途。色,音容。世事,当世之事,时政国事。论,

谈论,评说。

〔4〕"自顾"两句:谓自念平生为人浅薄,不能容忍邪恶;当初羡慕你混俗逃名,如今我也归隐避世了。顾,念。浅,浅薄。逃名,谓隐居避世,不求世人赞誉。

〔5〕"自怜"两句:言我只是可怜自己,老来贫病交加;我羡慕你能混俗求生,而我却做不到。垂老,将老。凭陵,侵凌、逼迫。此谓受贫病交加之苦。混俗,混同流俗。谓不辨是非,随俗俯仰。

〔6〕桃叶妓:东晋王献之有一爱妾名桃叶,献之曾为其作《桃叶歌》。此指所爱姬妾。饭莲花僧:向僧人施舍。莲花僧,即僧人,俗称和尚。因诸佛塑像都以莲花为座,故称。

许殿卿、郭子坤见枉园林二首(选一)[1]

明时再婴疾,隳官此悠悠[2]。永言命沮溺,二子乃从游[3]。田家何所有,樽酒结绸缪[4]。散发坐园中,辘轳牵寒流[5]。击我青门瓜,聊且克庶羞[6]。雨气荡暄浊,披襟御南楼[7]。开轩纳山色,余映一以收[8]。云霞罗四隅,烟火蔽林丘[9]。伏阴秀禾黍,饷妇媚原畴[10]。西望华阳宫,若见清河舟[11]。登临信亦美,旷然销人愁[12]。愿君爱光景,多暇还相求[13]。

〔1〕作于归隐之初。许殿卿,即许邦才。详前《得殿卿书,兼寄张简秀才》题注。郭子坤,详前《送郭子坤下第还济南》题注。见枉,枉驾惠顾。枉,枉驾,称人来访的敬辞。园林,犹园宅。有园林的住宅。此指

李攀龙韩仓旧居。

〔2〕"明时"两句:言在圣明之时,再次因病辞官,做个老百姓,生活竟是这样的自由自在。明时,圣明之时。明时应出仕为官,而今却因病辞官,联系到诗人辞官的原因,则知含有讥讽之意。据《明史》本传载,诗人出仕的第二年,曾因病辞官家居一年,因云"再婴疾"。隳(huī)官,弃官。隳,废弃。悠悠,安闲自得的样子。

〔3〕"永言"两句:言我本来打算像沮溺一样永远做隐士,不与世人来往,不料您二位竟然还来与我交往。永言,永久。言,语助词,无义。命,名。沮溺,长沮、桀溺的合称,春秋时期楚国的两个隐士。见《论语·微子》。乃,竟。

〔4〕"田家"两句:言农家没有什么招待客人,一杯酒虽然微薄,但可加深我们的友谊。田家,农家。樽酒,一杯酒。樽,酒杯。结绸缪(chóu móu),结成亲密的友谊。绸缪,亲密的样子。

〔5〕"散发"两句:言夏日炎热,披散头发坐在树下,井上的辘轳汲水,也可带来丝丝凉意。散发,头发披散。古时官员必须束发加冠,注重威仪;发不束整,放浪形骸,是隐者的常态。《后汉书·袁安传》附《袁闳传》:"延熹末,党事将作,闳遂散发绝世,欲投迹山林。"辘轳,旧时井上汲水的用具。牵寒流,牵动寒气。

〔6〕"击我"两句:言打开我所种的西瓜品尝,姑且当作美味佳肴。击,打开。青门瓜,也称东陵瓜。"广陵(今江苏扬州)人召(邵)平,为秦东陵侯,秦破为布衣,种瓜青门外,瓜美,故时人谓之'东陵瓜'"(《三辅黄图》卷一)。此为诗人自称所种之瓜。聊且,姑且。克,胜。庶羞,多种佳肴。

〔7〕"雨气"两句:言一阵雨后,暑气尽消;敞开衣襟,在南楼上乘凉。荡,涤荡。暄浊,暖热之气,即暑气。张协《杂诗》:"秋夜凉风起,清气荡暄浊。"披襟,敞开怀。御,临。南楼,指白雪楼。

〔8〕"开轩"两句:言打开窗子,山色尽收眼底;落日余辉,也全映入眼帘。轩,窗。余映,落日余辉。

〔9〕罗四隅:笼罩四方。

〔10〕"伏阴"两句:言阴雨天里庄稼纷纷扬花吐穗;年轻农妇把饭送到田间地头,更使田野增加几分妩媚。伏阴,夏寒。盛夏时节出现的寒气。《左传·昭公四年》:"夏无伏阴,春无凄风。"此谓伏日阴雨天气。秀,开花吐穗。禾黍,农作物,庄稼。饷妇,田中送饭的农妇。媚原畴,使原野更加美好。原畴,田野。

〔11〕华阳宫:华不注山前的道观。华不注在韩仓西。清河:此指小清河。金时刘豫为疏导济南城内水而开凿,经今历城、章丘、邹平、博兴等地,在今东营入海。河经李攀龙故居附近。

〔12〕信:实在。销:消解。

〔13〕爱景光:喜爱这里的风景。多暇:闲暇时间多。

哭子相四首(选二)〔1〕

故园秋色广陵间,闽海悠悠自不还〔2〕。纵使芜城愁易老,那能长客武夷山〔3〕!

清秋不尽客依依,梦里闽天挂剑归〔4〕。莫向延平津口度,恐惊风雨二龙飞〔5〕。

〔1〕作于嘉靖三十九年(1560)秋。这一年,宗臣卒于福建提学副使任所,李攀龙、王世贞等作诗哭之。

〔2〕"故园"两句：言故乡秋色正好,而你却客死闽中,魂魄悠悠,不得返归故里。广陵,今江苏扬州市。汉时为广陵国治所。宗臣为兴化人,兴化在明朝属扬州。闽海,闽为福建简称,滨海,故称。悠悠,悠远,此谓飘荡远处。

〔3〕"纵使"两句：言纵然住在家乡愁烦,令人容易衰老,又怎能长久客留福建海滨,飘荡无依？芜城,指扬州。自汉以后,扬州屡经兵燹,广陵故城荒废不堪。南朝宋的鲍照登广陵废墟,感而作《芜城赋》。文末云："天道如何,吞恨者多。抽琴命操,为芜城之歌。歌曰：边风急兮城上寒,井径灭兮丘陇残。千龄兮万代,共尽兮何言！"武陵山,为福建第一名山,代指福建。

〔4〕"清秋"两句：言在这清爽的秋季,福建友人在你灵前依依惜别,我在梦里前往凭吊,哀思难尽。清秋,清爽的秋天。不尽,哀情不尽。依依,依恋不忍离去。闽天,犹言闽地。因宗臣已死,魂归天上,而其棺柩又滞留闽地,故云。挂剑,挂剑于墓。刘向《新序·节士》载,春秋时期,吴延陵季子出使晋国,身佩宝剑途经徐国,徐君非常喜爱季子所佩之剑,又不好意思说出来；季子看出徐君的心思,因需佩以护身未当即馈赠,而心里却默许了。但是当他归来再到徐国时,徐君已死,他便将剑挂在徐君墓侧的树上离去。徐人为之歌曰："延陵季子兮不忘故,脱千金之剑挂丘墓。"后遂以挂剑指凭吊友人或不忘故交。

〔5〕"莫向"两句：谓今虽一生一死暂时分离,我们终将聚首,相会于九泉之下。《艺文类聚》卷六〇引雷次宗《豫章记》载,据说吴国未亡时,常见紫气出现在天上斗宿和牛宿之间。晋时张华听说雷焕妙识天象,就请他作出解释。雷氏认为这是其间有宝物造成的,地上相应的地方是豫章丰城。于是张华就任命雷焕为丰城令。雷氏到县,掘得二剑,当晚牛、斗之间的紫气就消失了。雷氏自留一剑,而将另一剑给了张华。后来张华遇害,所得之剑飞入襄城水中。雷焕临死,告诫他的儿子雷华

要常以剑自随。雷华后来为建安从事,路经浅濑(即延平津),剑忽从腰间跃出入水,见二龙相随而去。事亦见《晋书·张华传》。延平津,也称建溪、东溪,在今福建南平市东南,为闽江上游。因传说宝剑堕水化龙,又名剑潭、剑溪、龙津。此以宝剑化去终合,喻指自己与宗臣生死不渝的情谊。

挽王中丞八首(选四)[1]

主恩三遣护三边,骠骑功名灭虏年[2]。不谓汉军能失利,犹堪起冢象祁连[3]!

司马台前列柏高,风云犹自夹旌旄[4]。属镂不是君王意,莫作胥山万里涛[5]。

三月渔阳大出师,君王按剑捷书迟[6]。鼓声不为将军起,岂独封侯是数奇[7]!

昨夜烽烟海上青,犹闻麾下取龙庭[8]。一时雄剑无精彩,遥指燕山落将星[9]!

〔1〕作于嘉靖三十九年(1560)十月。王中丞,指王忬。生平事迹,详前《送王侍御》题注。据李攀龙《总督蓟辽右都御史兼兵部左侍郎王公传》(下简称《王公传》)载,兵部员外郎杨继盛弹劾严嵩,遭到严嵩父

子的陷害,王忬对杨表示同情,其子世贞又在杨继盛处斩后,为其护丧,因受到严嵩父子的嫉恨,后遂借御敌不力构陷其罪。王忬于嘉靖三十八年(1559)五月,系狱论死,第二年十月初被斩,世贞兄弟扶柩归里,路经山东济宁,李攀龙曾单骑赴吊,并写了八首挽诗。王忬是一位爱国将领,也是一位富有正义感的封建官吏,为李攀龙所敬重的长辈之一。在其生前,李攀龙曾为其总督蓟辽作序;有关诗歌,也表现出他崇敬的心情。严嵩父子把持朝政,士人大都噤若寒蝉,而李攀龙却高度赞扬王忬的功绩,这既表现出李攀龙不畏强暴、不计个人利害得失的品格,也可看出他与王世贞之间的深厚友谊。这四首诗,既表达了诗人崇敬、哀悼之意,也是对严嵩父子罪恶的间接指斥,虽其对昏庸的嘉靖皇帝有所回护,但在当时已是难能可贵的了。沈德潜评云:"为中丞吐气,而忠厚之意宛然。"(《明诗别裁集》)沈氏所谓"忠厚之意"即指李攀龙只斥奸臣而回护皇帝。

〔2〕"主恩"两句:言王忬深受皇帝的信任,屡屡肩负保卫边境的重任,因讨灭胡虏的功绩,而扬名朝野。主恩,君主知遇之恩。三遣,多次派遣。护三边,肩负保卫边防的重任。三边,泛指边疆。《后汉书·鲜卑传》:"灵帝立,幽、并、凉三州缘边诸郡无岁不被鲜卑寇抄,杀略不可胜数。"后遂称幽、并、凉三州为三边。据李攀龙《王公传》及《明史》本传载,王忬入仕后,深得嘉靖皇帝的信任,屡负保卫边疆的重任。嘉靖二十九年(1550)御俺答于通州有功,破格提拔为右金都御史;嘉靖三十一年(1552)三月提督浙江军务,因抗倭有功进右副都御史;同年巡抚大同秋防,加兵部右侍郎;总督蓟辽,进右都御史。总之,王忬卫边屡立战功。骠骑,将军名号。汉时秩禄同大将军,位在三公下。明时为武散官,秩位低下。此以汉骠骑将军称誉王忬。功名,功绩与声名。虏,胡虏,对少数民族入侵者的蔑称。

〔3〕"不谓"两句:言想不到明军会在滦河失利,即便是这次失利的

责任在中丞,以其功勋而论,死后也应建祁连山一样的陵墓。不谓,犹不意如此。汉军,指明军。失利,指嘉靖三十八年(1559)俺答把都儿辛爱攻掠滦河以西遵化等地。明边防诸镇兵员不足,王忬请求援兵不至,致使敌军深入,京师震动。严嵩指使其党羽、都御史鄢懋卿等,授意御史方辂弹劾王忬失职,严嵩即拟旨论死系狱。详见李攀龙《王公传》及《明史·王忬传》。起冢,建造陵墓。象,通"像"。祁连,山名。在今甘肃张掖西南。匈奴语呼天为祁连,因又名天山。《汉书·霍去病传》载,骠骑将军霍去病至祁连山捕首虏甚多,汉武帝赞扬他攻下祁连山扬威塞外的功绩。

〔4〕"司马"两句:言中丞职兼兵部侍郎和都御史,品格高尚,其义烈之气至今仍激励着戍边将帅。司马,古官名。掌管军政、军赋。后世用作兵部尚书的别称。王忬有兵部左侍郎衔,故称。列柏,排列成行的柏树。西汉御史府中列柏树,后因称御史台为柏台或柏府。王忬为右都御史,故云。此语意双关,也寓含品格如松柏的意思。风云,壮烈的气势。庾信《朱云折槛赞》:"身摧栏杆,义烈风云。"旌旄,旌旗。旄,旄节。镇守一方的军事长官所持有的符节,得以号令和调动军队。

〔5〕"属(zhǔ)镂"两句:言中丞您也晓得,杀您并非君王的本意,而是权奸所为,劝您千万不要像伍子胥那样兴涛泄愤了。属镂,古剑名。《史记·伍子胥列传》载,楚人伍子胥辅佐吴王阖闾和夫差,伐楚、灭越,屡建奇功,而夫差听信佞臣伯嚭(pǐ)谗言,却对屡屡进谏的子胥不满,就派人送去一把属镂剑,令其自杀。伍子胥死后,"吴人怜之,为立祠于江上,因命曰胥山"。另据《吴越春秋》载,伍子胥死后为潮神,驱水为涛。

〔6〕"三月"两句:言三月渔阳大捷,但权奸按下不报,致使皇帝迟迟看不到捷报,不得封赏。三月,指嘉靖三十八年(1559)三月。王忬任蓟辽总督时,击退了俺答部的进攻,斩敌首级八百。依明制,斩获敌首虏二百,即向皇帝报捷,而因严嵩从中作梗,未获上报。

〔7〕"鼓声"两句：言滦河所以失利，是军将不用命所致，并非中丞的责任，古今蒙冤含屈者，不只汉将军李广，王公也在其中。鼓声不为将军起，谓前方军将不用命。鼓声，进军击鼓。封侯数奇，指汉将军李广。据《史记·李将军列传》载，西汉抗击匈奴的名将李广，一生身经七十余战，战功赫赫，被匈奴称为"飞将军"，并畏之若神，但最终未能封侯。而其从弟李蔡"为人在下中，名声出广下甚远，然广不得爵邑，官不过九卿，而蔡为列侯，位至三公。诸广之军吏及士卒或取封侯"。这显然是统治者赏罚不公造成的，而汉武帝却说李广"数奇(jī)"。数，运数。数奇，命中注定不遇。

〔8〕"昨夜"两句：言中丞系狱前夕，海防警信不断，其旧部将领还传说中丞已攻取俺答的王庭。烽烟，烽火报警。据载，嘉靖三十八年(1559)三月，倭寇侵犯浙东，四月侵犯通州、福州、淮安。五月，王忬下狱。六月，俺答部把都儿辛爱侵犯大同。详见《明史·世宗纪》。麾下，古称将帅为麾下。龙庭，本谓匈奴的王庭，此指鞑靼俺答部首领所在地。

〔9〕"一时"两句：言中丞一死，连锋利的雄剑也失去了光辉，它似乎远远指着燕山将星坠落的地方。雄剑，指干将剑。据《吴越春秋·阖闾内传》载，阖闾请善于铸剑的干将、莫邪夫妻二人铸造出两柄名剑，雄剑曰干将，雌剑曰莫邪。干将把雄剑藏起，将雌剑献给吴王。此盖指锋利之剑。李白《独漉篇》："雄剑挂壁，时时龙鸣。"燕山，此指北京。将星，大将之星。古时为神化帝王将相，说他们都与上天的星宿相对应。

夏日袭生过鲍山楼[1]

长白山人本种田，谈经半住峈湖边[2]。携来满瓮春城酒，乞得诸生月俸钱[3]。倚槛四高沧海气，衔杯一望缙云天[4]。

寻常鸡黍休嫌薄,不浅交情二十年〔5〕。

〔1〕作于隐居前期。袭生,指袭勖。详前《寄袭勖》题注。鲍山楼,即白雪楼。详前《白雪楼》题注。诗人筑楼高卧,宦囊尚有余资;半农半隐的生活,也使其在摆脱官场羁绊后感到轻松愉快。故友重逢,情兴益然;诗已无初归时的牢骚及晦涩的色调,表现出诗人轻快、开朗的心境。

〔2〕"长白"两句:言您原本就是个种田人,大半时间在峪湖边设馆授徒。长白山人:指袭勖(xù)。袭勖为章丘人,居近长白山,因称。山人,山野之人。古时士人常作为别号,以示高雅。谈经,谈论经书。经,指儒家经典。此指教授生徒。峪湖,峪山湖。在今济南北郊,早已干涸。详前《春日闲居十首(选二)》注〔6〕。袭勖在济南东偏可能有住所,所以说他住峪湖边。清宋弼《山左明诗钞》载袭勖《寄于鳞》云:"瓜田十亩济城东,云外青山小院通。流水桃花迷处所,几家春树暮烟中。"

〔3〕"携来"两句:言你带来的满瓮济南美酒,大概是用当学官挣的那一点俸禄买的吧。春城,春日之城,此指济南。乞,求。诸生,明清时指府县学生员,俗称秀才。袭勖曾官开平卫(治所在今河北独石口)教授,故云。月俸钱,指每月的俸禄。说"乞得诸生月俸钱"是玩笑话。

〔4〕"倚槛"两句:谓两人凭栏观景、畅怀痛饮,啸傲于白雪楼头,旁若无人。倚槛,犹言凭栏。四,四处。沧海气,连接沧海的苍茫云气。李攀龙自云白雪楼"左瞰长白、平陵,海气所际"(《酬寄李东昌写寄白雪楼图序》)。衔杯,饮酒。缙(jìn)云天,谓古齐地的天空。缙云,缙云氏,黄帝时为缙云官的人。《史记·五帝本纪》"缙云氏有不才子"《集解》:"缙云氏,姜姓也,炎帝之苗裔,当黄帝时,在缙云之官也。"齐国始祖太公望,姓姜,名牙,为炎帝苗裔。见《史记·齐太公世家》。

〔5〕"寻常"两句:言我们是二十年的老朋友,家常饭菜你不要嫌招待不够丰厚。鸡黍,杀鸡、做黄米饭,为旧时农村招待客人的饭菜。《论

语·微子》:"丈人止子路宿,杀鸡为黍而食之。"孟浩然《过故人庄》:"故人具鸡黍,邀我至田家。"

秋夜白雪楼赠周公瑕[1]

日落风清竹树林,一樽飞阁敞秋阴[2]。才逢狗监人先老,能到龙门客自深[3]。海上共悬明月梦,山中堪赠白云心[4]。阳春寡和休言误,此夕因君作楚吟[5]。

〔1〕作于隐居期间。白雪楼,李攀龙别墅,详前《白雪楼》题注。周公瑕,名天球,字公瑕,长洲(今江苏苏州)人。钱谦益《列朝诗集小传》(丁集中)载,公瑕"为诸生,笃志古学,善大小篆、隶、行草,从文待诏(文徵明)游,待诏赏异之。待诏殁,丰碑大碣,皆出公瑕手。隆庆中,游长安,燕集唱酬之作,一时词客皆为让坐,而诗名颇为书法所掩。……大率声调雄壮,规摹王(世贞)、李(攀龙),去吴中风雅远矣"。知其诗属"后七子"一派。《沧溟集》中有与之唱酬的诗作三首。李攀龙致王世贞的信中曾说"九月既望,复宿周公瑕白雪楼下"(《沧溟集》卷三〇),则公瑕在李氏归隐后不止一次来济南。此次是在秋九月十五。

〔2〕敞秋阴:秋云散开。

〔3〕"才逢"两句:言刚刚遇到能推荐你的文徵明,而文氏却老死故里,不过你能受到我的接待,也就说明你不同凡俗了。狗监,汉代掌管皇帝猎犬的官员。《史记·司马相如列传》载,汉武帝时,蜀(今四川)人杨得意做狗监,与司马相如有同乡之谊,在武帝赞叹相如赋的时候,乘机推荐了相如。此指文徵明。周公瑕为著名书画家文徵明所赏识,而文氏于

嘉靖三十八年(1559)死去。文徵明诗文书画皆工,正德末年以岁贡生授翰林待诏。嘉靖帝即位,预修《武宗实录》,为经筵侍讲,致仕归家,卒年九十。周公瑕遇文氏于晚年,故云。龙门,喻指声望高的人。《后汉书·李膺传》:"(李)膺独持风裁,以声名自高,士有被容接者,名为登龙门。"李膺为汉末名士首领,人以其接待为荣。此盖为诗人以李膺自喻。李攀龙白雪楼高卧,杜门谢客,拒见凡俗,而又为文坛领袖,一为评说即身价百倍,故以"龙门"自喻。

〔4〕"海上"两句:言从此离别之后,我们只有月下、梦中彼此思念;临别只有我对你纯真无瑕的情谊尚可奉赠。张九龄《望月怀远》:"海上生明月,天涯共此时。"首句化用其诗意。白云心,超脱凡俗之心。此谓纯真的情谊。白云,传说中仙乡为白云乡,见《庄子·天地》。

〔5〕"阳春"两句:言你不要说孤高寡和就没有人理解,今晚我就为您作歌鸣不平。阳春,高雅乐曲名。所谓"阳春白雪,曲高和寡"。此为赞美周氏的诗歌。楚吟,即楚歌。谢灵运《登池上楼》:"祈祈伤幽歌,萋萋感楚吟。"楚吟指《楚辞·招隐士》。此处泛指《楚辞》中抒发失志不平的一类诗歌。此诗为公瑕鸣不平,故云。

九日登楼[1]

白雁黄花处处秋,鲍山风雨独登楼[2]。忽惊返照湖中出,转见孤城水上浮[3]。多病恰堪成卧隐,浊醪真足抵穷愁[4]。先生懒作东篱会,可但交情老自休[5]。

〔1〕作于归隐期间。九日,农历九月九日。详前《答殿卿九日见

怀》题注。楼,指白雪楼。九日,本为友人相聚登高、赏菊的佳节,而诗人却病卧在家不能外出。诗人登上白雪楼,凭栏远眺,聊寄登高之意。然逢此佳节,独自登楼,自酌自饮,其心境之孤独及凄凉可知。

〔2〕黄花:菊花。鲍山:山名。在今济南历城区王舍人庄东南。相传附近古有鲍城,为春秋时期齐国大夫鲍叔牙的封邑。山因城而名。山的东侧有鲍叔牙墓。李攀龙的白雪楼在鲍山西面。

〔3〕"忽惊"两句:言忽然看到落日余辉从湖中映出,令人惊异不止,又不料济南城的倒影竟清晰地浮现于湖面。湖,指大明湖。孤城,指济南。旧时在大明湖荷花池,可见济南城的倒影。

〔4〕卧隐:高卧而隐。浊醪:薄酒。抵:对付。穷愁:困穷忧愁。

〔5〕"先生"两句:言因病懒于赴友人登高赏菊之会,人或谓落落寡合,岂但只是与朋友关系疏远。先生,诗人自称。东篱会,友人相聚赏菊。东篱,菊花开处。陶渊明《饮酒》之五:"采菊东篱下,悠然见南山。"可但,岂但,哪里只是。可,岂。

答殿卿过饮南楼见赠二首[1]

二月城头柳半黄,金枝袅袅挂斜阳[2]。已知不及春醪色,自起开尊劝客尝[3]。

南楼雪后忆离群,湖上衔杯弄白云[4]。也道酒如春水薄,樽前无日好无君。

〔1〕作于归隐期间。南楼,建在大明湖南偏,所谓白雪第二楼。详

前《白雪楼》题注。

〔2〕袅袅:轻盈柔媚的样子。

〔3〕春醪(láo):春酒。尊:同"樽"。酒杯。

〔4〕弄白云:言在白云下游赏。

同许右史游南山宿天井寺[1]

古寺马蹄前,荒山断复连[2]。阶危孤石倒,崖响乱泉悬[3]。乔木堪知午,回峰半隐天[4]。不因许元度,谁此得攀缘[5]?

〔1〕作于归隐期间。许右史,即许邦才。详前《得殿卿书,兼寄张简秀才》题注。南山,泛指济南南部诸山。天井寺,未详其处。

〔2〕"古寺"两句:言骑马到达古寺门前,回望荒山若隐若现。

〔3〕"阶危"两句:写登山游寺的情景:台阶很高,乱石崩塌,泉悬崖壁,飞漱有声。

〔4〕"乔木"两句:言古寺在群山环绕之中,只能靠高大乔木的影子测知时间的变化。乔木,高大的松柏。堪,能。知,测知。回峰,回环曲折的峰峦。隐,遮蔽。

〔5〕许元度:即许玄度,名询,高阳(今属河北)人。东晋玄言诗的代表诗人,晋简文帝说他的五言诗"妙绝时人",檀道鸾《续晋阳秋》说他与孙绰"并一时文宗"。此喻指许邦才。

五日和许傅湖亭谦集二首[1]

城头片雨悬,客醉峼湖边[2]。酒奈榴花妒,人堪桂树怜[3]。

五丝还令节,双鬓抵流年[4]。莫蹋王孙草,淮南赋已传[5]。

青樽临北渚,一为故人开[6]。此事成今昔,浮云自往来[7]。花间移枕簟,镜里出楼台[8]。忽就投湘赋,深知贾谊才[9]。

〔1〕作于归隐期间。五日,农历五月五日,端午节。据《续齐谐记》载,楚国爱国诗人屈原五月五日投汨罗江自杀,楚人在这一天以竹筒贮米投水来祭悼他。据《荆楚岁时记》载,这一天楚人都蹋百草,采艾扎成草人悬于门上,以禳毒气。后成为全国性的节日,节日内容也不断变化。和(hé),和韵,即依照所和诗的用韵作诗。此为许傅《湖亭宴集》一诗的和作。许傅,即许邦才。汉代各诸侯国设太傅一职,许邦才为王府长史,与王太傅职掌略同,故称。湖亭,似指济南大明湖中的历下亭。自唐代杜甫在此与北海太守李邕宴集,历下亭便成为文人饮宴聚会的场所。李攀龙隐居期间,曾捐资修葺。

〔2〕峼湖:峼山湖。详前《春日闲居十首(选二)》注〔6〕。此指大明湖。

〔3〕"酒奈"两句:言两人颜面醉后红的如同盛开的榴花,桂子花香飘来,令人心旷神怡。榴花,石榴花,色红似火。韩愈《题张十一旅舍三咏·榴花》:"五月榴花照眼明,枝间时见子初成。"奈,如。酒后颜面像榴花一样红,形容醉态。桂树,也称木犀。此指桂子。为落叶乔木,五月开小红花,所谓"桂子飘香"。或指牡桂,也称肉桂、月桂。皮可入药。《说文》谓为"百药之长"。人堪桂树怜,谓身体病弱,也谓病酒之态。

〔4〕"五丝"两句:言弹奏起琴弦,一起欢度佳节,你我白发已侵双鬓,岂不为岁月的流逝而惆怅。五丝,即五弦,指琴。令节,佳节。流年,岁月。

〔5〕"莫蹋"两句:谓您在王府所作的诗文,不胫而传至四面八方。

蹋,踏。王孙草,此指春草。《楚辞》载淮南小山《招隐士》:"王孙游兮不归,春草生兮萋萋。"淮南赋,汉淮南王刘安门客所作的赋。《汉书·艺文志》载有"淮南王群臣赋四十四篇",均已亡佚,仅存《招隐士》一篇。王逸《楚辞章句·招隐士》题注:"(刘安)博雅好古,招怀天下俊伟之士,自八公之徒,咸慕其德而归其仁,各竭才智,著篇章,分造辞赋,以类相从。故称小山,或称大山,其义犹《诗》之有《小雅》、《大雅》也。"许邦才为王府长史,因借指其诗文。传而不蹋草,谓不胫而走四方。

〔6〕青樽:犹春酒。樽,酒杯。北渚:今济南大明湖北岸,小沧浪一带。此盖指历下亭。

〔7〕"此事"两句:言宴集是如此的短暂,一旦聚首又将各自东西。此事,指二人湖亭宴集。成今昔,谓即将成为往事。浮云,喻指人聚散无常,如浮云飘忽不定。

〔8〕"花间"两句:言二人观赏湖上胜景,流连忘返。枕簟(diàn),供坐卧用的竹席。此指坐具。镜里出楼台,指湖中楼台的倒影。大明湖水澄澈如镜,楼台倒映其中,为大明湖景观之一。

〔9〕"忽就"两句:言您挥笔写成感慨淋漓的诗篇,简直可与贾谊相媲美。忽就,一挥而就。此为赞美许邦才才思敏捷。投湘赋,指汉代贾谊的《吊屈原赋》。贾谊(前200—前168),洛阳(今属河南)人。西汉著名政治家、散文家。年少知名,二十余岁即被汉文帝破格任为博士、太中大夫,参与朝议。因主张改革时政,受到朝中勋贵的排挤,出为长沙王太傅。赴任途经湘江,投赋以吊屈原,借以抒发自己怀才不遇的愤懑不平之情。许氏《湖亭宴集》诗中,盖有不平之鸣,因以贾谊之赋称誉其诗。说许氏有贾谊才,为溢美之词。

九日同殿卿登南山四首(选二)〔1〕

满天鸿雁雨纷纷,浊酒黄花把向君。莫道龙山高会后,风流今少孟参军[2]。

处处登高白发新,年年陶令罢官贫[3]。萧条岂少东篱菊,不见当时送酒人[4]。

　　[1]作于归隐期间。九日,农历九月九日,重阳节。殿卿,即许邦才。南山,泛指济南南部诸山。此指千佛山,东峰南偏旧有赏菊崖,为文人登临赏菊之处。

　　[2]"莫道"两句:言不要说自从桓温龙山高会以后,像孟嘉那样的才华横溢的人今天就没有了。言外今日雅会,您就是。龙山高会,指东晋征西大将军桓温九月九日在龙山宴集僚佐事。龙山,在今湖北荆州市西北。孟参军,指孟嘉,字万年,阳新(今属湖北)人,东晋大诗人陶渊明的外祖父,曾为征西大将军桓温的参军,终官长史。陶渊明《晋故征西大将军长史孟府君传》:"九月九日,温游龙山,参佐毕集。……时佐吏并著戎服。有风吹君(指孟嘉)帽堕落,温目左右及宾客勿言,以观其举止。君初不自觉,良久如厕。温命取以还之。廷尉太原孙盛,为咨议参军,时在坐,温命纸笔令嘲之。文成示温,温以著坐处。君归,见嘲笑而请笔作答,了不容思,文辞超卓,四座叹之。"此以孟参军誉称时为王府长史的许邦才。

　　[3]白发新:白发又增。陶令:指陶渊明。此为诗人自喻。

　　[4]"萧条"两句:言今日景象萧条,尚有陶渊明所喜爱的菊花,而遗憾的是却看不到当年送酒的人了。萧条,草木凋零的样子。东篱菊,即菊花。陶渊明《饮酒》之五:"采菊东篱下,悠然见南山。"当时,指陶渊明饮酒之时。送酒人,据檀道鸾《续晋阳秋》:"陶潜九日无酒,出篱边,怅望久之,见白衣人至,乃王弘送酒使也。即便就酌,醉而后归。"

酬许右史九日小山见赠四首(选二)[1]

南山秋色照东篱,又是陶家载酒期[2]。彭泽罢来无俗客,何妨不许白衣知[3]?

湖上青山绕郭斜,翠微深处有人家[4]。谁知不解登临苦,醉杀犹堪藉菊花[5]。

　　[1] 作于归隐期间。酬,酬答。许右史,即许邦才。九日,农历九月九日,重阳节。小山,指济南南郊的一个小山头。佳日登高,老友美酒,令诗人陶醉在家乡优美的风光之中,写来轻快,文笔潇洒。

　　[2] "南山"两句:言我在家中似已受到南山秋色的诱惑,今年又到了载酒出游的日子了。东篱,语本陶渊明《饮酒》之五"采菊东篱下",喻指隐居处。陶家,诗人以陶渊明自喻。载酒期,谓出游饮酒的日子。

　　[3] "彭泽"两句:言自我罢官以来,从不接待那些世俗官员,今日聚会何妨不许当地官员知道呢。彭泽,指陶渊明。陶渊明由彭泽令任所辞官,世称陶彭泽。罢,罢官。俗客,随同流俗、平庸无名的客人。王世贞《李于鳞先生传》云:"于鳞归,则构一楼田居,东眺华不注,西揖鲍山,曰它无所溷吾目也。绣衣直指、郡国二千石,干旄屏息巷左,纳履错于户,奈于鳞高枕何!……而二三友人,独殷、许过从靡间。"白衣,谓送酒人。详前《九日同殿卿登南山四首(选二)》注[4]。令白衣送酒的人是太守王弘,此借指当地官员。

　　[4] 翠微:轻缥青葱的山色。

〔5〕藉:铺垫。

杪秋同右史南山眺望二首(选一)〔1〕

青樽何处不蹉跎?白发相看一醉歌〔2〕。坐久镜中悬片华,望来城上出双河〔3〕。杉松半壁浮云满,砧杵千家落照多〔4〕。纵使平台秋更好,故人犹恐未同过〔5〕。

〔1〕作于归隐期间。杪秋,秋末。右史,指许邦才。南山,此指千佛山。山半有兴国禅寺,始建于唐贞观年间(627—649),寺周山崖有诸多佛龛,龛中有佛造像,故名。因古有"舜耕历山"的传说,故又名历山、舜耕山或舜山。山虽不高,却是登临远眺的好去处。山顶眺望,境界开阔。北可俯瞰济南全景:大明湖悬如明镜;黄河、小清河蜿蜒东向,飘忽如带;"齐烟九点"(市区内的九个山头)烟云氤氲中若隐若现。南望丘陵连绵,云气苍茫,遥与泰岱相接。

〔2〕"青樽"两句:言哪里没有因失志不平而以酒解忧的人?你我都已鬓生白发,那就让我们醉酒狂歌吧。青樽,犹言春酒。樽,酒杯。蹉跎,谓失志。醉歌,醉酒狂歌。

〔3〕"坐久"两句:言向北望去,明湖如镜,悬浮着华山的倒影;双河如出城上,蜿蜒流向东方。镜,远望如镜,指济南城中的大明湖。悬片华,指华山映在湖中的倒影。华,指华不注山,俗称华山,原在济南旧城东北蜡山湖畔。双河,指黄河、小清河。济南市区地势低洼,远望中两河如出城上,飘忽如带。

〔4〕"杉(shā)松"两句:言傍晚望去,北麓林间暮霭苍茫,落日余辉

162

之中,城里处处传来捣衣之声。杉松半壁,指千佛山北崖。山南陡峭,树木较少,而北崖草木葱茜,多松柏杂木。杉,树名。俗称杉木。砧(zhēn)杵(chǔ)千家,为城中秋日景象。砧,捣衣石;杵,捶衣棒,北方俗称棒槌。秋日拆洗衣被,准备过冬,为古时农家习俗,而在"家家泉水"的泉城济南,傍晚水边,妇女沐浴着落日余辉举棒捣衣的景象,尤为可观。

〔5〕"纵使"两句:言即便是您在河南平台的秋景比这里好,也不如在家乡与好友共同观赏令人惬意。平台,在河南商丘东北,为汉梁王所筑,在梁园内。见《史记·梁孝王世家》。许邦才为周王府(在河南)长史,故言及。

和答殿卿冬日招饮田间二首(选一)〔1〕

白云湖上北风寒,茅屋萧条两鹖冠〔2〕。我自能怜华不注,推窗君试雪中看〔3〕。

〔1〕作于归隐期间。殿卿,即许邦才。
〔2〕白云湖:在今济南章丘,靠近历城。详前《寄袭勖》注〔2〕。两鹖(hé)冠:两个隐居的人。鹖冠,以鹖鸡羽毛为装饰的冠。春秋时期,楚国有一隐居深山的人,以鹖羽为冠饰,号鹖冠子,后遂以称隐士之冠。见《文选》载刘峻《辩命论》李善注。李攀龙归隐后,许邦才曾一度闲居在家,故云。
〔3〕"我自"两句:言我本来就喜爱孤高桀立的华不注,请您推窗而望,雪中的华不注岂不更加高洁可爱?怜,爱。华不注,俗称华山,又称金舆山,为济南东北一孤立山头,郦道元所谓"单椒秀泽,不连丘陵以自高,虎牙桀立,孤峰特拔以刺天,青崖翠发,望同点黛"(《水经注·济

水·浽水注》),景色壮美。为"齐烟九点"之一。据伏琛《三齐记》,"不"音"跗"(fū),谓花蒂。"言此山孤秀,如花跗之注于水也。"(顾炎武《山东考古录》)大概就是华不注孤高桀立,"不连丘陵以自高"的形象,与诗人孤高自许、不依附权贵的心志相符,故怜爱之。而冬日披雪而立的华不注,更加高洁脱俗,尤其可爱。

送右史之京十二首(选二)[1]

金舆山下小清河,河上朱楼叠素波[2]。此日为君西北望,浮云不似客愁多[3]。

春光明日是长安,杨柳青青傍酒寒[4]。也自道君为客好,那应犹作故园看[5]!

〔1〕作于归隐期间。右史,指许邦才。京,京都。此指北京。许邦才为德王府长史,与诗人朝夕相处,使诗人度过一段特别惬意的日子。如今好友离去,自不免依恋难舍。而从此诗第四首"此去但承明主问,不妨才子更长沙"的诗句看,诗人心情尚未平静,对重出仍充满期待。所选二首文笔飘逸,情真词隽,颇能代表这类诗的风格。
〔2〕"金舆"两句:言在金舆山下的小清河畔为您送行,两岸的红楼倒映在波光荡漾的河中,家乡的景色是如此的秀美。金舆山,即华不注山。小清河从许邦才的水村流过,经华不注山下。诗人在小清河畔为许氏送行。朱楼,华丽的红色楼房。谢朓《入朝曲》:"逶迤带绿水,迢递起朱楼。"

〔3〕浮云:飘忽不定的云朵。喻指外出游子。李白《送友人》:"浮云游子意,落日故人情。"

〔4〕"春光"两句:言您到达京城时虽然春光也同样明媚,在客舍里孤孤单单地饮酒,心里也会感到初春的一丝凉意。长安,泛指京城。此指北京。杨柳青青,谓杨柳刚刚泛绿。王维《渭城曲》:"渭城朝雨浥轻尘,客舍青青柳色新。劝君更进一杯酒,西出阳关无故人。"

〔5〕"也自"两句:言您到京城作客虽然心情很好,但那里哪能与故乡相比呢。

酬李东昌写寄《白雪楼图》并序[1]

楼在济南郡东三十里许鲍城[2]。前望太麓[3],西北眺华不注诸山[4];大小清河交络其下[5]。左瞰长白、平陵之野[6],海气所际;每一登临,郁为胜观。东昌李使君子朱[7],以读《白雪楼集》于广川马中丞家[8],咄然壮之[9],归为图以寄。而攀龙赠焉如此。

诗名东郡沈隐侯,那复擅奇顾虎头[10]!江湖槃薄有能事,画我山中白雪楼[11]。推毫已惊海色至,无乃兼驱蛟蜃游[12]?须臾百里岱阴合,咫尺疑闻清河流[13]。华不注山得非雨?平陵以西胡独秋[14]?松风似欲卷绡起,良久看云失去留[15]。丹青快意痴如此,丘壑过人老即休[16]。使君实解郢中调,为尔深知宋玉愁[17]。

〔1〕作于归隐期间。李东昌,字子朱,东昌知府,生平事迹未详。写,画。此为题画诗。既为题画,自然要赞扬画家技法之巧妙。而此诗的别致处在于将静态的画面予以立体的展现,并深入揭示出画家构思布局的意蕴,使人如临如睹,表现出深厚的艺术工力。

〔2〕济南郡:秦置,历代相沿,隋废。明设济南府,治所在今山东济南市。此以郡称府。许,约略之词。鲍城,相传为春秋时期齐大夫鲍叔牙的封邑,在今济南东郊鲍山附近,山因城而名。

〔3〕太麓:泰山北麓。太,太山,即泰山。

〔4〕华不注诸山:指济南西北、黄河南岸华不注山、蜡山、匡山、粟山等的几个小山头。

〔5〕大、小清河:大清河,即今黄河。详前《白雪楼》注〔3〕。

〔6〕瞰(kàn):俯瞰,俯视。长白:指位于今山东邹平与济南章丘交界处的长白山,也名白云山。平陵:平陵城,古县名。在今济南章丘境内。

〔7〕东昌:东昌府,治所在今山东聊城市东昌府区。使君:汉代州郡长官之称。明用为对知府的尊称。

〔8〕《白雪楼集》:即《白雪楼诗集》,李攀龙诗集,济南知府魏裳刊刻于嘉靖四十二年(1563),有魏裳、许邦才序。广川马中丞,未详。广川,汉代郡、国名。治所在今河北景县广川镇。中丞,汉代官名。明代都察院副都御史的职掌与之略同,故以称之。

〔9〕咄(duō)然壮之:惊叹而壮美之。

〔10〕"诗名"两句:言您在东昌像沈约那样有名,高超的绘画艺术可与顾虎头相媲美。东郡,秦置郡,治所在今河南濮阳西南,汉时领有今山东及河南部分地区,隋开皇九年(598)废。明东昌府辖境为秦汉东郡故地。沈隐侯,指南朝梁著名诗人、文学家沈约。沈约(441—513),字休文,吴兴武康(今浙江湖州)人。一生跨宋、齐、梁三代,为齐梁文坛领

袖,与谢朓、王融等创制永明体,为古体诗向近体诗过渡做出积极贡献。梁时官至尚书令,领太子少傅,卒谥隐侯。此谓李东昌为当地的诗人领袖人物。擅奇,擅有奇特的画技。顾虎头,即顾恺之,东晋著名画家。字长康,小字虎头。其画传神,有画龙点睛的传说。

〔11〕"江湖"两句:谓您以睥睨当世的画才,为我绘制白雪楼图。江湖,谓世间。陶渊明《与殷晋安别》:"良才不隐世,江湖多贱贫。"槃薄,通"槃礴",箕踞。王安石《虎图》:"想当槃礴欲画时,睥睨众史如庸奴。"山中,鲍山之中。

〔12〕"推毫"两句:形容画笔生动,谓所画白雪楼以大海为背景,让人想象着其中有蛟龙、大蛤蜊在游动。推毫,移动画笔,犹言挥笔。毫,画笔。无乃,犹得无。莫非,莫不是。蛟蜃,蛟龙、大蛤蜊。

〔13〕"须臾"两句:言画幅将楼与泰山连接起来,从画面上似乎能听到清河流动的声音。须臾,一小会,转眼之间。百里岱阴,指所画楼南情景。岱阴,泰山北面。华不注、鲍山均为泰山北麓余脉,故云。咫尺,极言其近。清河,大、小清河。

〔14〕"华不注"两句:言莫非华不注山正在下雨,为什么只有我的白雪楼才有这样美好的秋色?谓所画华不注山雨色苍茫,白雪楼皴染在一片秋色之中。得非,当非,岂不是。平陵以西,指白雪楼。胡,何。

〔15〕"松风"两句:谓画面上风吹松树像是卷起的丝绸,云朵飘忽,似有若无。绡,白色丝织品。良久,很久。

〔16〕"丹青"两句:言画图活灵活现展现在面前,令人快情适意,竟以为身在其中,其构思布局表现出过人的才识,令我叹为观止。丹青,古时绘画颜料,代指绘画。痴,痴情。丘壑,胸中有丘壑,指画家的构思布局。黄庭坚《题子瞻枯木》:"胸中元自有丘壑,故作老木蟠风霜。"

〔17〕"使君"两句:谓您所以画得如此生动,是因为您真正理解我不同流俗的情怀,深知我失志不平的愁苦。郢中调,指古代高雅的乐曲

167

《阳春》、《白雪》。详前《送新喻李明府伯承》注〔6〕。宋玉愁,怀才不遇的愁苦。宋玉,战国末期楚国文学家,以辞赋著称,其赋作开汉赋之渐。在其代表作《九辩》中,他曾抒发其失志不平的哀叹。

过吴子玉函山草堂〔1〕

玉函山色草堂偏,恰有幽人拥膝眠〔2〕。树杪径回千涧合,窗中天尽四峰连〔3〕。绿阴欲满桑蚕月,白首重论竹马年〔4〕。就此一樽无不可,因君已办阮家钱〔5〕。

〔1〕作于归隐期间。吴子,未详。玉函山,也名卧佛山,俗称兴隆山,在今济南市南郊。详前《简许殿卿》注〔2〕。诗中"树杪"两句,逼真如画。

〔2〕幽人:幽居之人,指隐士。《易·履》:"履道坦坦,幽人贞吉。"

〔3〕"树杪"两句:言玉函山山路崎岖,谷涧回复,草堂居高临下,从窗中可看到远处龙洞四个相连的山峰。杪,梢。径回,山路崎岖。径,山间小道。此指十八盘。千涧合,谓谷涧回复。指山东麓的佛峪。焦循《佛峪》:"朝从佛峪游,五步一回曲。"涧,涧谷。窗中天尽,谓从草堂的窗中可看到天尽头。四峰,玉函山与龙洞山相连,龙洞山主峰白云山及三峰,即独秀、三秀、锦屏。

〔4〕"绿阴"两句:言在这绿树成阴的阳春三月,与吴子重新回忆童年天真烂漫的时光。桑蚕月,采桑养蚕之月,即农历三月。竹马年,谓童年。竹马,儿童游戏用具,截竹当马骑。张华《博物志》:"小儿五岁曰鸠车之戏,七岁曰竹马之戏。"

〔5〕"就此"两句:言您既然设酒招待,喝上一壶再走也可以。一樽,一壶酒。阮家钱,喻指酒钱。三国魏诗人阮籍、阮咸叔侄皆以善饮著称,因以借喻。详见《世说新语·任诞》。

访刘山人不值二首[1]

主人三径草堂斜,稚子开门劝吃茶[2]。自有白云看好客,不妨红叶满贫家[3]。

南窗狼藉半床书,阶下苍苔罢扫除[4]。似是邻翁邀作社,不然应钓锦川鱼[5]。

〔1〕作于归隐期间。刘山人,生平未详。山人,此指山居者,一般为隐士。不值,不遇。

〔2〕三径草堂:指隐士庐舍。三径,指隐者的园庭。详前《拂衣行答元美》"二仲"注。稚子:幼小的儿子。

〔3〕"自有"两句:言这里白云萦绕,红叶满家,即使家贫也不算什么。看,守护。好客,嘉宾。红叶,枫、栌等树的叶子当秋变红。济南附近的龙洞、佛峪,都是观赏红叶的地方。

〔4〕"南窗"两句:言看来主人慵懒随意,书在窗下胡乱地摆放;门前很少人来,台阶上长满青苔。南窗,朝南开的窗户。陶渊明《归去来兮辞》:"倚南窗以寄傲,眄庭柯以怡颜。"狼藉,杂乱。苍苔,青苔。

〔5〕"似是"两句:言看样子主人如不是邻翁邀去聚会,就是到三川钓鱼去了。社,此指志同道合的人约集的地方。如诗社、文社等。锦川,

济南南部山区有锦阳川(玉符河)、锦绣川、锦云川(西川),在仲宫镇汇合流入大清河(即今黄河)。川畔山势秀拔,云林如画,春涧野花,秋林红叶,望之如锦,素以风景秀美著称,即所谓"三川风光",为济南著名游览区之一。

与魏使君宿龙洞山寺同赋四首[1]

回壑深林绕梵宫,春来吟眺使君同[2]。空潭忽散三峰雨,暗穴常吹半夜风[3]。人拟二龙精自合,诗看五马步逾工[4]。诸天坐失悬镫色,明月先投入掌中[5]。

使君春兴满绨袍,彩笔青山对浊醪[6]。望去天回双阙迥,坐来云尽一峰高[7]。蛟龙出入常风雨,鸿鹄抟飞自羽毛[8]。愧我淹留逢楚客,攀援桂树咏《离骚》[9]。

削成东壁五云屏,下有龙宫夜不扃[10]。斗柄故临双瓮转,月明常对一珠亭[11]。春回竹叶杯光白,天逼莲花剑气青[12]。坐久空山仙籁寂,新诗独为故人听[13]。

秀色中峰独不群,藤萝二月已纷纷[14]。诸天近海金银气,双峡长春锦绣文[15]。塔影半空悬落照,溪流一曲洒浮云[16]。纵令洞口龙吟发,郢调还须让使君[17]。

〔1〕作于嘉靖四十一年(1562)或四十二年(1563)春。魏使君,指魏裳。魏裳,字顺甫,蒲圻(今属湖北)人。嘉靖二十九年(1550)进士,博学工诗文,于嘉靖四十一年以刑部郎出任济南知府,治盗均赋,颇有治绩,嘉靖末年升任山西副使。其诗属"后七子"一派,被王世贞称为"后五子"之一,也是所谓"吾党三甫"之一。著有《云山堂集》。在济南期间,与李攀龙诗酒往还,交往密切。嘉靖四十二年,将李攀龙诗歌编集为《白雪楼诗集》,其序云:"于鳞归关中,结楼鲍山,……余以尊酒过从,和歌楼上,相得欢甚无厌。"汉代称刺史为使君,后成为对地方州郡长官的尊称。龙洞山寺,指圣寿院。龙洞山,又称东龙洞山,在今济南东南郊区。相传大禹治水曾登此山以镇服龙神,故又称禹登山。宋代王存《元丰九域志》、元代于钦《齐乘》等地理著作对此山都有记载。龙洞山景奇特,历为济南游览胜地。龙洞北崖,壁立万仞,峰顶横空斜出,似欲飞堕,崖间有金刻"龙洞圣寿院",传为宋代著名文学家苏轼所书。下有古寺,即圣寿院,祀龙神,俗称龙王庙。始建年代不详,据司马光《稽古录》载,"圣寿"之名,系宋英宗治平四年(1067)正月皇帝所赐;宋神宗时齐州太守奏请封寺中所祀龙王为顺应侯。今寺已废圮,残址尚存宋元丰二年(1079)勅封、元符三年(1100)立龙洞顺应侯碑,及清圣祖康熙三年(1664)重修圣寿院碑。龙洞东佛峪有般若寺,为隋文帝开皇年间(581—600)所建,今仅残存几间僧房。据诗中所写景物,诗人宿处为圣寿院。

〔2〕回壑:回环往复的山涧。梵宫:佛寺。此指圣寿院。吟眺:吟诗、观景。

〔3〕"空潭"两句:写龙洞的奇异景象:三峰壁间的飞瀑,飘洒到龙潭,令人乍疑雨落;半夜空穴来风,听来犹似龙吟。空潭,静静的水潭。空,寂静。潭,似指龙洞西北的龙潭。三峰,指龙洞三峰,即独秀、三秀、锦屏岩。三峰悬崖峭壁,峥嵘险峻,柏生崖间,泉洒空际,景象奇异。暗

171

穴,指龙洞。龙洞有东、西二龙洞,此指西龙洞。洞横入山腹,"透山一里许,秉烛可入"(于钦《齐乘》),而因洞内岩石嶙峋,崎岖难行,自古以来为探游胜举。

〔4〕"人拟"两句:言人们把你我比作"二龙",自然是因为我们情意投合,如今我步您之后,诗作的越发工致了。拟,比。二龙,语意双关:眼前有东西二龙洞,古时称誉同时著名的兄弟二人为"二龙"(见《后汉书·许劭传》);此喻指诗人与魏裳。精自合,龙出入二龙洞,其精气自然相合;诗人与魏裳情意相投。五马,汉制,太守驷马驾车,一马行春(巡视春耕),遂以五马为太守的代称。见宋俞文豹《清夜录》。此指魏裳。

〔5〕"诸天"两句:言我们二人吟诗观景,不觉天色已晚,以至日落月出,仍在推敲诗句。诸天,佛教用语。佛家把众生所在的世界分为三个层次,称为"三界",即欲界、色界、无色界。欲界有三天,其上色界十八天,再上无色界有四天,其他尚有日天、月天、韦驮天等诸天神,总称之曰"诸天"。此泛指天。坐,无故而发生,自然而然。悬镫,即悬灯。镫,同"灯"。日落月出之前,天色渐暗,犹如灯烛高悬。唐孙逖《宿云门寺阁》:"悬灯千嶂夕,卷幔五湖秋。"

〔6〕"使君"两句:言使君不忘故人,满怀春兴邀我同游,在青山绿水之间,饮酒赋诗。绨袍,粗缯(丝织品)缝制的袍。战国时期魏国须贾对假装落魄的范雎赠送绨袍,"恋恋有故人之意",见《史记·范雎列传》。详前《寄元美》注〔4〕。此盖借取"有故人之意"。

〔7〕"望去"两句:写圣寿院周围的景象:在悬崖峭壁环绕之中,望去天显得特别高远;山间云气消散之后,白云山更加孤高桀立。天回,天高迥远。双阙,喻指圣寿院前山谷两侧壁立的山崖。阙,古代宫殿或墓门前立的双柱。迥,远。一峰,指龙洞山的主峰白云山。

〔8〕"蛟龙"两句:由圣寿院联想到龙洞,言龙洞里的蛟龙,出入都携带风雨;来这里的大雁,依靠自己矫健的翅膀远飞天外。蛟龙,有鳞甲

的龙。常风雨,经常携带风雨。鸿鹄,大雁。拚(pān)飞,即翻飞。拚,通"翻"。

〔9〕"愧我"两句:言惭愧的是我穷困在家,而正当此时欣逢使君,使我能追随其后抒发心中的不平。淹留,淹滞不进,久留。陶渊明《饮酒》之十六:"行行向不惑,淹留遂无成。"楚客,指魏裳。其家蒲圻,古为楚地。攀援桂树,犹言附骥于高雅之后,恭维话。《楚辞·招隐士》:"猿狖群啸兮虎豹嗥,攀援桂枝兮聊淹留。"咏《离骚》,谓抒发有志难骋的愤慨。《离骚》,战国时期楚国爱国诗人屈原的代表作品,为屈原自叙生平的长篇抒情诗,抒发了他对楚国黑暗政治的不满及报国无门的愤慨。

〔10〕削成:圣寿院四周,高岩峭壁,如刀削而成。五云屏:指锦屏岩。崖壁在东,丹碧掩映,如锦屏环列,故称。龙宫:指东龙洞,在万仞绝壁上,由峰顶垂绳可入,传为古人躲避兵乱的地方。见于钦《齐乘》。扃(jiōng):关闭。

〔11〕"斗柄"两句:言斗柄像是有意下垂,与洞口的双瓮一起旋转,在如水的月光之下,却经常对着一珠亭。斗,北斗,由天枢、天璇、天玑、天权、玉衡、开阳、摇光七星组成;古人把这七星联系起来,想象成舀酒的斗勺;前四星为斗身,后三星为斗柄。故,有意。双瓮,相传东洞洞口有两石瓮。斗柄下垂临双瓮,极言东龙洞之高。一珠亭,未详其处。

〔12〕"春回"两句:言春回大地,竹林掩映,美酒一饮而尽;群峰刺天,映入杯中,闪烁着碧青色的光芒。竹叶,酒名,即竹叶青,也名竹叶清;也指眼前竹林。莲花,与"竹叶"相对指酒,即莲花白;眼前景物,则喻指高峻峥嵘的山峰。剑气,喻指凌云志气。《文选》卷三六载任彦升(昉)《宣德皇后令》:"剑气凌云,而屈迹于万夫之下。"此取凌云之意。

〔13〕仙籁:犹天籁。自然界的声响。

〔14〕秀色中峰:指独秀峰。纷纷:盛多的样子。

173

〔15〕"诸天"两句：言傍晚在独秀峰上可眺望海天之际色彩斑斓的云气，俯首可见四季如春的佛峪中铺锦列绣般的花草。诸天，佛教用语。泛指天。详前注〔5〕。金银气，傍晚海天之际呈现出来的似黄而白的云气。双峪，指东佛峪和西佛峪。长春，常春。锦绣文，如锦似绣的文采。

〔16〕塔：指报恩塔，在龙洞锦屏崖右侧鹫楼岩之上。宋徽宗政和六年(1116)，开元寺僧宗义建，七层石塔，供奉观音菩萨。溪流一曲：指山半飞瀑。

〔17〕"纵令"两句：言即便洞口真的有龙发出吟声，而曲调的高雅哪能与使君相比呢。是恭维话。龙吟，龙的吟声，常喻指美妙的琴笛之声。郢调，即郢曲。此指高雅的诗歌。详前《送新喻李明府伯承》注〔6〕。

和魏使君《扶侍游太山》[1]

中天诶荡敞天门，上帝楼台拱帝孙[2]。五马并临吴观重，诸峰独让丈人尊[3]。秦松忽借苍颜驻，海日遥衔紫气屯[4]。可道黄河看似带，须知西北是昆仑[5]。

〔1〕约与《与魏使君宿龙洞山寺同赋》作于同一时期。魏使君，指魏裳。太山，即泰山。泰，本作太，大。泰山，古称东岳，又名岱山、岱岳，位于今山东中部，最高峰玉皇顶海拔1545米。因其东滨大海，绝地通天，又有古老而丰富的人文蕴涵，被推尊为"五岳"之首。泰山既是道教名山，也有著名佛教寺院；佛、道文化在这里自然交融。此诗写登上南天门的情景。

〔2〕"中天"两句：言从敞开的南天门向北望，碧霞元君祠拱卫着玉皇祠。中天，天半。诀(dié)荡，广远、开阔的样子。《汉书·礼乐志》载《郊祀歌·天门》："天门开，诀荡荡。"敞，开。天门，此指南天门，由此可至峰顶。上帝楼台，指极顶（玉皇顶）玉皇祠。玉皇，玉皇大帝，道教神中的天帝。据《宋史·徽宗本纪》载，政和六年（1116），为玉皇上"昊天玉皇上帝"尊号。拱，卫。帝孙，指碧霞元君，传说为东岳大帝之女。碧霞元君祠在玉皇祠东侧。

〔3〕"五马"两句：写岱顶所见：登临吴观峰，西望丈人峰。五马，指知府魏裳。详前《与魏使君宿龙洞山寺同赋四首》注〔4〕。吴观，峰名，又名日观峰。《后汉书·祭祀志上》"上至奉高"注引应劭《汉官》："秦观者望见长安，吴观者望见会稽。"丈人，峰名。在玉皇顶西北，状如伛偻老人而名。也称丈人石。

〔4〕"秦松"两句：写岱顶眺望中的景象：俯见秦松不老，远眺可见云气苍茫中日出海中的景象。秦松，指五大夫松。《史记·秦始皇本纪》："二十八年，始皇东行郡县，……乃遂上泰山，立石，封，祠祀。下，风雨暴至，休于树下，因封其树为五大夫。"树在泰山御帐坪，于明神宗万历三十年（1602）为雷雨所毁，清雍正八年（1730）补植五株松树，今存二株。李攀龙所见仍为秦松，苍翠挺拔，为泰山八景之一。苍颜，苍老的容颜。驻，停。海日，东海升起之日。衔，含。屯，聚。

〔5〕"可道"两句：言在岱顶北望，黄河飘忽如带，其高大雄伟的气势则与西北的昆仑山相通。

与转运诸公登华不注绝顶[1]

中天紫气抱香炉，复道金舆落帝都[2]。二水遥分清渚下，一峰深注白云孤[3]。岱宗风雨通来往,海色楼台入有无[4]。不是登高能赋客,谁堪洒酒向平芜[5]!

〔1〕作于归隐期间。转运,转运使。明代沿海各省设有都转盐运使,专门管理盐务。华不注,俗称华山,一名金舆山。详前《和答殿卿冬日招饮田间二首(选一)》注〔3〕。华不注因山势奇特,为历代文人墨客登临游览之处。李白《古风》之二十"昔我游齐都"写其登临华不注山的情景及感受,赞美"兹山何峻秀,绿翠如芙蓉",此后如宋代文学家、书画家赵孟𫖯、金代诗人元好问、元代散曲家张养浩等都有关于华山的纪游诗文;赵孟𫖯的《鹊华秋色图》,更是享誉中外,原件今藏我国台湾故宫博物馆。

〔2〕"中天"两句:言山半云气环绕,像香烟缭绕的香炉;孤峰桀立,又像金舆从天而降。中天,天半。紫气,此指阳光映射下的云气。抱,环绕。香炉,喻指华不注峰顶。华不注一峰孤立,形如圆锥。此盖化用李白《望庐山瀑布》"日照香炉生紫烟"的意境。复,又。金舆,金饰舆车,为皇帝出行所乘。见《南齐书·舆服志》。落帝都,从帝都落下。谓华不注山为鬼斧神工所造就,自然形成的秀美景观。帝都,神话中天帝所居之处。帝,天帝,即上帝。

〔3〕"二水"两句:写自华不注峰顶俯瞰中的景象:远远望去,泺水自大明湖之北分流;云绕山半,峰出云上,俯视如孤峰注于白云之中。二水,指东、西泺水。清渚,指大明湖北岸,即所谓北渚。泺水发源于趵突泉,一与黑虎泉水汇流,经护城河向北,在大明湖东流入小清河;一从趵突泉北流,经大明湖西,流入小清河。一峰,指华不注。

〔4〕"岱宗"两句:写在华不注远眺中景象:南眺泰岱,东瞰大海,云气苍茫,风雨相通。岱宗,泰山的别称。华不注诸山为泰山余脉,与泰山北麓丘陵相连;在云气苍茫之中,两山遥相呼应。海色,东海苍碧之色。楼台,指海市蜃楼。

〔5〕"不是"两句：写山顶饮酒赋诗，言如他们不是登高能赋的人，有谁还配在这里痛饮狂歌？登高能赋客，谓官员。此恭维转运诸公。《汉书·艺文志》："登高能赋，可以为大夫。"堪，能，胜任。洒酒向平芜，谓在高处痛饮。平芜，旷野。

神通寺[1]

相传精舍朗公开，千年金牛去不回[2]。初地花间藏洞壑，诸天树杪出楼台[3]。月高清梵西峰落，霜净疏钟下界来[4]。岂谓投簪能避俗，将因卧病白云隈[5]。

〔1〕作于归隐期间。神通寺，我国北方佛教名刹，为今山东地区见于记载最早的寺庙。在今山东济南市南郊柳埠镇琨瑞山（也称西龙洞山、金驴山、金舆山和昆仑山）下，跨玉水（锦阳川，今玉符河）两岸。竺僧朗创建于苻秦皇始元年（351），因称朗公寺，寺所在琨瑞谷也称朗公谷。隋代改名神通寺。琨瑞山为泰山西北麓，"峰岫高险，水石宏壮。朗创筑房室，制穷山美，内外屋宇十余区，闻风而造者百有余人"（释慧皎《高僧传》）。后来发展至"上下诸院十有余所，长廊延袤千有余间"（释道宣《续高僧传》）。最盛时，僧众数百，规模宏大。朗公所建寺早已废圮，今仅残存隋唐所建四门塔、龙虎塔和千佛崖摩崖石造像。

〔2〕"相传"两句：写神通寺悠久的历史和传说。精舍，僧人修炼居住之所，因指称佛寺。此指神通寺。朗公，即竺僧朗。据释慧皎《高僧传》载，朗为京兆（今陕西西安）人，苻秦皇始元年（351）来泰山西北麓，即山建寺，受到苻秦、南燕、北魏统治者及晋孝武帝等的重视，影响及于

177

大江南北,有野兽归伏、顽石点头等灵异传说。金牛,或为"金驴"之误,或别有所据。相传朗公死后,他所骑的一头驴也进入山中,不知去向,而打柴人在山间却经常听到驴鸣,因又称琨瑞山为金驴山。详见《续酉阳杂俎》。

〔3〕"初地"两句:写神通寺景象幽深、建筑奇特:寺庙内长满花草,幽雅静寂,有谁知里面却藏着深洞大壑;所建房屋依山而上,鳞次栉比,看去有的像在树梢之上。初地,佛教用语。大乘佛教称菩萨修行的十个阶位为"十地",第一地即初地,也称欢喜地。此借指佛寺。花间藏洞壑,指琨瑞山东侧的黑风洞,也称金驴洞,元代于钦《齐乘》称西龙洞。诸天,佛教用语。泛指天。详前《与魏使君宿龙洞山寺同赋》注〔5〕。此借指佛寺。寺在山谷两侧,依山势而建,建于山崖上的房舍看去在谷底树梢之上。

〔4〕"月高"两句:言月亮升起时,僧人的诵经声从西峰落下;凌晨时刻,又传来清越而节奏缓慢的钟声。清梵,清越的梵音,谓僧人的诵经声。西峰,朗公谷的西崖,为神通寺的主体建筑所在地。疏钟,稀疏而有节奏的钟声。佛寺召集僧众,清晨鸣钟,夜间击鼓,所谓"暮鼓晨钟"。下界,从天界下来。界,天界。喻指佛寺。

〔5〕"岂谓"两句:言弃官岂能逃避世俗的喧嚣,只有这云林深处才是我养病休闲的好地方。投簪,喻弃官。详见《拂衣行答元美》注〔12〕。避俗,逃避世俗的喧嚣。俗,世俗。此指争名逐利的官场。白云隈(wēi),白云深处。此指云林深处的佛寺,即神通寺。

山中简许、郭二首〔1〕

山中酒熟住山中,早晚羊何诣谢公〔2〕。莫道白云终日在,及看秋色向丹枫[3]。

金牛谷里树苍苍,一入千峰但夕阳[4]。浪迹莫愁难问讯,题诗多在朗公房[5]。

〔1〕约与《神通寺》作于同时。山中,详诗意,指济南南部山区,神通寺一带。简,信简。此谓简寄。许,指许邦才;郭,指郭子坤,均为诗人好友。

〔2〕羊何诣谢公:羊何,指南朝宋的羊璿之、何长瑜。南朝宋的诗人谢灵运,曾与族弟惠连、荀雍、羊璿之、何长瑜,共游山水,为文酒之会,时人谓之"四友"。见《宋书·谢灵运传》。此以羊何喻指许、郭,而以谢灵运自况。

〔3〕"莫道"两句:言清丽的秋景并不长久,现在枫叶红遍,正是观赏秋色的好时候。

〔4〕金牛谷:即朗公谷。详前《神通寺》注〔2〕。

〔5〕浪迹:谓行踪不定。朗公房:指朗公寺,即神通寺。

涌泉庵[1]

锦阳川上女僧家,红树萧萧白日斜[2]。弟子如云人不见,可怜秋老玉莲花[3]!

〔1〕作于归隐期间。涌泉庵,在神通寺右侧,为僧尼修行的处所。最盛时僧尼众多,早已废圮。

179

〔2〕锦阳川:济南南部山区的"三川"之一,又名南川,即郦道元《水经注》所谓"玉水",今称玉符河。源出泰山长城岭下梯子山的仙龙潭,会龙门峪(龙泉)之水,经朗公谷神通寺与涌泉庵之间,至仲宫与锦绣、锦云两川汇合入大清河(即今黄河),延袤六十余里。川畔或云林竞秀,或山水呈奇,风景优美如画。涌泉庵建于川畔,林木掩映,又与神通寺相邻,自然为游览景胜之地。女僧:僧尼,俗称尼姑。红树:指枫、栌一类树,当秋叶红,可供观赏。萧萧:风吹木摇声。《楚辞·九歌·山鬼》:"风飒飒兮木萧萧,思公子兮徒离忧。"

〔3〕"弟子"两句:言庵中僧尼很多,但却回避不见男性游客,随着岁月的流逝,她们就像娇美的玉莲花一样凋零枯萎了。弟子,佛门弟子,指僧尼。如云,像云一样多。秋老,秋深。玉莲花,犹白莲花。

丁香湾〔1〕

平潭淡不流,寒影群峰集〔2〕。斜阳一以照,彩翠忽堪拾〔3〕。

〔1〕作于归隐期间。丁香湾,其址在诗人故里韩仓附近。乾隆《历城县志》曾收录此诗。

〔2〕寒影群峰集:谓湾四周的山峰的倒影映在潭中,令人感到一丝凉意。

〔3〕彩翠忽堪拾:谓在落日余辉的映照下,潭中群峰的倒影五彩斑斓,似乎可以弯腰拾取。

锦阳川九塔寺观许右史碑[1]

名山谐夙好,况复近吾庐[2]。岚影浮斜照,兹川锦不如[3]。
空林双树老,寒塔九华疏[4]。一片头陀石,新文六代余[5]。

〔1〕作于归隐期间。锦阳川,即今玉符河,为济南南郊"三川"(锦绣、锦云)之一。详前《涌泉庵》注〔2〕。九塔寺,在齐城峪村西北、灵鹫山南麓,始建年代不详。相传为唐初大将军尉迟敬德所建。许邦才《重修九塔寺记》云:"历考寺碑,惟唐天宝、大历之文为古,然曰'重修',则犹非其始也。"(乾隆《历城县志》)寺内原有唐代佛造像,今仅存九顶塔。塔"一茎上而九顶各出",即塔身为一而上有九顶,结构颇为奇巧别致。寺四周峰峦复合,林荟苍郁,景物优美。今已辟为公园。许右史,即许邦才;碑,即《重修九塔寺碑》,李攀龙书丹,今存。

〔2〕名山:指灵鹫山。因灵鹫为印度佛教胜地,在佛教传入后,全国各地都有以灵鹫命名的山或寺庙,也都与佛教有关。灵鹫山盖因寺而名。谐夙好:谐和我一向喜好名山胜景的脾气。吾庐:我的庐舍,我家。灵鹫山在神通寺南,属历城县,故云。

〔3〕岚影:映入锦阳川中的山影。兹川:此川。指锦阳川。兹,此。

〔4〕双树:指寺佛殿前的两棵古柏,虬枝夭矫,苍翠挺拔。寒塔:指九顶塔。深秋观赏,故云"寒"。塔一茎九顶,如花(华)蕊之分疏,故云"九华疏"。

〔5〕"一片"两句:言许邦才的碑文可与王中的文笔相媲美,富有六朝文的风格。头陀石,头陀寺的碑文。《续历城县志》选录董芸《九塔寺》诗注云:"许右史尝作记,碑尚存,古雅似头陀寺王中笔。"王中,字简

栖,琅邪(今山东临邑)人。所作《头陀寺碑文》载《文选》五九卷,"文辞巧丽,为世所重"(《文选》)。此以王中的《头陀寺碑文》誉称许邦才的碑文,所以下句说"新文六代余"。六代,指魏、晋及南朝的宋、齐、梁、陈。余,遗存。

舜祠哭临大雪[1]

雨雪号天惨曙晖,君王千载一垂衣[2]。廷中左钺将军出,海上楼船使者归[3]。紫气不随江汉转,白云还傍蓟门飞[4]。孤臣剩有苍梧泪,逐客潇湘在亦稀[5]!

〔1〕作于归隐期间。舜祠,奉祀舜的庙堂,指济南舜井街的舜庙,即舜皇庙,早已废圮。舜,即虞舜,传说为东夷人的领袖。孟子说:"舜生于诸冯,……东夷之人也。"(《孟子·离娄下》)诸冯,一说为今山东诸城,一说在山东菏泽。相传舜耕于历山之阳。其所耕历山,历来说法不一。北宋著名文学家曾巩任齐州太守期间曾著文论辩,谓济南历山即舜所耕历山。见《元丰类稿·齐州二堂记》。元代于钦《齐乘》亦主是说。民间相传舜所耕历山,即今济南千佛山。千佛山,古称历山、舜耕山。济南旧时有关舜的传说和遗迹甚多,如济南旧城南门因对着历山,称舜田门。城内舜井,相传为舜耕历山时开凿的;也传为舜锁水怪巫支祈的地方,至今井口有铁索吊在井中。泺水又称娥姜水,趵突泉建有娥姜庙,都是为了纪念舜的二妃娥皇、女英。为纪念舜,在舜井旁(今济南舜井街)建有舜庙即舜皇庙,千佛山上也建有舜祠。天降大雪,诗人为何要哭?为什么偏偏要到舜祠去哭?"孤臣剩有苍梧泪,逐客潇湘在亦稀",他是为舜

182

帝降雪示祥而哭,为尧舜盛世不再而哭,也为不得臣事舜帝而哭。诗人借雪抒慨,哭诉心事;文笔婉曲,其情可哀。

〔2〕"雨雪"两句:言狂风卷着漫天大雪,天色为之昏暗,大约是舜帝在数千年之后又降临此地了。雨雪号天,谓狂风卷着雪花自天而降。雨,落,下。号天,冲天叫号,谓狂风卷雪。惨曙晖,使天地昏暗。惨,通"黪",暗。曙晖,曙光。君王,指舜。古代推尊舜为一代圣王,与尧并称"尧舜"。垂衣,也作"垂衣裳""垂裳"。《易·系辞下》:"黄帝尧舜垂衣裳而天下治,盖取诸乾坤。"本谓帝王无为而治,此谓降临人世。俗所谓瑞雪兆丰年,而好年景又是政治清明的表现,故云。

〔3〕"廷中"两句:描述狂风怒号、大雪纷飞的情景:似舜帝驾前的将军奉命率兵杀出,大雪像银色的铠甲飘落;又像是舜帝派出的侍者乘楼船归来,激起滔天巨浪。廷,朝廷。左钺(yuè),左手执斧。《尚书·牧誓》:"王左杖黄钺,右秉白旄,以麾。"黄钺,以黄金饰斧,金斧,天子用以征伐。楼船,高大分层的船。此指战船。

〔4〕"紫气"两句:言舜帝南巡不归,祥瑞之气也就没有回转,而今白云从京都飞来,是否舜帝的精魂回到北方了?紫气,紫色云气,吉祥之征。详前《关门雪望》注〔2〕。江汉,长江、汉水之间,指楚地。《晋书·张华传》:"斗、牛之间常有紫气。"古代天文学家区分全国土地,与二十八宿相配称为分野。斗、牛之间,指吴地与粤地之间。见《汉书·地理志下》。据《史记·五帝本纪》载,舜"南巡狩,崩于苍梧之野。葬于江南九疑,是为零陵"。苍梧属粤地。《竹书纪年》上《帝舜有虞氏》:"十四年,卿云见,命禹代虞事。"卿云,也作"庆云""景云",古人认为祥瑞之气。白云,与"紫气"相对为文,均指云气。蓟门,指北京。白云傍蓟门,隐含对嘉靖皇帝的期盼。

〔5〕"孤臣"两句:言我作为辞官家居的人,只有哭祭圣王的份而难预圣世;像屈原那样的忠贞之臣,即便在潇湘也很少见了。孤臣,失势无

183

援之臣。诗人自谓。苍梧泪,谓哭舜之泪。苍梧,山名。即今湖南九嶷山。为传说中舜卒葬之地。传说尧之二女娥皇、女英嫁于舜,舜南巡不归,二女追寻至湘水,听说舜已死于苍梧,大哭,泪洒竹上成斑(斑竹由此而来),遂投湘水而死,化为湘水女神。《山海经·中山经》:"(洞庭之山)帝(指尧)之二女居之,是常游于江渊。澧沅之风,交潇湘之渊,是在九江之间,出入必以飘风暴雨。"逐客,遭贬逐之臣。指屈原,亦隐以自指。潇湘,旧诗文中指湘水。战国时期楚国爱国诗人屈原,因主张改革楚国政治而触怒权贵,被流放到湘水流域,听到楚国都陷落,投江而死。

集开元寺[1]

流阴拂层岑,返照翳深谷[2]。古寺入萧条,回岩抱幽独[3]。梵影净香台,钟声殷石屋[4]。绝壁栖禅诵,悬崖下樵牧[5]。秋花雨还瘦,老树霜逾秃[6]。寒泉可莹心,白云况极目[7]。登临客自佳,摇落时何速[8]?蔬色荡腥膻,苔光清简牍[9]。新诗发神秀,旧游耿初服[10]。归来杖屦便,老去烟霞伏[11]。高城出睥睨,灯火通林麓[12]。言旋转多兴,后期此同宿[13]。

〔1〕作于归隐期间。集,会聚。与友人相约会集。开元寺,原名佛慧山寺,也称开化寺,在济南旧城东南(今济南南偏)佛慧山(又称橛山、角山)文壁峰(又称文笔峰)下。即山建寺,境界幽深,有一盘山小路与外界相通。寺南壁下有秋棠泉,泉上有秋棠亭。寺侧崖壁间多秋海棠,

当其盛开之时,花映泉中,赏花品泉,别有况味。寺始建于唐代,今已废圮。诗人少年时代曾在寺中读书,所谓"三十年前住此峰,白云流水见相从"(《宿开元寺示诸子》),因对开元寺有特别深厚的感情。《沧溟集》中写开元寺的诗共四首,此诗写深山古寺的荒凉、幽深景象及诗人故地重游时留连徘徊的心境,为其中较好的一篇。

〔2〕"流阴"两句:言傍晚云影飘过群山,落日使山涧暗了下来。流阴,浮动的云影。拂,飘过。层岑,重叠的山峰。翳深谷,使深谷暗下来。翳,遮蔽。

〔3〕"古寺"两句:言这时古寺沉入夜色,清幽静寂。萧条,寂静。回岩,曲折回环的崖壁。开元寺三面环山。抱幽独,谓为幽静孤寂的气氛所笼罩。

〔4〕"梵影"两句:言晨起供佛的大殿里十分清净,只听得集合僧众的钟声响亮。梵影,佛影。梵,佛名。《俱舍论二十四》:"佛与无上梵德相应,是故世尊犹应名梵。"香台,佛教用语,谓佛殿。殷,震动。石屋,指钟楼。

〔5〕"绝壁"两句:言绝壁之下,寺内住着僧人,也有打柴放牧的农人。绝壁,陡峭的悬崖。栖禅(chán)诵,居住着诵经的僧人。居处山上曰栖。禅诵,僧人诵经。此指诵经的僧人。樵牧,打柴、放牧。

〔6〕秋花:秋海棠花。雨还瘦:经风雨而凋零。霜逾秃:经霜叶落得更多。

〔7〕"寒泉"两句:言清凉的泉水,使心情明朗,更何况可以眺望晴空白云。寒泉,指秋海棠泉。莹心,使心情明朗清爽。

〔8〕"登临"两句:言登临此寺观赏秋景,人们心情都很好,只是草木凋零,令人觉得时间过得太快了。摇落,花草树木叶落凋零。宋玉《九辩》:"悲哉,秋之为气也,草木摇落而变衰!"

〔9〕"蔬色"两句:言这里吃斋素食,没有荤腥气味;与世隔绝,少有

世俗杂务的烦扰。蔬色,各种蔬菜。荡,清除。腥膻,泛指肉类。苔光,青苔泛起的光泽。苔,苔藓一类植物。简牍,官府文书之类。

〔10〕"新诗"两句:言老朋友身着便服,随意观赏,所作新诗,都焕发出神奇秀异的文采。新诗,新作的诗。神秀,神奇秀丽。旧游,老朋友。初服,便服民装。

〔11〕"归来"两句:言辞官归家可以随意游历,老来才过上这惬意的隐居生活。归来,指辞官家居。杖屦,拐杖和麻鞋。便,便利,方便。烟霞,云霞变幻的景色。指隐居之处。《新唐书·田游岩传》:"田游岩频召不出,高宗幸嵩山,亲至其门,游岩野服出拜,仪止谨朴。帝问:'先生比佳否?'游岩对曰:'所谓泉石膏肓,烟霞痼疾。'"

〔12〕"高城"两句:言天色已晚,济南城墙上灯火通明,直照到山林深处。高城,指济南旧城。睥睨,城上女墙(短墙)。灯火,灯光。

〔13〕"言旋"两句:言一说要回去,反而使人留恋难舍,因此约定再来时一起在这里过夜。旋,回。转,反而。期,约定。

观猎二首〔1〕

胡鹰掣镞北风回,草尽平原使马开〔2〕。臂上角弓如却月,当场意气射生来〔3〕。

十月霜清紫兔肥,浮云不竞铁骢飞〔4〕。半酣驱逐诸年少,盼子城东看打围〔5〕。

〔1〕作于归隐期间。古代山东地区有秋季打猎的习俗,也是农民

在秋闲时的游艺活动,主要围猎野兔。李攀龙《答子与》信中云:"异日者携许生逐兔胼(bān)子城下,掠草而射之,不觉鼻头出火,耳后生风,批脯而食,醉见大介,遂西走马秉烛使君之滩,雄饮相视,扣舷赋诗,撰思道故,中夜慷慨,拊髀于五子,复亦不觉发上指冠,意气交作矣。"第一首写看出猎,第二首写看打猎,内容无可称道,而诗语言平易,较少用典,颇有民歌风致,由此可见李攀龙重视学习民歌艺术。

〔2〕"胡鹰"两句:上句说胡鹰展翅迎着北风盘旋,下句说围猎者放开坐马在平原上奔驰。胡鹰,大鹰。胡,大。掣镟,飞快地旋转。谓展翅盘旋。掣,疾速。镟,转轴裁器,类今之车床。草尽平原,谓草枯萎之后的平原。

〔3〕角弓:用角装饰的弓。《诗经·鲁颂·泮水》:"角弓其觩,束矢其搜。"却月:半月形,弯月。射生:射杀生灵。

〔4〕浮云不竞:谓云停天边。铁骢:青黑色的马。

〔5〕胼(bān)子城:指济南历城。胼子,战国时期齐威王时的武将,田姓,或称田胼,屡立战功,威名甚著。见《战国策·齐策》。今山东高唐固河村有胼子墓。

酬郭子坤感怀四首(选一)[1]

何来双鬓雪,五月镜中寒[2]。便欲烦君镊,萧萧不可看[3]!

〔1〕作于归隐期间。郭子坤,攀龙友人。详前《送郭子坤下第还济南》题注。叹老嗟卑,为古诗常有之题材,而各人写来却有不同的心境。李攀龙虽辞官家居,而用世之心未泯,对镜自视,感年华之流逝,能无感慨!一个"寒"字,写出诗人心境之凄凉。

〔2〕五月镜中寒:谓在夏日镜中见白发,景象令人心寒。

〔3〕镊:镊子。此谓用镊子拔除。左思《白发赋》:"星星白发,生于鬓垂。……愿戢子之手,摄子之镊。"萧萧:稀疏的样子。

赠吴人梁辰鱼[1]

迢遥岱岳海漫漫,秋兴如君未易阑[2]。三观云霞天上坐,蓬莱宫阙掌中看[3]。才探绿绮阳春动,一说干将紫气寒[4]。词客吴门谁不羡,王家兄弟雅盘桓[5]?

〔1〕作于归隐期间。梁辰鱼(1519—1591),字伯龙,号少白,昆山(今属江苏苏州市)人。昆山古为吴地,故云。梁辰鱼为著名戏剧作家,著有杂剧《红线女》、《红绡》,传奇《浣纱记》等,而以《浣纱记》最著名。据清·钱谦益《列朝诗集小传》(丁集中)载,梁辰鱼以例贡为太学生,好轻侠,善度曲,师事昆腔大师魏良辅,为昆曲的发展做出重要贡献。平生"倪荡好游,足迹遍吴、楚间,欲北走边塞,南极滇云,尽览天下名胜,不果而卒"。在李攀龙家居期间,梁辰鱼游历泰山、济南,拜会李攀龙。

〔2〕"迢遥"两句:言您登临泰山,远眺大海,像您这样的兴致很难得到满足。迢遥,高远。岱岳,即泰山。漫漫,飘渺无际。秋兴,观赏秋景的兴致。阑,尽。

〔3〕"三观"两句:言在泰山您坐于云霞之上,蓬莱仙山就像在眼前一样。三观云霞,指泰山景观。三观,佛家谓对诸法(一切事物和现象)的三种观察方法。佛家说三观,一般指天台、华严、南山、慈恩等几家。此泛指佛教说法之处。蓬莱宫阙,传说海上有三神山,即蓬莱、方丈、瀛

洲,上有仙人居住。

〔4〕"才探"两句:上句谓抚琴即得知音,隐含"白雪"之意,言梁为曲高和寡者;下句谓提剑即见紫气,寓分必有合之意,言彼此分别是暂时的,不必悲伤。探,试。绿绮,琴名。傅玄《琴赋序》:"楚庄有鸣琴曰绕梁,司马相如有琴曰绿绮,蔡邕有琴曰焦尾,皆名器也。"李白《游泰山》六首之六:"独抱绿绮琴,夜行青山间。"阳春,古乐曲名。详前《送新喻李明府伯承》注〔6〕。干将,古宝剑名。紫气,此指宝剑之气。详前《哭子相四首(选二)》注〔5〕。此言干将一剑孤处,莫邪失而深藏,只要提起干将,深藏者即欲出求合。

〔5〕"词客"两句:言吴门的诗人谁不羡慕你,能在家乡与王氏兄弟诗酒往来? 词客,诗人。吴门,指今江苏苏州。此指昆山。王家兄弟,指王世贞、王敬美兄弟。王氏兄弟居太仓,与昆山为邻县。雅,常。盘桓,游乐。

赠梁伯龙二首[1]

白雪楼高海气重,吴门词客远相从[2]。可知不带红尘色,至自清秋日观峰[3]。

太华峰头玉女坛,别时明月满长安[4]。不知秋色今多少,君到仙人掌上看[5]。

〔1〕作于归隐期间。梁伯龙,名辰鱼,字伯龙。详前《赠吴人梁辰鱼》题注。伯龙来济南与攀龙相会之后,要前往长安(今陕西西安)游

189

历。此为别诗。

〔2〕吴门词客:指梁伯龙。吴门,即今江苏苏州市。词客,诗人。

〔3〕"可知"两句:言你在清秋时节从日观峰归来,身心得到净化,一点尘世的表现都没有了。红尘色,俗世的表现。日观峰,在泰山极顶玉皇顶东南,古称介丘岩,登临可观日出,故名。

〔4〕"太华"两句:诗人写自己当秋从陕西归来,言曾登临太华山峰顶的玉女峰,如水明月送我还归故里。太华,太华山,即西岳华山。玉女坛,玉女峰顶的明星玉女祠。详前《杪秋登太华山绝顶四首》注〔7〕。

〔5〕"不知"两句:伯龙将去长安,因言你如不知太华山秋色如何,一登上仙人掌峰,你就知道那里的秋色多么美了。仙人掌,太华山峰名。详前《杪秋登太华山绝顶四首》注〔5〕。

寄题况吉甫药湖别业,在荷山下[1]

湖上高斋万木齐,白云长在楚天西[2]。落霞一散烧丹火,秋水遥通濯锦溪[3]。伏枕自来诗不废,扁舟谁为酒同携[4]?南峰尽作莲花色,曾是王乔隐遁栖[5]。

〔1〕作于归隐期间。况吉甫,名叔祺,字吉甫,高安(今属江西)人。嘉靖进士,曾官贵州提学佥事。著有《考古辞宗》。生平详《万姓通谱》。药湖,湖名。在今江西高安县西南荷山之下,传说为仙人吕洞宾弃药之处。别业,即别墅。

〔2〕高斋:高雅的书斋。白云:天际白云,为秋日景色,此亦隐喻况吉甫为如白云野鹤般的隐者。江西古为楚地。

〔3〕"落霞"两句：写药湖一带的秋景，言晚霞满天，像是炼丹炉里的火焰腾空而起；湖水漫漫，遥与锦江相通。落霞，晚霞。日落霞飞，如同仙人炼丹炉里的火焰一般。炼丹火，炼丹炉的火焰。丹，丹药。道士炼制的药物，谓服食可以长生。此处既描写了晚霞满天的景象，又隐含吕洞宾炼丹的传说。濯锦溪，指锦江。高安在赣水支流锦江的北岸。四川也有一条锦江，流经成都西南，为岷江支流，也称濯锦江。

〔4〕"伏枕"两句：言知您自隐居以来诗作不断，但不知湖中一叶扁舟之上，谁与您一起诗酒流连？伏枕，谓隐居高卧。此指况吉甫。扁舟，小船。

〔5〕南峰：此指药湖之南的山峰，即荷山。山名荷，所以说"尽作莲花色"。王乔：即王子乔。《列仙传》说他为周灵王太子，名晋，好吹箫作凤鸣，遇道士浮丘公，接以上嵩山三十余年，后七月七日，乘白鹤于缑氏山，举手谢时人而去。嵩山、缑氏山均在今河南境，说荷山为王子乔隐遁之处，不知何所据而云然。

冬日四首[1]

憔悴江湖上，行吟雨雪寒。不逢渔父问，谁作楚臣看[2]！

日淡平陵城，寒高华不注[3]。北风湖上来，雪片大如鹭[4]。

客来堪自见，酒尽且须酤。不是南山色，贫家一事无[5]。

风雪不出门，苦吟何时已。沽酒城中还，先生拥褐起[6]。

191

〔1〕作于归隐后期。

〔2〕"憔悴"四句：诗人以屈原被贬逐自喻，言形容憔悴，苦吟湖畔，如遇不到像当年渔父那样的人问起，有谁认为自己也是像屈原那样被流放的人呢。《楚辞·渔父》："屈原既放，游于江潭，行吟泽畔，颜色憔悴，形容枯槁，渔父见而问之曰：'子非三闾大夫与？何故至于斯！'屈原曰：'举世皆浊我独清，众人皆醉我独醒，是以见放！'"

〔3〕平陵城：汉置两个平陵县，一在右扶风（今陕西咸阳西北），一在古谭国地（今山东济南市历城东）；为相区别，后者加"东"字，称东平陵县。详《读史方舆纪要·山东·济南府·历城县》。华不注，山名。详前《与转运诸公登华不注绝顶》题注。

〔4〕湖，指崤山湖。鹭，水鸟，羽毛白色。

〔5〕"客来"四句：写其贫困，言家无童仆，酒菜现买，除了南山美好的山色之外，穷得什么也没有了。客来自见，是说没有童仆开门迎候；酒尽且须酤，是说没有多余的酒喝。酤（gū），买酒。

〔6〕先生：诗人自称。拥褐（hè）：抱褐。褐，粗布衣。

答王敬美进士〔1〕

江左风流迥自分，中间小陆更能文〔2〕。五花欲就龙为友，千里高飞鹄不群〔3〕。乱去东南无王气，愁来西北有浮云〔4〕。只今年少称才子，屈指词林已到君〔5〕。

〔1〕作于归隐期间。王敬美，名世懋，字敬美，元美之弟。嘉靖三十

八年(1559)进士,因家难归家。隆庆帝即位,其父冤枉得以昭雪,隆庆二年(1568)起为南京礼部主事,官至南京太常寺少卿。"敬美弱冠称诗,李于鳞呼之曰'小美',……敬美之诗名,自于鳞起。"(钱谦益《列朝诗集小传》丁集上)著有《王奉常集》、《艺圃撷余》。

〔2〕"江左"两句:言当今江左风流要数你们兄弟,而您就像当年的陆云一样富有文才。江左,谓长江下游地区,一作江东。长江在安徽芜湖与江苏南京之间作东北流向,自此以下的长江南岸地区习惯上称为江东。古人地理上以东为左,以西为右,故亦称江左。南朝齐的王俭曾称东晋谢安为"江左风流宰相",见《南齐书·王俭传》。此以"江左风流"赞誉王氏兄弟。风流,风雅,风流儒雅。迥自分,迥然自分。谓王氏兄弟远远高出他人。小陆,指陆云。西晋著名诗人陆机与其弟陆云诗文齐名,号曰"二陆"。《晋书·陆云传》:"云……少与兄机齐名,虽文章不及机,而持论过之,号曰'二陆'。"他们又都是吴郡(治所在今江苏苏州市)人,因以"小陆"喻指敬美。

〔3〕"五花"两句:谓您想屈就以我为友,而却像天鹅一样高高飞起让人难以追攀。五花,五花骢,又作五花马。毛色班驳之马。钱起《送梁侍御入京》:"遥知大苑内,应待五花骢。"龙,语意双关:诗人名字有"龙";马八尺以上为龙(《周礼·夏官·庾人》)。鹄(hú),即天鹅。

〔4〕"乱去"两句:谓只是当前外患未宁,内有奸臣乱政,您难以腾飞。乱去东南,指浙江、福建沿海倭寇骚扰。王气,象征帝王运数的祥瑞之气。西北浮云,语意双关:与"东南"相对而言,指鞑靼俺答部入侵;隐喻皇帝为奸臣所蒙蔽。李白《登金陵凤凰台》:"总为浮云能蔽日,长安不见使人愁。"

〔5〕"只今"两句:谓您年少而有才,进入翰林院的日子不会太远了。词林,翰林。

寄谢俞仲蔚写《华山图》[1]

云台隐者二茅龙,曾道神仙自可逢[2]。忽尔画图开万里,居然秋色在三峰[3]。贪看塞外黄河下,坐失关门紫气重[4]。况复题诗如谢朓,当年却恨不相从[5]。

〔1〕作于归隐期间。俞仲蔚,即俞允文,字仲蔚,昆山(今属江苏)人。工书善画,诗属"后七子"一派,被王世贞列入"广五子"之首。"称其五言古诗,气调殊不卑,所乏精思耳。歌行绝句,如披沙拣金,往往见宝。""以善病不能远游,以故虽食贫而能保其志。"(钱谦益《列朝诗集小传丁集上·俞处士允文》)隐居以终。写,画。华山,即西岳华山,在今陕西华阴县境。详前《杪秋登太华山绝顶》题注。

〔2〕云台隐者:指汉中卜师呼子先。云台,道观名。在华山云台峰,观以峰名。《列仙传》载,呼子先为汉中卜师,自云与神仙相通,寿百余岁。临行呼酒媪,令急装,便有仙人持二茅狗来,子先与酒媪各骑其一,竟变化为两条龙。

〔3〕"忽尔"两句:赞美画图境界开阔,景色生动,言画图忽然在眼前展开,令人犹如置身华山三峰的秋色之中。忽尔,忽然。居然,竟然。三峰,华山三峰,即莲花、落雁、朝阳三峰。

〔4〕"贪看"两句:诗人用感觉写视觉,写画面上展现华山背景:用塞外黄河奔泻相衬托,故用明笔;函谷关在远处,则用皴染云气使其隐而不显。关门,紫气,详前《关门雪望》题注。

〔5〕题诗如谢朓:恭维俞允文画上题诗清丽。谢朓(464—499),字

玄晖,陈郡阳夏(今河南太康)人,南朝齐著名诗人,诗以清丽秀逸著称。

人日答汝思[1]

浊酒初开柏叶新,醉来高枕任风尘[2]。十年关塞愁中客,此日江湖病里人[3]。青镜欲催潘鬓改,彩花空剪汉宫春[4]。即今万事抽簪外,惟有浮云傍角巾[5]。

〔1〕作于归隐后期。人日,农历正月初七。《荆楚岁时记》:"正月七日为人日,以七种菜为羹,剪彩为人,或镂金泊为人,以贴屏风,亦戴之头鬓,又造华胜以相遗,登高赋诗。"汝思,即徐文通。详前《秋前一日,同元美、茂秦、吴峻伯、徐汝思集城南楼》题注。

〔2〕柏叶:酒名。俗谓柏叶所浸之酒可以避邪,在农历元旦开瓶饮用。高枕:谓隐居。任风尘:任凭世俗纷扰。风尘,世俗。

〔3〕十年关塞:指在京任职。李攀龙于嘉靖二十三年(1544)进士及第至三十二年(1553)出守顺德前后十年。关塞,犹关防。明制,添设之官不给印,只给关防。江湖:谓隐居。

〔4〕"青镜"两句:谓如今年纪渐老,不会再得到朝廷的任用了。青镜,青铜镜。司空曙《酬李端校书见赠》:"青镜流年看发变,白云芳草与心违。"潘鬓,谓鬓发初白。《文选》卷一三载潘安仁(岳)《秋兴赋》:"斑鬓髟以承弁兮,素发飒以垂领。"彩花空剪汉宫春,谓得不到皇帝赏识及恩赐。彩花,剪彩为花。唐武平一《景龙文馆记》(《说郛》本)载,唐中宗景龙四年(710)正月八日立春,帝令侍臣迎春,从宫内出彩花,人赐一枝。空,徒然。汉宫,借指明宫。

〔5〕"即今"两句：谓眼下什么事与官场都没有关系，我也什么都不关心了。抽簪，谓弃官归隐。《文选》二一载张景阳（协）《咏史》："抽簪解朝衣，散发归海隅。"浮云，浮云自在天，与我不相关，因喻无可关心。角巾，巾之有角，为隐者之服。语出《晋书·羊祜传》。

春日闻明卿之京为寄〔1〕

十载浮云傍逐臣，归来不改汉宫春〔2〕。摩挲金马宫门外，谁识当时谏猎人〔3〕？

〔1〕作于嘉靖四十四年（1565）前后。明卿，即吴国伦。嘉靖三十五年（1556）三月，吴国伦由兵科给事中贬江西按察司知事（详前《于郡城送明卿之江西四首（选二）》），此次返京述职，攀龙以为可留任京职，而实际却又外放地方。

〔2〕"十载"两句：言您被放逐十年，仍坚持为官初衷；此次返京，也仍然会受到朝廷的青睐。十载，此为约略言之。浮云，视富贵如浮云。语出《论语·述而》。逐臣，贬逐之臣，指明卿。不改汉宫春，谓仍会受到重用。吴国伦曾任中书舍人，故云。汉宫，借指明宫。

〔3〕"摩挲（suō）"两句：言相隔如此之久，您待诏宫外，有谁还认得您呢。摩挲，抚摩。金马，金马门。汉武帝得大宛马，命东门京用铜铸马像，立于鲁班门外，因称。当时东方朔、主父偃、严安等，都曾待诏金马门外。谏猎人，谏止游猎之人。据《史记·司马相如列传》载，司马相如曾从汉武帝至长杨游猎，看到武帝喜好游猎而荒废政事，上《谏猎书》。此喻指明卿。

寄谢茂秦二首[1]

美人春望望陵台,台下漳河去不回。惟有旧时歌舞地,至今风雨自西来[2]。

裘马翩翩四十秋,当时双璧暂相留[3]。于今客散平原馆,说着还乡已白头[4]!

〔1〕作于嘉靖四十年(1561)。嘉靖三十九年,赵康王卒,第二年谢榛由邺城(今河北临漳)归故里临清(今属山东)。就在这一年,他曾致函李攀龙,并将其新刻的诗集寄赠。李攀龙《报茂秦书》云:"不佞在告,杜门伏枕三年于此矣。足下高谊,乃能一介存故人。所辱新刻,辄以检列,即不必致……即示小词,取韵亦不妥。能坐甘薄俗,过我论诗不?"攀龙于嘉靖三十七年(1558)秋辞官归里,谢榛在嘉靖四十年返乡,与攀龙所说"三年"正合,因知作于是年。

〔2〕"美人"四句:对赵康王去世表示悼念,言康王死后,其姬妾当春登台哀然致祭,而赵康王却像漳河东逝永不复返,邺城只留下其歌舞之地,令人思念不已。美人,指王府妃嫔(pín)。春望,当春凝望。望陵台,望赵康王陵墓之台。此以曹操铜雀台事喻指赵康王。赵康王朱厚煜(yù)是嘉靖皇帝的从兄弟,封赵王,都邺城,卒谥"康"。曹操封魏王,曾都邺,建安文人曾会集邺下,形成所谓"邺下文风",而赵康王亦喜爱文学,并喜招揽文学之士,时人以为颇有当年曹氏风概。曹操卒葬邺城西门豹祠西(西原)。《文选》二三谢玄晖(朓)《同谢咨议铜雀台》李善注

引《魏志》云："魏武遗令曰：'吾伎人皆著铜雀台,于台上施六尺床缏帐。朝晡,上脯糒(bèi)之属;月朝十五日,则向帐作伎。汝等时时登铜雀台,望吾西陵墓田。"漳河,河名。详前《登邢台》"漳水"注。古邺城在漳河岸边,今名临漳。

〔3〕"裘马"两句:写谢榛初投邺下,言您当年裘马翩翩,因受康王知遇而暂居邺下。裘马,裘衣车马。裘,皮毛大衣。翩翩,风采俊雅。秋,犹年。谢榛三十五岁后西游邺城,献诗赵王,为所宾礼。说"四十",为约略言之。双璧,本谓兄弟才行并美,见《魏书·陆俟传》附《陆凯传》。此谓赵康王与谢榛两美相合,彼此相知。

〔4〕"于今"两句:言因康王去世,门客星散,您还乡时头发该都白了。平原,指战国赵公子平原君赵胜,"喜宾客,宾客盖至者数千人"(《史记·平原君列传》)。此以赵胜喻指赵康王。康王去世时,谢榛已年逾花甲。其《还家》诗中说"二十余年寄邺城,归来谁不讶狂生！白发况带风尘色,青眼深知父老情"。

送欧文学之江都〔1〕

雨雪寒灯对浊醪,萧然似是一儒曹〔2〕。下帷国士堪华发,草檄门生自彩毫〔3〕。双铗迥分沧海气,孤城秋壮广陵涛〔4〕。文星虽小人争识,南斗常临剑影高〔5〕。

〔1〕作于嘉靖四十一年(1562)冬。欧文学,指欧大任。欧大任,字桢伯,广州顺德(今属广东)人。嘉靖四十一年以岁贡生应廷试,授江都训导,迁光州学正,以母病弃官归里。母卒服除,迁国子博士,官至南京

户部郎中。大任属"后七子"这一文学流派,为"广五子"之一。"虽驰骛五子之列,而词气温厚,颇脱蹻张叫嚣之习,识者犹有取焉"(钱谦益《列朝诗集小传》丁集上)。著有《思玄堂》、《旅燕》、《浮淮》诸集。欧大任与李攀龙过从密切,李集中有数首赠酬之作。此诗盖为欧大任自京赴江都任所,途经济南时,李攀龙为其送行之作。文学,官名。汉代在州郡及诸侯国置文学,为后世教官所由来。训导为教官,故称。江都,县名。今属江苏扬州市。

〔2〕"雨雪"两句:写别时情景,言雪夜寒灯之下,二人举酒相对,冷清凄凉的情景,就像一对穷困落魄的书生。雨,落,下。浊醪,薄酒。萧然,冷落、凄清的样子。儒曹,儒者之辈,儒生一流。

〔3〕"下帷"两句:言我如今闭门谢客,白发渐多,而你富有文才,正当焕发之时。下帷,放下帷幕,谓闭门读书,不与世事。语出《汉书·董仲舒传》。国士,国人推重景仰之士。此为诗人自指。堪,应。华发,白发。草檄,起草檄文,谓文才出众。唐戴叔伦《送崔融》:"陈琳能草檄,含笑出长平。"陈琳为汉末建安时期著名文人,以起草讨曹操的檄文著闻。此以陈琳之才称誉欧大任。门生,门下客。彩毫,彩笔。生花妙笔,谓文采。

〔4〕"双铗"两句:言你我在大海之滨的济南分别,今秋你就可到江都观赏壮丽的广陵涛了。双铗迥分,喻指分别。铗,剑。沈约《豫章行》:"双剑爱匣同,孤鸾悲影异。"双剑离而复合事,详《崔驸马山池燕集得"无"字》注〔3〕。孤城,指江都。广陵,郡区名。故城在今江苏扬州市江都区东北。枚乘《七发》曾生动地描述秋季观赏广陵涛的情景。

〔5〕"文星"两句:谓你官职虽小而品格却受人景仰,如同深藏的宝剑总有一天会放出异彩。文星,也称文曲星,神话传说中主宰文运的星宿,即文昌星君。南斗,星名。南斗六星,即斗宿。剑影,斗、牛之间呈现剑影,谓宝剑深藏。详前《哭子相四首(选二)》注〔5〕。

199

和聂仪部《明妃曲》四首[1]

青海长云万里秋,琵琶一曲泪先流[2]。六宫多少良家子,不到沙场不解愁[3]。

玉门关外起秋风,双鬓萧条傍转蓬[4]。怪得红颜零落尽,春光只在合欢宫[5]。

天山雪后北风寒,抱得琵琶马上弹[6]。曲罢不知青海月,徘徊犹作汉宫看[7]!

燕支山下几回春,坐使蛾眉误此身[8]。二八汉宫含笑入,一时红粉更无人[9]。

〔1〕作于嘉靖四十三年(1564)。聂仪部,指聂静。聂静,字子安,号白泉,江西永丰人。嘉靖十四年(1535)进士,授丹徒知县,擢刑科给事中,降曲周县丞,历国子监助教,官仪制郎中,因忤旨廷杖为民。生平详《掖垣人鉴》。《沧溟集》中有《答寄聂仪部子安》诗和《报聂仪部》文,知聂为与李攀龙有过从的友人。《报聂仪部》云:"向伏西曹,爱窃风裁,意独伟焉。垂及宫墙,而公拂衣出矣。不佞拘除郡省,不任贻肆,自弃明时,杜门七载,僻疾以锢,久无闻问于长者。……《明妃》六曲,可以怨矣。辄取附和,见同调之雅,并代起居云。"攀龙于嘉靖三十七年归隐,归

隐后的第七年,即嘉靖四十三年。明妃,汉元帝宫人王嫱,字昭君。晋人为避文帝司马昭的名讳,改称明君,后人又称明妃。汉南郡秭归(今属湖北)人。关于昭君入塞的故事,初见于葛洪《西京杂记》卷二,后来有许多传说。据《西京杂记》载,元帝后宫的宫人很多,令画工图形,按图形召幸。诸宫人为使召幸,纷纷贿赂画工,只有王嫱不肯,因而未曾见过元帝。匈奴单于入朝,求美人为阏氏,元帝即命昭君前往。"及去,召见,貌为后宫第一,善应对,举止闲雅。帝悔之,而名籍已定,帝重信于外国,故不复更人。乃穷按其事,画工皆弃市。"相传昭君出塞时,戎服乘马,怀抱琵琶。入匈奴,为宁胡阏氏。呼韩邪单于死,依胡俗再嫁其前阏氏之子,卒葬匈奴。今内蒙古自治区呼和浩特市南有昭君墓,世称青冢。因同情昭君的遭遇,自晋代以来,歌咏其事的诗歌不可胜计,名篇佳什,所在多有。而李攀龙的和诗,"不着议论,而能道出明妃心事"(清王文濡《宋元明诗评注读本》卷四),自有特点。日本学者近藤元粹也认为,此诗"不着议论,诗格独高"(《宋元明诗选》卷四)。

〔2〕"青海"两句:写昭君出塞时的情景:进入匈奴所辖的地区,秋阴大漠,满目萧索,琵琶未弹泪先流,一腔哀怨何处诉说?青海,湖名。在今青海省。古名鲜水、西海,又名卑禾羌海。蒙语库库诺尔,意为青色的海。琵琶,古乐器,也作"枇杷""批把"。"本于胡中,马上所鼓也。"(《释名》)

〔3〕"六宫"两句:谓纳入皇帝后宫的宫女,虽然也有不被宠幸的哀怨,如果不到边塞来,是不知道什么叫做忧愁的。六宫,泛指后妃所居之处。良家子,出身清白的女子。汉制,凡从军不在七科谪(指犯罪的官吏、逃犯、赘婿、商人以及祖上、父母为商人户籍而遭发边地服役者)之内者,谓之良家子。沙场,战场。此指汉匈交界处。

〔4〕"玉门"两句:谓在永远没有春天的塞外,昭君在四处辗转的游牧生活中日渐衰老。玉门,关塞名。故址在今甘肃敦煌西北。王之涣

201

《凉州词》:"羌笛何须怨杨柳,春风不度玉门关。"萧条,犹萧索,谓鬓发稀疏,为衰老之状。傍,近。转蓬,如断茎蓬草,随风流转。喻居无定所。蓬,蓬草,当秋而枯,随风飘散。喻指匈奴人四处游牧,逐水草而居。

〔5〕"怪得"两句:谓难怪昭君青春消磨净尽,在荒凉的大漠,她只忆念在汉宫时的美好岁月。怪,难怪。红颜,青春容貌。合欢宫,即合欢殿,汉宫名,在长安。见《文选》一载班孟坚(固)《两都赋》李善注。

〔6〕"天山"两句:谓天山雪后更加寒冷,昭君在马上迎着北风,只有弹奏琵琶以倾诉自己内心的哀怨。天山,指祁连山。在今甘肃西南部。匈奴呼天为"祁连"。

〔7〕"曲罢"两句:谓昭君沉浸在所弹奏的乐曲里,忘记了身在青海荒漠;她徘徊月下,仿佛又回到汉宫之中。

〔8〕"燕支"两句:谓昭君在荒漠度过了一年又一年,使自己的美貌徒然消磨在荒漠,而贻误了一生。燕支山,也作"焉支山"。因产燕支草而得名。燕支,也作"胭脂",古时妇女润面的脂粉。几回春,犹言多少年。坐,徒然。蛾眉,代指美丽的女性。此指昭君。此身,犹言此生。

〔9〕"二八"两句:谓当年昭君怀着少女美好的愿望进入汉宫,当时没有谁能比得上她的美丽。二八,十六岁。红粉,胭脂和白粉,妇女化妆用品。此代指美女。

上朱大司空二首(选一)[1]

河堤使者大司空,兼领中丞节制同[2]。转饷千年军国壮,朝宗万里帝图雄[3]。春流无恙桃花水,秋色依然瓠子宫[4]。太史但裁沟洫志,丈人何减汉臣风[5]!

〔1〕作于嘉靖四十四年(1565)秋。朱大司空,指朱衡。朱衡,字士南,万安(今属江西)人。嘉靖十一年(1532)进士,历知龙溪、婺源,有治声,迁刑部主事、郎中,出为福建提学副使,累官山东布政使。嘉靖三十九年(1560)进右副都御史,召为工部右侍郎。四十四年,进南京刑部尚书。就在这年秋天,黄河决口,漫漫洪水从沛县飞云桥东注昭阳湖,运河被淤塞百余里。朱衡改任工部尚书兼右副都御史,总理河漕。朱衡星夜赶赴决口处,开掘新河,身自督工,终绝水患,但却因改筑新渠而连遭弹劾。隆庆元年(1567)加太子少保。生平详《明史》本传。据李攀龙《上朱大司空书》,他曾上疏推荐李攀龙。大司空,汉置官,明时为工部尚书的别称。《明诗纪事》引《尧山堂外纪》云:"'旧河通瓠子,新浪涨桃花。'元人张仲举诗也。嘉靖中河决徐沛,大司空朱公衡排众议,改筑新渠,百年河患,一旦屏息,海内名士,咸有颂章。李于鳞'春流'一联,王元美亟称之,以为不可及,而实用张语,而意稍有不同。"

〔2〕兼领中丞节制同:谓兼右副都御史,而其职责与原任工部尚书相同。

〔3〕"转饷"两句:言大司空疏通河道,漕运通畅,使军国更加强盛;疏导黄河入海,解除水患,使明帝国声威大震。转饷,转运粮饷。当时运河是南北主要交通干线,运河漕运,维系边防军需,关乎国家命运。朱衡改筑新河194里,使漕运通至南阳,功在当今,利垂后世。朝宗万里,指黄河导引入海。《尚书·禹贡》:"江、汉朝宗于海。"朝,朝见。宗,归向。帝图,帝国版图。

〔4〕"春流"两句:言自从河道通畅,来春桃花水盛也不会成灾,当年决口处秋色依然秀丽如初。春流无恙,谓水流通畅。桃花水,即桃花讯。《汉书·沟洫志》:"来春桃花水盛,必羡溢,有填淤反壤之害。"颜师古注云:"《月令》:'仲春之月,始雨水,桃始华(花)。'盖桃方花时,既有雨水,山谷冰泮,泉流猥集,波澜盛长,故谓之桃花水。"瓠子宫,指宣房

宫。汉武帝元封二年(前109),黄河从瓠子决口,武帝发卒数万,并亲临其处,令群臣从官与民众一起,负薪塞河,为此作《瓠子歌》二章。在堵塞决口后,在瓠子修建宫殿,名曰宣房。瓠子,堤名,在今山东鄄城与河南濮阳之间。事详《史记·河渠书》。

〔5〕"太史"两句:言只要史官编辑水利史,您的事迹一定会载入其中,您的表现与当年汉臣相比毫不逊色。太史,史官。记录时事,掌修国史。明时职掌归翰林院。裁,编辑。沟洫志,记载全国河道沟渠及其治理情况的志书,即史书中的水利专史。丈人,长者。汉臣风,指汉武帝时群臣在瓠子口负薪塞河的表现。

答许右史二首(选一)〔1〕

黄须芃芃田舍翁,倾身坐向钱孔中〔2〕。长颊便便美少年,行步顾影私自怜〔3〕。谁知腐鼠能为祟,纵是神仙有播迁〔4〕。使君似识浮云意,蹉跎实为功名利〔5〕。已拚酒隐当吾世,潦倒佯狂百无忌〔6〕。浊醪恰供十日饮,酤法须与常时异〔7〕。五斗乍可调燥吻,飞觞二子雄相视〔8〕。醉杀不作傲杯人,迩来那得独醒事〔9〕!魏文大白满如月,曾托属车称国器〔10〕。若言此物非其任,尔家破瓢亦应弃〔11〕!

〔1〕约作于嘉靖末年。许右史,即许邦才。约在嘉靖末年由永宁知州迁德王府长史,初任右史;隆庆初,任职周王府。从诗中称许邦才"使君"来看,此诗应作于刚到王府之时。攀龙家居近十年,心志未泯,鄙弃功名、纵酒任放的生活态度如初,失志不平的愤慨依旧,诗写来感情激

越,气势奔放,如洪水倾泻,沛然而下。

〔2〕"黄须"两句:言我这个须发散乱的老农,整日泡在酒里过日子,已别无他求。黄须,须发由黑变黄,谓年老。芃(péng)芃,草木茂盛的样子。此形容胡须散乱。田舍翁,农民,老农。倾,倒。钱,通"盏",酒器。

〔3〕"长颊"两句:言你这个面貌佼好、大腹便便的少年人却春风得意,顾影自怜。长颊,谓面部修长。便(pián)便,肚腹肥满的样子。顾影,走路看影,自我欣赏。自怜,自爱,自我欣赏。高适《古歌行》:"田舍老翁不出门,洛阳少年莫论事。"诗人自称田舍翁,以美少年戏称许邦才。

〔4〕"谁知"两句:言谁能料到以腐鼠为爱物的庸俗者流,以为别人会与之争夺而祸害你,因此当今之世纵使神仙也难免播迁的遭遇。腐鼠,腐烂的死老鼠。《庄子·秋水》:"夫鹓雏发于南海,而飞于北海,非梧桐不止,非练实不食,非醴泉不饮,于是鸱得腐鼠,鹓雏过之,仰而视之,曰:'吓!'"后遂以喻指庸俗之辈所珍爱的轻贱之物。祟,祸害。李商隐《安定城楼》:"不知腐鼠成滋味,猜意鹓雏竟未休!"播迁,谓流离迁徙。《列子·汤问》:"仙圣之播迁,巨亿计。"

〔5〕"使君"两句:言您好像明白浮云富贵的道理,而诗中失志的感慨却说明您实在还是追求功名利。使君,汉代称州郡长官为使君。许邦才前曾任永宁知州,故称。浮云意,谓不以富贵为意。《论语·述而》:"不义而富且贵,于我如浮云。"蹉跎,失志。

〔6〕"已拚(pàn)"两句:言我什么功利都不要了,这辈子就混迹于酒徒之中,潦倒佯狂什么也不顾忌了。拚,舍弃。酒隐,隐于酒徒之中。潦(liáo)倒,慵懒不振作。嵇康《与山巨源绝交书》:"足下旧知吾潦倒粗疏,不切事情,自惟亦皆不如今日之贤能也。"佯狂,诈为病狂。百无忌,什么也不顾忌。

〔7〕"浊醪"两句:言我这里储存的薄酒恰好还够咱们二人喝十天,

205

只是酾饮的办法要与平时不同。浊醪,薄酒。酾法,能使饮者痛快的办法。

〔8〕"五斗"两句:言喝上五斗算什么喝酒,咱们一定要喝个痛快,比个高下。斗,有柄的酌酒器。乍,刚,刚好。调(tiáo)燥吻,谓湿润一下干裂的嘴唇。调,调节。飞觞,酒杯翻飞,谓彼此干杯。觞,酒器。二子,指诗人与邦才。

〔9〕"醉杀"两句:言咱们二人醉死也不要放下酒杯,你看近来哪有不以酒浇愁的人!傲杯,傲对酒杯,谓不举杯喝酒。迩来,近来。独醒,只有自己清醒。《楚辞·渔父》:"屈原曰:'举世皆浊我独清,众人皆醉我独醒,是以见放!'"

〔10〕"魏文"两句:以现实中物不称其用,喻人不得其任,言魏文侯的酒杯像月一样透明,而他的先人却曾把国器当作随从。魏文,魏文侯,战国时期魏国君主。刘向《说苑·善说》:"魏文侯与大夫饮酒,使公乘不仁为觞政,曰:'饮不釂(jiào)者,浮以大白。'"大白,大酒杯。属(shǔ)车,君王侍从之车,又称副车、佐车、贰车。国器,国家的宝器。喻指具有治国才能的人。《史记·晋世家》:"晋公子贤而困于外久,从者皆国器。"魏文侯以尊贤任能著闻,而其先人晋公子重耳却曾将国器当作从者。

〔11〕"若言"两句:言如果魏文大白都不能让我们满意,你家的破瓢也应扔掉。言外当今没有像魏文那样尊贤重士的人,那就以酒自陶吧。此物,指大白,即酒杯。尔,你。破瓢,破酒器。瓢,瓢壶,盛酒器。李白《春日陪杨江宁及诸官宴北湖感古作》:"感此劝一觞,愿君覆瓢壶。"

送殷正甫内翰之京十首(选二)[1]

汉家词客满金门,谁解凌云感至尊[2]?一出《子虚》名便起,长卿无日不承恩[3]。

东观风流著作郎,满朝谁不羡恩光[4]?赋成清思如秋水,一片霜毫洒玉堂[5]。

〔1〕作于隆庆元年(1567)。殷正甫,即殷士儋。生平详前《送殷正甫并引》题注。殷士儋于隆庆元年升任侍讲学士,掌翰林院事。内翰,宋称翰林学士为内相或内翰。之京,赴京。京,京都,指北京。

〔2〕"汉家"两句:谓新君即位,请求谒见而待诏的文人很多,但有谁理解您因文才受到皇帝赏识的真情呢?汉家,此借指明朝廷。词客,工诗善文的人。金门,汉代金马门的省称。当时著名文人如东方朔、主父偃等都曾待诏金马门。凌云,汉武帝读司马相如的《大人赋》后,"飘飘如有凌云之气"。见《汉书·司马相如传》。至尊,指皇帝。殷士儋在隆庆帝即位前曾为其讲官,人或认为他是因此而受到重用,故云。

〔3〕"一出"两句:言像当年司马相如一样,因杰出的文才而名声鹊起,并整日陪侍皇帝左右。《子虚》,即司马相如的代表作品《子虚赋》。长卿,司马相如字长卿。以司马相如的文才称誉殷正甫,为溢美之词。

〔4〕东观:东汉宫中著述及藏书之处,在洛阳南宫。著作郎:官名。三国魏置。属中书省,专掌编撰国史,属官有著作佐郎、校书郎等,其职掌明时属翰林院。此用以称誉殷正甫。恩光:恩宠,荣光。

〔5〕"赋成"两句:谓所作诗文如行云流水,皇宫内到处是殷正甫美好的文字。清思,清丽的思绪。霜毫,毛笔。玉堂,旧以中书省为玉堂,此泛指朝堂。

207

四　按察浙江、河南时期

答元美《喜于鳞被召》见寄二首[1]

十年君所见,已分老蓬蒿[2]。安得浮名在,将无执事劳[3]?
海鸥群自下,天马步元高[4]。五柳还须种,征君不姓陶[5]。

那堪成僻性,非不爱明时[6]。白发终怜我,青山好属谁[7]?
连城高一抱,流水妙相知[8]。君自墙东客,行藏岂更疑[9]!

〔1〕作于隆庆元年(1567)。当李攀龙被召起复时,元美随即写下《喜于鳞被召作》一诗(见《弇州山人四部稿》卷二十七)表示祝贺。诗云:"物色乾坤满,羊裘尚寂寥。忽闻求剑诏,实已应弓招。骚雅名终在,巢由卧转骄。弹冠岂吾事,或可擅渔樵。"此为李攀龙答和之作。

〔2〕"十年"两句:言您都看到了,十年来我已安于隐居生活。十年,从嘉靖三十七年(1558)辞官归隐至隆庆元年(1567)起复,李攀龙家居恰好十年。分(fèn),甘愿。曹植《上责躬应诏诗表》:"自分黄耇(gǒu),永无执珪之望。"注引李善曰:"分谓甘惬也。"蓬蒿,草野,民间。

〔3〕"安得"两句:谓我所以有现在的名声,其中也有您宣扬的功劳。浮名,虚名。将,岂。执事,供役使的人。见《左传·僖公二十六年》。后在书信中用为敬称,表示不敢直指其人。

〔4〕"海鸥"两句:谓我向来任情适性,像天马不同凡俗一样,也不

愿受官场职事的羁勒。海鸥群自下,喻任性自适。《列子·黄帝篇》:"海上之人有好沤(鸥)鸟者,每旦之海上,从沤鸟游,沤鸟之至者百住而不止。其父曰:'吾闻沤鸟皆从汝游,汝取来,吾玩之。'明日之海上,沤鸟舞而不下也。"天马,骏马。见《史记·大宛列传》。元,本来。

〔5〕"五柳"两句:谓今虽被征召,将来我还是要归隐故里的。五柳,为东晋大诗人陶渊明隐居时所植。详前《春日闲居十首(选二)》注〔6〕。征君,古时指称朝廷征聘而不肯受职的隐士,又称征士。据《宋书》陶渊明本传载,刘宋代晋后,曾征聘其为著作佐郎,辞不就。

〔6〕"那堪"两句:言怎奈我懒散成性,不乐出而为官,并不是我不爱这圣明之时。那堪,犹何堪。僻性,偏爱之性。明时,圣明之时,政治清明的时代。此为称颂本朝。

〔7〕"白发"两句:言朝廷在我年纪老大时才怜惜而征召,而长期的隐居生活,使我对家乡的青山绿水仍难以割舍。怜,怜惜。青山,喻指隐居之地。

〔8〕"连城"两句:谓受到封赠最可贵的是坚守自己的志向,最好的朋友之间彼此应心灵相通。连城,并列之城。此谓朝廷封赠。《汉书·五行志》:"汉兴大封诸侯,连城数十。"高一抱,谓其高尚处在守一不变。一抱,坚守其志不变。《老子》二十二:"圣人抱一为天下式。"抱,胸怀,抱负。流水,高山流水,谓彼此相知。本俞伯牙、锺子期的故事。详前《送谢茂秦二首》注〔6〕。

〔9〕"君自"两句:谓您现在暂时赋闲家居,对我出处进退的原则难道还有什么疑虑吗?墙东客,指避世隐居之人。东汉平原(今属山东)人王君公,精通《易》,为郎,遭乱隐于民间,做牛经纪人,"时人谓之论曰:'避世墙东王君公'"(《后汉书·逸民列传·逢蒙传》附)。王元美自遭父难即家居未仕。行藏,出处,行止。《论语·述而》:"子谓颜渊曰:'用之则行,舍之则藏,惟吾与尔有是夫!'"

209

宦情二首(选一)[1]

初服终能事,徐生已自违[2]。浮云知失计,沤鸟见忘机[3]。越酒经春老,江鱼入夏肥。他乡如不病,一任宦情微[4]。

〔1〕作于隆庆元年(1567)起复之时。诗人应召起复,内心又充满矛盾,未曾离家,即已悔仕。反映诗人对新朝有所期待而又有所疑虑的心境。《与许殿卿书》云:"是役也,可以期月无大过,不负蒉被之雅,然后更图作邴生计,以报诸公者,恒于斯也。十年恬退,微名不当人意,一朝失之,而辱蒉被者,亦恒于斯也。……浙牒已下,濡滞不果。岂恤微名,畏繁以劳,半途而废,取笑里闬也。"

〔2〕"初服"两句:谓本来可以隐居以终,而徐生却又违心出仕。初服,未仕前所穿的衣服。语本屈原《离骚》"退将复修吾初服"。能事,能做到的事。徐生,指徐中行,嘉靖末年曾赋闲家居,后起拜山东佥事。自违,违背本心。指其隐而复出。

〔3〕"浮云"两句:谓答应出仕的确考虑不周,还是过任情适性的隐居生活为好。浮云,视富贵如浮云。《论语·述而》:"不义而富且贵,于我如浮云。"此指出而为官。失计,失于长远打算。沤鸟忘机,谓任情适性,自甘恬淡。详前《答元美〈喜于鳞被召〉见寄二首》注〔4〕。沤鸟,即海鸥。忘机,忘却计较利害及巧诈之心。

〔4〕"越酒"四句:谓浙江有老酒肥鱼,如身体尚可,就听其自然吧。越酒,即绍兴酒,以存放经春者为佳,即所谓绍兴老酒。江,此指钱塘江。宦情,仕宦之心志。

过吕梁[1]

十年称病客,击楫在楼船[2]。澌下波方溜,风鸣水正悬[3]。青山高卧里,白发壮游前[4]。起色聊相假,终惭傲吏贤[5]。

〔1〕作于隆庆元年(1567)春初赴任途中。吕梁,地名。在今江苏徐州市铜山东南,也称吕梁洪。《水经注·泗水》说"泗水过吕县南,水上有石梁,故曰'吕梁'"。《列子·黄帝》:"孔子观于吕梁,悬水三十仞,流沫三十里,鼋鼍鱼鳖之所不能游也。"

〔2〕"十年"两句:谓辞官十年,一朝起复,中流击楫,心怀报国之志。十年,自嘉靖三十七年辞官至隆庆元年起复(1548—1567),中间恰好十年。称病客,诗人自指。他是以病为由辞官归里的,所以说"称病"。击楫(jí),划动船桨。《晋书·祖逖传》载,晋室南迁,北方国土大部沦亡,祖逖常怀光复故土之志。为此,晋元帝任逖为奋威将军、豫州刺史,令其北伐。祖逖在渡江时,"中流击楫而誓曰:'祖逖不能清中原而复济者,有如大江!'辞色壮烈,众皆慨叹"。

〔3〕"澌下"两句:言河水刚刚解冻,狂风呼啸着把江水卷起。澌,解冻时流动的水。溜,同"流"。水正悬,风吹浪起,如悬空中。

〔4〕"青山"两句:谓多年优游于青山绿水之间,今于垂老之年又要游宦外地。青山,谓青山绿水之间。高卧,隐居。壮游,怀壮志而出游。

〔5〕"起色"两句:谓借着久卧思起的念头,去有所作为,但想起庄子对征聘的态度和做法,仍不免惭愧。起色,起而欲游的心思。枚乘《七发》:"然而有起色矣。"聊,姑且。假,借。傲吏,指庄子。郭璞《游仙诗》:"漆园有傲吏,莱氏有逸妻。"庄子曾为漆园吏。《庄子·秋水》载,

211

楚王派遣使者往聘庄子为相,"庄子持竿不顾,曰:'吾闻楚有神龟,死已三千岁矣,王巾笥而藏之庙堂之上。此龟者,宁其死为留骨而贵乎?宁其生而曳尾于涂中乎?'二大夫曰:'宁生而曳尾涂中。'庄子曰:'往矣!吾将曳尾于涂中'"。庄子为任情适性而拒绝应聘,而自己却放弃隐居生活而应召赴官,所以说"惭"。

答元美《吴门邂逅于鳞有赠》四首(选二)[1]

姑苏城上倚高台,却望中原酒一杯[2]。彼自有人浮海去,我今为客渡江来[3]。飞龙忽报干将合,老骥还惊匹练开[4]。共向风云论二子,谁知天地此徘徊[5]!

雪满江城醉色寒,萧条春兴入弹冠[6]。自怜沧海双珠合,谁作青云一鹗看[7]?日月祇销高伏枕,风尘何事老投竿[8]。岂宜梅福吴门在,共说先朝吏隐难[9]。

〔1〕作于隆庆元年(1567)春。王世贞春初赴京,伏阙上疏,为其父辩冤,得准复原官,返程舟次吴门,与起复为浙江按察副使的李攀龙邂逅相遇。老友重逢,欢然道故,作有《于鳞赴浙皋邂逅吴门有赠凡四首》,此为答诗。元美诗第一首云:"十年龙卧杳难寻,握手相看思不禁。天上客星聊作使,人间旧雨复成今。地过瓜步风烟软,潮满胥江月色深。鹏鷃逍遥俱自得,肯将踪迹论浮沉?"其二云:"楼船金鼓殷如雷,宪府春当海国开。西岭白云推案出,中原紫气渡江来。翛然自喜千秋事,去矣谁当一代才?今夜吴阊寒更好,最怜分手各登台。"其三云:"知君偃蹇故

金鱼,除目何当问草庐。不必齐讴称独行,于今越绝有新书。离愁明月杯堪失,懒病青山枕自如。醉后萧条还四望,浮云终古卷能舒。"其四云:"征君姓字动青霄,彩笔寒回气象饶。出后东山仍远志,见时沧海失阳鲔。风尘偶贷嵇康懒,春雪还堪宋玉骄。寮佐祗今多后进,谁将傲吏忆先朝?"世贞父冤虽得昭雪,而他却未获恤典,心中自然不快。元美未得起复,老母又要求他入仕;是仕是隐,尚在犹豫不决。唐李攀龙隐居十年应诏起复,虽内心深处也存有疑虑,但却对新朝抱有希望,因而赴浙任职。二人欢聚之后,分别以诗表达各自的情怀。吴门,今江苏苏州的通称。

〔2〕"姑苏"两句:谓咱们欢聚在姑苏台前,虽有应诏赴任的喜悦,却仍留恋以往的隐居生活。姑苏城,吴县即今江苏苏州市,因境内有姑苏山而得名。张继《枫桥夜泊》:"姑苏城外寒山寺,夜半钟声到客船。"姑苏山上有姑苏台,一名姑胥台。《史记·吴太伯世家》注引《越绝书》:"阖庐起姑苏台,三年聚材,五年乃成,高见三百里。"却,回头。

〔3〕"彼自"两句:谓您为守己志而坚持隐居,我却为赴任渡江来到吴门。浮海去,谓隐居不仕。此指元美。《论语·公冶长》:"子曰:'道不行,乘桴浮于海。'"为客,做客。诗人自指。途经苏州是为客,任职浙江也是客居外地。

〔4〕"飞龙"两句:谓忽然听说您在此地的消息,我便急忙乘马而来。飞龙,即龙飞。剑合为龙,腾空飞去。此谓知己相遇。干将,剑名。干将与其妻子莫邪铸雌雄双剑事,详前《哭子相四首(选二)》注〔5〕。老骥,诗人自喻。曹操《步出夏门行·龟虽寿》:"老骥伏枥,志在千里。"匹练,喻白马。《太平御览·布帛部·帛》:"《韩诗外传》曰:'孔子、颜渊登鲁泰山,望吴昌门。渊曰:'见一匹练,前有生蓝。'子曰:'白马芦刍也。'"

〔5〕"共向"两句:谓在时势变化的今天,人们都在谈论我们二人的去向,又有谁知我们却在仕与隐之间犹豫不决?风云,风与云会,喻指时

势,也喻指际遇得时。《易·乾·文言》:"云从龙,风从虎,圣人作而万物睹。"二子,诗人与元美。李、王二人在政坛、文坛都是知名人物,因不满严嵩专擅朝政,终嘉靖朝隐居不仕,隆庆帝即位,二人去向如何即为人们所关注。天地,天与地,喻相去甚远。徘徊,踌躇逡巡,犹豫不决。唐刘沧《江行书事》:"远渚兼葭覆绿苔,姑苏南望思徘徊。"此谓二人在仕与隐之间徘徊。

〔6〕"雪满"两句:谓春初相聚在积雪未化的姑苏,虽即将入仕也未感到丝毫的暖意。江城,指姑苏城。萧条春兴,春兴索然。萧条,犹萧索。弹冠,拂除冠尘,谓将要入仕。

〔7〕"自怜"两句:谓你我都十分珍惜在不幸遭遇中建立的深挚情谊,而当今又有哪个把我们看作鹗立于时的贤才呢？沧海双珠,喻指诗人与元美。沧海,即海。贤者不见知于时,谓犹沧海遗珠。见《唐书·狄仁杰传》。青云一鹗,摩天高飞的双鹗鸟。青云,晴空。鹗,雕一类鸟,雌雄相得,交则双翔,别则异处,被认为是一种独立不移、出乎其类的鸷鸟。《后汉书·文苑·祢衡传》载孔融《荐祢衡疏》:"(祢衡)忠果正直,志怀霜雪。见善若惊,疾恶若仇。……鸷鸟累伯(百),不如一鹗。使衡立朝,必有可观。"

〔8〕"日月"两句:谓由此看来,我们二人就应该高卧不起,何必在年老时再出仕为官呢？日月,日月合璧,日月同升。喻指诗人与元美。祗销,只消。高伏枕,高卧不起。风尘,喻指宦途。老投竿,年老而扔掉钓竿,谓结束隐居生活。

〔9〕"岂宜"两句:谓难道说您还像当年的梅福一样隐于吴门,如同在前朝官低位卑,要有所作为的确很难。梅福,字子真,九江寿春(今属安徽寿春)人。据《汉书》本传载,梅福少时游学长安,通晓《尚书》、《谷梁春秋》,为郡文学,补南昌尉。后弃官家居,以读书养性为事。成帝、哀帝时屡次上书言事而不纳,见王莽专政即抛弃妻子去九江,传以为仙。

"其后,人见福于会稽者,变名姓,为吴市门卒云"。此喻指元美。先朝,即前朝。指嘉靖朝。吏隐,旧时士大夫常以官职低微,自称吏隐,谓隐于下位。

和马丈见送巡海之作[1]

楼船遥指越王城,万里波涛按部行[2]。门下有人惟说剑,江南何处不谈兵[3]!长缨我愧山东妙,铜柱君悬海外名[4]。忽讶天台霞色起,开缄彩笔更纵横[5]。

[1]作于隆庆元年(1567)。李攀龙起为浙江按察副使兼摄海道,于到任之初,出巡海上,马某为其送行。马丈,未详其人,盖为一马姓长者。《沧溟集》中有《初抵浙中感遇一首呈马丈》及《与马侍御》、《报钧阳马侍御》两封书信,疑马丈即马侍御。侍御,侍御史,明时指监察御史。据信中所言,马侍御既曾推荐李攀龙起复,也曾推荐其任河南按察使,对李攀龙有知遇之恩。

[2]"楼船"两句:言演练的水军船舰已经向北进发,我要到海上巡视部署情况。楼船,有叠层如楼的大船,多作为战船。越王城,又名越城、勾践城,在今江苏苏州市西南,石湖与越来溪交接处的东岸。按部,巡查部署。

[3]"门下"两句:谓当前不只您那里,在大江以南,哪里不谈论平倭战事?门下,官名。南朝齐时称侍中为门下;晋至唐宋设门下省,长官为侍中,下有黄门侍郎、给事中、谏议大夫等。此为对马丈的敬称。惟说剑,谓只谈论武事。

〔4〕"长缨"两句：谓大敌当前，我自愧不如少年英雄终军，而您却早就扬名海外。长缨，系敌首之长绳。《汉书·终军传》载，南越对汉朝时附时叛，汉武帝"欲令（越王）入朝，比内诸侯。军自请：'愿受长缨，必羁南越王而致阙下'"。后以"请缨"为奋身报国的典故。山东妙，山东少年。妙，年少，年幼。终军为山东济南人，请缨时不足二十岁。铜柱本指东汉马援平定交趾，此处用以称誉马丈立功海外。马援（前14—49），字文渊，东汉初扶风茂陵（今陕西兴平东北）人。东汉初，任陇西太守，后奉命率军南征，拜伏波将军，以功封新息侯，在平定交趾（今越南北部一带）之后，曾立铜柱以为汉之边界，因也称伏波标柱。生平详见《后汉书》本传。

〔5〕"忽讶"两句：言意外收到您的诗笺，如睹天台朝霞，打开读来更为您酣畅淋漓的文笔所感动。讶，惊讶。天台，山名。在今浙江天台县北，仙霞岭山脉的东支。开椷（jiān），打开诗笺。椷，同"缄"，书信。此指诗笺。彩笔，富有文采的文笔。纵横，奔放，酣畅淋漓。

大阅兵海上四首[1]

使者乘轺大阅兵，千艘并集甬句城[2]。腾装杀气三江合，吹角长风万里生[3]。帐拥楼台天上坐，阵回鱼鸟镜中行[4]。不知谁校昆池战，横海空传汉将名[5]！

戈船诸校锦征袍，水战当场命客豪[6]。万橹军声开岛屿，千樯阵影压波涛[7]。赤城深泛旌旗动，射的遥衔竹箭高[8]。东海便应铜柱起，何妨马援是吾曹[9]！

列舰如城积水前,援枹拥棹出行边[10]。桔槔气迸流乌火,组练光摇太白天[11]。鹅鹳一呼风雨集,鼍鼊双驾斗牛悬[12]。即今万国梯航日,并识君恩浩荡年[13]!

新开帷幄控朝宗,万里波臣老折冲[14]。海气抱吴遥似马,阵云含越总如龙[15]。中流鼓应潮声叠,下濑戈回日影重[16]。自有长缨堪报主,谁言白雉竟难逢[17]!

〔1〕作于隆庆元年(1567),到任之初。李攀龙《报刘都督》云:"乃伈伈以摄海之役,执事者俨然辱而临焉。获承颜色,倾盖如故。……不佞既东,陌落恬然,秋毫不犯。登场大阅,复睹纪律森严;士气距跃,技艺精真,可蹈水火。艨艟便捷,投枚记里,桨舵之利,折旋如活;炮石四兴,波涛响应;削柿树檄,示疑设伏。所征叙泸弁旄之步,闽粤善游之徒,三河挽强之骑辈相扼腕,惟敌是求。乃曰椎牛行犒,而帷幄自爱也。"知诗人于到任之初,即曾与戚继光合力抗倭的名将刘显一见如故,并曾同至海上,登场阅兵。一向关心边事的诗人,看到明军士气高昂,武艺精湛,以为海疆自此可保无虞,便抑制不住激动的情怀,挥笔写下此诗。诗写明军演练情景及其感受,热情奔放,气势磅礴,文笔恣肆,意境开阔,为李攀龙代表作品之一。

〔2〕"使者"两句:言使者登场阅兵,千艘战舰聚集在甬句海疆。使者,奉使来此者,指受皇帝委派监理军政者。诗人任浙江按察副使兼摄兵备,即所谓"摄海之役",因亦在其中。乘轺(yáo),乘座使者之车。轺,一马驾驶的轻便车。《文选》载丘迟《与陈伯之书》:"乘轺建节,奉疆场之任。"后遂以轺为使车。甬句(yǒng gōu)指宁波府城。甬为浙江宁

波的简称；句，句章，古地名，在今浙江鄞县南，属宁波府。

〔3〕"腾装"两句：谓各路战士整装待发，战争气氛是如此浓烈；一声令下，他们就像三江汇合入海的湍流一样奔赴海疆。腾装，整理行装。《文选》载枚乘《七发》："其波涌而云乱，扰扰焉如三军之腾装。"三江，指甬江与奉化、慈溪二江。甬江发源于四明山，至鄞县与奉化、慈溪二江汇合，东流至镇海东入海。角，号角。

〔4〕"帐拥"两句：言将帅坐在高高的楼船之上，好像坐在天上进行指挥；海上布列的阵势，就像鱼鸟穿行于镜中一样。帐拥楼台，谓主帅的指挥所设在楼船之上。帐，中军帐。古代军队分为中、左、右三军，中军为发号施令之处，主帅亲自率领。阵，军阵，军队的布列。回，曲折。

〔5〕"不知"两句：极言海上演练的盛况，谓此次海上演习胜过当年汉武帝昆池练兵，将帅也比汉的横海将军高明。校，将帅。昆池，即昆明池。故址在今陕西西安市西南。据《汉书·武帝纪》载，汉元狩三年（前120），为征伐昆明国而训练水军，"发谪吏穿昆明池"。此借指海上水兵演习之处。横海，汉代将军名号，谓其横行海上，没有敌手。《文选》载陈琳《檄吴将校部曲文》："江夏、襄阳诸军，横截沅、湘，以临豫章；楼船、横海之师，直指吴会，万里克期，五道并入。"

〔6〕"戈船"两句：谓诸将戎装立于战船之上，下令讨伐进犯的敌人，充满豪壮之气。戈船，置干戈以御敌的战船。见《汉书·武帝纪》。诸校，各路将帅。征袍，战袍，谓军服。命客，下令讨伐敌寇。客，起兵伐人。《礼记·月令》"为客不利"疏："起兵伐人者，为之客。"

〔7〕"万橹"两句：言在军人呼号声中，万只战船向海中岛屿进发；樯杆林立的阵势，压过汹涌的波涛。橹（lǔ），行船工具，安置在船梢或船旁，由人摇动，使船前进。樯（qiáng），桅杆。

〔8〕"赤城"两句：言海滨赤城山上旌旗摇动，射山也像在高处引弓待发。赤城，山名。在今浙江天台县，滨海。射的，山名。在今浙江绍

兴市南。《水经注·浙江水》:"会稽又有射的山,远望山的,状若射侯,故谓射的。"竹箭,一名竹干,产于会稽即今浙江绍兴。《尔雅·释地》:"东南之美者,有会稽之竹箭焉。"

〔9〕"东海"两句:谓在东海灭倭的战斗中,这里将帅都是马援那样卫边平乱的将军。马援,东汉伏波将军。详前《和马丈见送巡海之作》注〔4〕。

〔10〕"列舰"两句:言在辽阔的大海上,战舰布列如城;将帅们援枹拥棹就要出巡海疆。积水,谓海。王维《送秘书晁监还日本》:"积水不可极,安知沧海东。"援,执持。枹(fú),鼓槌。《左传·成公二年》:"左并辔,右援枹而鼓之。"拥,持。行边,谓守边将帅巡视海疆。

〔11〕"桔槔(jié gāo)"两句:言凌晨一看到报警的烽火燃起,浩浩荡荡的大军迅即出动。桔槔,即桔槔烽,报警烽火。《史记·魏公子列传》"而北境传举烽"《集解》引文颖说:"作高木橹,橹上作桔槔;桔槔头兜零,以薪置其中,谓之烽。常低之,有寇即火然举之以相告。"乌火,黑色火焰。组练,组甲与被练。组甲,以丝束穿组甲片;被练,以帛连缀甲片,均指将士的衣甲服装。《左传·襄公三年》:"使邓廖帅组甲三百、被练三千,以侵吴。"太白天,欲晓天。太白,星名,即金星,一名启明星。在天快亮时出现东方天际。相传太白星主杀伐,古诗文中也常喻指兵戎。

〔12〕"鹅鹳(guàn)"两句:谓阵势摆开,如风吹雨注;兵出舰开,如有神助。鹅、鹳,古代战阵名。《左传·昭公二十一年》:"郑翩愿为鹳,其御愿为鹅。"鼋鼍(yuán tuó),谓鼋鼍为桥梁。《竹书纪年》:"周穆王大起九师,东至九江,架鼋鼍以为梁,遂伐越至于纡。"此谓鼋鼍出而助阵。斗牛,斗宿、牛宿,星辰名。吴地当斗、牛之间,为斗分野。见《汉书·地理志》。

〔13〕"即今"两句:谓当战胜敌寇、万国归附的时候,人们就都会感谢君主的恩惠了。万国梯航,谓战胜克敌,万国归附。梯航,登山航海。

219

唐令狐楚《贺赦表》:"百蛮梯航以内面,万国歌舞而宅心。"识,记。浩荡,广大。

〔14〕"新开"两句:谓新任将帅完全控制着大海,敌人总是被击退。帷幄,此指中军帐。控朝宗,谓控制海上的安全。朝宗,谓百川朝宗于海。波臣,海龙王的臣属。古人认为江海中有龙的王国,鱼鳖虾蟹都是龙王的臣属。此指出没大海之中的倭寇。老折冲,总是后退。折冲,使敌人的战车后撤,谓击退敌军。

〔15〕"海气"两句:谓氤氲海气环抱吴地,远望好似万马奔腾;越地密布的战阵,像龙一样变化无穷。吴、越,古国名。地当今江浙一带。阵云,战阵所形成的氛围。

〔16〕"中流"两句:谓进军时鼓声与潮声相呼应,凯旋时阳光下晃动着将士们的身影。鼓,鼓声。古时进军击鼓。应,呼应。叠,重叠。下濑(lài),谓海边湍急下流的海水。水激石间为濑。

〔17〕"自有"两句:谓将士怀着誓死报国的热情,有谁能说不会获得最后的胜利!长缨,系敌首的长绳。详前《和马丈见送巡海之作》注〔4〕。白雉,古时以白雉为祥瑞。《春秋感应符》:"王者德流四表,则白雉见。"

明溪篇二首赠周都阃[1]

明溪斜带越台高,远送清光照锦袍[2]。势夺潮声雄鼓角,波分海色壮旌旄[3]。浮云深控嫖姚骑,秋水常函别驾刀[4]。翻恨普天无战斗,临觞不得更投醪[5]!

越台山下小江干,一曲遥开汉将坛[6]。槎动星河天上下,阵成鱼鸟镜中看[7]。戈鋋忽溢澄潭色,组练偏萦素渚寒[8]。此日非熊应入梦,心随渭水到长安[9]。

〔1〕作于隆庆元年(1567)秋,盖与《大阅兵海上》同时。明溪,水名。从诗中看,为越王台附近的一条水溪。周都阃(kǔn),未详其人。都阃,官名。朝中在外统兵的将帅。

〔2〕"明溪"两句:言高高的越王台前,明溪像一条斜置的玉带,其清粼粼的波光远远照着都阃等出征将士的战袍。越台,越王台,传为越王勾践登眺之处,在今浙江绍兴府山公园内。锦袍,指将士的战袍。

〔3〕"势夺"两句:言雄壮的鼓角声压过汹涌咆哮的海潮,船行波分,旌旗挥动,使军威更壮。势,威势。潮,海潮。鼓角,进军鼓与号角。旌旄(jīng máo),泛指旌旗。旌,用旄牛尾和彩色鸟羽作竿饰的旗。旄,竿顶用旄牛尾为装饰的旗。

〔4〕"浮云"两句:言都阃像控马飞奔向前的嫖姚校尉,身上佩带着锋利无比的传世宝刀。浮云,马名。葛洪《西京杂记》卷二:"文帝自代还,有良马九匹,皆天下之骏马也,一名浮云。"嫖姚,此谓嫖姚校尉,汉代霍去病曾为此武官。《汉纪·武帝纪四》:"去病初以侍中为嫖姚校尉,从卫青击匈奴有功。"骑(jì),坐骑。秋水,喻刀剑寒光逼人。函,剑鞘。别驾,官名。汉州刺史的佐吏,也称别驾从事史。因随刺史出巡时另外乘车,故称。此指王祥。三国魏初,徐州刺史吕虔有一把传世名刀,他认为别驾王祥有三公之相,遂以相赠;王祥又将此刀传于其弟王览,览孙王导辅佐晋元帝南渡建立东晋,子孙簪缨蝉联数世。

〔5〕"翻恨"两句:言此时反而因无歼敌机会,不能与军士一起庆祝胜利而感到遗憾。翻,反而。普天,天下。觞(shāng),盛酒杯。投醪(láo),将酒投于江,此谓与军士一起痛饮,庆祝胜利。《吕氏春秋·顺

民》:"越王苦会稽之耻,欲深得民心……有甘脆,不足分,弗敢食;有酒,流之江,与民同之。"高诱注:"投醪,同味。"

〔6〕"越台"两句:言在越王台下,江水曲处,明军拜将誓师。小江,指明溪。干,岸。一曲,江水弯曲处。汉,此借指明朝。将坛,拜将誓师之处。

〔7〕"槎(chá)动"两句:谓船舰摆开,在镜一样清澈的海面上列成对敌的阵势。槎,木筏。此指战船。星河,天河。传说古时有人乘槎到天河遇到牛星,见张华《博物志·杂说下》。详前《南溪老树行》注〔3〕。天上下,谓船行水动,天映水中。阵成鱼鸟,谓兵阵布列,影落水中,像鱼跃鸟飞一样。

〔8〕"戈铤(chán)"两句:谓兵器布满海面,忽然间使海水颜色变深;将士的衣甲闪烁,使宽阔的海岛萦绕着寒意。戈铤,泛指兵器。戈,一种用于横击、钩杀的武器。铤,铁把短矛。组练,组甲、被练,将士的衣甲、服装。详前《大阅兵海上四首》注〔11〕。素渚,宽阔的海岛。素,广大。见《方言》十三。

〔9〕"此日"两句:谓君王今日应有得人的吉兆,这里将士的心也时时系念京城。非熊,指吕尚。也喻隐士出山被重用。《宋书·符瑞志》:"(文王)将畋,史遍卜之,曰:'将大获,非熊非罴,天遣汝师以佐昌。'"后周文王至磻溪,果得吕尚。参见宋孙奕《履斋示儿编·非熊》。渭水,黄河支流,发源于今甘肃渭源县鸟鼠山,流经陇西及陕西南部,会泾水、洛水,入黄河。长安,今陕西西安市,在渭河北岸。此借指京都,即北京。

答赠沈孟学四首(选二)[1]

西湖一片白云秋,影落孤山水上浮[2]。君自神仙谁不见,月明同在李膺舟[3]。

江城春尽尽飞花,花拂清樽日影斜[4]。寂寞更无奇字问,可知曾到子云家[5]?

〔1〕作于按察浙江期间。沈孟学,生平未详。
〔2〕西湖:此指浙江杭州西湖,因在杭州旧城之西,故名。湖区三面环山,有灵隐寺、三潭印月、白堤、断桥、孤山等名胜,自古以来为游览胜地。孤山:山名。因独立波心而名。也称孤屿,又名瀛屿。
〔3〕"君自"二句:谓同游湖中,月下你与我同舟而济,哪个没有看见?李膺(110—169),字元礼,东汉颍川襄城(今属河南)人。初举孝廉,桓帝时历官河南尹、司隶校尉,因反对宦官专擅朝政而成为名士首领。"是时,朝廷日乱,纲纪颓弛,膺独持风裁,以声名自高。士有被其容接者,名为登龙门。"(《后汉书·党锢列传》)名士郭太(林宗)在洛阳因与李膺交游而"名震京师",返里时送行的"衣冠诸儒"车数千辆,在渡黄河时,郭太"惟与李膺同舟而济,众宾望之,以为神仙焉"(《后汉书·郭太传》)。此以李膺自喻。
〔4〕江城:指浙江杭州。因在钱塘江畔,故称。
〔5〕子云:指扬雄。扬雄(前53—后18),字子云,蜀郡成都(今属四川)人。西汉学者、思想家、辞赋家。曾著《方言》十三卷,收罗各地方言奇字加以解释。此以扬雄自喻。

二山人孤山吟社得"菲"字[1]

西陵树色溔斜晖,一片仙舟拂练飞[2]。三竺渐从天上落,二

223

峰高入雨中微[3]。人今湖海开诗社,客自云霄奉禁闱[4]。彩笔如花谁不羡,敢将春兴斗芳菲[5]。

〔1〕作于按察浙江期间。二山人,未详。孤山,西湖中一孤立山屿。详前《答赠沈孟学四首(选二)》注〔2〕。吟社,即诗社,诗人定期聚集吟咏的处所。《都城纪胜》:"社会文字,则有西湖诗社。此社非其他社集之比,乃杭都士夫及寓居诗人,旧多出名士。"

〔2〕"西陵"两句:言在西泠桥下,绿树披着绚丽的晚霞倒映湖中;一叶轻舟,拍打着平静的湖面飞驰。西陵,即西泠,桥名,也称西林。在西湖畔的孤山与苏堤之间,为西湖十景之一。滉,滉漾,浮动的样子。斜晖,落日余辉。仙舟,犹轻舟。仙,轻举的样子。拂,击而过之,俗谓拍打。练,白练,白色丝织物,喻指平静的水面。

〔3〕三竺:指西湖西南部的三座山峰,即天竺山、上天竺天喜山、中天竺飞来峰。二峰:指湖西的北高峰与湖南的南高峰。

〔4〕"人今"两句:言山人在其隐逸之地开办诗社,我这个地方大员也来凑热闹。人,指二山人。湖海,此指隐逸之地。客,诗人自指。云霄,喻高位。杜甫《奉赠鲜于京兆二十韵》:"云霄今已逼,台衮更谁亲?"奉禁闱,谓侍奉君王。禁闱,宫禁之内。

〔5〕"彩笔"两句:谓有谁不羡慕您那如花的妙笔,我也乘着春兴来参加赋诗胜事。春兴,赏春的兴致。斗芳菲,谓群聚赋诗如百花争艳。

灵隐寺同吴、马二公作[1]

武林台殿敞诸天,建自咸和第几年[2]?才到上方双涧合,飞来何处一峰悬[3]？梵音动杂江潮转,灯影长含海日传[4]。所以龙宫称绝胜,骊珠交映使君前[5]。

〔1〕作于按察浙江期间。灵隐寺,佛教名刹,在西湖畔的灵隐山麓,创建于晋咸和元年(326)。据《淳祐临安志》引晏殊《舆地志》载,印度僧人慧理登上武林山,说"中天竺国灵鹫山之小岭,不知何年飞来;佛在世日,多为仙灵所隐",遂在此处建灵隐寺,名其山曰飞来峰。宋景德年间(1004—1007),称景德灵隐禅寺。明初毁废,后重建。李攀龙所见即重建之后的灵隐寺。吴、马二公,未详。

〔2〕武林:山名。即今杭州西湖西的灵隐山。诸天:佛教用语,谓天。详前《神通寺》注〔3〕。咸和:晋成帝年号(326—334)。

〔3〕上方:谓山寺。唐韦应物《上方僧》:"见月出东山,上方高处禅。"此指灵隐寺。双涧合:指寺东侧南北两条山涧在这里会合。一峰:即飞来峰。

〔4〕"梵音"两句:谓寺内诵经声伴着钱塘潮声起伏,佛灯长明与日光同辉。梵音,佛音,指僧人诵经声。江潮,钱塘江潮。灯,佛灯。用酥油点燃,长明不息。海日,大海日出。

〔5〕"所以"两句:谓灵隐寺与江海相通因称绝胜,出海之日如同骊珠与佛光在这里交相辉映。龙宫,神话中龙神居处。此指灵隐寺。唐骆宾王《灵隐寺》:"鹫岭郁岩峣,龙宫锁寂寥。"传说海龙王曾请佛祖释迦牟尼到龙宫讲经,而钱塘江与大海相通,所以灵隐寺与钱塘江就彼此呼应。骊珠,骊龙颔下之珠。使君,州郡长官。吴、马二公或为杭州府的长官。

烟霞岭[1]

烟霞不隔洞天遥,佛影千岩散寂寥[2]。绝壁倒衔沧海照,一峰高映赤城标[3]。白云家在时堪驻,紫气山深夜自朝[4]。莫被藤萝迷出入,相逢终日少渔樵[5]。

〔1〕作于按察浙江期间。烟霞岭,位于杭州西湖南,南高峰下,有烟霞洞等景点,为杭州名胜之一。

〔2〕"烟霞"两句:言绚丽的烟霞隔不住神仙往来,罗汉的影像就布列在寂寥的山中。烟霞,光彩绚烂的山间云气。此指烟霞洞。洞在西湖南南高峰下,洞内有石刻十八罗汉像,洞旁有佛手岩(石笋五支如手指)、象鼻岩、落石岩,及呼嵩阁、舒啸亭、陟屺亭、吸江亭等景胜。洞天,神仙的居处。唐刘禹锡《游桃源一百韵》:"洞天岂幽远,得道如咫尺。"佛影,指烟霞洞内的石刻罗汉像。

〔3〕"绝壁"两句:言绝壁倒映在海中,南高峰与赤城山两相辉映。衔,含。一峰,当指南高峰。赤城,山名。在浙江天台县北。《读史方舆纪要·浙江·天台县·天台山》:"在县北六里者,曰赤城山。土色皆赤色,状似云霞俨如雉堞。孙绰所云'赤城霞起而建标'者。"标,通"幖",旗帜。

〔4〕"白云"两句:言白日游山,有时可以在民居小憩;夜晚紫气从四面涌出,别有一番景象。白云家在,谓白云深处有人家。紫气,此指弥漫于山间的祥瑞云气。

〔5〕"莫被"两句:写山境幽深,谓深山中到处被藤萝覆盖,一天到晚也很少看到打鱼砍柴的人。藤萝,藤与女萝,攀缘类植物。渔樵,渔父、樵夫,打鱼、砍柴的人。

虎跑寺泉[1]

大士始结构,凿空偏此丘[2]。二虎自南岳,掉尾从师游[3]。

神威攫地脉，佛力驱阳侯[4]。枯火迸石罅，松根解绸缪[5]。势宁决踽去，挥锡怒不休[6]。至今喷岩壑，水犹咆哮流[7]。酌言生壮心，一啸风飕飕[8]。海眼在其下，潮汐故可求[9]。不然胡僧咒，争使波澜浮[10]？穿壁吐长涧，夹寺潴龙湫[11]。疑作故山雨，片云驻岣嵝[12]。归应出东林，无为惠远留[13]。

〔1〕作于按察浙江期间。虎跑泉寺，原名大慈寺，在杭州西湖南虎跑山上。寺内有虎跑泉，以泉水甘洌著闻。相传唐元和年间(806—820)释性空住在这里，正苦于无水，忽见二虎跑地，泉遂涌出，故名。详见释道宣《续高僧传》。诗融进神话传说，描写眼前景物，将寺中泉水怒涌及积水成瀑及其夹绕佛寺的情形，生动地展现在读者面前。

〔2〕"大士"两句：言此寺为高僧性空所建，山间道路也为他所开。大士，菩萨的通称。此指性空。结构，结连构架庙宇。凿空，开通，凿山以通道。谓此山险峻，本无道路，为凿空而开辟。

〔3〕"二虎"两句：言二虎从南岳跑来，摇着尾巴追随大师修行。南岳，指衡山。在今湖南衡山县。相传二虎来前，有神人告诉性空："南岳童子泉，当遣二虎移来。"掉尾，摇尾。

〔4〕"神威"两句：言二虎大发神威，用爪刨开地脉，借助佛力，使泉水涌出。攫，用爪抓取。地脉，指地下水。水行地中，犹人之血脉，故称。阳侯，神话中的波神。《淮南子·览冥训》："武王伐纣，渡于孟津，阳侯之波，逆流而击。"注云："阳侯，陵阳国侯也。其国近水，溺水而死，其神能为大波，有所伤害，因谓之阳侯波。"

〔5〕"枯火"两句：言虎刨土石，石缝中迸出火花；缠绕在一起的松树根，也被扯断。石罅(xià)，石间缝隙。绸缪，繁密的样子。

227

〔6〕"势宁"两句:言二虎抖动着毛发,宁肯断掉蹄爪也不肯罢休。势,趋向。宁,宁愿。决蹯(fán),断蹄爪。决,断物。蹯,兽足。挥锡,抖动身上的毛发。锡,通"鬄(tì)",毛发。

〔7〕"至今"两句:承上言,致使泉水从石缝中喷出,到现在仍咆哮着流淌。

〔8〕"酌言"两句:言虎跑泉涌出带着飕飕的风声,喝上一杯能令人陡然产生雄壮之心。酌,饮用泉水。言,无义。一啸,一声鸣叫。啸,悠长的音声。此谓泉水突发的声响。

〔9〕海眼:此谓泉水涌出之处。古人认为泉水潜流地中,远通大海。潮汐,海水昼涨曰潮,夜涨称汐。此谓因此泉远通大海,不论早晚都可喝到泉水。

〔10〕胡僧:胡人出家为僧的人。咒:佛经经文中的咒语,据说念动可除灾祈福。争使:怎使。胡僧念咒使波澜浮动,未详所据。

〔11〕"穿壁"两句:言泉水穿壁而出,喷吐为长长的山涧急流;汇潴成瀑布,夹绕寺的周围。穿壁,穿透崖壁。潴(zhū),水停聚。龙湫(qiū),瀑布。

〔12〕"疑作"两句:言瀑布喷洒,恍如故乡的细雨;从山下看,又像是片云停留在山顶。故山,家乡。岣嵝(gǒu lǒu),山顶。

〔13〕"归应"两句:谓尽管此寺十分神奇,也不要留在寺中做住持的弟子。东林,佛教名刹,在今江西庐山。晋时江州刺史桓伊为释慧远而建,见释慧皎《高僧传》。惠远,即慧远(334—416),本姓贾,雁门楼烦(今山西原平市)人。东晋高僧,居庐山三十余年,为南方佛教领袖。初到庐山住西林寺,由于其弟子不断增加,江州刺史桓伊为其建东林寺,此后至老死,慧远未离开东林寺。此借指住持僧人。

九里松图为马侍御作二首[1]

三天嘉树俨成行,下接枌榆即故乡[2]。远势不随双涧尽,层阴并落二峰长[3]。叶栖金掌仙人露,干挺乌台御史霜[4]。孔雀东飞烦再顾,欲从威凤托清光[5]。

武林佳气日萧萧,夹道长松入望遥[6]。黛色总疑天目雨,寒声不辨浙江潮[7]。含凄风自枯鳞起,倒影云随偃盖飘[8]。非值有心同竹箭,悬萝争敢附高标[9]!

〔1〕作于按察浙江期间。九里松,一名九里云松。唐开元年间(713—741),杭州刺史袁仁敬植,起自洪春桥,止于下天竺,长约九里。马侍御,见前《和马丈见巡海之作》题注。此为图咏,即看图作诗。将平面图画,立体地展现在读者面前,使之如临如睹,是这类诗达到的最高艺术境界。此诗庶几近之。

〔2〕三天:杭州灵隐寺南,与天竺山之间,有上天竺、中天竺、三天竺(下天竺)。嘉树:美好的树木。此指松。枌(fén)榆:枌树、榆树。枌榆社为汉高祖刘邦的里社,在今江苏丰县东北。见《史记·封禅书》。后遂沿称乡里为枌榆。此谓松树下接枌榆树。

〔3〕双涧:指灵隐寺东侧南北两条山涧。二峰:指在九里松南北的南高峰和北高峰。

〔4〕"叶栖"两句:言松叶上滚动着露珠,挺拔树干上凝结着霜雪。金掌仙人露,仙人以金掌擎盘承接的露水。《汉书·郊祀志》"其后又作

柏梁铜柱,承露仙人掌之属"注引师古曰:"《三辅故事》云:建章宫承露盘,高二十丈,大七围,以铜为之。上有仙人掌承露,和玉屑饮之。"此谓落在松叶上的露水。乌台御史霜,乌台御史府内松柏树上的霜雪。乌台,即御史台。《汉书·朱博传》:"是时御史府吏舍百余区井水皆竭;又其府中列柏树,常有野乌数千栖宿其上,晨去暮来,号曰'朝夕乌'。"此谓松树干上的霜雪。马侍御为朝廷派遣的官员,其职掌在汉代属御史台;写松兼而写人。

〔5〕"孔雀"两句:谓像栖息松柏而飞离的孔雀那样,盼您再回杭州,我愿从您之后托福叨光。孔雀东飞,化用"孔雀东南飞,五里一徘徊"(汉乐府《陌上桑》)之意。孔雀为凤凰一类鸟,不栖凡树。威凤,旧说凤有威仪,故称威凤。清光,清雅的风采。此明言孔雀栖松,而隐含对马侍御的颂扬。详诗意,马侍御要离开杭州返京;据李攀龙《报钧阳马侍御》一文,知马氏返京后又曾推荐他。

〔6〕武林:杭州西湖周围天竺诸山,总名武林山,因亦代称杭州。萧萧:风声。

〔7〕"黛色"两句:言九里松苍翠浓郁,让人总疑为天目山雨要来;寒风吹过,松涛阵阵,令人难以分辨钱塘潮声与松涛声。黛色,青黑色。此指松树苍翠之色。天目,山名。在杭州西北。寒声,指松涛。浙江潮,即钱塘潮。浙江流经杭州旧城南,即称钱塘江。《读史方舆纪要·浙江·杭州府·仁和县》:"钱塘江,在城东三里,即浙江也。自严州府桐庐县流入富阳县界,经郡西南,而东北接海宁县界,出海门入于海。潮昼夜再上,奔腾冲击,声撼地轴。"

〔8〕"含凄"两句:言寒风起自松林,云随树飘动。含凄风,即风含凄,风含凉意。枯鳞,喻指树皮班驳的松树。倒影云,即云影倒,云影反倒。偃盖,偃松,卧松。松形如盖,也叫笠松。杜甫《题李尊师松树障子歌》:"阴崖却承霜雪干,偃盖反走虬龙形。"

〔9〕"非值"两句:言若非松树有竹箭般挺拔的树干,悬萝怎敢攀附达到高处?值,逢,遇到。竹箭,即篠(xiǎo),一名竹干,为制造箭矢原料。《尔雅·释地》:"东南之美者,有会稽之竹箭焉。"悬萝,悬挂在松树间的松萝等攀缘类植物。争,怎。高标,树梢。此亦明写树,而隐喻人,谓若非遇到您这样具有松柏品格的人,我是不会攀附其后的。

留子与署中[1]

杭城落月早潮生,宪府松杉风乱鸣[2]。伏枕待三从劾免,移文满百不留行[3]。何人更许弹冠会,唯尔还堪倒屣迎[4]。十载寒温无长物,一时出处有余情[5]。酒斝白玉吴姬色,赋掷黄金楚客声[6]。大抵冥鸿心自远,曾来老骥气难平[7]。浮云在昔悬秦望,北斗依然捧汉京[8]。吏挟江湖才是傲,交论冰雪未为清[9]。官联西省闻题柱,家本同乡见请缨[10]。谁似两朝衔宠遇,它如群少失纵横[11]。樽前且抗持螯手,世上空传染翰名[12]。须听松杉风再起,晚潮乘月到杭城[13]。

〔1〕作于按察浙江期间。子与,即徐中行。子与为长兴(今浙江湖州市)人,李攀龙赴任时他尚在家乡,从李攀龙《与徐子与书》所说"所幸子与禫(dàn)而谒选之期近矣",及"二月当诣贵郡,抠衣孺子之堂,薄观二姬将就馆者,垂腴溢幅,明珠映媚,岂不四海一快邪",知子与服丧期满,即将赴京候选。署中,廨署之中。老友离而复聚,契阔谈宴,其快何如!诗感情激扬,气势奔注,为李攀龙长篇佳什之一。

231

〔2〕杭城：即杭州城。潮：指钱塘潮。月落天明,早潮渐起。宪府：本指御史台,此指按察使府衙。按察使为执法之官,亦可称"宪"。

〔3〕"伏枕"两句：谓既已自劾免官,隐居高卧,本不欲再出仕为官,而友人纷纷致信催促不得留行。伏枕,谓隐居高卧。劾,弹劾。此指其自劾免官事。移文,犹移书,致书。

〔4〕"何人"两句：言今天哪还有人让我们像初入仕时那样欢聚,这里只有你还配让我热情欢迎。弹冠会,谓居官而相聚。弹冠,拂除冠尘,谓即将入仕而先整洁其衣冠。堪,可,犹言"配"。倒屣迎,出迎时来不及穿好鞋子,极言迎接之热情。倒屣,穿倒鞋子。《三国志·魏书·王粲传》："(蔡邕)闻粲在门,倒屣迎之。"

〔5〕"十载"两句：言十载之后相见无物可赠,只有寒暄而已；仓促决定隐而复出,至今仍未释怀。寒温,犹寒暄。《晋书·王献之传》："二兄多言俗事,献之寒温而已。"长物,蓄余之物。见《晋书·王恭传》。白居易《无长物》："只缘无长物,始得作闲人。"出处,进退,谓出仕或隐居。此谓出仕为官。余情,未尽之情。《与徐子与书》曾说："不佞岩穴不深,自取侮予,小草渡江,不胜故态复作之甚。"所谓"余情",盖指其应诏起复时的矛盾心情。

〔6〕"酒斟"两句：言你有肤如白玉的小妾陪伴,写出诗文也掷地有声。吴姬,吴地美女。此指子与侍妾。赋掷黄金,谓诗文富有文采。唐钱起《和范郎中宿值中书晓玩清池,赠南省同僚两垣遗补》："六义惊摘藻,三台响掷声。"楚客,指子与。

〔7〕"大抵"两句：谓你像思欲高飞的大雁,心志都十分远大,而我像心志难平的伏枥老马,也想有一点作为。冥鸿,摩天高飞的鸿雁。心自远,心志自然高远。冥,天。会,相会。老骥,老马,诗人自指。

〔8〕"浮云"两句：谓昔日奸臣当道破坏抗倭战事,而将士们忠贞报国之志却始终未变。浮云,喻指奸邪小人。李白《登金陵凤凰台》："总

为浮云能蔽日,长安不见使人愁。"此谓奸臣当道。秦望,山名。在今浙江绍兴市东南。见《水经注·浙江水》。明代田汝成则谓在杭州城南,"相传秦始皇东游江浒,欲度会稽,登山而望,故名秦望"(《西湖游览志余》)。浮云悬秦望,应指严嵩谗害抗倭将帅、破坏抗倭事。北斗,北斗星。捧,拱卫。汉京,此指明朝都城北京。所以云"汉",为与"秦望"之"秦"相对仗。

〔9〕"吏挟"两句:谓官吏只有不怕辞官归里才谈得上高傲,交友只论洁身自爱并不是清高。吏,官吏。挟,持。江湖,谓隐居。交,交友。冰雪,谓冰清玉洁。清,清高。

〔10〕"官联"两句:谓我早在刑部时就听说你建立了军功,那杀敌报国的精神简直可与终军相比。西省,指中书省。中书省总领百官,亦称西掖,因称。李攀龙与子与在京时同官刑部;刑部为中央六部之一,元代归中书省统辖。明初废除中书省及丞相一职,权力归于皇帝。题柱,谓建立军功。《后汉书·马援传》载,马援以伏波将军南征交趾,事平之后立铜柱以标汉界,后遂以题柱指军功。子与知汀州(治所在今福建长汀)时,曾击退广东寇萧五。请缨,谓自请杀敌报国。此指西汉终军自请赴越事,详见《汉书·终军传》。终军为济南人,与诗人为同乡。

〔11〕"谁似"两句:言谁像你我受到两朝厚遇,那些谗害忠良的家伙如今都失去了往日的威风。两朝,指嘉靖、隆庆两朝。衔,领受。宠遇,厚待。群少,犹群小。众小人。此指奸相严嵩一党。纵横,放纵恣肆,任意胡为。

〔12〕"樽前"两句:言当下你我且相对痛饮,文名原本不过是身外之物。樽前,谓饮酒之时。抗,对。持螯手,手持鲜蟹之螯。螯,蟹爪。《世说新语·任诞》载,晋时毕卓嗜酒,曾云:"一手持蟹螯,一手持酒杯,拍浮酒池中,便足了一生。"染翰名,谓文名。

〔13〕"须听"两句:言等到风再吹过松杉之时,咱们乘着月色到杭

233

城南去观赏晚潮。

与子与游保叔塔同赋 山有落星石二拳[1]

古塔松台对寂寥,高斋斜日傍渔樵[2]。金牛忽见湖中影,铁骑初回海上潮[3]。更倚连城明月动,并携双剑落星摇[4]。若非赋有凌云气,笔底天花可自飘[5]?

〔1〕作于按察浙江期间。子与,即徐中行。保叔塔,本作保俶塔,在杭州西湖北宝石山上。据明朱国祯《涌幢小品》载,宋太祖开宝八年(975),吴越王钱俶降宋,在其奉诏入京时,恐被羁留,吴越大臣建塔祈佛保佑他平安归来,故名。宋真宗咸平年间(998—1003),僧永保重修时改为七级,时人称永保为师叔,故也称保叔塔。原塔已废圮,今塔为1955年重建,高45.3米,砖石结构;左边有来凤亭,亭前有一卵形巨石,叫落星石。塔耸立西湖北岸,秀丽挺拔,为西湖名胜之一。陈田《明诗纪事》引《西园诗麈》云:"吾杭之胜者,第知西湖耳。季迪(高启)《送钱塘守》'湖来两渡皆侵岸,日落诸峰满入城',于鳞《登塔》'金牛忽见湖中影,铁骑初回海上潮',殊善写景。"

〔2〕"古塔"两句:言古塔耸立在空旷的山间,从客房中在落日时可看到农人归来。松台,谓楼台。寂寥,寂静、空廓。此指高空。高斋,指塔下院中待客之处。傍渔樵,接近农家。渔樵,打鱼、砍柴。

〔3〕"金牛"两句:言从塔上俯瞰,湖上金光闪烁,景色变幻,远处江潮澎湃,像千万铁骑奔来。金牛,相传西湖中有金牛出现,神化难测,因称西湖为明圣湖。见《水经注·浙江水》。大概是斜日映湖,金光闪烁,

234

疑似金牛显现,传为神话。见,通"现"。铁骑初回,谓钱塘江潮如铁骑奔至。铁骑,精壮的骑兵。枚乘《七发》描写广陵江潮云:"其波涌而云乱,扰扰焉如三军之腾装。其旁作而奔起也,飘飘焉如轻车之勒兵。"钱塘江近海,故云"海上潮"。

〔4〕"更倚"两句:谓月上影浮,倒映的山影与星光在湖中晃漾。连城明月动,喻指湖中月光闪烁。连城,连城璧,即价值连城的璧玉。详见《史记·廉颇蔺相如列传》。璧圆如月,故云。湖上赏月,为游湖胜事;西湖中有平湖秋月、三潭印月等景点。白居易《春题湖上》:"松排山面千重翠,月点波心一颗珠。"双剑,谓湖南北的南高峰与北高峰双峰如剑。

〔5〕"若非"两句:谓在这里若不是咱们的诗作超尘脱俗,那些优美的诗句怎会像天花一样飘落湖中。凌云气,超尘脱俗之气。《汉书·司马相如传》:"相如既奏《大人赋》,天子大说(悦),飘飘有陵云气游天地之间意。"天花,佛教用语,谓天上之妙花。此谓生花妙笔。

与刘宪使过子与大佛寺[1]

西湖斜日净风烟,北岭岩峣出半天[2]。磴道乍从空外转,楼台已入镜中悬[3]。塔分西域铜瓶势,石纪秦官锦缆年[4]。白社但须彭泽酒,青山不用华家钱[5]。波摇玉树堪双映,月上珠林好独眠[6]。我辈自狂君莫讶,平生未敢谬周旋[7]。

〔1〕作于按察浙江期间。刘宪使,指刘显。刘显(?—1581),南昌(今属江西)人,抗倭名将。隆庆初,任副总兵,协守浙江三沙(今福建霞浦、宁德之间)。李攀龙一向关心边事,早与抗倭名将戚继光有书信来

235

往。自视海阅兵与刘显相识,二人过从密切。《报元美》信云:"刘将军者,自谓十五从军,身五百七十八战,破寨九十有三,平蜀攘粤闽与维扬,口难剧谈迸齿,始悉此二国士可与扼腕。"《沧溟集》中有致刘显三封书信。子与,即徐中行。过,过访。大佛寺,未详。诗言在西湖"北岭",又及保叔塔,当在葛岭、宝石山一带。

〔2〕岧峣(tiáo yáo):山高峻的样子。出半天:出天半,形容山高。

〔3〕磴(dèng)道:登山石阶路。从空外转:谓盘旋而上,如在空中。楼台镜中悬:谓楼台倒映水中。镜,喻平静的湖面。

〔4〕塔:盖指保叔塔。详前《与子与游保叔塔同赋》题注。西域铜瓶:指僧人化缘用的钵盂。王维《怀素歌》:"铜瓶锡杖倚闲庭,班管秋毫多逸意。"西域,泛指我国新疆以西及今中亚一带。佛教从印度经西域传入。保叔塔为佛塔,其穹隆似钵盂。石:指塔前落星石。详前《与子与游保叔塔同赋》题注。秦官锦缆:传说秦时设缆绳把落星石套住。秦官,秦时所设官。

〔5〕"白社"两句:谓佛家有酒戒,只等我请二位酒喝;这里山境自然淳朴,不用人工修饰。白社,指白莲社。东晋高僧慧远集当时名僧名儒所建。据《释氏要览》、《莲社高贤传》等记载,慧远在庐山虎溪东林寺,集僧人慧永、慧持、道生等,与当时著名文人刘遗民、宗炳、雷次宗、周续之等,共一百二十三人,在弥陀佛像前发愿立誓,要同修西方净业,因寺植白莲,遂称白莲社,也称莲社。相传,慧远致书陶渊明,邀其参加莲社,渊明说我生来嗜酒,法师答应饮酒即去。慧远许其饮酒,渊明就去了,但一提让他入白莲社,"渊明攒眉而去"(《庐阜杂记》)。彭泽,指陶渊明。因其曾任彭泽令,世称陶彭泽。此以白社喻指佛寺,以彭泽自喻。青山,此泛指杭州之山。白居易《余杭形胜》:"余杭形胜四方无,州傍青山县枕湖。"华家,华贵之家。

〔6〕"波摇"两句:谓此时二位的风采交相辉映,到月上之时,就只

剩下子与一人了。玉树,喻人的风采。《世说新语·容止》:"魏明帝使后弟毛曾与夏侯玄共坐,时人谓'蒹葭倚玉树'。"珠林,指佛寺。唐沈佺期《游少林寺》:"长歌游宝地,徙倚对珠林。"

〔7〕"我辈"两句:言您不要怪我与子与在您面前不拘形迹,其实我们平时从来不与庸俗之辈交往。言外我们只有在朋友面前才如此的。我辈,此为对刘显而言。谬周旋,胡乱与人交往。

青萝馆二首[1]

十亩青萝别馆开,使君延眺意悠哉[2]。风摇北渚清阴合,烟杂南山黛色来[3]。台敞高秋深染翰,庭虚斜日净衔杯[4]。西邻荣叟常来往,带索应同薜荔裁[5]。

湖上高斋此一时,垂萝四面绕茅茨[6]。欲令何处红尘入,可道窥人片月疑[7]。色借古松成远势,意含幽石有余姿[8]。空传蒋诩开三径,不遇裘羊那得知[9]!

〔1〕作于按察浙江期间。青萝馆,徐中行的别墅,在其故乡长兴(今属浙江湖州)。徐中行曾因病家居,嘉靖末年丁父忧家居。李攀龙任职浙江之后,二人曾同游西湖。据李攀龙《与徐子与》信中说"抵任奔走无暇时,即未尝顷刻忘薜荔园一握手";薜荔园亦为子与别墅,攀龙有《寄题子与使君薜荔园》一诗,因知攀龙在浙江期间曾往访子与。

〔2〕别馆:即别墅。使君:对州郡长官的尊称。此指子与。子与曾知汀州、汝宁,故称。

〔3〕北渚:盖指太湖北岸。李攀龙《寄题子与使君薜荔园》云:"太守为园自一丘,遥看薜荔接沧州。醉来忽下湘君泪,赋罢深直楚客愁。暗淡欲飞天目雨,萧条犹带洞庭秋。惟应日共蓬蒿长,安得聊从仲蔚游?"长兴在太湖南岸边,对面湖中有东、西洞庭山;长兴南有天目山。烟,云雾。黛色,青黑色。

〔4〕"台敞"两句:言二人在秋光清丽的高台上赋诗,傍晚在寂静的庭院里痛饮。敞,开阔。染翰,谓挥笔写诗。翰,毛笔。虚,静寂。

〔5〕荣叟:指春秋时期的隐士荣启期。《列子·天瑞》:"孔子游于泰山,见荣启期,行乎郕之野,鹿裘带索,鼓琴而歌。孔子问曰:'先生所以乐,何也?'对曰:'吾乐甚多:天生万物,惟人为贵。而吾得为人,是一乐也。男女之别,男尊女卑,故以男为贵;吾既得为男矣,是二乐也。人生有不见日月、不免襁褓者,吾既已行年九十矣,是三乐也。贫者,士之常也;死者,人之终也。处常得终,当何忧哉!'孔子曰:'善乎!能自宽者也。'"后世常把荣启期作为安贫乐道的典型。带索,以绳索为衣带。陶渊明《咏贫士》之三:"荣叟老带索,欣然方弹琴。"这位西邻荣叟,所指未详,盖为一安贫乐道的隐者。带索应同薜荔裁,谓隐居安贫,也应具备独立不移、不同流俗的品格。薜荔,又名木莲,香草,缘木而生。战国·屈原《离骚》:"揽木根以结茝兮,贯薜荔之落蕊;矫菌桂以纫蕙兮,索胡绳之纚纚。謇吾法夫前修兮,非世俗之所服;虽不周于今之人兮,愿依彭咸之遗则。"

〔6〕高斋:高雅的书斋。茅茨:以茅覆盖房屋,极言居室质朴简陋。

〔7〕"欲令"两句:谓其处与世隔绝,世俗之人无处可入,只有月光从缝隙中照进。红尘,俗世。

〔8〕"色借"两句:言其处借着古松景象更加悠远,馆中幽静的山石蕴涵着人的品格。色,景象。幽石,幽静的石头。此指假山石。

〔9〕"空传"两句:谓社会上徒然传说您卧不出户,不是我来别人哪

里得知。蒋诩,字元卿,汉杜陵(今陕西西安东南)人。哀帝时官兖州刺史,不满王莽专擅朝政,告病归家,卧不出户。曾于舍前竹下开三径,只有老友羊仲、裘仲从游。详前《拂衣行答元美》注〔11〕。此以蒋诩喻指子与,以二仲自喻。

题候涛山观音寺,寺徙自落迦[1]

落迦山上古祇林,白马西来峡口深[2]。月出尔时楼阁影,风还如是海潮音[3]。若非鹦鹉元能语,谁解莲花不染心[4]?五十三员知识尽,可劳踪迹问浮沉[5]?

〔1〕作于按察浙江期间。候涛山,在今浙江舟山市镇海区普陀山。观音寺,供奉观音的寺庙。落迦,山名。佛经有观音住南印度普陀洛迦山的说法,俗遂传浙江舟山的普陀山是从南印度迁来的。唐大中(847—860)年间,有一印度僧人来此自燔十指,"亲睹观世音菩萨现身说法,授以七色宝石"。遂传此地为观音显圣地,因亦名浙江普陀为洛迦("洛"或作"落")。此处"徙自落伽",即指从印度洛迦迁来。

〔2〕古祇(zhī)林:古佛寺。祇林,即祇园,祇陀太子的园林,印度佛教圣地之一。相传释迦牟尼成道后,拘萨罗国给孤独长者购置波斯匿王太子祇陀(逝多)在舍卫城南的花园,建筑精舍,作为释迦牟尼在舍卫国居住说法的场所。此指僧寺。佛教传说,祇陀太子骑白马从西方来。峡口,指海峡。普陀山在海中,为舟山群岛中的一个小岛。

〔3〕尔时:犹言其时。

〔4〕"若非"两句:言如果不是鹦鹉能吐人言,有谁了解僧人虔诚修

行之心？鹦鹉能语，谓鹦鹉能通人言。普陀山对面，平湖有鹦鹉洲，上有报本塔，为本县人陆杲在嘉靖年间所建。元，原。莲花，佛教净土宗的象征。东晋释慧远创白莲社，称莲宗，即净土宗。详见《莲社高贤传》。莲花出污泥而不染，喻指僧徒虔诚修行之心。

〔5〕"五十"两句：谓观音已得善果，能否劳您预测一下我的前程如何？五十三员知识，佛教指修业累积之多。五十三，言参问之多。据《华严经·入法界品》载，善才童子，遍参五十三知识，即普遍参问文殊、普贤以及菩萨、佛母、比丘、比丘尼、天神、地神等，才得善果。踪迹，行踪。浮沉，升降。谓吉凶祸福。

元美起家按察河南，寄促之官[1]

莫道渔樵计已安，主恩堪为一弹冠[2]。足知上国群公疏，犹作中原二子看[3]。虎观迥连嵩少起，龙门高倚大江寒[4]。与君聊玩人间世，明日抽簪未是难[5]。

〔1〕作于隆庆二年（1568）六月。经朝臣推荐，隆庆二年四月，元美（王世贞）起复为河南按察副使，整饬大名兵备，而元美于五月以病为由推辞，未准。六月，接到吏部催促赴任的命令，勉强动身，途中又上《中途患病日深不能赴任乞恩放归里疏》，仍未准。此时接到李攀龙的书信及诗，才不再坚持，并于八月抵大名任所。元美《于鳞、子与以诗劝驾有答》云："仓皇家恤始辞官，敢向东山拟谢安。起色江湖才欲尽，壮怀天地事仍难。中原纵自容方轨，沧海何当足钓竿。神武至今冠尚在，可烦霄汉故人弹。"

〔2〕"莫道"两句:言您不要认为一直过隐居生活是长久之计,君主知遇之恩值得为其出而为官。渔樵,打鱼砍柴,指过农家生活。主恩,君主之恩,指诏命起复。弹冠,弹掉灰尘,谓将要出仕。

〔3〕"足知"两句:言从朝廷诸公推荐您的奏疏,就知道他们还是把你我看作当今文坛的领袖人物。上国,国之上游,此谓朝廷。群公疏,指多位大臣的荐疏。疏,奏疏。中原二子,指诗人与王世贞。

〔4〕"虎观"两句:谓今您起家按察河南,那里的人们对您充满期待,而您却心灰意冷,岂不令人失望。虎观,指虎丘寺。在今江苏苏州虎丘山上。相传春秋末期吴王阖闾葬此。说葬后三天,有白虎蹲其上,因名虎丘。此处代指王世贞的家乡。嵩少,即中岳嵩山。在今河南登封市境。此处代指河南。龙门,山名。在今河南洛阳市西南。此处亦代指河南。倚,倚望。大江,指长江。元美故里在长江附近。寒指元美心境。

〔5〕"与君"两句:言我与您姑且隐于官场,将来想要弃官归隐也不是难事。玩人间世,即玩世。《汉书·东方朔传》:"依隐玩世,诡时不逢。"注引如淳说:"依违朝隐,乐玩其身于一世也。"抽簪,谓弃官归隐。《文选》二一载张景阳(协)《咏史》:"抽簪解朝衣,散发归海隅。"

过严陵[1]

严陵物色动新年,解缆春回七里船[2]。绣领更宜残雪映,钓台高并客星悬[3]。滩声乍合三江壮,山势遥临百越偏[4]。此日青阳瞻帝座,羊裘深愧昔人贤[5]!

〔1〕作于按察浙江期间。严陵,指严陵滩。又名严陵濑、严濑。在

今浙江桐庐县南,富春江畔,为东汉严陵隐居时的垂钓处。严陵,即严子陵,名光,一名遵,字子陵,会稽余姚(今属浙江)人。《后汉书·逸民·严光传》说严陵"少有高名,与光武同游学。及光武即位,乃变名姓,隐身不见。帝思其贤,乃令以物色访之。后齐国上言:'有一男子,披羊裘钓泽中。'帝疑其光,乃备安车玄纁,遣使聘之"。到洛阳后,光武帝刘秀亲自到其住处看望,并引入宫,"因共偃卧,光以足加帝腹上。明日,太史奏客星犯御座甚急。帝笑曰:'朕故人严子陵共卧耳'"。任其为谏议大夫,不就,"乃耕于富春山,后人名其钓处为严陵濑焉"。诗对严光不慕荣利、不附权贵的高洁品格表示仰慕,而自愧不如。从"严陵物色动新年"诗句看,作时似为隆庆二年(1568)春。

〔2〕"严陵"两句:言新年之后,春回大地,寻访严陵,行船于景色奇丽的七里濑。物色,访求。解缆,谓启动船只。缆,拴系船只的绳索。七里,七里濑,一名七里滩,在桐庐县严陵山之西,两岸壁立,水流急速,俗谓无风七里,有风七十里。

〔3〕"绣领"两句:谓我这个执法官更应学习严光的高尚品格,所以前来瞻仰其隐居垂钓之处。绣领,彩绣衣领。执法官员的衣饰。诗人任职按察使,故以自指。钓台,即严陵濑,又名严陵钓坛。客星,指严光。严陵残雪,隐喻严光的高洁品格;钓台高耸,见诗人仰慕之情。

〔4〕"滩声"两句:言三江汇合,使严陵滩的水势更加雄壮,高高的严陵山远远耸立在富春岸边。三江,严陵滩在富春江、衢江与新安江的汇合处。百越,今浙江、福建、广东等地为古越族聚居地。浙江为百越的北部,故云"偏"。

〔5〕"此日"两句:言在初春时节前来瞻仰严光这位真正的隐士,使我这隐志不坚的人感到十分惭愧。青阳,谓春天。见《尔雅·释天》。瞻帝座,谓瞻仰犯帝座的客星,指严光。详题注。帝座,即御座。羊裘,羊仲、裘仲,古代隐士。详前《拂衣行答元美》注〔11〕。此为诗人自指。

昔人，指严光。

寄怀子与[1]

白云愁色满秋天，海上离心雁影传[2]。那堪对酒书相忆，况复登楼月正圆[3]！自尔一携龙剑合，何人更问鹖冠篇[4]？莫言十日平原饮，不是王孙得意年[5]。

〔1〕作于按察浙江期间。子与，即徐中行。子与与诗人在杭州欢聚后，即赴山东佥事任所，此诗应作于子与离浙之初。

〔2〕"白云"两句：言在这愁云惨淡的秋日，彼此只有靠书信来传递相思之情了。雁影，意含双关：旧时以"鸿雁"喻指书信；同时，秋日大雁南飞，子与在北，而诗人在南，彼此望雁行而相思。离心，离别后的思念之情。

〔3〕"那堪"两句：言对酒独酌，只能通过诗歌表达相思，真让人受不了，更何况在八月中秋登楼赏月之时！那堪，哪里受得了。堪，忍受。书相忆，书写思念之情。况复，更何况。月正圆，指八月中秋。

〔4〕"自尔"两句：言自从与你相聚分别之后，就无人再问隐退的问题了。尔，你。一携，一携手，谓相聚。龙剑合，双剑遇合成龙，喻指友人别而相聚。详前《哭子相四首（选二）》注〔5〕。鹖（hé）冠篇，指《鹖冠子》，见《汉书·艺文志》。鹖冠，用鹖鸡羽毛为装饰的冠，隐者贫贱之服。李攀龙在寄子与的信中说："不佞岩穴不深，自取侮予，小草渡江，不胜故态复作之甚。……是役也，不佞于出处之间，似亦率尔，然一失计之穷交也。"（《与徐子与》）诗人在与子与相聚时，也曾谈及仕与隐的问题，

243

即所谓"一时出处有余情"(《留子与署中》)。

〔5〕"莫言"两句:谓希望你在山东任上不要贪杯,现在还不是你最得意的时候。言外你只要谨慎从事,还有升迁的希望。平原饮,谓饮酒。《世说新语·术解》载,东晋荆州刺史桓温的主簿善于识别酒,有酒就让他先尝。他叫好酒为"青州从事",劣酒叫"平原督邮"。所以这样叫,是因为青州有齐郡,平原有鬲县,"'从事'言'到脐','督邮'言在'鬲上住'"。青州、平原均在山东,子与任职山东,故以为言。王孙,借指子与。语本《楚辞·招隐士》。

答袭茂才[1]

中原相望两漫漫,傲吏重弹柱后冠[2]。不尽青云东岳起,飞来白雪大江寒[3]。人今雨别千年事,君自风流二仲看[4]。若问严陵滩上月,小清河北照渔竿[5]。

〔1〕作于按察浙江期间。袭茂才,即袭勖,字懋卿。详前《寄袭勖》题注。茂才,即秀才。

〔2〕"傲吏"句:谓我不久就又要辞官归里了。傲吏,诗人自称。弹柱后冠,谓辞官。柱后冠,即柱后惠文冠,为法官所戴之冠。《汉书·张敞传》:"梁国大都,吏民凋敝,且当以柱后惠文弹治之耳。秦时狱法,吏冠柱后惠文,武意欲以刑法治梁。"李攀龙所任按察副使为主刑法的官员,故云。

〔3〕"不尽"两句:谓山东、浙江二地风云相通,二人心亦相连。不尽青云,指袭勖。青云,喻隐逸。见《南史·孔珪传》。飞来白雪,诗人

自喻。

〔4〕"人今"两句:谓如今你我离别很久,您仍然像二仲那样逍遥自在。雨别,分别。《文选》二三载王仲宣(粲)《赠蔡子笃》:"风流云散,一别如雨。"二仲,羊仲、裘仲,推廉逃名的隐士。详前《拂衣行答元美》注〔11〕。

〔5〕"若问"两句:谓若问我的景况,我的心早已飞向家乡。严陵滩,在富春江畔。详前《过严陵》题注。小清河,金代刘豫开凿,疏导济南北部之水入海。渔干,垂钓的河岸。

山斋牡丹三首(选二)〔1〕

醉把名花掌上新,空山开处几回春〔2〕?西施自爱倾城色,一出吴宫不嫁人〔3〕。

西山风雨锦溪寒,春色沉沉醉牡丹〔4〕。不是故人裁丽句,那能萧瑟病中看〔5〕!

〔1〕作于按察浙江期间。山斋,山中书斋。
〔2〕把:持。空山:空旷的山中。
〔3〕"西施"两句:西施,也作先施,又称西子。春秋时期越国苎萝山(今浙江诸暨南)人,著名美女。相传吴、越交战,越为吴所败。越王勾践求和,未许;吴王好色,勾践命范蠡寻访美女进献。范蠡在苎萝山看到一卖柴的少女西施,有倾国倾城之色,遂教习歌舞,进献吴王。吴王就答应求和。勾践为雪会稽亡国之耻,卧薪尝胆,积聚力量,终于将吴国灭

掉。吴亡后,西施随同范蠡,游于五湖,不知所终。一说,越献西施,吴大臣伍子胥谏阻,吴王不听,并赐剑让其自杀。吴亡,吴人将西施沉于江中,以报子胥。其事散见于《吴越春秋·勾践阴谋外传》、《越绝书》、《吴地记》等书。此处以西施喻牡丹的娇美、高贵。

〔4〕西山:由锦溪知在今浙江临安市境。锦溪,在浙江临安南石镜山下,源出乾坞,与苕溪汇合。沉沉,浓郁的样子。

〔5〕裁丽句:谓写出优美的诗句。裁,剪裁。萧瑟:寂静。《文选》三五载晋·张景阳(协)《七命》:"其居也,峥嵘幽蔼,萧瑟虚玄。"

寄忆殿卿[1]

江南行色照青春,白发相看梦里新[2]。忆尔故乡归未得,梁园风雪正愁人[3]!

〔1〕作于按察浙江期间。殿卿,即许邦才。时邦才为周王府长史,在河南开封。

〔2〕"江南"两句:言如今我所在的江南已是春天,梦寐之中似见我们的白发又增加了。行色,行役时的状况。行,行役,古时谓赴外地做官。青春,春天。

〔3〕"忆尔"两句:言想到你不得回乡,在春寒料峭中一定十分愁苦。梁园,即梁苑,汉代梁孝王所建园林,也称兔园,为其会集宾客的处所,在今开封市东南。风雪,吹风下雪,喻严寒。杜甫《阁夜》:"岁暮阴阳催短景,天涯霜雪霁寒宵。"

早春元美自大名见枉齐河[1]

如此春醪醉莫辞,中原携手即佳期[2]。何人命驾能千里,与尔弹冠又一时[3]。岳雪故应回匹练,江潮今复借搴帷[4]。此来慷慨悲歌地,河朔风流更有谁[5]!

〔1〕作于隆庆三年(1569)正月。元美,即王世贞。原题下注:"时元美代余浙中。"元美于隆庆二年除夕,接到擢浙江布政司左参政,分守湖州的任命,攀龙也接到任河南布政司左参政的通知;元美自大名(今属河北)往浙江赴任,攀龙自浙江奉万寿表赴京贺寿,二人在正月十六日相会于山东齐河。

〔2〕春醪(láo):春酒。

〔3〕弹冠:本谓将入仕而整洁衣冠,此谓二人同时任相同职务,人生取舍也相同。《汉书·王吉传》:"吉与贡禹为友,世称'王阳(王吉字子阳)在位,贡公弹冠',言其取舍同也。"

〔4〕"岳雪"两句:谓二人互相替代,上句谓自己从浙江任职河南,下句谓元美赴任浙江。岳,指中岳嵩山。江潮,指钱塘江潮。回,应。匹练,喻指平静的江水。搴帷,本谓赴任途中体察民情(见《后汉书·贾琮传》),此谓任地方官。

〔5〕慷慨悲歌地:指河北。韩愈《送董邵南序》:"燕赵古称多感慨悲歌之士。"元美来自河北大名,故云。河朔,泛指北方。风流,此谓文采。

真定道中遇伯承户曹[1]

滹沱冰合大风鸣，马上寒云护北征[2]。我自朝天称四岳，君还谒帝入承明[3]。黄金结客樽前尽，白发先春雪里生[4]。握手不须悲物役，梅花摇落故园情[5]。

〔1〕作于隆庆三年(1569)春初。李攀龙自浙江按察司副使迁河南布政司左参政，奉万寿表赴京，在齐河与元美别后，又接到升转河南按察使的任命。北行途中，在真定(今河北正定)与伯承相遇。伯承，即李先芳，字伯承。详前《送新喻李明府伯承》题注。户曹，汉代为主民户、祠祀、农桑的属官；在府为曹，在州为司。唐称州佐为户曹，伯承时任宁国府同知，故用以敬称。

〔2〕滹沱：河名。流贯河北中部。详前《渡滹沱》题注。冰合，冰封，河水封冻。

〔3〕"我自"两句：谓两人都来朝见皇帝。朝天，朝见皇帝。四岳，四方诸侯之长。相传唐尧时，羲和的四个儿子羲仲、羲叔、和仲、和叔，分掌四岳之诸侯。诗人时迁河南按察使，为一方大员，故云。谒帝，谒见皇帝。承明，承明庐。三国时帝宫之门。曹植《赠白马王彪》："谒帝承明庐，逝将归旧疆。"

〔4〕"黄金"两句：言当年在京与您结交时都怀有功名抱负，不可一世，而今我们都白发如雪，垂垂老矣。黄金结客，谓结交贵客。诗人早年与伯承在京结交，详前《送新喻李明府伯承》注〔1〕。

〔5〕"握手"两句：为劝慰之词，谓今日重逢不必为宦途得失而悲

伤,像梅花飘落一样,人都眷恋故土。物役,为外物所役使,指为官。摇落,凋零飘落。故园情,留恋故土之情。梅花落地为泥,故云。李攀龙与李伯承同为山东人,留恋故土,亦即念同乡之谊。

寄吴明卿十首(选二)[1]

平台秋气郁苍苍,落日登临一断肠[2]。若道《子虚》今未就,当年谁遣客游梁[3]?

短发风尘老更繁,青云何日见飞翻[4]?由来逐客人回避,遮莫词垣与谏垣[5]。

[1]作于隆庆三年(1569)秋。吴明卿,即吴国伦,隆庆初起家知建宁、邵武二府,后调高州,三年后才升任贵州提学副使。明卿在嘉靖朝由兵科给事中贬为南康推官,详前《留别子与、子相、明卿、元美》题注。此为李攀龙到河南按察使任后所作。

[2]平台:故址在今河南商丘东北。相传为鲁襄公十七年(前556)宋国皇国父所筑台,汉梁孝王曾与当时著名文人邹阳、枚乘、司马相如等游于平台之上。

[3]"若道"两句:谓如同司马相如一样,如果当年受到皇帝赏识,你就不会客游外地了。《子虚》,赋名。司马相如的代表作品之一。据《汉书·司马相如传》上载,相如初事汉景帝,"为武骑常侍,非其好也。会景帝不好辞赋,是时梁孝王来朝,从游说之士齐人邹阳、淮阴枚乘、吴严忌夫子之徒,相如见而悦之,因病免,客游梁,得与诸侯游士居,数岁,

乃著《子虚之赋》。"汉武帝"读《子虚赋》而善之",经其同乡、狗监杨得意的推荐而被任为郎。梁，战国时期魏惠王迁都大梁（今河南开封），改魏为梁。

〔4〕"短发"两句：谓如今我白发频增，老而无为了，期望你早日腾飞，青云直上。短发，犹白发。杜甫《春望》："白发搔更短，浑欲不胜簪。"风尘，喻宦途。青云，喻高位。飞翻，翻飞。

〔5〕"由来"两句：言从来人们都回避与遭贬逐者接触，不论是翰林院还是那些谏官们。言外你之所以久处外地，是因为朝官不肯推荐。由来，从来。逐客，被贬逐的官员。遮莫，不论。词垣，指翰林官署。谏垣，指谏官官署。

和殿卿《春日梁园即事》〔1〕

梁园高会花开起，直至落花犹未已〔2〕，春花着酒酒自美。丈人但饮醉即休〔3〕，才到花前无白头，红颜相劝若为留〔4〕。春风何处不花开，何处花开不看来，看花何处好空回！

〔1〕作于隆庆四年（1570）春。殿卿，即许邦才。梁园，即梁苑，又称兔园，在今河南开封市东南，汉梁孝王刘武所筑，为其游赏延宾的处所。当时著名文人如邹阳、枚乘、司马相如等，都曾为梁孝王座上客。殿卿于隆庆初迁周王府长史，任职河南开封；李攀龙于隆庆三年迁河南按察使，第二年四月赴任，《沧溟集》中有《将至梁园寄殿卿》一诗。老友在梁园相聚，诗酒唱和。此诗格调清新，颇有民歌风韵。沈德潜云："三句一韵，末三句缠联而下，格调甚新。"（《明诗别裁集》）

〔2〕高会：高雅的聚会。

〔3〕丈人:长者,诗人自谓。

〔4〕红颜:少女。此或指艺妓。

于黎阳送次楩之金陵谒故陆令[1]

萧条杯酒对销魂,河朔诸生尔独存[2]。书上梁王还寝狱,赋成扬子不过门[3]。大江雨雪千帆出,建业风流六代论[4]。雄剑自怜为客意,左骖宁负主人恩[5]!

〔1〕作于按察河南期间。黎阳,汉置县。故城在今河南浚县东北。次楩(pián),即卢楠。楠,或作"柟"。字次楩。《明史·谢榛传》附传作"少楩",一字子木,浚县人。本为富家子弟,捐赀为太学生。《明史》说他"博闻强记,落笔数千言。为人跅弛,好使酒骂坐"。曾备好酒菜招待县令,县令有事迟到,"柟大怒,撤席灭炬而卧。令至,柟已大醉,不具宾主礼",县令怀恨在心,遂借故将其拘捕论死。谢榛为其赴京诉冤,吴人陆光祖还为浚令,听从谢榛的意见,为其平反。卢楠到彰德拜谒谢榛,被赵康王礼为上宾,但他使酒骂坐如故,王府人掩耳避之。及陆光祖为南京礼部主事,遂往访并游吴会,还家更加落魄,嗜酒,病卒。金陵,古邑名。此指今江苏南京市。明初建都于此,成祖迁都北京,定南京为南都。谒,拜谒。故陆令,指原浚县令陆光祖。陆光祖,字与绳,平湖(今属浙江)人。嘉靖二十六年(1547)进士,授浚县知县,历南京礼部主事、太仆少卿、大理卿,终官吏部尚书,卒赠太子太保,谥庄简。生平详《明史》本传。

〔2〕"萧条"两句:言二人举杯相对,都伤感不已,在诸生中相知而

能一起痛饮的也只有你一人了。萧条,此形容孤单。销魂,伤心。河朔,河朔饮,夏日避暑之饮。《初学记》卷三《夏》第二"避暑饮"载:"魏文帝《典论》曰:'大驾都许,使光禄大夫刘松北镇袁绍军,与绍子弟日共宴饮,常以三伏之际,昼夜酣饮,极醉,至于无知。云以避一时之暑,故河朔有避暑饮。'"

〔3〕"书上"两句:谓虽你心志坚贞,仍被系狱;有扬雄那样的才能,也不被人重视。书上梁王,指汉代邹阳上书梁孝王事。据《汉书·邹阳传》载,邹阳"为人有智略,慷慨不苟合,介于羊胜、公孙诡之间。胜等疾阳,恶之孝王。孝王怒,下阳吏,将杀之"。邹阳恐死而名声受累,在狱中上梁孝王书,辞意恳切,辨析周详,终于感动梁孝王,"孝王立出之,卒为上客"。此以邹阳喻指卢楠。扬子,指扬雄。扬雄为汉著名赋家,王莽时"雄以病免,复召为大夫。家素贫,耆(嗜)酒,人希至其门"(《汉书·扬雄传》下)。

〔4〕大江:指长江。建业:也作"建邺",即今江苏南京市。建业为六代故都,为卢楠将往之地。

〔5〕"雄剑"两句:谓陆令一定珍惜这次相会的情谊,你也不会辜负当初他解救的恩情。雄剑,剑分雌雄,两者相合喻指友人离而相聚。详前《崔驸马山池燕集得"无"字》注〔3〕。左骖宁负主人恩,指春秋时期齐国国相晏子解左骖救越石父事。据《史记·管晏列传》载,越石父有贤名,而被拘系于狱。晏子出门时"遭之涂(途),解左骖赎之,载归",后为晏子上客。

五　作期未定

东光[1]

胡儿平,倭奴何不平[2]？倭奴利水战,海堑船为城[3]。诸军彀骑士,驰射难纵横[4]。

〔1〕《东光》为乐府古题,此为拟诗。郭茂倩《乐府诗集》二七引《古今乐录》云:"张永《元嘉技录》云:'《东光》旧但有弦无音,宋识其声。'"汉乐府《东光》写汉军征途中艰苦,此拟诗写对倭患难平的忧虑,题材近似,都有非常强烈的现实性。借取古诗形式,抒写现实内容,是李攀龙这类诗的共同特点。

〔2〕胡儿:指北方的鞑靼部落。平:平定。倭奴:对侵扰我国东南沿海的日本海盗的蔑称。

〔3〕"海堑"句:言倭寇用船构建起海上作战的营垒。堑,堑栅,围濠的栅栏。《南齐书·魏虏传》:"房筑围堑栅三重,烧居民净尽。"此指作战营垒。

〔4〕彀骑士:持弓弩的骑兵。《史记·冯唐列传》:"遣选车千三百乘,彀骑万三千。"纵横:自由随意、不受拘束的行动。

紫骝马歌四首(选二)[1]

出入渭城中,少年独妍雅[2]。不知是阿谁,但识紫骝马[3]。

对客读短书,慷慨不能止[4]。拔剑出门去,报仇燕市里[5]。

〔1〕《紫骝马》,乐府古题,属横吹曲,《古今乐录》谓"盖从军久戍,怀归而作也"(郭茂倩《乐府诗集》二四引)。此为拟作。
〔2〕渭城:即今陕西咸阳市。秦时咸阳,汉高祖元年(前206)改名新城,武帝元鼎三年(前114)又改名渭城。妍雅:美而脱俗。
〔3〕识:辨别。紫骝马:黑栗毛的骏马。
〔4〕短书:书信。
〔5〕燕市:地名。即今北京市。

捉搦歌四首(选一)[1]

东家女儿大狡狯,屋里烧香出墙外[2]。供养世尊作佛会,愿得百媚无灾害[3]。

〔1〕《捉搦(nuò)歌》,属乐府横吹曲。《乐府诗集》收有四首,写老女思嫁。此为拟作。捉搦,犹言捉拿,盖谓男女捉搦相戏。此写一少女为祈求自己娇媚悦人而偷偷作佛事,不料香飘墙外,还是被人晓得了。少女天真娇憨情态及心理,逼真、细腻。
〔2〕东家:东邻家。
〔3〕世尊:梵文意译,音译为"薄伽梵"或"婆伽婆"。原为波罗门教对长者的尊称,佛教用以尊称释迦牟尼。佛会:犹佛事。供奉、祈祷等佛教仪式。百媚:无处不媚,谓娇媚悦人的姿容。

子夜歌十首(选三)[1]

涉江种芙蓉,青荷几时有?但使莲心生,何虑不成偶[2]。

桑叶老欲尽,春蚕已就眠。那能不做茧,丝子自缠绵[3]。

荡舟芙蓉池,红颜在池水[4]。侬与芙蓉花,有何不相似[5]?

[1]《子夜歌》为晋乐府曲辞。郭茂倩《乐府诗集》四四引《唐书·乐志》:"《子夜歌》者,晋曲也。晋有女子名子夜,造此声,声过哀苦。"又引《宋书·乐志》:"晋孝武大(太)元中,琅琊轲之家有鬼歌子夜,殷允为豫章,豫章侨人庾僧虔家亦有鬼歌子夜。"《子夜歌》属清商曲中吴声歌曲,《晋书·乐志》谓"吴歌杂曲,并出江南",形制短小,内容多写男女恋情。此为拟诗,命意取材,几可以假乱真。

[2]"涉江"四句:以种荷取藕为喻,谓只要彼此相爱就能成为夫妻。芙蓉,即莲花。莲与"怜"(爱)、偶(成双)与"藕"谐音双关。

[3]"桑叶"四句:以春蚕作茧抽丝为喻,谓不要错过青春年少,令彼此相思不已。丝谐"思",语意双关。

[4]红颜:青春容颜。

[5]侬:江南方言。自称,犹我。

懊侬歌四首(选二)[1]

布帆百余幅,阿娜自生风[2]。江水满如月,那得不愁侬[3]!

长江得春风,使帆如使马。朝发牛渚矶,暮宿白门下[4]。

〔1〕《懊侬歌》为晋乐府诗,属清商曲辞中的吴声歌曲。郭茂倩《乐府诗集》四六引《古今乐录》云:"《懊侬歌》者,晋石崇绿珠所作,惟'丝布涩难缝'一曲而已。后皆隆安初民间讹谣之曲。宋少帝更制新歌三十六曲。齐太祖常谓之《中朝曲》。梁天监十一年,武帝敕法云改为《相思曲》。"拟诗沿袭了原曲写相思离别的内容,保持了民歌的风味。

〔2〕阿娜:即婀娜,轻柔飘起的样子。阿,同"婀"。

〔3〕"江水"两句:江水满如月,有两解:江水满,如同满月,充盈两岸,无以复加,水大浪险,能不忧念行船江上的丈夫?或谓满如月,即如满月;月满则圆,月圆人不圆,两地相思,能不悲苦?

〔4〕"朝发"两句:为思妇想象之词,谓帆船乘风,朝发牛渚,暮至白门,外出的丈夫很快就会归来。牛渚矶,即采石矶。在今安徽马鞍山市,长江岸边,为牛渚山余脉,故称。白门下,即白下。齐周华《金陵述游》:"白下亭,志称在大东桥东畔,因江乘白石垒而名也。故唐名白下县。李白诗云:'驿亭三杨树,正当白下门。'故又称白门。"

黄督[1]

谁能见歌舞,不自爱阳春[2]。少年双泪落,知是他乡人[3]。

〔1〕《黄督》,乐府古题,属相和歌清商曲辞。郭茂倩《乐府诗集》四九引《古今乐录》谓为"倚歌",即全用铃鼓、吹乐,无弦乐。所存两首,一

写怀乡,一写无故人之谊。拟诗写一少年流落异乡,春光明媚之时,看到别人歌舞欢乐,反倒勾起他思乡之情。

〔2〕阳春:温暖的春天。

〔3〕他乡:异乡,外乡。

枯鱼过河泣[1]

大鱼啖小鱼[2],小鱼啖虾鮈[3],虾鮈啖沮洳[4]。啖多沮洳涠,请君肆中居[5]。

〔1〕《枯鱼过河泣》,乐府古题,属《杂曲歌辞》。拟诗与原诗一样,都是寓言诗。清王鸣盛《蛾术编》论及明人陈子龙选此诗时曾说:"若拟《枯鱼过河泣》云……奇妙绝伦。音节与原词不类,却不妨。卧子(陈子龙)选之,可云具眼矣。"已故著名学者严薇青先生说:"王氏这里说李攀龙的拟诗'奇妙绝伦',却没有指出它'奇妙'在什么地方。我们认为,拟诗前几句,用的正是济南人经常说的口语:'大鱼吃小鱼,小鱼吃虾米,虾米吃淬泥。'这首诗的长处,就在于运用口语入诗,妥帖自然,不着痕迹,显得活泼生动。"(《济南掌故》)拟诗以俗语及寓言形式,隐含对贪官污吏之贪婪终致毁灭的嘲讽,生动、犀利而深刻。

〔2〕啖(dàn):吃。

〔3〕虾鮈(qú):虾和鮈。鮈,鱼名。鳝类,俗名泥鳅。

〔4〕沮洳(jù rù):低湿之地。此指淬泥。

〔5〕肆中:集市上。

惆怅词[1]

休将翡翠绾金针,不折芙蓉缀玉簪[2]。谁见云中双比翼,空传月下两同心[3]!

〔1〕此诗写一女性的相思之情,思而不得见,则惆怅不已。
〔2〕"休将"两句:写这位女子因思念丈夫而无意修饰,谓她既不梳洗,也不打扮。翡翠,此指翡翠首饰。绾,系。金针,题名冯翊的《桂苑丛谈》载,郑侃之女采娘,七夕陈列香筵,向织女乞巧,织女"乃遗一金针,长寸余,缀于纸上,置裙带中,令三日勿语,汝当奇巧"。唐裴说《闻砧》:"愁捻银针信手缝,惆怅无人试宽窄。"芙蓉,荷花。玉簪,首饰,玉制发簪。也叫玉搔头,用以绾发。
〔3〕"谁见"两句:言谁曾见夫妻如同比翼高飞的鸟儿,双飞双栖?而今只有借助月光,传送彼此相思的情意而不得相聚。

录别十二首(选一)[1]

颜色无常好,春华一以零[2]。悲风蔽地来,四顾何冥冥[3]。
寤言怀往路,揽衣从此兴[4]。杀气拳毛发,涕泣断为冰[5]。
仰视河汉星,离如水中萍[6]。景光不恋人,游子岂遑宁[7]。
夜依牛羊宿,日驱驽马行[8]。努力及明时,安能爱其情[9]。

〔1〕《古诗十九首》中别诗,以及传为苏武、李陵所写的所谓"苏李诗",被认为是别诗的典范性作品。李攀龙推崇自西汉至唐大历的诗歌,有诸多模拟作品。此类诗歌中不少所谓"句得而为篇,篇得而为句"(《王世贞《李于鳞先生传》》),捃摭成篇,非驴非马,因为诗评家所贬抑。但其中也有如此篇较为清新可读者,为清代以来诸选家所注意。

〔2〕"颜色"两句:谓人不可能永远保持青春容颜,像春天的花儿一样,总是要枯萎凋落的。颜色,容颜。春华,春花,春天开的花。零,零落,凋零。

〔3〕"悲风"两句:言北风吹过大地,草木枯萎,原野萧条,四顾茫茫。悲风,即北风。悲谓凉,北风凉,故云。蔽地来,谓吹过大地。何,多么。冥冥,犹茫茫,昏暗迷茫。《古诗》:"四顾何茫茫,东风摇百草。"

〔4〕"寤言"两句:言想到醒来就要前行,遂揽衣而起。寤,醒。言,语助,无义。怀,心里想。往路,前往之路,即前程。揽衣,提起衣襟。兴,起。《古诗》:"征夫怀往路,起视夜何其。"

〔5〕"杀气"两句:言夜间寒冷,毛发蜷缩,掉下的眼泪马上冻成冰。杀气,肃杀之气。拳,通"绻",屈曲。

〔6〕河汉星:即银河星。指银河两岸的牛郎、织女星,两两相离,如同水中萍草。隐含夫妇相离,难得团聚之意。

〔7〕"景光"两句:言时光不等人,游子怎敢贪图安宁呢。景光,光景,犹言时光、光阴。《古诗》:"愿君崇令德,随时爱景光。"恋,留恋。游子,客游在外的人。岂遑宁,哪有安闲的时候。遑,有暇。

〔8〕依:依傍。依傍牛羊,借以取暖。驽(nú)马:笨马,劣马。

〔9〕"努力"两句:言在政治清明之时应及时努力,怎能吝惜自己。明时,政治清明之时。爱,惜,吝惜。《古诗》:"努力爱春华,莫忘欢乐时。"

录别又十一首(选一)[1]

秋风西北来,萧萧动百草[2]。荡子无室家,悠悠在长道[3]。红颜能几时,弃捐一何早[4]!对客发素书,零涕复盈抱。上言故乡好,下言故人老[5]。

[1] 沈德潜谓此诗"浅浅语,道得情出"(《明诗别裁集》)。
[2] 萧萧:秋风声。
[3] 荡子:游荡在外的人,犹游子。室家:指妻子。长道:远道。
[4] 红颜:青春容貌。一何:多么。
[5] "对客"四句:汉乐府《饮马长城窟行》:"长跪读素书,书中竟何如?上言加餐食,下言长相忆。"素书,即书信。古时书写用帛,因称。盈抱,满怀。

古意七首(选一)[1]

秋风西北起,吹我游子裳[2]。浮云从何来,安知非故乡[3]?萧萧胡马鸣,翩翩下枯桑[4]。暮色入中原,飞蓬转战场[5]。往路不可怀,行役自悲伤[6]!

[1]《古意》,古诗题名。古意,与"拟古""仿古"意同,多借咏前代事以寄意。此诗写一转战沙场的戍卒的怀乡之情。沈德潜谓"'浮云'

十字,殊近古人"(《明诗别裁集》)。李攀龙一向关心边事,从"西北""胡马"等语看,为借咏古事而暗寓防御鞑靼部落侵扰、兵士长期戍边不得与家人团聚的忧伤。

〔2〕"秋风"两句:言秋风一起,天气渐凉,为游子归家之期,而今却仍在外游荡。

〔3〕"浮云"两句:言天边的浮云,怎知不是从故乡飘来?浮云飘荡无定,《古诗》中常用以比喻游子飘泊无依。李白《送友人》:"浮云游子意,落日故人情。"此反说游子见浮云而联想到故乡,可谓化古出新。

〔4〕"萧萧"两句:言在桑树叶落之时,胡马翩翩而来。萧萧,马鸣声。《诗经·小雅·车攻》:"萧萧马鸣,悠悠旆旌。"胡马,胡地之马。此指鞑靼战马。翩翩,接连不断。枯桑,落叶的桑树。

〔5〕"暮色"两句:言胡人在暮色苍茫之中侵入中原,兵士像飞蓬一样转战各地。飞蓬,即蓬草,当秋茎枯,随风飞转,喻飘泊无定或辗转流徙。

〔6〕"往路"两句:言行役在外,前程难料,只有暗自悲伤。往路,犹言前程。行役,出外执行公务。此指服兵役。

月

不是山中月,谁能坐郁陶[1]?蟾孤怜冻影,兔老爱霜毫[2]。晕叠金波动,寒侵玉树高[3]。为题团扇句,千里寄同袍[4]。

〔1〕"不是"两句:言如不是看到月圆而思念亲人,谁能无缘无故地愁苦?坐,无故,自然而然。郁陶,思念愁苦之状。《孟子·万章上》:"郁陶思君尔。"

261

〔2〕"蟾孤"两句：以蟾蜍、玉兔写月光的清寒，言孤独的蟾蜍顾寒影而自怜，玉兔老了更爱惜它御寒的霜毛。蟾，蟾蜍。俗称癞蛤蟆。传说羿向西王母请不死之药，其妻窃之以奔月，是为蟾蜍。见《后汉书·天文志》南朝梁刘昭注。《淮南子·精神训》："日中有踆乌，而月中有蟾蜍。"兔，玉兔，白兔。傅玄《拟天问》："月中何有？玉兔捣药。"古诗文中常以蟾蜍、玉兔代指月亮。冻影，寒影。霜毫，霜降后的细毛。

〔3〕"晕叠"两句：写秋月高悬、光波流动的情景，言云气弥漫在月的四周，清寒的光亮令人觉得月亮更加高远。晕，月晕，环绕月亮四周的云气。叠，重叠。金波，金色的光波。玉树，传说中月中的仙树。

〔4〕"为题"两句：谓人们所以描写月亮，都是为了寄托对友爱之人的思念。团扇句，指传为汉班婕妤所写的《怨歌行》。诗云："新裂齐纨素，鲜洁如霜雪。裁为合欢扇，团团似明月。出入君怀袖，动摇微风发。常恐秋节至，凉飙夺炎热。弃捐箧笥中，恩情中道绝。"同袍，语出《诗经·秦风·无衣》，谓友人。

别意

朝来送归客，复此长河湄〔1〕。立马折杨柳，已无前日枝〔2〕。

〔1〕"复此"句：又在这长河岸边。复，又。湄，岸边。

〔2〕"立马"两句：言临别想折柳相送，都是前次送你之后长出的新枝。立马，停住马。折杨柳，折柳枝送别，为古人习俗，盖取其依依惜别之意。《诗经·小雅·采薇》："昔我往矣，杨柳依依。"已无前日枝，谓曾为送行折取过。

山中

君去何时归？山中青草夕[1]。莫将白云庐，不及红尘陌[2]。

[1] 青草夕：谓在初春的夜晚。青草，春初草长。夕，夜晚。
[2] "莫将"两句：谓你不要认为住在深山里，不如繁华的街市。白云庐，白云深处的庐舍。红尘陌，指人烟密集的繁华街市。红尘，指热闹繁华之地。陌，街陌，市中街。

寄登宗秀才茂登池亭二首(选一)[1]

窗中采莲舟，落日菱歌起[2]。坐见浣纱人，红颜照秋水[3]。

[1] 登宗秀才，生平未详。池亭，犹园亭。诗颇具民歌风味，语言自然质朴。
[2] "窗中"两句：言从窗中看到少女在池塘中荡舟采莲，傍晚听到菱歌四起。菱歌，采菱之歌。唐卢照邻《七夕泛舟》之一："日晚菱歌唱，风烟满夕阳。"
[3] "坐见"两句：言因此得见美丽的少女，她们在水中顾影自怜。浣纱人，谓美丽的少女。相传古代越国美女西施家住苎萝山，山下临浣江，江中有浣纱石，为西施浣纱处。李白《越女词》："耶溪采莲女，见客

棹歌回。笑入荷花去,佯羞不出来。"

过刘簿山斋[1]

万壑千山入户重,秋来三径少人踪[2]。不知君在莲花府,得似芙蓉第几峰[3]?

〔1〕刘簿,生平事迹未详。簿,主簿。明代中央九卿设主簿,或称典簿;外官在县设主簿,与县丞同为佐官之一。山斋,山中书房。

〔2〕重(chóng):重叠。三径:指隐居处。详前《拂衣行答元美》注〔11〕。

〔3〕莲花府:刘簿山斋。取莲花为名,以示不染尘俗之意。孟浩然《题大禹寺义公禅房》:"看取莲花净,方知不染心。"芙蓉第几峰,未详所指。今浙江乐清市境内的雁荡山、陕西境内的华山,都有芙蓉峰。

送刘户部督饷湖广五首(选二)[1]

马上春风白接䍦,花开应醉习家池[2]。鹿门耆旧何人在?今日襄阳异昔时[3]。

汉江春水竟陵东,江树苍苍绕沛宫[4]。父老只今犹望幸,君王按剑顾云中[5]。

〔1〕刘户部,生平事迹未详。户部,此指户部属员。督饷,督办军粮。湖广,明设湖广布政司,辖有今湖南、湖北两省地。

〔2〕"马上"两句:谓在春暖花开的季节,你就到了襄阳。白接䍦(lí),白头巾。习家池,即高阳池。《晋书·山涛传》载,山涛之子山简,在晋怀帝永嘉三年(309),出为征南将军、都督荆湘交广四州诸军事,假节,镇襄阳。"于时四方寇乱,天下分崩,王威不振,朝野危惧。简优游卒岁,唯酒是耽。诸习氏,荆土豪族,有佳园池,简每出嬉游,多之池上,置酒辄醉,名之曰高阳池。时有童儿歌曰:'山公出何许,往至高阳池。日夕倒载归,茗艼无所知。时时能骑马,倒著白接䍦。举鞭向葛疆:"何如并州儿?"'"

〔3〕"鹿门"两句:言不知鹿门的故老谁还健在,今天的襄阳与往日应该不同了。鹿门,山名。原名苏岭山,南朝齐建武年间(494—497)襄阳侯习郁在山上立神祠,刻二石鹿,夹神道口,俗称鹿门庙,后遂以庙名山。见习凿齿《襄阳记》。汉末,庞德公携妻子入鹿门山采药未返。唐代著名诗人孟浩然曾隐居于此。耆旧,故老。

〔4〕"汉江"两句:谓汉江、竟陵以东,就是当年侨置的沛县故地。汉江,即汉水,长江支流,源于陕西宁强北嶓冢山,在湖北汉口入长江。竟陵,古地名。故城在今湖北天门市西北。沛宫,汉宫殿名。故址在今江苏沛县东南,南朝宋将沛县侨置在安徽天长县西。此指沛县侨置地。户部刘姓,故曲意联及。

〔5〕"父老"两句:言那里的父老只今还希望君王临幸,但君王却到北方指挥将士防守边疆去了。望幸,盼望皇帝驾临。幸,皇帝驾临曰"幸"。《史记·高祖本纪》载,汉高祖刘邦击英布后至沛县,"留置酒沛宫,悉召故老子弟纵酒"。云中,郡名。唐改置云州,治所在云中县(今山西大同)。明时置大同府,为边防重镇。

265

附录一

诗评辑要

五言律差易得雄浑,加以二字,便觉费力。虽曼声可听,而古色渐稀。七字为句,字皆调美。八句为篇,句皆稳畅。虽复盛唐,代不数人,人不数首。古惟子美,今或于鳞,骤似骇耳,久当论定。(卷一)

余尝序文评曰:"国初之业,潜溪为冠,乌伤称辅。台阁之体,东里辟源,长沙道流。先秦之则,北地反正,历下极深,新安见裁。……"(卷五)

诗……李于鳞如峨眉积雪,阆风蒸霞,高华气色,罕见其比;又如大商舶,明珠异宝,贵堪敌国,下者亦是木难、火齐。(卷五)

五七言律至仲默而畅,至献吉而大,至于鳞而高。绝句俱有大力,要之有化境在。(卷六)

李于鳞文,无一语作汉以后,亦无一字不出汉以前。其自叙乐府云:"拟议以成其变化。"又云:"日新之谓盛德。"亦此意也。若寻端议拟以求日新,则不能无微憾,世之君子,乃欲浅摘而痛訾之,是訾古人矣。(卷七)

于鳞才可谓前无古人,至于裁鉴,亦不能无意向。余为其《古今诗删》序云:"令于鳞而轻退,古之作者间有之;于鳞舍格而轻进,古之作者则无是也。"此语虽为于鳞解纷,然亦大是实录。(卷七)

于鳞为按察副使,视陕西学,而乡人殷者来巡抚。殷以刻核名,尤傲而无礼,尝下檄于鳞代撰奠章及送行序,于鳞不乐,移病乞归,殷固留之。入谢,乃请曰:"台下但以一介来命,不则尺蹄见属,无不应者,似不必檄也。"殷愕然起谢过,有所属撰,以名刺往。而久之复移檄,于鳞恚曰:"彼岂以我重去官耶!"即上疏乞休,不待报竟归。吏部惜之,用何景明例,许养疾,疾愈起用,盖异数也。于鳞归杜门,自两台监司以下请见不得。去亦无所报谢,以是得简倨声。又尝为诗,有云:"意气还从我辈生,功名且付儿曹立。"诸公闻之,有欲甘心者矣。(卷七)

于鳞尝为朱司空赋《新河》诗,中一联曰:"春流无恙桃花水,秋色依然瓠子宫。"不知者以为上单下重。按三月水谓之桃花水,为害极大。此联不惟对偶精切,而使事用意之妙,有不可言者。阚骃《九州记》:"正月解冻水,二月白蘋水,三月桃花水,四月瓜蔓水,五月麦黄水,六月山矾水,七月豆花水,八月荻苗水,九月霜降水,十月后槽水,十一月走凌水,十二月蹙凌水。"(卷七)

于鳞自弃官以前,七言律极高华,然其大意,恐以字累句,以句累篇,守其俊语,不轻变化,故三首而外,不耐雷同。晚节始极旁搜,使事该切,措法操纵,虽思探溟海,而不堕魔境。世之耳观者,乃谓其比前少退,可笑也。歌行方入化而遂没,惜其不多,寥寥绝响。(卷七)

267

于鳞拟古乐府,无一字一句不精美,然不堪与古乐府并看,看则似临摹帖耳。五言古,出西京建安者,酷得风神,大抵其体不宜多作,多不足以尽变,而嫌于袭;出三谢以后者,峭峻过之,不甚合也。七言歌行,初甚工于辞,而微伤其气,晚节雄丽精美,纵横自如,烨然春工之妙。五七言律,自是神境,无容拟议。绝句亦是太白、少伯雁行。排律比拟沈宋,而不能尽少陵之变。志传之文,出入左氏、司马,法甚高,少不满者,损益今事以附古语耳。序论杂用《战国策》《韩非》诸子,意深而词博,微苦缠扰。铭辞奇雅而寡变。记辞古峻而太琢。书牍无一笔凡语。若以献吉并论,于鳞高,献吉大;于鳞英,献吉雄;于鳞洁,献吉冗;于鳞艰,献吉率。令具眼者左右袒,必有归也。(卷七)

(以上见王世贞《艺苑卮言》)

今夫李先生之集行,而操觚者可按睹也。古乐府、五言选,不以为《白头》、《陌桑》、曹、枚之优孟哉?七言歌行,不以为高、岑之奇丽哉?五七言律体,不以为少陵、右丞之峻洁哉?绝句不以为青莲、江陵之遗响哉?排律不以为沈、宋之具体哉?……代不数而得之明,人不数而得之李先生。诗与文不兼出,而先生俺得之。亦已难矣!……其兼出俪美,几希乎超先秦、西京而上哉!

(张佳胤《李沧溟先生集序》)

七言律,唐以老杜为主,参之李颀之神,王维之秀,岑参之丽;明则仲默之和畅,于鳞之高华,明卿之沉雄,元美之博大,兼收时出,法尽此矣。(《内编》卷五)

七言律开元之后,便到嘉靖。虽圭角巉岩,铓颖峭厉,视唐人性情风致,尚自不侔;而硕大高华,精深奇逸,人驱上驷,家握连城,名篇杰作,布满区寓。古今七言律之盛,极于此矣。王次公云:"杜陵后能为其调而真足追配者,献吉、于鳞二家而已。"然献吉于杜得其变,不得其正,故间涉于粗豪;于鳞于杜得其正,不得其变,故时困于重复。若制作弘多,体格周备,竟当属之弇州。(《内编》卷五)

仲默不甚攻绝句,献吉兼师李、杜及盛唐诸家,虽才力绝大而调颇纯驳。惟于鳞一以太白、龙标为主,故其风神高迈,直接盛唐,而五言绝寥寥,如出二手,信兼美之难也。张助父太和七十绝,足可于鳞并驱。(《内编》卷六)

初唐绝,"蒲桃美酒"为冠;盛唐绝,"渭城朝雨"为冠;中唐绝,"回雁峰前"为冠;晚唐绝,"清江一曲"为冠。"秦时明月"在少伯自为常调,用修以诸家不选,故《唐绝增奇》首录之。所谓前人遗珠,兹则掇拾。于鳞不察而和之,非定论也。(《内编》卷六)

嘉、隆并称七子,要以一时制作,声气傅合耳。然其才殊有径庭。于鳞七言律绝,高华杰起,一代宗风。明卿五七言律,整密沉雄,足可方驾。然于鳞则用字多同,明卿则用句多同,故十篇而外,不耐多读,皆尺有所短也。子相爽朗以才高,子与森严以法胜,公实缜丽,茂秦融和,第所长俱近体耳。(《续编》卷二)

长兴,商也;广陵,师也;迪功,夷也;历下,尹也;信阳,颜也;北地,武也。(《续编》卷二)

于鳞七言律所以能奔走一代者,实源流《早朝》、《秋兴》、李颀、祖咏等诗。大率句法得之老杜,篇法得之李颀。属对多偏枯,属词多重

269

犯,是其小疵,未妨大雅。(《续编》卷二)

"紫气关临天地阔,黄金台贮俊贤多","万里悲秋长作客,百年多病独登台",少陵句也。"九天阊阖开宫殿,万国衣冠拜冕旒","云里帝城双凤阙,雨中春树万人家",王维句也。"秦地立春传太史,汉宫题柱忆仙郎","南川粳稻花侵县,西岭云霞色满堂",李颀句也。"三山半落青天外,二水中分白鹭洲","瑶台含雾星辰满,仙峤浮空岛屿微",青莲句也。"万里寒光生积雪,三边曙色动危旌","沙场烽火侵胡月,海畔云山拥蓟城",祖咏句也。"千门柳色连青琐,三殿花香入紫微","花迎剑佩星初落,柳拂旌旗露未干",岑参句也。凡于鳞七言律,大率本此数联。今人但见黄金、紫气、青山、万里,则以于鳞体,不熟唐诗故耳。中间李颀四首,尤是济南篇法所自。(《续编》卷二)

七言律大篇,于鳞《华山》四首,元美《咏物》六十首,皆古今绝唱。然于鳞四首之内,轨辙已窘;元美百篇之外,变幻未穷。(《续编》卷二)

李(献吉)以气骨胜,微近粗;何(仲默)以丰神胜,微近弱。济南(指于鳞)可谓兼之,而古诗歌行不兢。(《续编》卷二)

嘉、隆一振,七言律大畅。迩来稍稍厌弃,下沉着而上轻浮,出宏丽而入肤浅,巧媚则托之清新,纤细则借名工雅。不知七言非五言比,格少贬则卑,气少偷则弱,词少淡则单薄,句稍缓则沓拖。国朝惟仲默、于鳞、明卿、元美妙得其法,皆取材盛唐,极变老杜。近以百年、万里等语,大而无当,诚然。彼以白云芳草,非钱、刘剿言乎?红粉翠眉,非温、李余响乎?去此取彼,何异百步笑五十步哉!(《续编》卷二)

信阳之俊，北地之雄，济南之高，琅琊之大，足可雄视千古。然仲默为大家不足，于鳞为名家有余。（《续编》卷二）

献吉章法多纵横，才大不欲受篇缚也；于鳞对属多偏倚，才高不欲受句缚也。其故于鳞以易，献吉以避，故二君诗格高绝，而无卑弱之病。然以是言律，终非本色当行。遍读《杜集》，即排律百韵，未有不整俪者，近唯仲默、元美、伯玉、明卿，体既方严，而格复雄峻。学者熟读，当无此病。（《续编》卷二）

凡诗初年多骨格未成，晚年则意态横放，故惟中岁工力并到，神情俱茂，兴象谐合之际，极可嘉赏。如老杜之入蜀，仲默、于鳞之在燕，元美之伏阙三郡，明卿藏甲西征，敬美幨帷兰省，皆篇篇合作，语语当行，初学所当法也。（《续编》卷二）

献吉学杜，趋步形骸，登善之模《兰亭》也。于鳞拟古，割裂恒钉，怀仁之集《圣教》也。必如献吉歌行，于鳞七言律，斯为双雕并运，各极摩天之势。（《续编》卷二）

七言律，唐人名家不过十数篇，老杜至多不满二百，弇州乃至千数，诚谓前无古人。然亦最不易读。其总萃诸家，则有初唐调，有中唐调，有宋调，有元调，有献吉调，于鳞调，其游戏三昧，则有巧语，有诨语，有俗语，有经语，有史语，有幻语。此正弇州大处，然律以开元轨辙，不无泛澜。读者务寻其安身立命之所，乃为善学。不然，是效罗什吞针，踵夸父逐日也。（《续编》卷二）

李于鳞以诗自任，若"微我竟长夜"等语，诚有过者，至今为轻俊指

271

摘。然亦出于古人。如杜子美献书,自谓扬雄、枚皋,臣可企及。又"李邕求识面,王翰愿卜邻",又"赋料扬雄敌,诗看子建亲"、"读书破万卷,下笔如有神"、"九龄书大字"、"七岁咏凤凰"之类,不可胜道。太白尤自高,如"大雅久不作,吾衰竟谁陈"、"自从建安来,绮靡不足珍","女娲弄黄土,抟作愚下人。散在六合间,茫茫若埃尘"。退之"齐梁及陈隋,众作等蝉噪",亦是此意。至如杜"许身一何愚,自比稷与契",李"希圣如有立,绝笔于获麟",韩"世无孔子,则己不当在弟子之列",其言尤大,意尤远。初学目不睹往籍,轻于持论,何损作者。(《续编》卷二)

当弘、正时,李、何、王号海内三才,如崔仲凫、康德涵、王子衡、薛君采、高子业、边廷实、孙太初,皆北人也。南中惟昌榖、继之、华玉、升之、士选辈,不能得三之一。嘉、隆则惟李于鳞、谢茂秦、张助父北人,而南自王、汪外,吴、徐、宗、梁不下数十家,亦再倍于北矣。(《续编》卷二)

唐歌行,如青莲、工部;五言绝、排律,如子美、摩诘;七言律,如杜甫、王维、李颀;五言绝,如右丞、供奉;七言绝,如太白、龙标;皆千秋绝技。明则北郡、弇州之歌行,仲默、明卿之五言律;信阳、历下、吴郡、武昌之七言律,元美之五言排律、五言绝,于鳞之七言绝,可谓异代同工。至骚不如楚,赋不及汉,古诗不逮东、西二京,则唐与明一也。(《续编》卷二)

(以上见胡应麟《诗薮》)

古今诗赋文章,代日益降,而识见议论,则代日益精。诗赋文章,代日益降,人自易晓;识见议论,代日益精,则人未易知也。试观六朝人论诗,多浮泛迂远,精切肯綮者十得其一,而晚唐、宋、元,则又穿凿浅稚矣。沧浪号为卓识，而其说浑沦，至元美始为详悉。逮乎元瑞，则发窾中窍，十得其七。继元瑞而起者，合古今而一贯之，当必有在也。盖风气日衰，故代日益降，研究日深，故代日益精，亦理势之自然耳。(《卷一五》)

或问予："子既能辩古今人诗，又能辩诸家论诗、选诗得失，今试举古今人诗，果能辩为古人、今人否？"曰：予弱冠时初读《唐诗正声》，后见友人扇录《东山布衣明古今》一篇，予以为类高达夫诗，既而检达夫集，得之。后十余年，略涉宋诗，友人出茶具示予，上有铭云："春风饱食太官羊，不惯腐儒汤饼肠。搜搅十年灯火读，令我胸中书传香。"予曰："惜哉美器，无是铭可也。然必山谷诗句耳。"既而检山谷集，良是。此皆予之足自信者。至若国朝高季迪五言古学李杜，李献吉五言律学初唐、子美，李于鳞乐府及五言古学汉魏，何仲默、徐昌穀五七言律学盛唐，有逼真者，使予未睹诸家全集，固不能知为今人之诗。又如大历以后，集中已多庸劣之句，开成而下，复有村学堂最猥下语，使或摘以为问，予亦安能知为唐人诗耶！(卷三六)

仪卿识见有余，涵养未至，故其诸体虽刻意范古，寡自然之致，而神韵亦有未扬。故五言律让昌穀，七言律让仲默，七言绝让于鳞。元瑞乃谓"沧浪亟称盛唐而调仍中、晚"，元瑞初未识盛唐也。(《后集纂要》卷二)

仲默七言律，风体不一，入录者多出盛唐、子美，亦有出大历者。余虽稍弱，无不可观，当为国朝七言律第一。盖于鳞虽高壮雄丽，不免铓颖太露耳。(《后集纂要》卷二)

边庭实名贡五言古,语多错出,出汉魏者较于鳞则为浅易。(《后集纂要》卷二)

薛君采名蕙与何仲默唱酬为多。乐府有三言、四言、杂言,较诸子虽胜,而适用者少。予尝谓:诸家集有乐府三言、四言、杂言者为店眼物。惟于鳞专习拟古,故为独工。(《后集纂要》卷二)

李于鳞名攀龙乐府五言及五言古多出汉魏,世或厌其摹仿。然汉魏乐府五言及五言古,自六朝、唐、宋以来,体制、音调后世邈不可得,而惟于鳞得其神髓,自非专诣者不能。至于摹仿饾饤或不能无,而变化自得者亦颇有之。若其语不尽变,则自不容变耳;语变,则非汉魏矣。所可议者,于古乐府及《十九首》、苏李《录别》以下,篇篇拟之,殆无遗什,观者不能不厌耳。(《后集纂要》卷二)

于鳞学汉魏,盖于六朝及唐体古诗初未尝习,逮予告而归,始差次古乐府及《十九首》、《录别》以下诸诗拟之,而尽力于汉魏。是于鳞学古初无所染,又能专习凝领,渐渍岁月,故遂得其神髓耳。王元美云:"西京、建安似非琢磨可到,要在专习凝领之久,神与境会,忽然而来,浑然而就,无歧级可寻,无色声可指。"元瑞亦言:"两汉诗非苦思力索所办,当尽取其诗,玩习凝会,风气性情,纤屑具领。若楚大夫子身处庄岳,庶几齐语。"试观于鳞学古,则二子之言信有征也。(《后集纂要》卷二)

拟古惟于鳞最长,如《塘上行》本辞云:"念君常苦悲,夜夜不能寐。莫以贤豪故,弃捐素所爱。莫以鱼肉贱,弃捐葱与薤。莫以麻枲贱,弃捐菅与蒯。"于鳞则云:"念妾平生时,岂谓有中路。新人断流黄,故人断纨素。新人种兰苕,故人种桂树。新人操《阳春》,故人操《白露》。"格仿本辞而语能变化,最为可法。若《相逢行》中添一二段,格虽稍变,然宛尔西京,自非大手不能。譬如临古人画,中间稍添树石,亦是作手。惟《陌上桑》但略换字句,则甚无谓耳。(《后集纂要》卷二)

于鳞拟古乐府杂言、七言,语或逼真,复有得于拟议之外者。七言古声调全乖,无一语合作。予尝谓:"七言古仲默无篇,于鳞无句。"黄介子谓"此语无人能道"。(《后集纂要》卷二)

于鳞七言律,冠冕雄壮,俊亮高华,直欲逼唐人而上之。其俊亮处或有近晚唐者,余子亦然。然二十篇而外,句意多同,故后人往往相诋。然唐人七言律,李颀诸公仅得数篇,尚足不朽,于鳞严选可得二十余篇,顾不足以传后耶?但后进初学,志尚奇僻,于其高华雄壮处实不相投,故托之温雅以抑其雄壮,托之清淡以抑其高华,既未足以压服人心,则直以句意多同,并乾坤、日月、紫气、黄金等字责之矣。(《后集纂要》卷二)

于鳞七言律,冠冕雄壮,诚足凌跨百代,然不能不起后进之疑者,以其不能尽变也。唐人五七言律,李杜勿论,即王孟诸子,莫不因题制体,遇境生情。于鳞先意定格,一以冠冕雄壮为主,故不惟调多一律,而句意亦每每相同,元美谓"守其俊语,不轻变化"是也。然或厌其一律而录其别调,则又失其所长,非复本相矣。余子亦然。(《后集纂要》卷二)

世多称献吉效颦,于鳞仿古,予谓:国朝人诗,惟二子可称自立门户,如献吉七言古,于鳞七言律是也。盖诗之门户前人既已尽开,后人

275

但七分宗古、三分自创,便可成家。中郎一派仅拾唐末五代涕唾,详见五代论末今人不知,以为自立门户耳。(《后集纂要》卷二)

元美论同列诗,每多过誉,而于鳞又所深服。然细详诸说,多是贬词,而无誉言。李诸体歌行最劣,反不免过誉矣。(《后集纂要》卷二)

胡元瑞云:"七言律开元之后,便到嘉靖。虽圭角巉岩,铓颖峭厉,视唐人性情风致,尚自不侔;而硕大高华,精深奇绝,人驱上驷,家握连城,名篇杰作,布满区宇。古今七言律之盛,极于此矣。"愚按:元瑞此论,于于鳞诸子最为公平,且字字精切,无容拟议。今人第以其语意多同,并多用乾坤、日月等字,遂并其高处弃之,此虽识性浅鄙,抑亦袁氏之说中之也。(《后集纂要》卷二)

嘉靖七子七言律,硕大高华,精深奇绝,譬之吾儒,乃是正大高明之域,今之宗中郎者,视之不啻寇仇;学者苟有志于反正,正当以此砥砺。苟能于此编时时讽咏,开拓其心胸,使龌龊鄙吝之念尽消,则邪气自不容入矣。予尝谓:嘉靖七子之律,气象笼盖千古,惟温雅和平稍乖,不能不逊弘正诸子耳。(《后集纂要》卷二)

七言律,于鳞高调本出初、盛,然读于鳞诗,遂欲废初、盛;百縠俊调本出晚唐,然读百縠诗,遂欲废晚唐。然于鳞实不及初、盛,说见于鳞诗中而百縠则实胜晚唐也。(《后集纂要》卷二)

(以上见许学夷《诗源辩体》)

《卮言》云:"五七言律至仲默而畅,献吉而大,于鳞而高。"又云:"古惟子美,今或于鳞。"余观李何之为诗,如良畯乂田,辟草艺禾,油然生矣。若夫勃然之机,至观察而始化,今督府张公序其诗文,以左迁高岑辈目之,云:"代不数而得之明,人不数得之李。"推是言也,则天宝以还,千载之下,仅得观察一人而已。其为一时学士大夫所推崇如此,不足以厌服群心邪?余尝品其七言,函思英发,襞调豪迈,如八音凤奏,五色龙章,开阖铿锵,纯乎美矣!至五言似有不尽然者,乃稍乏幽逸情性。观察故有《唐选》行于世,五言乃止于刘长卿,自序谓"唐诗尽于是矣"。虽储韦钱郎并削之,其取指颇示严峻。其《送诸光禄》云:"芙蓉天镜晓,风雨石帆秋。"《白云楼》云:"千家寒雨白,双阙晓烟青。"《送张比部》云:"风云千骑动,雨雪二陵寒。"《出郭》云:"溪流萦去马,山路入鸣蝉。"《燕集》云:"酒奈柳花妒,人堪桂树怜。"《天井寺》云:"乔木堪知午,回峰欲隐天。"七言《送人》云:"樽中十日平原酒,袖里三年蓟北书。"《寄王》云:"上书北阙风云变,洒泪西山雪雨寒。"《送卢》云:"书上梁王还寝狱,赋成扬子不过门。"《双塔》云:"双阙星河秋色曙,千家烟雨夕阳沉。"《早春》云:"扬舲巫峡江声合,立马岷峨雪色来。"《梅花》云:"笛里春愁燕塞满,梁间月色汉宫来。"《眺望》云:"汉苑春生多雨雪,蓟门晴色满寒烟。"歌行如《金谷》、《刁斗》、《送谢茂秦》、《击鹿》等篇,一一高唱,足以感荡心灵,岂直气吞储韦,辉掩钱郎邪?其集中附载海内名家哭公诗甚富,如张督抚云:"生来语出千人废,死后名从四海知。"王观察云:"文许先秦上,诗卑正始还。"王仪部云:"天地论才尽,文章与数奇。"又:"青山一恸哭,流水若为音。"俞山人云:"句陈耻重袭,文奇秘难通。"张太学云:"齐亡天下士,汉失济南生。"并追宗大雅之句,因并识之。

(顾起纶《国雅品·士品·李观察于鳞》)

于鳞举进士,候选里居,发愤读书,刺探钩摘,务取人所置不解者,撷拾之以为资,而其矫悍劲鸷之材,足以济之。高自夸许,诗自天宝以下，文自西京以下，誓不污吾毫素也。宦郎署五六年，倡五子、七子之社，吴郡王元美以名家胜流，羽翼而鼓吹之，其声益大噪。及其自秦中挂冠，构白雪楼于鲍山、华不注之间，杜门高枕，闻望茂著，自时厥后，操海内文章之柄垂二十年。其徒之推服者，以谓上追虞姒，下薄汉唐；有识者心非之，叛者四起，而循声赞诵者，迄今百年，尚未衰止。要其撰著，可得而评骘也：其拟古乐府也，谓当如胡宽之营新丰，鸡犬皆识其家。宽所营者，新丰也，其阡陌衢路未改，故宽得而貌之也，令改而营商之亳，周之镐，我知宽之必束手也。《易》云"拟议以成其变化"，不云拟议以成其臭腐也。易五字而成《翁离》，易数句而成为《东门行》、《战城南》；盗《思悲翁》之句，而云"乌子五"、"乌母六"、"陌上桑"；窃《孔雀东南飞》之诗，而云"西邻焦仲卿，兰芝对道隅"；影响剽贼，文义违反，拟议乎？变化乎？……七言今体，承学师传，三百年来，推为冠冕，举其字则五十余字尽之矣，举其句则数十句尽之矣。"百年"、"万里"，已憎叠出；周礼、汉官，何烦洛诵？刻画雄词，规摹秀句，沿李颀之余波，指少陵为颓放，昔人所以笑模帖为从门，指偷句为钝贼也。

（钱谦益《列朝诗集小传·丁集·李按察攀龙》）

呜呼！有明三百年，著作家众矣，献吉、仲默已还，称元美、于鳞，天下无异词。元美虎视四海，独亟推历下，曰："汉朝两司马，吾代一攀龙。"盖欿然以身下之。迄于今，家有其书，人耳其姓字，传诵其流风遗韵不衰。……于鳞生平非先秦两汉书不读，非王、吴、殷、许、宗、徐辈不交欢；其为诗，环视诸公非尽出己下则不出；考之词赋之科，可谓嘐嘐道古进取之狂士也。其诗七言近体，高华典丽，有峨眉天半之目，拔其优者，千人皆废；乐府五言古，摹汉魏古文词，摹《左》、《国》、先秦，高自称引，及元美所标榜，颇失之太过。要之，非近代小家所能措手。夫文章之道，有利有钝，小则霸，大则王。于鳞崛起沧海，雄长泗上，诸姬主盟中夏,燕、秦、吴、楚之人翕然宗之,如黄河、泰岱,又如太原公子,望之有王气,斯固万夫之雄也。后之学者闻于鳞之风,皆振衣高步,追踪古作者,于鳞其有起衰之功矣!

(施闰章《沧溟先生墓碑》)

[于鳞七律]于鳞自喜高调,于登临尤擅场。然登太行、太华山绝顶各四首,竭尽气力,声格俱壮。细看四首景象,无甚差别,前后亦少层次,总似一首可尽,故知七律不贵多也。杜老《秋兴》八首,《咏怀古迹》五首,各有所指,自可不厌。今人摇笔四首八首,以十为率,强半不知痛痒耳。

(施闰章《蠖斋诗话·于鳞七律》)

唐以后诗派,历宋、元、明至今,略可指数:宋初晏殊、钱惟演、杨亿号"西昆体"。仁宗时欧阳修、梅尧臣、苏舜钦谓之欧、梅,亦称苏、梅,诸君多学杜、韩。王安石稍后,亦学杜、韩。神宗时,苏轼、黄庭坚谓之苏、黄;又黄与晁补之、张耒、陈师道、秦观、李廌称苏门六君子;庭坚别开"江西诗派",为"江西"初祖。南渡后,陆游学杜、苏,号为大宗;又有范成大、尤袤、陈与义、刘克庄诸人,大概杜、苏之支分派别也。其后有"江湖"四灵徐照、翁卷等,专攻晚唐五言,益卑卑不足道。金初以蔡松年、吴激为首,世称"蔡吴体";后则赵秉文、党怀英为巨擘,元好问集其成;其后诸家俱学大苏。元初袭金源派,以好问为大宗;其后则称虞集、杨载、范梈、揭傒斯,元末杨维桢、李孝光、吴莱为之冠,前如赵孟頫、郝经,后如萨都剌、倪瓒,皆有可观。明初四家,称高启、杨基、张羽、徐贲,而高为之冠。成、宏(弘)间李东阳雄张坛坫;迨李梦阳出,而诗学大振,何景明和之,边贡、徐祯卿羽翼之,亦称四杰,又与王廷相、康海、王九思成七子;王、嘉间又有高叔嗣、薛蕙、皇甫氏兄弟稍变其体;嘉、隆间李攀龙出，王世贞和之，吴国伦、徐中行、宗臣、谢榛、梁有誉羽翼之，称后七子；此后诗派总杂，一变于袁宏道、钟惺、谭元春，再变于陈子龙；本朝初又变于钱谦益。其流别大概如此。

(宋荦《漫堂说诗·一二》)

何谓七家？在唐为李义山，实兼上二派；宋则山谷、放翁；明则空同、于鳞、卧子、牧斋。以为惟七家力能举之。而大历十子、白傅、东坡皆同蒭记，不与传灯。此论虽未确，而昔人评品之严亦可想见，其高门贵格不容混滥也。故王元美论七律曰："七字为句，字皆调美。八句为篇，句皆稳畅。虽复盛唐，殆不数人，人不数首。古推子美，今或于鳞。骤似骇耳，久当定论。"贺黄公曰："作诗虽不拘字句，然往往以字不工而害其句，句不工而害其篇。"（卷十五）

永乐以还，崇台阁体，诸大老倡之，众人应之，相习成风，靡然不觉。李宾之东阳力挽颓澜，李梦阳何大复继之，诗道复归于正。李献吉雄浑悲壮，鼓荡飞扬，何仲默秀朗俊逸，回翔驰骤，同是宪章少陵，而所造各异，骎骎乎三代之盛矣。钱牧斋信口掎摭，诮其摹拟剽贼，同于婴儿学语，至谓"读书种子，从此断绝"，此为门户起见，后人勿矮人看场可也。按两人学少陵，实有过于求肖处，录其所长，措其所短，庶足服北地、信阳之心。王元美天分既高，学殖亦富，自珊瑚木难及牛溲马勃无不有，乐府古体卓而成家，七言近体亦规大方，而锻炼未纯，且多酬应牵率之态。李于鳞拟古诗，临摹已甚，尺寸不离，固足招诋諆之口，而七言近体，高华矜贵，脱去凡庸，正使金沙并见，自足名家。过于回护，与过于掊击，皆偏私之见耳。（卷二一）

（以上见方东树《昭昧詹言》）

……是集凡诗十四卷,文十六卷,附录、志传表诔之文一卷。明代文章,自前后七子而大变。前七子以李梦阳为冠,何景明附翼之;后七子以攀龙为冠,王世贞应和之。后攀龙先逝,而世贞名位日昌,声气日广,著述日富,坛坫遂跻攀龙上,然尊北地,排长沙,续前七子之焰者,攀龙实首倡也。殷士儋作攀龙墓志,称文自西汉以来、诗自天宝以下,若为其毫素污者,辄不忍为。故所作一字一句,摹拟古人,骤然读之,班驳陆离,如见秦汉间人;高华伟丽,如见开元、天宝间人也。至万历间,公安袁宏道兄弟始以赝古诋之。天启中,临川艾南英排之尤力。今观其集,古乐府割剥字句,诚不免剽窃之讥,诸体诗亦亮节较多,微情差少,杂文更有意诘曲其词,涂饰其字,诚不免如诸家所讥,然攀龙资地本高,记诵亦博,其才力富健,凌轹一时,实有不可磨灭者,汰其肤廓,撷其英华,固亦豪杰之士。誉者过情,毁者亦太甚矣。

(《四库全书总目》卷一七二《集部·别集类·沧溟集》)

……是编为所录历代之诗,每代各自分体,始于古逸,次以汉魏南北朝,次以唐,唐以后继以明,多录同时诸人之作,而不及宋元。盖自李梦阳倡不读唐以后书之说,前后七子率以此论相尚。攀龙是选,犹是志也。江淹作杂拟诗,上自汉京,下至齐梁,古今咸列,正变不遗,其序有曰:"蛾眉讵同貌而俱动于魄,芳草宁共气而皆悦于魂。"又曰:"世之诸贤,各滞所迷,莫不论甘而忌辛,好丹而非素,岂所谓通方广恕,好远兼爱?"然则文章派别,不主一途,但可以工拙为程,未容以时代为限。宋诗导黄陈之派,多生硬枒桠;元诗沿温李之波,多绮靡婉弱。论其流弊,诚亦多端。然巨制鸿篇,亦不胜数。何容删除两代,等之自郐无讥。王士禛论诗绝句有曰:"铁崖乐府气淋漓,渊颖歌行格尽奇。耳食纷纷说开宝,几人眼见宋元诗?"其殆为梦阳辈发欤?且以此选所录而论,唐末之韦庄、李建勋,踞宋初阅岁无多。明初之刘基、梁寅,以元末吟篇不少,何以数年之内,今古顿殊,一人之身,薰莸互异?此真门户之见,入主出奴,不缘真有限断。厥后摹拟剽窃,流弊万端,遂与公安、竟陵同受后人之诟厉,岂非高谈盛气有以激之,遂至出尔反尔乎?然明季论诗之党,判于七子。七子论诗之旨,不外此编。录而存之,亦足以见风会变迁之故,是非蜂起之由,未可废也。流俗所行,别有攀龙《唐诗选》。攀龙实无是书,乃明末坊贾割取《诗删》中唐诗,加以评注,别立斯名。以其流传既久,今亦别存其目,而不录其书焉。

(《四库全书总目》卷一八九《集部·总集类·古今诗删》)

附录二

行年事迹考略

李攀龙字于鳞,号沧溟。历城人。

王世贞《李于鳞先生传》(以下简称《王传》):"李于鳞者,讳攀龙,其家近东海,因自号沧溟云。"《明史·文苑传》李攀龙本传(以下简称《明传》):"李攀龙,字于鳞。"《王传》:"于鳞之先世,济南历城人。"明置济南府,为山东布政司治所。济南府治历城县,其地即今山东济南市历城区。相传攀龙故居在历城区王舍人庄东北,东距韩仓约十里,今已不存。

明武宗正德九年甲戌(公元1514年),李攀龙生。

殷士儋《明故嘉议大夫河南按察司按察使李公墓志铭》(以下简称《殷志》)攀龙卒于"岁庚午八月二十日也,年五十有七"。上溯知生于是年。《王传》:"父宝,……继娶于张,梦日入怀,而生于鳞。"

李宝,字来贡,"其先长清人。曾祖思道生祯,始徙历城龙山镇。父曰端。端少孤,奉母再徙郡西门"(殷士儋《诰封中宪大夫顺德知府李公合葬墓志铭》)。李端贫不自给,混迹博徒,偶然赌赢,得钱数万,遂为西门大商。里中少年凡改赌从业者,他都予以资助;乐善好施,振贫乏,助丧葬,受到乡里的赞誉。李宝,善酒,任侠,不问家人生产,三十岁左右通过捐纳成为德王府(在济南)的典膳正,负责王府膳食。初娶郭氏,生二子。郭氏死后,续娶张氏,生攀龙。据说张氏怀孕时曾梦日

283

入怀,被认为是吉祥的征兆。李攀龙任顺德知府后,其父赠中宪大夫、知府,母封太恭人。

明世宗嘉靖元年壬午(公元1522年),李攀龙九岁。

是年,遭父丧。母张氏因为后室而受祖母歧视,被迫与祖母分居,率攀龙及尚在幼龄的两个弟弟,倚其纺绩,艰苦度日。贫不自给,攀龙无力交纳学费,在家自学。《为太恭人乞言文》:"不肖年九岁为迪功君遗孤,太恭人年二十有八岁襁褓二弱弟称未亡人。……出各僦别舍,太恭人所分赀仅支朝夕,母子姁姁相哺也。取济西田……贷息没入富农,迁庐学宫傍,属不肖壹读迪功君书,伏腊行经师脩,脱簪珥取给焉。不肖奇蹇,罔所抢录,又家徒四壁立,太恭人困于女红,最辱洴澼,勿恤为之,指手至胝龟,率日一饭,即再飧,必鲜饱。二弱弟在穷阎,与佣保杂作。"

嘉靖二年癸未(公元1523年),李攀龙十岁。

是年出就外傅,与殷士儋、许邦才结髻龀交。殷士儋字正甫,历城人。嘉靖二十六年丁未(公元1547年)进士,隆庆年间,官至大学士,卒赠太保,谥"文庄"。著有《金舆山房稿》。许邦才字殿卿,历城人。嘉靖二年癸未(公元1523年)解元,官至周王府长史,为济南著名诗人,著有《瞻泰楼集》。李攀龙与殷士儋、许邦才终生为友,集中载有往来的诗文、书信。《王传》:"补博士弟子,与今左长史许君邦才、少保殷公士儋结髻龀交。"《殷母太孺人序》:"余年十五六时,学《毛氏诗》于同郡张先生所,与正夫同师。"

嘉靖九年庚寅(公元1530年),李攀龙十七岁。

是年,与徐氏结婚。《亡妻徐恭人状》:"亡妻恭人,徐公宣之仲女。徐公家本藩国列校,微也。嘉靖岁庚寅,以适余,衿襘不具。"据《为太恭人乞言文》,李攀龙是年设馆讲授《毛诗》,所得酬金,略补家用。

嘉靖十年辛卯(公元1531年),李攀龙十八岁。

是年,为诸生,廪于府学。著名文学家王慎中任山东提学佥事,十分欣赏攀龙的文章,将其列为府试第一。而他却更加厌恶时师训诂,在学习期间经常吟哦古代诗文。那些只会读八股文的诸生,不知他读的是什么,都说攀龙是"狂生",而他夷然不屑,大言:"吾而不狂,谁当狂者!"

嘉靖十九年庚子(公元 1540 年),李攀龙二十七岁。

是年,中乡试第二名。

嘉靖二十年辛丑(公元 1541 年),李攀龙二十八岁。

是年,置蔡氏妾。

嘉靖二十三年甲辰(公元 1544 年),李攀龙三十一岁。

是年,赐同进士出身,试政吏部文选司。徐氏陪侍李母赴京。

是年八月,阁臣翟銮削籍归里,九月权奸严嵩加太子太傅,晋兼吏部尚书、谨身殿大学士,十二月加少傅,始独揽朝政。鞑靼俺答袭掠至京师,京师戒严。兵退,嘉靖皇帝归功神佑,加方士陶仲文少师。详见《明史·世宗纪》《明史·宰辅年表》。

嘉靖二十四年乙巳(公元 1545 年),李攀龙三十二岁。

是年,以疾告归,随侍其母归济南。《殷志》:"归则益发愤励志,陈百家言,附而读之,务钩其微,抉其精,取恒人所置不解者,拾之以绩学。盖文自西汉以下,诗自天宝以下,若为其毫素污者,辄不忍为也。"使其复古文学主张初步形成。

是年初,诏流民复业,凡开垦闲田者免除赋税。俺答屡屡侵犯大同、宣府、延安等地,边将屡被杀害。总督宣大兵部侍郎张汉下狱、谪戍。九月,夏言入阁。详见《明史·世宗纪》。

嘉靖二十五年丙午(公元 1546 年),李攀龙三十三岁。

是年,起家返京,聘充顺天乡试同考官,简拔多奇才。

嘉靖二十六年丁未(公元 1547 年),李攀龙三十四岁。

是年,授刑部广东司主事。

是年春,王世贞、汪道昆、李先芳、殷士儋等进士及第。世贞试政大理司,士儋选庶吉士,授翰林院检讨。

是年,李攀龙加入李先芳所倡诗社,王世贞亦于同年加入。李先芳,字伯承,濮州(今鄄城)人。在考取进士前,伯承诗已名噪齐鲁,其诗好古,曾拟古乐府,情趣与李攀龙、王世贞相近,后被王世贞列为"广五子"之一。

嘉靖二十七年戊申(公元1548年),李攀龙三十五岁。

是年,王世贞授刑部主事,与李攀龙成为同僚,并通过李先芳介绍,与李攀龙结识、定交,相与切磋古文辞,倡始文社。《明史·李攀龙传》:"攀龙之始官刑曹也,与濮州李先芳、临清谢榛、孝丰吴维岳辈倡诗社。王世贞初释褐,先芳引入社,遂与攀龙定交。"王世贞《吴峻伯先生集序》:"是时,济南李于鳞,性孤介,少许可,偶余幸而合,相切磋为西京、建安、开元语。"《王传》:"又明年,授刑部广东司主事。于鳞既以古文辞创起齐鲁间,意不可一世学,而属居曹无事,悉取诸名家言读之,以为纪述之文,厄于东京,班氏姑其狡狡者耳。不以规矩,不能方圆,拟议成变,日新富有。今夫《尚书》、《庄》、《左氏》、《檀弓》、《考工》、《司马》,其成言班如也,法则森如也。吾摭其华而裁其衷,琢字成辞,属辞成篇,以求当于古之作者而已。操觚之士,不尽见古作者语,谓于鳞师心而务求高,以阴操其胜于人耳目之外而骇之;其骇与尊赏者相半。而至于有韵之文,则心服靡间言。盖于鳞以诗歌自西京逮于唐大历,代有降而体不沿,格有变而才各至,故于法不必有所增损,而能纵其凤授,神解于法之表,句得而为篇,篇得而为句。即所称古作者,其已至之语,出入于笔端而不见迹;未发之语,为天地所秘者,创出于胸臆而不为异。亡论建安而后,诸公有不遍之调,于鳞以全收之;即其偏至而相角者,不啻敌也。""于鳞以修古先鸣,盖与元美为桴鼓"(汪道昆《太函集·明故通奉大夫江西左布政使徐公墓志铭》)二人彼此呼应,配合默契,共同举起文学复古的旗帜。

是年,李先芳出任新喻知府,李攀龙有《送新喻李明府伯承》诗。

是年,嘉靖皇帝宠信严嵩及锦衣卫掌事陆炳,杀兵部尚书曾铣、阁臣夏言,朝政日非。详见《明史·世宗纪》。

嘉靖二十八年己酉(公元1549年),李攀龙三十六岁。

是年,迁刑部员外郎。谢榛因为卢柟冤狱说项,与李攀龙、王世贞结交,经常聚会论诗、唱和。李攀龙有《秋前一日,同元美、茂秦、吴峻伯、徐汝思集城南楼》一诗。

嘉靖二十九年庚戌(公元1550年),李攀龙三十七岁。

是年,迁刑部山西司郎中。徐中行、梁有誉、宗臣、吴国伦及张佳胤等同举进士。张佳胤出为滑县令,徐、梁、宗并授刑部主事,吴授中书舍人。

是年八月,鞑靼俺答沿潮河川南下,进犯古北口,直抵北京城下,在京郊焚掠八日后自行撤退,明军不敢追击,史称"庚戌之变"。详见《明史·世宗纪》。

《早春元美、公实、茂秦华严精舍同赋》、《经华严废寺,为虏火所烧》二诗应作于是年。谢榛有《元夕同李员外于鳞登西北城楼望郊外人家,时经虏后,慨然有赋》一诗。

嘉靖三十年辛亥(1551年),李攀龙三十八岁。

是年,宗臣、梁有誉、徐中行加入诗社,是为"五子"。后谢榛、吴国伦相继入社,始有"七子"之目。梁有誉《兰汀存稿》附载梁有贞《梁比部行状》云:"辛亥,授刑部山西司主事,徐子与(中行)亦为同舍郎。于时山东李于鳞(攀龙)、吴郡王元美(世贞)、广陵宗子相(臣)、武昌吴明卿(国伦)、山人谢茂秦(榛)一时同社,意气文章,声走海宇,称中原七子云。"

嘉靖三十一年壬子（公元 1552 年），李攀龙三十九岁。

是年，李攀龙侍母归济南。谢榛于七月离京，梁有誉谢病归，王世贞亦借公差于是年冬返太仓省亲，自此"七子"星散各地。李攀龙倡作"五子诗"，以纪一时之游；彼此各有和作。《七夕集元美宅送茂秦》、《送谢茂秦》、《送公实还南海》、《送元美》诸诗应作于是年。

嘉靖三十二年癸丑（公元 1553 年），李攀龙四十岁。

是年秋，出守顺德，任直隶顺德府（今河北邢台市）知府，有治绩。请求并得黜免种马场赋税；请求并允许原为保证境内自给而后输送京师的永济仓留用；因顺德地狭民贫，经请求得免部分劳役；建议北直隶、河南、山东诸处以粮食抵赋税以利民。其他，如治安、防盗、平诉讼等。详见《殷志》。

是年，兵部员外郎杨继盛劾严嵩十大奸恶被杖下狱。鞑靼袭扰北边，倭寇犯沿海，河南人师尚诏起义，内忧外患，明王朝危机加重。见《明史·世宗纪》、《明史·杨继盛传》。

嘉靖三十三年甲寅（公元 1554 年），李攀龙四十一岁。

官顺德，意颇不自得。谢榛、吴国伦、张佳胤等均曾过访，有诗纪其事。如《于郡楼送茂秦之京》、《同张滑县登清风楼》、《送张肖甫出计闽广》二首等。写景佳作《登黄榆、马陵诸山，是太行绝顶处》四首，以及忧时念乱的《春兴》等，约作于该年前后。

是年，南昌余曰德（德甫）入社。孟冬，梁有誉病故。

嘉靖三十四乙卯（公元 1555 年），李攀龙四十二岁。

是年春，梁有誉讣闻至，作《哭公实》六首。王世贞、吴国伦、宗臣在京闻讣，走书告攀龙。王世贞《弇州四部稿·哀梁有誉序》："嘉靖甲寅孟冬，友人梁有誉以疾卒于南海。明年乙卯春，讣至自南海，故善有誉者武昌吴国伦、广陵宗臣、吴郡王世贞相与为位哭泣燕邸中，又走书西南报李攀龙、徐中行，哭如三人。"

是年十二月,赴京上计,得与诸子欢聚。铜梁张佳胤(肖甫)入社。

嘉靖三十五年丙辰(公元 1556 年),李攀龙四十三岁。

是年正月,王世贞出使察狱畿辅,八月至顺德,过访攀龙,十月,授山东按察司副使,兵备青州。《送河南按察副使王公元美自大名之任浙江左参政序》:"嘉靖丙辰,公既领治狱使者,……乃从某三日而谳顺德,又五日而谳广平,又十日而谳大名。既告竣役,余乃从公大名,命卢柟携谢榛交相劳也。"是年三月,吴国伦谪江西,有《于郡城送明卿之江西》四首。攀龙上计称"最",上官交荐,擢陕西按察司提学副使。秋,攀龙赴任。冬,王世贞除山东按察司副使,备兵青州。

沿海倭患猖獗,上海被围十七天,严嵩一党掩盖战事真相。鞑靼袭扰不断,西部至陕西环、庆等地。而嘉靖帝求仙访道,命官吏采芝草。

嘉靖三十六年丁巳(公元 1557 年),李攀龙四十四岁。

是年,视察府县,行经陕西各地,均有诗文纪其行。如《崆峒》、《平凉》、《上郡》、《杪秋登太华山绝顶》四首、《太华山记》等。《乞归公移》:"到任以来,所历西延平庆等处,往还四千余里,考过府卫州县生童六十余处。"

嘉靖三十七年戊午(公元 1558 年),李攀龙四十五岁。

是年秋,上《乞归公移》,不答,遂拂衣东归。据《王传》、《殷志》所载,攀龙因不满陕西督抚殷学的颐指气使,与念老母年老家居而东归。而据初归时所作《拂衣行答元美》、《岁杪放歌》等诗看,他或有不可明言的原因在。

是年,华州地震,房屋坍塌甚多。"于鳞为人素羸顿,不习西土。西土当地裂后,犹时时动摇,数心悸,又念太恭人独家居,遂乞骸骨归。"(《殷志》)

嘉靖三十八年己未(公元 1559 年),李攀龙四十六岁。

是年正月,与王世贞相会于济上。不久,筑白雪楼于历城东郊,杜

289

门谢客,优游于济南湖山之间。自此隐居,十年不起。时髻年好友殷士儋在告家居,许邦才任德王府长史,济南诗人袭勖等,常诗酒往还。其间,作拟乐府、拟古诗,进一步倡导文学复古,执天下文柄,名声日隆。《王传》:"于鳞归,则构一楼田居。东眺华不注,西揖鲍山,……绣衣直指、郡国二千石,干旄屏息巷左,纳履错于户,奈于鳞高枕何。……而二三友人,独殷、许过从靡间。……于鳞乃差次古乐府拟之,又为《录别》诸篇及它文益工,不胫而走四裔。"

攀龙曾在大明湖南偏百花洲上,建白雪第二楼,亦称南楼。明王象春《齐音》(又名《济南百咏》)《白雪楼》自注:"李于鳞白雪楼旧有二处:其初至林下卜地鲍山,则诸名公往来登觞题咏最盛者;末年,又筑楼于城中湖上碧霞宫之侧,许殿卿赠诗所谓'湖上楼'是也。"鲍山白雪楼废圮后,明万历年间,山东按察使叶梦熊重建于趵突泉上;清顺治年间,张缙彦重修;道光年间,攀龙九世孙献方重修。原楼已于解放初拆除,今在其旧址重建白雪楼。

是年六月,元美父王忬遭严嵩构陷入狱,元美自劾免官赴京,李攀龙写有若干首诗表示慰问。

嘉靖四十二年癸亥(公元 1563 年),李攀龙五十岁。

是年,济南知府魏裳刊刻《白雪楼诗集》十卷行于世。"此集刻于嘉靖癸亥,犹在《沧溟集》之前。前有魏裳序,又有《拟古乐府序》二篇,一为历城许邦才撰,一为攀龙自序。"(《四库全书总目·集部·别集类存目四》)

明穆宗隆庆元年丁卯(公元 1567 年),李攀龙五十四岁。

是年,隆庆改元,由工部尚书朱衡等推荐,起为浙江按察司副使。受命未发之际,七月二十四日妻徐氏卒。赴任后曾视察海道篆,阅兵海上,支持抗倭军事,与协守浙江总兵官刘显过从密切,有《大阅兵海上》诗、《报刘都督》文纪其事。

隆庆三年己巳(公元 1569 年),李攀龙五十六岁。

是年,迁浙江布政司左参政,寻升河南按察使遂奉其母赴任。

隆庆四年庚午(公元 1570 年),李攀龙五十七岁。

是年四月,李母卒,攀龙持丧归济南。守丧时哀伤过度,毁顿异常,八月十九日暴病而亡。王世贞《祭李于鳞文》:"维隆庆四年八月十九日,河南按察司按察使沧溟李先生于鳞卒于苫次。"据《殷志》,攀龙卒后第二年,即隆庆五年辛未春三月十一日葬于历城东郊牛山之原,后迁祖兆历城西五里药山南麓。清初山东提学使、著名文学家施闰章曾往凭吊、立碑,今墓、碑俱不存。

李攀龙居官清廉,家无余财,其子驹从殷士儋受业,习文;其妾蔡氏晚年在历城东关卖炊饼度日。见《殷志》、王初桐《济南竹枝词》自注、乾隆《历城县志》。王象春《齐音》谓"于鳞身后,不但堂构失守,并禋祀绝续,我朝文人天福之薄,未有甚此者。蔡姬乃其侍儿之最慧者,不减苏老朝云,至癸卯年已七十余尚存,在西郊卖饼。余闻之急往视,则颓然老丑耳。因为泣下,周焉。"

李攀龙诗文,由王世贞于隆庆六年壬申(公元 1572 年)为选刻三十卷,张佳胤为之序。明神宗万历三年乙亥(公元 1575 年),胡来贡重刻并序。万历三十四年丙午(公元 1606 年),陈陞续刻并序。清道光二十七年丁未(公元 1847 年),济南学者周乐等以李攀龙九世孙李献方家藏版、藏书家李秋屏本,校刊重刻并跋。

《沧溟集》今海内藏本主要有明刊隆庆壬申本、明刊万历乙亥本、明刊万历丙午本、明刊张道弘校本、明刊佚名本(残)、清《四库全书》本、清刊道光丁未本、清刊光绪乙未本。

明清时期,李攀龙诗被选入众多选本,如明宋光廷《李沧溟集选》(传入日本的日本书林向荣堂刻本)、清姚佺、孙枝蔚《沧溟集选》、《李沧溟近体诗选》(日本近江宇鼎注、日本宝历间刻本)。《沧溟集》约在明末(日本江户时代初期)传入日本,后又有李攀龙诗文选本在日本流传。

今有包敬第标校《沧溟先生集》(1992年12月上海古籍出版社出版)、李伯齐校点《李攀龙集》(1993年12月齐鲁书社出版)、李伯齐、宋尚斋、石玲《李攀龙诗文选》(1993年12月济南出版社出版)。